DuMont's Kriminal-Bibliothek

Sarah Caudwell, eigentlich Sarah Cockburn, wurde 1939 in London geboren. Sie studierte in Oxford Jura und arbeitete mehrere Jahre lang als Rechtsanwältin in Lincoln's Inn in London, wo dieser Roman auch angesiedelt ist. Heute gehört sie zum Stab der Rechtsberater der Lloyds Bank Ltd. »Adonis tot in Venedig!« ist ihr erster Roman.

Herausgegeben von Volker Neuhaus

Sarah Caudwell

Adonis tot

in Venedig!

DUMONT

Die in diesem Buch beschriebenen Charaktere und Ereignisse sind frei erfunden. Jede Ähnlichkeit mit lebenden Personen oder einem tatsächlichen Vorfall ist rein zufällig.

Für J.G.F.C.G.
für alle Briefe, die ich Dir nicht geschrieben habe

Die Deutsche Bibliothek - CIP-Einheitsaufnahme

Caudwell, Sarah:
Adonis tot in Venedig! / Sarah Caudwell. Aus dem Engl. von Irmgard Andrae. - Köln: DuMont, 1996
(DuMont's Kriminal-Bibliothek; 1057)
Einheitssacht.: Thus was Adonis murdered ⟨dt.⟩
ISBN 3-7701-3059-6
NE: GT

Umschlagmotiv von Pellegrino Ritter
Aus dem Englischen von Irmgard Andrae

Die Originalausgabe erschien unter dem Titel »Thus was Adonis Murdered« bei Charles Scribner's Sons 1981
Satz: Boss-Druck, Kleve
Druck und buchbinderische Verarbeitung: Clausen & Bosse GmbH, Leck

Printed in Germany ISBN 3-7701-3059-6

Kapitel 1

Der Geist der Wissenschaft verlangt, gottlob, nichts zum Lohn als die Wahrheit. Nicht um des schnöden Mammons willen verfolgt er (der Geist der Wissenschaft) sie (die Wahrheit) durch das Dickicht der Unwissenheit, indem er mit dem Licht der Vernunft die Finsternis erhellt und mit der scharfen Schneide des Intellekts das Dornengestrüpp des Irrtums zerteilt. Er verlangt auch nicht nach öffentlicher Anerkennung und dem Beifall der Menge; den Gelehrten läßt das Geschrei des Pöbels kalt. Er gibt sich nicht einmal der Hoffnung hin, daß die wenigen guten Freunde, die die mühevolle Wahrheitssuche aus nächster Nähe miterlebt haben, den endlich errungenen Erfolg mit ein oder zwei Worten fachkundiger Anerkennung honorieren. Und das ist gut so – sie werden es nämlich nicht tun.

Wenn die Ereignisse, in die Julia Larwood im vergangenen September verwickelt wurde, nicht mit der Akribie des Gelehrten, d. h. der meinigen, untersucht worden wären – nun ja, ich will nicht direkt behaupten, daß Julia immer noch in Venedig im Gefängnis schmachten würde. Da man die Tat für ein Verbrechen aus Leidenschaft hielt, wäre das Urteil sicher milde ausgefallen; das britische Foreign Office hätte vielleicht interveniert, die italienische Regierung vielleicht eine Begnadigung ausgesprochen. Alles sehr wahrscheinlich. Dennoch wage ich zu behaupten, daß einzig und allein dank meiner Untersuchungen Julias Unschuld einwandfrei bewiesen worden und sie mit makellosem Leumund nach England zurückgekehrt ist.

Auch als Beispiel für den praktischen Nutzen wissenschaftlicher Methoden verdient die Affäre berichtet zu werden. Vielleicht erwartet der geneigte Leser, daß die Leute, die in der Lage waren – oder die das Privileg hatten, so würde ich sagen, wenn nicht Bescheidenheit mich daran hinderte –, meiner überzeugenden

Beweisführung unmittelbar zu folgen, daß diese Leute also sich danach drängen würden, die Aufgabe selbst zu übernehmen. Wie wenig kennen Sie, wenn Sie so denken, den Stand des Barristers. Es wäre doch zu erwarten gewesen, daß Timothy Shepherd, zusätzlich beflügelt durch die Verehrung, die er für seine ehemalige Mentorin, d. h. für mich, empfindet, freudig die Gelegenheit ergriffen hätte. Aber nein. Timothy hat gerade einen Fall, der unter das Aktiengesetz fällt und demnächst im House of Lords verhandelt wird; er ist mit seiner Aktenarbeit seit Wochen im Rückstand und kann folglich nicht. Julias Freundin Selena Jardine, die wohl sehr verzweifelt gewesen wäre, wenn Julias Haft noch länger gedauert hätte, ist im Auftrag von Gegnern eines Straßenverbreiterungs-Projekts mit einem Planungsüberprüfungsantrag beschäftigt. Sie ist mit ihren Akten seit Monaten im Rückstand und kann auf keinen Fall. Dann sind da noch Michael Cantrip und Desmond Ragwort, auch sie Mitglieder derselben Kanzlei. Cantrip vertritt eine Klägerin, die sich auf ein uraltes Gewohnheitsrecht beruft, ihre Wäscheleine quer durch den Garten ihres Nachbarn zu spannen, während dieser seinerseits Ragwort mit einer Gegenklage beauftragt hat; beide glauben, daß der Fall sie mehrere Monate sowie den zuständigen Richter beim High Court mindestens vierzehn Tage lang beschäftigen wird; nein, selbstverständlich können sie beide nicht.

Es bleibt mir deshalb nichts übrig, als, wenn auch widerstrebend, selbst zur Feder zu greifen. Das aber bedeutet, meine eigentliche Arbeit einstweilen zurückzustellen. Also verschieben sich die Veröffentlichung von »Die Causa in den Anfängen der englischen Rechtsgeschichte« von Hilary Tamar und das Erscheinen solch lobender Kritiken wie »Professor Tamars meisterhafte Abhandlung«, »Professor Tamars bahnbrechende Analyse« und so weiter in eine noch fernere Zukunft als bisher. Aber ich bin bereit, das Opfer zu bringen. Wenn ich noch zögere, dann nur aus Besorgnis, meine Leserinnen und Leser könnten den Verdacht hegen, mich leite der Wunsch nach eitler Selbstdarstellung. Die Gefahr, mich einem so schmählichen Verdacht auszusetzen, hätte mich fast von dem Vorhaben Abstand nehmen lassen; doch habe ich nicht das Recht, aus Gründen persönlicher Empfindlichkeit der interessierten Öffentlichkeit eine nützliche und lehrreiche Falldarstellung vorzuenthalten. Ich werde protokollieren, was geschah und wie es geschah. Und wenn es mir auch aus Gründen der Wahrhaftigkeit nicht möglich ist, meine eigene Leistung zu bagatellisieren, so hege ich doch die Hoffnung, daß die wahrhaft Weisen unter meinen Leserinnen und Lesern deshalb nicht schlechter von mir denken werden.

*

Ich hatte mich entschlossen, den September in London zu verbringen, da meine Studien über die »Causa« es erforderlich machten, verschiedene Originaldokumente im *Public Record Office* auszuwerten. In Oxford ist im September ohnehin nicht viel los.

Anfangs war ich unsicher, wo ich logieren sollte. Für ein, zwei Nächte kann ich stets auf freundliche Aufnahme in Timothys Wohnung in Middle Temple Lane rechnen. Jedoch stand zu befürchten, daß meine Anwesenheit für einen ganzen Monat seine Gastfreundschaft über Gebühr strapazieren würde. Der Zufall kam mir zu Hilfe, denn ein ehemaliger Kollege, jetzt Besitzer eines Hauses und zweier Katzen in Islington, hatte sich zu einem mehrwöchigen Aufenthalt in den USA entschlossen und sich erst in einem späten Stadium der Planung die Probleme klargemacht, die sich aus dem Transport der Tiere in dieses Land ergeben würden. Er schrieb mir einen mitleidheischenden Brief mit der Bitte, mich in seinem Hause um sie zu kümmern. Glücklich über die Gelegenheit, mich hilfsbereit zeigen zu können, stimmte ich zu.

An meinem ersten Tag in London stand ich früh auf. Kurz nach zehn Uhr war ich bereits im *Public Record Office,* dem Staatsarchiv; ich sicherte mir die Akten, die ich für meine Forschungen benötigte, und richtete mich an meinem Arbeitsplatz ein. Nach Art der Gelehrten vertiefte ich mich so sehr in die Arbeit, daß ich alles um mich herum vergaß und nicht bemerkte, wie die Zeit verging. Als ich endlich zu mir kam, war es fast elf und ich total erschöpft. Es war klar, daß ich ohne eine kleine Erfrischung nicht vernünftig weiterarbeiten konnte.

Wer um elf Uhr morgens an einem Wochentag aus dem *Public Record Office* kommt, sich nach rechts in die Chancery Lane wendet und an den Silbergewölben vorbei das nächste Kaffeehaus ansteuert, findet dort für gewöhnlich die jüngeren Mitglieder der Kanzlei New Square Nr. 62 versammelt (soweit ihre beruflichen Verpflichtungen und der Bürovorsteher dies gestatten). Sie bilden eine attraktive kleine Runde, und wer an keinem einzigen von ihnen Gefallen findet, hat, wenn überhaupt, einen heiklen Geschmack.

Zwischen Ragwort und Cantrip besteht eine gewisse Ähnlichkeit: gleiches Alter, gleiche Größe, beide schlank und hellhäutig. Wer in der Eroberung der Tugend den höchsten Genuß findet, ist bezaubert von Ragworts keuschem Profil und herbstlaubfarbenem Schopf. Im Gegensatz dazu hat Cantrip Augen und Haare von hexenhaftem Schwarz, eine Attraktion für alle, die einen Hauch von Verruchtheit vorziehen. Selena - es fällt mir kein besonderes Merkmal ein, durch das Selena, mit ihrer durchschnittlichen Größe und Figur und dem Haar in jeweils wechselnden Blondschattierungen sich von anderen hübschen jungen Frauen Mitte zwanzig unterscheidet; allerdings nur, solange sie nicht den Mund aufmacht. Ihre Stimme ist nämlich einmalig, schmeichelweich und suggestiv, sehr zum Leidwesen gegnerischer Anwälte. Aber sonst? Stellen Sie sich eine zufriedene Perserkatze vor, die gerade mit Erfolg ein Kreuzverhör durchgeführt hat, dann haben Sie eine Vorstellung von Selena. Timothy schließlich, mein ehemaliger Schüler und schon zwei oder drei Jahre länger als die anderen als Anwalt zugelassen, ist relativ stark beruflich in Anspruch genommen; an jenem betreffenden Morgen war er nicht zugegen. Es lohnt sich also nicht, ihn zu beschreiben.

Die allgemeine Unterhaltung pflegt sich um die verschiedenen Fragen zu drehen, die einen Barrister nun einmal beschäftigen, etwa ob es in einem bestimmten Fall sinnvoller ist, Klage zu erheben oder eine Parlamentsentscheidung anzustreben, oder was mit Nordirland geschehen soll oder wer von den Anwesenden an der Reihe ist, den Kaffee für alle zu zahlen.

»Skandalös«, ließ Ragwort sich gerade vernehmen, als ich das Kaffeehaus betrat. Als Objekt seiner Mißbilligung kam so gut wie alles in Frage - Ragwort hat so hochstehende ethische Grundsätze. Bei dieser Gelegenheit nahm er, wie sich herausstellte, Anstoß am Preis der Tasse Kaffee. Aber er ist ein junger Mann von vollendeten Manieren - bei meinem Anblick bestellte er, fast ohne Zögern, noch eine Tasse für mich.

Ich hatte befürchtet, Lincoln's Inn mitten in den Sommerferien verlassen vorzufinden. So drückte ich meine Überraschung und Freude aus, daß dem nicht so war.

»Meine liebe Hilary«, sagte Selena, »dir ist doch sicherlich inzwischen bekannt, daß Henry uns in der Zeit, die man ironischerweise als ›Große Ferien‹ bezeichnet, nicht mehr als vierzehn Tage Urlaub gibt. Cantrip und ich haben unsere vierzehn Tage schon gehabt – Ragwort hebt sich seine bis zum Ende des Monats auf.«

Henry ist der Bürochef der Kanzlei New Square Nr. 23. Aus der Art und Weise, wie Selena und die anderen von ihm sprechen, könnten die mit dem englischen Justizwesen nicht so vertrauten Leser vermuten, daß sie von ihm angestellt sind und zwar zu Bedingungen, die einer Leibeigenschaft gleichkommen. Es muß hier klargestellt werden, das dem nicht so ist: Henry wird von ihnen beschäftigt. Seine Aufgabe ist es, als Gegenleistung für zehn Prozent ihrer Einnahmen, als Vermittler zur Außenwelt zu fungieren, Verwalter, Manager und Geschäftsführer in einer Person, ihre Leistungen anzupreisen, ihre Fehlschläge zu beschönigen, ihre Honorare zu rechtfertigen und ihre Versäumnisse zu bemänteln. Er muß den besonders lukrativen Mandanten schmeicheln und denjenigen, die nach zwei oder mehr Jahren noch nicht gezahlt haben, vorwurfsvolle Briefe schreiben. An einem einzigen Vormittag muß er sechsmal im Brustton der Überzeugung jemandem versprechen, daß eine bestimmte Akte sofort und vorrangig bearbeitet werden würde. Mit Außenwelt meine ich natürlich die einfachen Anwälte, die Solicitors. Es wäre absolut standeswidrig für einen Barrister, sich ohne Vermittlung eines Solicitors mit einem Mandanten zu befassen.

Ich erkundigte mich, ob Timothys Abwesenheit wenigstens seinem Vergnügen diene. Selena und Ragwort schüttelten den Kopf.

»Ist gekrallt worden«, sagte Cantrip.

»Gekrallt?« wiederholte ich, von der Ausdrucksweise irritiert. Cantrip hat in Cambridge studiert – man versteht nicht immer, was er meint. »Gekrallt? Von wem, Cantrip? Oder, um mich des in Cambridge üblichen Idioms zu bedienen, wem von?«

»Henry natürlich«, sagte Cantrip. »Hat Tim beim Fluchtversuch erspäht und ihm die Schergen auf den Hals gehetzt. Zurück zur Zwangsarbeit.«

»Cantrip will ausdrücken«, sagte Selena, »daß, als wir zur Kaffeepause weggehen wollten, Henry uns die Aushilfsschreibkraft geschickt hat, um auszurichten, daß Timothys Anwesenheit erforderlich sei. Eine angesehene Londoner Anwaltsfirma benötigt den Rat eines Barristers in einer besonders dringenden Angelegenheit.«

»So ist es«, sagte Cantrip. »Während wir unseren Kaffee schlürfen, lauscht der Ärmste den senilen Wahnideen des Seniors der Firma Tiddley, Thingummy & Whatsit.«

»Wie du siehst, Hilary«, meinte Selena, »wir alle haben keine Ferien. Mit Ausnahme von Julia natürlich. Die befindet sich jetzt wohl schon in Venedig.«

»Julia?« rief ich überrascht. »Du hast doch hoffentlich Julia nicht ganz allein nach Venedig geschickt?«

»Soll ich Julias Hüter sein?«

»Jawohl«, sagte ich streng, da mir ihre Einstellung etwas leichtfertig vorkam. Sie tut immer so, als sei Julia eine normale erwachsene Frau, die man ohne Bedenken zum Brötchenholen schicken kann; aber das ist natürlich völliger Unsinn. Die arme Julia! Sie ist unfähig zu verstehen, was um sie herum in der Welt passiert oder wieso, oder auch nur die einfachsten praktischen Dinge zu lernen, die man zum Überleben braucht. Daran muß man schon in ihrer Kinderzeit gemerkt haben, daß sie als Erwachsene niemals imstande sein würde, das Leben ohne fremde Hilfe zu meistern. Sie war sicher ein nettes braves kleines Mädchen mit einer gewissen Begabung für lateinische Verben und für Intelligenztests. Aber wozu soll so etwas gut sein? Auf der Suche nach einem stillen Winkel, wo ihre Unzurechnungsfähigkeit nicht allzu sehr auffallen würde, ist ihre Familie vernünftigerweise auf Lincoln's Inn verfallen. Sie ist jetzt ein Mitglied der kleinen, auf Steuerrecht spezialisierten Kanzlei am New Square Nr. 63, wo sie den lieben langen Tag sitzt und die Leute in Steuersachen berät und weiter keinen Schaden anrichtet. Aber sie nach Venedig reisen zu lassen – ich sah sie vor mir, allein durch diese winkligen Gassen irrend, verstört und aufgelöst wie eine Heldin der griechischen Tragödie (so sieht sie ja schon in ihren besten Momenten aus), und ich konnte mich nicht entbrechen, Selena zu tadeln.

»Überdies«, setzte ich hinzu, »nützt es dir nichts, andeutungsweise den Eindruck zu erwecken, als habe deine Mitschuld an dem Vorhaben lediglich in einer Unterlassung bestanden. Wenn du mir erzählen willst, daß Julia es geschafft hat, eine Reise zu buchen, ihren Paß zu suchen, ihren Koffer zu packen und rechtzeitig am Flugplatz zu erscheinen, alles ohne Hilfe eines kompetenten Erwachsenen, so sehe ich mich genötigt, dir keinen Glauben zu schenken.«

Selena konnte ihre aktive Mitschuld nicht leugnen. Sie war mit Julia zu einem Reisebüro gegangen und hatte dort ihren Wunsch vorgetragen, kurzfristig – innerhalb von fünf Tagen – einen Venedigurlaub zu buchen. (Ich verzichtete auf die Frage, weshalb Julia sich nicht früher entschlossen hatte, denn fünf Tage im voraus zu planen ist für sie schon eine reife Leistung.) Das Reisebüro hatte einen freien Platz in einem Pauschalangebot namens »Art Lovers' Holiday« aufgetan. Auf die Frage, in welcher Hinsicht dieses sich von anderen Urlaubsangeboten unterscheide, lautete die Auskunft, daß Ausflüge zu einigen historisch und kunsthistorisch interessanten Orten im Preis inbegriffen seien; weitere Besichtigungsfahrten konnten zusätzlich gebucht werden.

»Dieses letztere«, sagte Selena, »machte auf Julia großen Eindruck. Ihre Schlußfolgerung war, daß, wenn einige der Tagesausflüge Wahlleistungen darstellen, die anderen zum Pflichtbestandteil gehören. Sie wird also den größten Teil der Zeit nicht auf sich allein gestellt sein, sondern mit einer Gruppe honoriger Kunstliebhaber unter Aufsicht eines qualifizierten Reiseleiters im Veneto herumreisen. Du siehst, Hilary, deine Bedenken und deine Schwarzseherei sind völlig unbegründet.«

»Du willst natürlich nur die rosige Seite sehen«, sagte ich. »Aber soweit ich informiert bin, sind Reiseleiter weder als Kindermädchen noch als Wärter von geistig Minderbemittelten ausgebildet. Der oder die Ärmste läßt sie womöglich einen Moment lang aus den Augen, und schon verläuft sie sich. Was dann?«

»Sie fragt sich zu ihrem Hotel durch.«

»Sie wird den Namen des Hotels vergessen haben.«

»Sie hat den Namen auf einem Zettel bei sich.«

»Sie wird den Zettel verloren haben. Sie wird sich plötzlich allein in einer fremden Stadt wiederfinden. Sie wird nicht wissen, wo sie ist und was sie machen soll.«

»Das passiert ihr in London doch mindestens alle vierzehn Tage einmal.«

Da war nun leider etwas dran. In ihrer eigenen Stadt ist Julia noch heute außerstande, mit Sicherheit den Weg von Holborn nach Covent Garden zu finden. Dennoch ...

»In Venedig«, versicherte Ragwort, »kann Julia sich nicht verlaufen. Ich habe ihr meine Reiseführer geliehen, einen von Venedig und welche über die anderen Städte im Veneto, die sie vermutlich besuchen wird. Ich habe nicht immer eine englische Ausgabe kaufen können, daher ist das eine oder andere davon in italienischer Sprache. Aber ich denke, das macht nichts. Die Hauptsache ist, daß Stadtpläne darin sind. Klare, übersichtliche Stadtpläne. Julia wird auf einen Blick sehen, an welcher Stelle sie sich befindet, an welcher Stelle sie sich eigentlich befinden sollte, und wie sie von der einen zur anderen kommt.«

Diese Leihgabe war ein Freundschaftszeichen, das über eine bloße Gefälligkeit weit hinausging. Bei seinem Venedigaufenthalt im Frühjahr hatte Ragwort eine leidenschaftliche Zuneigung zu der Stadt und zu allem, was mit ihr zusammenhing, gefaßt. Die Reisebücher waren ihm teuer wie ein Andenken an eine Liebesaffäre. Sie Julia auszuhändigen, zumal wenn man daran denkt, wie häufig sie Dinge bekleckert . . .

»Ich habe sie ermahnt«, sagte Ragwort, »daß sie sorgfältig damit umgehen und nicht darin lesen soll, während sie Gin trinkt. Oder Kaffee. Oder während sie Pizza mit den Fingern ißt. Und ich habe die Bücher alle in Packpapier eingeschlagen. Es kann eigentlich nichts passieren.«

»Und es wird auch nichts passieren«, sagte Selena. »Es macht nichts aus, daß die Bücher teilweise italienisch sind. Julia spricht sehr gut Italienisch.«

Dies ist eine zwar irrige, aber unausrottbare Meinung von Selena. Sie selbst weigert sich, irgendeine Fremdsprache zu lernen. Julia dagegen pflegt sich an den Küsten des Mittelmeeres zu tummeln in dem naiven Glauben, daß die Leute immer noch eine Art Latein sprechen, bei dem nur die Endung der Wörter verschluckt und das Ganze ein bißchen *staccato* ausgesprochen wird. Ihre so erzielte Redegewandtheit reicht aus, daß Selena, wenn sie miteinander reisen, sie als diejenige betrachtet, die die Landessprache beherrscht.

Ich schnitt noch eine weitere Frage an, die mir rätselhaft schien: »Das Ganze ist doch anscheinend nicht billig. Wieso kann Julia sich das leisten? Soviel ich weiß, hat das Finanzamt sie bis aufs Hemd ausgeplündert.«

Julias unglückliche Beziehung zur Steuerbehörde ist eine Folge davon, daß sie es in ihren ersten vier Jahren leidlich erfolgreicher Berufsausübung als Anwältin unterließ, eine Einkommensteuererklärung abzugeben. Die Wahrheit ist, denke ich, daß sie im tiefsten Herzen nicht an die Existenz von Steuern geglaubt hat. Sie sind für sie nur das Fach gewesen, das sie für ihre Prüfungen studiert und in dem sie anschließend eine Anzahl Klienten beraten hat; unter diesen Umständen hat ihr natürlich niemals gedämmert, daß der Gegenstand etwas mit der Realität zu tun haben könne.

Es kam der Tag, an dem das Finanzamt Julias Existenz entdeckte und sie an die seinige erinnerte. Die Behörde hatte nicht einmal sofort Geld von ihr verlangt; zuerst hatte man so unvernünftig wie unerbittlich ihre Steuererklärung haben wollen. Auf diese Weise hatte die Behörde verraten, daß sie gar nicht von dem gerechten und gesetzeskonformen Wunsch, die öffentlichen Kassen zugunsten des Gemeinwohls zu füllen, beflügelt wurde. Ihre wahre Absicht war es, Julia zu zwingen, monatelang jeden Abend an einer alten klapprigen Schreibmaschine zu sitzen und die sie betreffenden Eintragungen aus dem Gebührenrechnungsbuch der Kanzlei abzuschreiben. Ich selbst glaube nicht so recht daran, daß Alter und Reparaturbedürftigkeit der Schreibmaschine wesentliche Bestandteile der behördlichen Strategie waren. Julia aber war davon völlig überzeugt: Mit jedem Mal, bei dem die Maschine hakte, vertiefte sich ihr Groll. Und dann hatte das Finanzamt für die Früchte ihres Fleißes kein einziges Wort des Dankes oder der Anerkennung gehabt, sondern statt dessen eine große Summe Geldes gefordert, mehr als sie besaß. Mehr, behauptet Julia, obwohl ich denke, hierin irrt sie, als sie je besessen hat. Mehr als sie jemals zu besitzen erhoffen kann.

In dieser äußersten Notlage wandte sie sich an ihren Bürochef. Er heißt William, ist älter als Henry und vielleicht ein bißchen weniger streng. Seine Hilfsbereitschaft zu mobilisieren, bedurfte es nur zweier Stunden schmeichlerischen Flehens, begleitet von der feierlichen Zusicherung künftigen Arbeitsfleißes. William schickte allen Anwalts- und Notarfirmen, die Julia für ihre Bemühungen noch Geld schuldeten, Gebührenrechnungen mit der Bitte um umgehende Regulierung.

Dank seiner Aktivitäten kam eine Summe zusammen, die zwar genügte, das Finanzamt zu befriedigen, aber Julia nichts übrig ließ, wovon sie ihr Leben fristen konnte. Oder doch nur gerade so viel, um die nackte Existenz zu bestreiten. Ich verstand nicht, wieso sie es sich leisten konnte, nach Venedig zu reisen.

»Die tragischen Ereignisse, auf die du dich beziehst«, sagte Selena, »spielten sich vor einigen Monaten ab. Genauer gesagt, in dem Steuerjahr, das am 5. April endete. Etwa um diese Zeit meldete sich das Finanzamt bei Julia, um sie daran zu erinnern, daß nunmehr die Steuererklärung für ein weiteres Jahr benötigt werde.«

»Und Julia war ganz schön verschnupft«, sagte Cantrip, »denn nach ihrer Ansicht hatte sie ihre Pflicht und Schuldigkeit in puncto Abrechnung bereits getan.«

»Aber sie tröstete sich mit dem Gedanken«, fuhr Selena fort, »daß es jetzt nur um die Zahlen eines einzigen Jahres ging und daher nicht so schlimm werden konnte wie beim ersten Mal. Also setzte sie sich wieder an ihre Schreibmaschine und fabrizierte in weniger als drei Monaten ihre Steuererklärung für das abgelaufene Jahr.«

»Aber«, warf Ragwort dazwischen, »da nun bei ihrem Einkommen in der fraglichen Zeit die beträchtliche Summe zu Buche schlug, die William eingetrieben hatte, um ihre vorjährigen Steuerschulden zu bezahlen ...«

»... steht sie jetzt noch höher in der Kreide als letztes Jahr. Inzwischen ist sie ganz verzweifelt. Für sie sieht es so aus, daß jeder Versuch, ihre Steuern zu zahlen, nur dazu dient, die Forderung zu vergrößern. Eine Logik, die schwer zu widerlegen ist.« Selena starrte betrübt in ihre Kaffeetasse.

»Es ist mir immer noch nicht klar«, sagte ich, »wieso sie sich dann imstande sieht, Geld für eine Reise auszugeben.«

»Stimmt«, sagte Selena, »wenn sie jetzt Urlaub macht, kann sie die Steuern nicht bezahlen. Aber wenn sie den Urlaub nicht macht, kann sie sie auch nicht bezahlen. Nach dem Grundsatz ›wenn schon, denn schon‹ hat sie sich zur Venedig-Reise entschlossen. Ich halte das für sehr vernünftig. Sie wird seelisch gestärkt für den Lebenskampf nach London zurückkehren.«

»Seelisch?« wiederholte Ragwort. »Liebe Selena, wir alle wissen doch genau, was Julia in Venedig zu finden hofft, und das hat, wie ich mit Bedauern feststelle, nichts mit ihrer Seele zu tun.« Er preßte die feingeschwungenen Lippen zusammen, wie um die Äußerung näherer, unschicklicher Einzelheiten zurückzuhalten.

»Was sie will, ist ein bißchen herumflippen«, sagte Cantrip. Mit dem letzteren, in Cambridge üblichen Ausdruck wird, soweit ich unterrichtet bin, das Streben nach erotischer Befriedigung bezeichnet.

»Julia hat den ganzen Sommer schwer gearbeitet«, erklärte Selena, »und hatte wenig Gelegenheit zur Entspannung. Es wird ihr hoffentlich niemand das bißchen harmlose Zerstreuung mißgönnen. Meine einzige Sorge ist, daß sie ein wenig überstürzt vorgehen könnte. Ich habe sie daran erinnert, daß junge Männer sich gern in dem Glauben wiegen, man interessiere sich für sie als Mensch. Wenn man sie allzu früh merken läßt, warum man in Wirklichkeit an ihnen interessiert ist, sind sie meistens beleidigt und werden arrogant. Man kann nur hoffen, daß jemand gleich in den ersten ein, zwei Tagen Julias Interesse weckt, damit sie nicht das Gefühl hat, die Zeit sei zu kurz für eine einfühlsame Annäherung.«

»Wieviel Zeit hat sie denn?« fragte ich.

»Zehn Tage. Eigentlich nur acht, weil zwei auf die Reise entfallen. Samstag in einer Woche ist sie wieder hier.«

Nach einem Moment des Nachdenkens fügte Selena ihrer letzten Äußerung wohlweislich ein *Deo volente* hinzu. Aber was ihr dabei vorschwebte, war wohl eher ein kleineres Malheur und nicht gerade eine Verhaftung wegen Mordverdachts.

Kapitel 2

Obwohl Selena angeblich so überzeugt war, Julia werde nichts zustoßen, verriet sie sich doch während der folgenden Tage durch eine ungewöhnliche Kenntnis der *Times,* und zwar speziell der Seiten, welche Meldungen aus Italien brachten. Die Zeitung war plötzlich voll von Kurzberichten über Studentenunruhen in Bologna, Probleme des Pfirsichanbaus in der Toskana und über neue Doktrinen in der offiziellen Lehrmeinung des Vatikans und der Kommunistischen Partei Italiens. Zum Glück hatten anscheinend weder Verbrechen noch Verkehrsunfälle, Bürgerunruhen noch Naturkatastrophen eine Person betroffen, deren Beschreibung auf Julia zutraf.

Abgesehen von solchen Hiobsbotschaften wartete Selena auf die Briefpost. Sie hatte Julia eingeschärft, sie solle ihr jeden Tag schreiben, zur Erbauung und Unterhaltung der in Lincoln's Inn Zurückgebliebenen.

»Du hast ihr hoffentlich klargemacht«, sagte Ragwort, »daß die Briefe sich zum Vorlesen in einer gemischten Gruppe eignen sollten und daß die geschilderten Aktivitäten absolut salonfähig sein müssen?«

»Nicht direkt«, sagte Selena. »Ich habe nur gesagt, wir erhoffen uns von ihr eine pikareske Folge von Verführungsversuchen. Allerdings habe ich ihr zugestanden, daß wir nicht jedesmal einen vollen Erfolg erwarten. Im Gegenteil, habe ich gesagt, wir würden das vielleicht für einen Mangel an künstlerischer Ausgewogenheit halten.«

Ragwort seufzte.

Ich hatte Selenas Annahme, die Briefe aus Venedig würden früher in London ankommen als Julia selbst, für reichlich optimistisch gehalten; aber glücklicherweise funktionierte während der fraglichen Zeit die Post relativ gut. Der erste von Julias Briefen traf am Dienstag ein, und Selena, die als einzige die Handschrift entziffern konnte, las ihn uns beim Kaffee vor.

Heathrow,
Donnerstagnachmittag

Liebste Selena,
»12 Ehebrüche, 9 Flirts, 64 Fälle von Unzucht und eine kleine Vergewaltigung« hast Du von mir verlangt, nur um Dein Unterhaltungsbedürfnis zu befriedigen. Indessen wirst Du Dich gedulden müssen - das Flugzeug bietet nicht Platz genug für derlei Eskapaden. Ich fange jedoch an zu schreiben, wie ich auch fortfahren werde, nämlich in Einklang mit Deinen Instruktionen - das heißt, mit der unverzüglichen Berichterstattung über alles, was passiert.

Dabei fällt mir ein, daß eine Befolgung dieser Anweisung bei der Ausführung der Ehebrüche, Flirts usw. eine hemmende Wirkung entfalten könnte. Unter gewissen Umständen werde ich deshalb, was die genaue zeitliche Übereinstimmung angeht, auf ein wenig Nachsicht hoffen - die mir von Dir als der vernünftigsten aller Frauen mit Sicherheit gewährt werden wird.

Es ist etwa eineinhalb Stunden her, daß wir uns am Flugplatz verabschiedet haben. Seit Du mich verlassen hast, ist es mir nicht allzugut ergangen: Man hat mich von einem Raum, wo es Gin gab, zu einem geschleppt, wo es keinen gibt, und von wo ich rauchen konnte dahin, wo ich nicht rauchen darf. Mit anderen Worten, von der Abflughalle in das Flugzeug. Sie haben mir auch den Paß abgenommen.

*

»Das können sie mit Julia doch nicht machen«, sagte Selena. »Sie ist britische Staatsbürgerin.«

*

Und es nützt mir nichts, wenn Du jetzt sagst, Selena, daß ich die britische Staatsbürgerschaft besitze und sie das nicht mit mir machen können. Und ob sie das können! Es begann mit einer Meinungsverschiedenheit in bezug auf meinen Koffer. Ich dachte, er ginge als Handgepäck und ich könnte ihn bei mir behalten. Die Stewardeß entschied sich aber im letzten Moment anders. Ich fügte mich der Expertin, und sie schob den Koffer auf eine Art Rutsche. Erst als er wie unwiderstehlich angesaugt im Bauch des Flugzeugs verschwand, fiel mir ein, daß mein Paß sich in der Seitentasche befand. Ich werde meinen Paß nicht wiedersehen, bis ich mein Gepäck ausgehändigt bekomme. Und das wird, wenn meine Erinnerung an Flugplatzprozeduren mich nicht täuscht, erst hinter den Schranken der Paßkontrolle sein. Das Dilemma ist also vorprogrammiert.

Zu spät, ach zu spät, Selena, erinnere ich mich an Deinen wie immer exzellenten Ratschlag, meinen Paß grundsätzlich in der Handtasche aufzubewahren. Zusammen mit den anderen wichtigen Dokumenten wie Flugschein, Reiseschecks, dem italienischen Mini-Lexikon, Ragworts Reiseführer von Venedig und dem diesjährigen Steuergesetz. Was meinst Du, wird irgend etwas davon als Ausweis meiner Identität akzeptiert werden? Oder bin ich auf ewig dazu verdammt, zwischen London und Venedig hin- und herzupendeln, mit gelegentlichen, durch bürokratische Fehlhandlungen bedingten Umwegen über Ankara und Bankok?

*

»Ich verzichte darauf zu bemerken«, warf ich dazwischen, »daß ich es vorhergesagt habe.«

»Der Poststempel ist von Venedig«, sagte Selena. »Wir dürfen unterstellen, daß das Steuergesetz als Paßersatz akzeptiert wurde.«

*

Und das, möchte ich einflechten, ist die optimistische Annahme, die davon ausgeht, daß wir überhaupt nach Venedig gelangen. Die pessimistische Annahme ist die, daß das Flugzeug entführt wird. Neben mir sitzt ein Mann von Anfang fünfzig, der etwas Militärisches an sich hat und durchaus der Typ für so etwas sein könnte. Seine Sonnenbräune hat er sicherlich nicht in England erworben; sein weißer Schnurrbart sträubt sich piratenmäßig; seine blauen Augen leuchten irgendwie fanatisch. Und er trägt Bermudashorts, die seine Unterschenkel unbekleidet lassen, ein Paar behaarte Greifwerkzeuge wie die Beine einer Spinne. Ein Mensch, der besagte Gliedmaßen in besagter dürftiger Verhüllung öffentlich zur Schau stellt, und das in einem Flugzeug voller Passagiere – davon einige in zartem Alter, andere vielleicht von schwacher Konstitution –, solch ein Mensch ist zu jeder Greueltat fähig. An seinem

Handgepäck ist ein Schildchen, ähnlich wie dasjenige, das ich von meinem Reisebüro bekommen habe, dem zu entnehmen ist, daß er wie ich ein »Art Lover« ist. Aber man kann nicht ein Kunstliebhaber sein ohne ein Minimum an ästhetischer Sensibilität. Über dieses Minimum verfügt er nicht - Beweise: *vide supra.* Die Schlußfolgerung lautet: Er ist ein Hochstapler.

*

»Kann Spinnen nicht ausstehen, das arme Kind«, sagte Cantrip. »Hab ich euch jemals erzählt . . .?«

»Aber ja«, sagte Selena, »wir kennen die Episode mit der Spinne, Cantrip, und wir möchten sie nicht noch einmal hören. Eine eklige Geschichte.«

»Ich fand es eigentlich witzig«, sagte Cantrip.

»Mein Eindruck war«, sagte Ragwort, »daß Julia es gar nicht witzig gefunden hat.«

»Nein«, sagte Cantrip betrübt, »nein, hat sie in der Tat nicht.«

Es wird hoffentlich in keinem Stadium meines Berichts erforderlich werden, meine Leser mit der Wiedergabe der degoutanten Spinnenepisode zu belästigen. Ich möchte nur bemerken, daß jeglicher wie auch immer geartete erotische Kontakt zwischen Julia und Cantrip, auf den im folgenden Bezug genommen wird, mit Sicherheit an einem jenem Vorfall vorangegangenen Datum stattgefunden haben muß. Obwohl ich um der Gerechtigkeit willen einräumen muß, daß eine Frau, die sich am 31. März eines beliebigen Jahres mit Cantrip für die Nacht zurückzieht, ohne das Datum des folgenden Tages zu bedenken - nun ja, wie gesagt, lassen Sie uns über die Angelegenheit den Schleier breiten.

*

Wohlgemerkt, Selena, was das Ausschauhalten nach möglichen Luftpiraten angeht, so bin ich ein bißchen mißtrauisch wegen der Matrone in der Sitzreihe gegenüber. Korsett wie eine Ritterrüstung, ominöse Frisur - können Locken von Natur aus eine Form von derartig eherner Symmetrie annehmen? Und kann eine Dame, die so große Ähnlichkeit mit der alten Briten-Königin Boadicea aufweist, frei von militärischem Ehrgeiz sein?

Es erfüllt mich mit Unbehagen, daß auch sie als »Art Lover« etikettiert ist. Vielleicht ist es eine Verschwörung. Vielleicht hat sich eine Bande skrupelloser Extremisten in Ausführung einer Verzweiflungstat als kunstliebende Bildungstouristen verkleidet. Ich werde mich unauffällig umsehen, ob es noch mehr von ihnen gibt.

Ein weiteres »Art Lover«-Schildchen befindet sich ein paar Reihen hinter mir, auf der anderen Seite des Ganges, an der Schultertasche einer hübschen jungen Frau. Ihre Haarfarbe ist dieselbe, die Du letztes Frühjahr getragen hast - ich glaube, sie hieß »Herbstmond«. Ihr Teint ist von jener ätherischen Blässe, bei der man sofort an Idealismus denkt. Flugzeuge werden relativ oft von Idealisten entführt.

Neben ihr sitzt ein junger Mann. Sie gehören anscheinend zusammen, obwohl sie wenig miteinander sprechen. Wenn das zutrifft, ist er vermutlich auch ein sogenannter Kunstfreund. Sein Gesicht hat die Form, die in der Geometrie als Trapez bekannt ist: ein Viereck, aber kein Rechteck, nämlich unten am Kinn breiter als oben an der Stirn. Sein Rumpf bildet dieselbe geometrische Figur, nur umgekehrt, nämlich breiter an den Schultern als an den Hüften. Immerhin, eine saubere, gesunde Erscheinung, auf der das Auge mit Wohlgefallen ruhen könnte. Aber er hat einen gereizten, argwöhnischen Gesichtsausdruck, als sei er ständig darauf gefaßt, von jemandem hereingelegt zu werden.

Er erkundigt sich eben bei der Stewardeß, wie lange wir hier noch warten wollen. Seine Miene drückt aus, daß er eine nicht der Wahrheit entsprechende Antwort erwartet, sein Akzent verrät den Amerikaner. Die Amerikaner sind ebenfalls zu einem hohen Prozentsatz an Flugzeugentführungen beteiligt.

Die einzigen anderen »Art Lovers«, die ich ausmachen kann, sind zwei junge Männer, die ein paar Reihen vor mir sitzen. Ich hätte sie wohl gar nicht besonders bemerkt, wäre nicht der eine von ihnen soeben auf den Mittelgang hinausgetreten, um dem anderen zu ermöglichen, das Handgepäck ins Gepäckfach zu heben. (Handgepäck im Gepäckfach unterzubringen ist nicht erlaubt. Die Stewardeß hat sie gerade gerügt.)

Derjenige, der das Hochheben besorgte (und, nach der Rüge, das Herunterholen), eignet sich gut dafür, denn er hat die Physis eines außergewöhnlich muskulösen Ochsen - ungefähr so wie dieser Rugbyspieler, der in Oxford in Dich verknallt war, der so bieder aussah und immer mit Selbstmord drohte. Sein Gesicht, das er mir einmal kurz zugewendet hat, wirkt mit den buschigen Augenbrauen, die fast zusammenstoßen, irgendwie finster und gequält. Nicht mein Typ, nicht im geringsten.

Aber der andere - der, der wegen der Gepäckaktion beiseite getreten ist -, der sieht nach einem attraktiveren Angebot aus. Sein Haar ist noch eine Nuance heller als das der blonden jungen Frau. Und er ist gertenschlank. Er trägt ein bildschönes Hemd mit weiten Ärmeln aus diesem groben Musselin, den Ragwort bisweilen bevorzugt. Ich glaube, man nennt den Stoff indische Baumwolle. Zur Zeit nimmt er eine höchst anmutige Haltung ein, indem er sich so auf die Sessellehne stützt, daß der bezaubernde Schwung seiner linken Hüfte zur Geltung kommt. Nur sein Gesicht habe ich bisher nicht erblickt.

*

»Skandalös«, sagte Ragwort.

»Hat sie wenigstens abgelenkt von den Luftpiraten«, sagte Cantrip.

»Ästhetische Betrachtungen«, sagte Selena, »haben die Sorge um ihre persönliche Sicherheit verdrängt. Das spricht zu ihren Gunsten.«

»Ästhetisch, hört, hört!« sagte Ragwort.

*

Der Flugkapitän hat angesagt, daß wir demnächst starten. Er hat uns die Broschüre mit den Sicherheitsvorschriften ans Herz gelegt. Ich habe mein Bestes getan; aber da gibt es nur Zeichnungen ohne jegliche Erläuterung. Zuerst ist da ein Bild von einer Frau, die aufrecht im Flugzeug sitzt, daneben ein Pfeil; dann ein Bild von ihr, wie sie sich mit dem Kopf in den Händen nach vorn beugt. Ist das das einzige, was man im Katastrophenfall von mir erwartet, nämlich mich vorzubeugen und den Kopf zwischen die Hände zu nehmen? Wenn ja, werde ich dem gewachsen sein. Oder ist da eine tiefere Bedeutung, die mir entgangen ist? Vielleicht wollte der Künstler einen Moment reuevoller Zerknirschung darstellen - die Dame erwartet schließlich jeden Augenblick, vor ihren Schöpfer zu treten. Das ist eine weniger angenehme Vorstellung.

Einige Meilen über Paris,
später

Die Lage hat sich sehr gebessert. Meine Lungen haben sich mit stärkendem Nikotin gefüllt. Das gewohnte Quantum Gin ist in meinen Blutkreislauf geschleust worden. Man hat mir Nahrung in kleinen Plastikschälchen gereicht. Ich bin zu der Ansicht gekommen, daß die »Art Lovers« das Flugzeug nicht entführen werden.

Zwar zeigt die blonde Frau immer noch diese durchscheinende Blässe, die ich in Gedanken mit Idealismus verbinde. Ich bin aber jetzt darauf gekommen, daß es näherliegt, auf Reisekrankheit zu schließen.

Der Mann neben ihr ist vielleicht wirklich Amerikaner; aber wenn auch viele Entführungen von Amerikanern begangen werden, folgt daraus nicht zwingend, daß viele Amerikaner Entführungen begehen. Der Umkehrschluß führt leicht zu einem falschen Ergebnis.

Die gepanzerte Matrone hat ihrer Kampfbereitschaft Luft gemacht, und zwar durch eine Beschwerde bei der Stewardeß über die Beköstigung. Sie bemängelt sowohl die Qualität wie die Quantität. Ihre Ansicht über erstere müßte sie, denkt man, indifferent in bezug auf die letztere stimmen – dem ist aber nicht so: Sie erklärt das Essen für ungenießbar und verlangt gleichzeitig einen Nachschlag!

Mein spinnenbeiniger Nachbar dagegen ist mit allem hochzufrieden. So, meint er, fühlt er sich wohl. »Muß man den Reisefritzen lassen«, sagte er, »verwöhnen einen ganz schön bei so'ner Pauschaltour. Gutes Flugzeug, gutes Essen, anständiges Tröpfchen zu trinken, dufte Puppe neben einem. So ein Leben ist was für Bob Linnaker, sag' ich.«

Anscheinend wollte er mir ein Kompliment machen.

»Die Reiseagentur«, sagte ich, mit, wie ich hoffte, Ragwortähnlicher Miene, »hatte kein Recht, mich in ihr Pauschalangebot einzuschließen. Wenn sie das behauptet hat, können Sie sich auf das ›Wareneigenschaften-Gesetz‹ zum Schutze des Verbrauchers berufen.«

Darauf brach er in dröhnendes Gelächter aus und meinte, ich sei ein helles Köpfchen. Leider ist meine Ragwort-Imitation nicht perfekt. Wenn ich zurück bin, muß ich mal genau studieren, wie er diese herb verengten Augenlider und die einschüchternd zusammengepreßten Lippen hinkriegt.

*

»Ich fürchte«, sagte Ragwort, »daß Julia ein respektheischendes Benehmen niemals erlernen wird, und wenn sie noch so viel übt. Ihr Äußeres spricht dagegen.«

»Ich finde, Julia hat ein ganz hübsches Äußeres«, sagte Cantrip. Ein Hauch von Zärtlichkeit sänftigte seine schwarzen Hexenaugen; zweifellos erinnerte er sich an die Zeiten vor der Spinnenepisode.

»Genau«, sagte Ragwort und verlieh seinen Gesichtszügen jenen Ausdruck eiskalter Höflichkeit, der Julia so sehr zustatten gekommen wäre. »Es ist ihr Äußeres, das zu - um es so taktvoll wie möglich auszudrücken - irreführenden Rückschlüssen auf ihre Sinnlichkeit verleitet.«

»Keinesfalls irreführend«, seufzte Cantrip, immer noch nostalgisch gestimmt.

»Höchst irreführend«, sagte Selena, »für diejenigen, die wahrscheinlich am ehesten solche Schlüsse ziehen.«

*

Was die beiden jungen Männer angeht, so kann ich Dir nichts weiter berichten - die räumlichen Gegebenheiten hindern mich daran, sie zu beobachten. Ich wünschte, ich könnte das Gesicht des Schlanken sehen. Das Gesicht ist für mich immer das Verführerischste. Egal, wie anmutig die Figur, wenn das Gesicht keinen ästhetischen Reiz besitzt, springt kein Funke über. Ich weiß, das ist Unsinn - Du wirst Dich über mich lustig machen und mich sentimental nennen -, nun gut, Selena, so bin ich nun mal, da kann man nichts machen.

*

»Würde irgend jemand«, fragte Ragwort, »Julia als sentimental bezeichnen? Ausgerechnet?«

»Unheilbar sentimental«, sagte Selena.

*

Mein Nachbar scheint immer noch zu glauben, räumliche Nähe sei die einzige Basis für eine freundschaftliche Beziehung. Er redet mich als Liebchen an. Im Gegenzug habe ich ihn kalt als Mr. Linnaker angesprochen; das hat ihn nicht entmutigt. Eigentlich, sagt er, ist er nicht Mister, sonder Major, obwohl er nicht darauf herumreitet, seit er ins Zivilleben zurückgekehrt ist. Egal, seine Freunde nennen ihn Bob. Das bringt mich in die Klemme: ihn Bob zu nennen wirkt wie ein Zugeständnis, jede andere Anrede wie ein gezielter Affront.

Er hat jetzt auch begonnen, mein Knie zu tätscheln. Das ärgert mich ein bißchen. Ich bemühe mich ja um Toleranz gegenüber den unschuldigen Vergnügungen meiner Mitmenschen, aber andererseits ist es schließlich mein Knie. Aber wenn man neben jemandem im Flugzeug sitzt, gibt es keine Möglichkeit, unauffällig zur Seite zu rücken.

Ich könnte versuchen, das diesjährige Steuergesetz zu lesen. Das würde sicher den Anschein striktester Ehrbarkeit vermitteln. Irgendwann auf dieser Reise muß ich mich ohnehin damit befassen. Ich habe William versprochen, wenn er mir den Ausflug nach Venedig erlaubte, würde ich mein Gutachten über die Ergänzung Nr. 7 innerhalb von 48 Stunden nach meiner Rückkehr abliefern. Aber irgendwie ist das Steuergesetz trotz seines interessanten Inhalts und eleganten Stils im Moment für mich ohne jeden Reiz.

Als Zuflucht bleibt mir wohl nichts als das WC. Ich werde vermutlich nicht bis zum Ende des Fluges dort ausharren können – die übrigen Passagiere könnten das übelnehmen; aber es würde mir eine Zeitlang Ruhe vor dem Major verschaffen. Außerdem könnte ich auf dem Wege dorthin einen Blick auf das Gesicht des schlanken Jünglings werfen.

*

»Der nächste Abschnitt«, sagte Selena, »ist schwer zu entziffern. Die Buchstaben sind selbst für Julias Handschrift ziemlich krakelig. Anscheinend hat sie auch Gin darüber verschüttet. Hol uns noch Kaffee, Cantrip.«

*

Ach, Selena, Selena, »das Gesicht des schlanken Jünglings« habe ich geschrieben, als wäre die Rede von etwas Alltäglichem, Gewöhnlichem. Wie gedankenlos schrieb meine Feder diese Worte hin, nicht ahnend, was sie schrieb. Mit welch zitternder Inbrunst schreibe ich es nun: »das Gesicht des schlanken Jünglings«!

Ach, Selena, was für ein Antlitz! Für dieses Antlitz würde Narziß einen Meineid begehen, die Mondgöttin Endymion vergessen. Die vornehm blasse Haut, die geschwungenen Brauen, der engelsüße Mund, das göttliche Profil – klage nicht länger mehr, o Selena, wie grau unser Zeitalter sei und wie ärmlich unsere Kunst. Über die Ära, die ein solches Profil hervorgebracht hat, werden weder Athen, noch Rom, noch die Renaissance mit all ihrer Glorie triumphieren: Praxiteles und Michelangelo beugen voll Bewunderung das Knie.

Ich bin beinahe ohnmächtig vor Leidenschaft und kann deshalb nicht mehr weiterschreiben. Wie furchtbar, gerade in diesem Augenblick die Wohltat Deines Ratschlags entbehren zu müssen! Deshalb werde ich diese Zeilen nach unserer Landung unverzüglich zur Post geben, damit Du so schnell wie möglich von der Erschütterung erfährst, die mein Gemüt bewegt. Inzwischen verbleibe ich

stets Deine

Julia

PS. Obiges gilt unbeschadet, wie wohl kaum betont werden muß, meiner Verehrung für den tugendhaften und bildschönen Ragwort, den Du bitte meiner Hochachtung versichern mögest.

*

»Julia hat sich wohl in diesen blonden Kerl verknallt«, sagte Cantrip, dessen Einfühlungsvermögen in die weibliche Psyche ja bekannt ist. »So geschwärmt hat sie seit Juni nicht mehr, seit diesem griechischen Barmixer, der mal bei Guido ausgeholfen hat.«

»Oder noch länger«, sagte Selena. »Meines Wissens war von Praxiteles nicht mehr die Rede seit diesem arbeitslosen Schauspieler im Februar.«

»Der ganze Brief«, sagte Ragwort, »ist einfach schamlos. Ich kann nur aufatmen, daß wir jetzt am Schluß angelangt sind.«

Ich unterstelle natürlich niemandem unter meinen Leserinnen und Lesern ein weniger ausgeprägtes Empfinden für Schicklichkeit, als Ragwort es besitzt, und möchte dieses keinesfalls in frivoler Weise verletzen. Dennoch hielt ich es für richtig, Julias Brief *in extenso* zu zitieren, insofern als er die Beschreibung mehrerer Individuen enthält, die im Laufe meiner Erzählung eine Rolle spielen, darunter auch ihr mutmaßliches Opfer.

Kapitel 3

Die Atmosphäre war kühl. Selena sagte, sie mache Timothy zwar keinen Vorwurf, aber man hätte ja wissen können, was für einen Aufstand Henry machen würde. Ragwort sagte, er habe keinen Einwand, die Zustimmung der Anwaltskammer vorausgesetzt, und äußerte sein Erstaunen, daß dieselbe nicht eingeholt worden war. Cantrip bediente sich solcher Ausdrücke wie »Verräter« und »Streber«.

All das, weil Timothy nach Venedig reisen durfte, und zwar, im Gegensatz zu Julia, auf anderer Leute Kosten. Seine Abwesenheit beim Kaffee an meinem ersten Vormittag in London war dadurch begründet, wie sich der aufmerksame Leser vielleicht erinnert, daß der Senior einer führenden Anwaltsfirma um seinen Rat in einer besonderen Angelegenheit ersucht hatte. Dieser alte Herr - Mr. Tiddley oder Mr. Whatsit, ich bin mir da nicht sicher - war einer der Treuhänder eines Nachlaßvermögens. »Ein hübsches Sümmchen«, hatte der Senior bescheiden gemeint. Der Wert erreichte, nach neuester Schätzung, nahezu eine Million Pfund. Der Hauptbegünstigte, dem man gewisse Schritte empfohlen hatte, um die voraussichtlich anfallende Erbschaftssteuer zu vermeiden, hatte sich sehr uneinsichtig gezeigt. Daher war Timothy um seine Unterstützung gebeten worden, um den Erbberechtigten von der Wichtigkeit und Dringlichkeit der Angelegenheit zu überzeugen.

Und das in eigener Person. Schriftliche Erläuterungen - eine Reihe ausführlicher Schreiben waren in der Sache bereits ergangen - hatten nichts bewirkt als die wiederholte Weigerung, die Notwendigkeit der vorgeschlagenen Maßnahmen einzusehen. Der Zufall wollte es, daß der Erbberechtigte, der normalerweise auf Zypern lebte, sich binnen kurzem nach Venedig begeben mußte, um die Hinterlassenschaft seiner kürzlich verstorbenen, dort ansässig gewesenen Großtante zu regeln; ein vortrefflicher Anlaß für ihn (meinte der Senior), da er sich nun schon mit dieser Sache beschäftigte, auch gleich über das von seinem Großvater hinterlassene Vermögen in England und die diesbezüglichen letztwilligen Verfügungen nachzudenken. Es wäre daher zu begrüßen, wenn Timothy – gegen ein Honorar, das, nebenbei erwähnt, nicht nur den Wert der juristischen Beratung, sondern auch die Unannehmlichkeit der mehrtägigen Abwesenheit von London (»O ja, natürlich«, sagte Ragwort) berücksichtigen würde –, wenn also Timothy nach Venedig zu reisen bereit sei. Womit sich Timothy aus lauter Herzensgüte einverstanden erklärt hatte.

»Der Stil der Unterbringung«, sagte Ragwort, »wird wohl ebenfalls dem Wert der juristischen Beratung entsprechen. Hotel Danieli, vermutlich. Oder vielleicht das Gritti Palace?«

Es stellte sich heraus, daß zum Nachlaß der verstorbenen Tante ein kleiner Palazzo unweit vom Canal Grande gehörte. Der Erbberechtigte hatte freundlicherweise mitgeteilt, daß Timothy dort als Gast willkommen sei.

»Sehr erfreulich«, sagte Selena und rümpfte die Nase.

»Entzückend«, sagte Ragwort und runzelte die Stirn.

»Macht mich krank«, sagte Cantrip.

Was Selena die Nase rümpfen, Ragwort die Stirn runzeln und Cantrip krank werden ließ, war nicht einfach der Neid auf Timothys unverschämtes Glück. Was sie hauptsächlich störte, war die Reaktion von Henry, der schon seit Tagen unaufhörlich von der Sache sprach, um darzutun, daß herrlicher Lohn den Gerechten zufällt (denen nämlich, die ihre Zeit nicht mit vormittäglichem Kaffeetrinken verschwenden) im Gegensatz zu den Sündern (die solches tun). Im ewigen Kampf der Barrister gegen die Bürochefs um einen Hauch Muße waren ein paar wichtige Fußbreit Boden verloren gegangen. Kaffeepausen waren eingeschränkt, Mittagspausen verkürzt, Dinnereinladungen abgesagt worden.

Aber im großen und ganzen sind die jungen Leute in New Square Nr. 62 ja doch tolerant, wohlwollend und immer offen für einen fairen Kompromiß. Als Gegenleistung für Timothys Versprechen, er werde am Abend seiner Abreise, also am Freitag, allen Benachteiligten ein Abschiedsessen spendieren, kam man überein, die Angelegenheit nicht weiter zu diskutieren. Ich führte aus, daß auch ich Anspruch darauf hätte, zu den Eingeladenen zu gehören; worauf Timothy freundlicherweise erwiderte, er habe nicht im Traum daran gedacht, daß ich mich nicht mit angesprochen fühlen könne.

Wir wollten uns im ›Corkscrew‹ treffen, einer auf der nördlichen Straßenseite von High Holborn gelegenen, wegen ihrer Nachbarschaft zu Lincoln's Inn beliebten Wein-Bar. Zu unserer Unterhaltung sollten zwei weitere Briefe von Julia beitragen, welche zu lesen Selena unter den obwaltenden Umständen selbst noch nicht die Zeit gefunden hatte.

Ich traf um sieben Uhr als erste ein. Ich setzte mich an einen der kleinen runden Eichentische und zündete die Kerze an, die als Beleuchtung vorgesehen war. Das ›Corkscrew‹ ist etwas für Leute, die es gern schummerig haben. Ein langgestreckter, schmaler Raum, der selbst zur Mittagszeit nur ein Minimum an Tageslicht einläßt, wovon das meiste durch die dunkle Zimmerdecke und die holzgetäfelten Wände verschluckt wird. Das Licht reicht gerade aus für einen gemütlichen Widerschein von der spiegelnden Tischplatte oder den schimmernden Weingläsern. Man zündet die Kerze an, und schon verleiht sie der ganzen Tischrunde etwas anheimelnd Rituelles.

Ich brauchte nicht lange zu warten. Timothy kam zugleich mit Ragwort und Selena herein. Er ging an den Tresen, um uns eine Flasche Niersteiner und etwas zum Knabbern zu holen, während die beiden anderen sich zu mir in den Lichtkreis der Kerze setzten.

»Wozu das Knabberzeug?« fragte ich. »Timothy wird uns gleich zu einem vorzüglichen Essen einladen.«

»Wir essen erst später«, sagte Ragwort. »Cantrip ist heute abend an der Reihe mit dem *Scuttle.*«

Die Eigentümer des *Daily Scuttle* lassen ihr Blatt, bevor es gedruckt wird, zur Vorsicht von einem Juristen überprüfen. Sie glauben naiverweise, dieses Ritual könne sie vor Schadenersatzforderungen und Strafverfahren wegen Verleumdung, Blasphemie, Sittenwidrigkeit, Volksverhetzung, Mißachtung der Justiz, Majestätsbeleidigung und aller übrigen Vergehen und Verbrechen, die das britische Recht kennt, schützen. Für diese abendliche Tätigkeit heuern sie jüngere, unbemittelte Mitglieder der Anwaltskammer an. Zwar sind Verleumdungs- und ähnliche Strafverfahren keine besondere Spezialität der Barrister, trotzdem wird aus Gründen, die sich im Dunkel der Geschichte verlieren, die Stelle des Freitagabend-Lektors traditionell an ein Mitglied der Kanzlei New Square Nr. 62 vergeben. Gegenwärtig ist es Cantrip. Falls der Hunger uns zwingen sollte, ohne ihn unsere Mahlzeit zu beginnen, so würde unsere freundschaftliche Verbundenheit uns doch nicht erlauben, den Abend ohne ihn zu beschließen. Wir wollten deshalb erst spät essen und in der Zwischenzeit das ›Corkscrew‹ mit unserer Anwesenheit beehren.

Im Nachhinein ist es ziemlich erschütternd, daß wir im gedämpften Licht des ›Corkscrew‹ behaglich beim Rheinwein saßen, während Julia bereits versuchte, die venezianische Polizei davon zu überzeugen, daß die Auffindung ihrer Ausgabe des Steuergesetzes direkt neben der Leiche auf dem Bett ... – aber ich will dem chronologischen Verlauf meiner Erzählung nicht vorgreifen. Wir genossen also sorglos den Wein, noch unbeschwert von der Sorge um Julia. Es sollte für eine ganze Weile das letzte Mal sein, daß wir das konnten.

Über die bedauerlichen Folgen von Timothys Venedig-Reise wollten wir eigentlich kein Wort mehr verlieren. Dennoch fragte Ragwort:

»Bist du dir wirklich sicher, daß es angebracht ist, in Abwesenheit des Solicitors mit dem Klienten zusammenzukommen? Und selbst in kurzen, schlichten Worten zu erklären, was du ihm zu sagen hast?«

»Und in langen komplizierten Fachausdrücken zusammenzufassen, was er dir erzählt?« setzte Selena hinzu.

»Völlig sicher«, sagte Timothy. »Der Solicitor hat natürlich das Recht, dabeizusein. Aber er kann darauf auch in aller Form verzichten.«

»Wenn du das sagst«, meinte Ragwort, »müssen wir es natürlich akzeptieren. Zumal du uns zum Essen einlädst. Aber die Tatsache, daß du den Klienten aufsuchst, weicht doch sehr von der Standesregel ab. Seit ewigen Zeiten ist es der Klient, der sich zum Barrister bemüht. Ich war immer des Glaubens, nur in Ausnahmefällen wie schwerer körperlicher Behinderung ...«

»Mein Klient«, sagte Timothy, »ist in der Tat in einem gewissen Sinn behindert. Er kann es nicht ertragen, nach England zu kommen. Er hat sein dreizehntes Lebensjahr auf einer englischen Public School verbracht und leidet seitdem an einer derartigen Aversion, daß er sich weigert, den Fuß auf britischen Boden zu setzen.«

»Wie exzentrisch!« sagte Selena. Der Honig ihrer Stimme war gleichsam mit Zitrone gewürzt; sie hängt an ihrer Heimat und nimmt es leicht persönlich, wenn daran Kritik geübt wird. »Wenn es ihm nichts ausmacht, auf Zypern zu leben und vor dem Kreuzfeuer von Türken und Griechen in Deckung zu gehen, dann ist es absurd, sich vor einem Aufenthalt in England zu fürchten. Und wenn er bereit ist, nach Italien zu reisen, welches, wie wir alle wissen, zur Zeit von einer Welle des Verbrechens heimgesucht wird ...«

»Wird es das?« fragte Ragwort.

»Selbstverständlich, mein lieber Ragwort«, sagte Selena. »Kriminalität ist Italiens Hauptwirtschaftszweig. Wenn ein Italiener einmal keinen Mord in Kalabrien begeht, dann nur, weil er gerade damit beschäftigt ist, in der Lombardei jemanden zu entführen oder in Friaul staatliche Gelder zu veruntreuen. Oder zweitklassige Bilder aus den Kirchen von Verona zu klauen. Oder in das Gerichtsgebäude von Monza einzusteigen. Mit diesen Dingen haben die Italiener jedenfalls, wenn man der *Times* Glauben schenken darf, die vergangene Woche verbracht, und wir haben keinen Anlaß, dies als Ausnahme anzusehen.«

»Mein Klient«, sagte Timothy, »hat, soweit ich unterrichtet bin, keine Angst, das Opfer von Mord, Entführung oder Unterschlagung zu werden. Seine Abneigung gegen England beruht vielmehr auf der Überzeugung, daß die Temperatur nie höher steigt als auf fünf Grad Celsius, daß die einzige erhältliche Nahrung aus lauwarmem Reispudding besteht und daß die Bevölkerung sich aus brutalen Internatsschülern und -lehrern, die einen nach Kräften tyrannisieren, zusammensetzt.«

»Ich frage mich«, sagte Selena, »ob es klug ist, gerade dich zu ihm hinzuschicken, Timothy. Du siehst doch so typisch englisch aus. Wahrscheinlich wird dein Anblick ihn so sehr an seinen Geometrielehrer erinnern, daß er Reißaus nimmt und sich versteckt.«

Ich habe wohl versäumt, meinen Lesern eine Beschreibung meines ehemaligen Schülers zu geben. Es trifft aber zu, daß er dieses langgliedrige, kantige, strohfarbene Äußere hat, das weithin als Charakteristikum des Engländers gilt.

»Was genau ist es«, fragte ich, »wozu du ihn überreden sollst?«

»Ich muß ihn überreden«, sagte Timothy, »vor dem 19. Dezember dieses Jahres seinen Wohnsitz in England zu nehmen.« Er lehnte sich behaglich im Stuhl zurück, ganz und gar nicht wie jemand, der vor der Schwierigkeit der vor ihm liegenden Aufgabe kapituliert. »An diesem Datum, nämlich seinem 25. Geburtstag, endet die Nachlaßverwaltung durch die Treuhänder. Mein Klient als der einzige überlebende Abkömmling seines verstorbenen Großvaters kriegt dann den Jackpot. Aber die gesetzliche Erbschaftssteuer wird sich, wenn der Wohnsitz meines Klienten außerhalb des Vereinigten Königsreichs liegt, ungefähr in der Höhe von 450 000 Pfund bewegen. Hingegen, wenn er zu diesem Zeitpunkt seinen Wohnsitz in England hätte, wäre selbstverständlich die Steuer mit dem ermäßigten Satz nach der Übergangsregelung in Paragraph 14 der Ergänzung Nr. 5 zum Finanzgesetz von 1975 zu berechnen und würde lediglich etwa fünfzehn Prozent der erwähnten Summe ausmachen.«

»Das scheint mir«, sagte ich, das Gerede von Paragraphen und Ergänzungen ignorierend, »einen erheblichen Anreiz zum Wohnungswechsel zu bieten. Aber wird er ausreichen, seine Antipathie gegen England zu überwinden?«

»Liebste Hilary«, sagte Timothy schmunzelnd, »er braucht ja nicht nach England zu kommen. Es genügt, hier seinen Wohnsitz zu begründen.«

Ich bemerkte zu meinem Leidwesen, daß er mich in die Falle gelockt hatte. Timothys heitere Miene wäre einem zufällig anwesenden Beobachter wohl als nicht zu beanstanden, vielleicht sogar attraktiv erschienen. Ich, die ich ihn besser kenne, identifiziere dieses Lächeln auf der Stelle als jenen Ausdruck geheimer Genugtuung, der anzeigt, daß er eine juristische Feinheit entdeckt hat, die mir nicht aufgegangen ist und die er mir gleich erklären wird. Diese Miene sieht man weiß Gott bei keinem Menschen gern, aber bei einem ehemaligen Schüler ist sie schlichtweg unerträglich. Ich bin zwar Mitglied einer Rechtsfakultät, doch mehr Historikerin als praktizierende Juristin. Mein Interesse an den Grundlagen des englischen Rechtswesens erstreckt sich nur auf das Mittelalter. Ich hege keinen Zweifel – um Timothys Klientel willen möchte ich es sogar hoffen –, daß er vom modernen englischen Recht mehr versteht als ich. Doch sollte dies kein Anlaß für ihn sein, ein selbstgefälliges oder geheimniskundiges Gesicht aufzusetzen.

Nun ja, ich erinnerte mich daran, daß er der Gastgeber war. Deshalb gab ich ihm die von ihm offenbar gewünschte Chance zu einem kleinen Vortrag über den Begriff des Wohnsitzes. Der springende Punkt ist meiner Erinnerung nach, daß, wenn Sie in einem bestimmten Staat ansässig sind, jedoch beabsichtigen, Ihren Lebensabend in einem anderen zu verbringen, Ihr Wohnsitz nicht zwangsläufig in einem von beiden liegt, sondern dort, wo zur Zeit Ihrer Geburt Ihr Vater seinen Wohnsitz hatte. Sollte Ihr Vater sich jedoch an diesem Datum in derselben unklaren Situation befunden haben, gilt als Ihr Wohnsitz der Ihres väterlichen Großvaters zum Zeitpunkt der Geburt Ihres Vaters. Und so weiter, wenn Timothy die Dinge zutreffend erklärt hat, *ad infinitum* über eine beliebige Anzahl von Vorfahren mit nomadischer Lebensweise hinweg, bis als Wohnsitz schließlich der Garten Eden festzustellen ist.

Im vorliegenden Fall waren jedoch die Umstände nicht ganz so extrem. Der Großvater des Klienten, Eigentümer des hübschen Sümmchens, hatte sich zeitlebens in England aufgehalten und keine Wanderlust bezeigt. Der Vater des Klienten war zu der Zeit, als sein Sohn geboren wurde, Soldat der britischen Armee auf Zypern und mit einer Griechin verheiratet; er hatte zahlreiche Briefe nach Hause geschickt, die noch vorhanden waren und dem Finanzamt für Kapitalübertragungssteuern vorgelegt werden konnten, in denen er die Absicht ausdrückte, vor seinem Ableben nach England zurückzukehren. Der Vater und dessen Vater hatten sich Timothys Ansicht nach vorbildlich verhalten; es war nur der Klient selbst, der Schwierigkeiten machte.

»Aber Timothy«, sagte Ragwort, »die Sache ist doch sehr einfach. Fest steht, dein Klient hat seinen englischen Wohnsitz durch seine Abstammung. Also ist, insoweit als er nicht woanders domiziliert ist, sein Domizil in England. Wenn er in Zypern lebt, braucht er weiter nichts zu tun, als den Vorsatz zu fassen, sich im Alter in irgendeinem anderen Land zur Ruhe zu setzen. In Paraguay oder New South Wales oder sonstwo. Dazu wird er doch sicherlich imstande sein.«

»Und du entwirfst ihm einen netten Brief an das Finanzamt, in dem er seine Absicht darlegt«, meinte Selena. »Ein paar stilvolle Ausschmückungen, um die Plausibilität zu erhöhen, zum Beispiel der Kauf einer Grabstätte in dem als Alterssitz ausersehenen Land seiner Wahl ...«

»Bedauerlicherweise«, sagte Timothy, »hat mein Klient sich bisher sehr unklug verhalten. Während der türkischen Invasion, als viele britische Bewohner die Insel schleunigst verließen, hat er mehrfach öffentlich dezidierte, in der Presse verbreitete Erklärungen abgegeben, er persönlich beabsichtige nicht, das Land zu verlassen, sondern werde auch weiterhin seinen mütterlicherseits ererbten Grund und Boden bewirtschaften und sein Leben der Wiederherstellung des Friedens und der politischen Einheit Zyperns widmen.«

»Sein Leben widmen«, sagte Ragwort. »Meine Güte, was für eine unglückliche Wortwahl.«

»Kann man wohl sagen. So wird wohl die Steuerbehörde seinen plötzlichen Vorsatz, seine Tage in Paraguay oder New South Wales zu beschließen, ein wenig skeptisch aufnehmen. Nein, ich fürchte, er wird sein Haus auf Zypern verkaufen und sich woanders niederlassen müssen. An einem Ort, wo er nicht auf Dauer ansässig bleiben möchte.«

In diesem Augenblick muß es gewesen sein, glaube ich, daß das Telefon klingelte. Daran war nichts Ungewöhnliches. Die Bardame nahm ab und rief Timothys Namen aus. Auch daran war noch nichts Besonderes. Wer immer an einem Freitagabend zu dieser Stunde mit einem der jüngeren Mitglieder von New Square Nr. 62 Kontakt aufnehmen möchte, tut klug daran, es im ›Corkscrew‹ zu versuchen. Das Telefon war zu weit entfernt, als daß wir ohne Anstrengung hätten lauschen können; wir hatten auch keinen Anlaß zu glauben, daß es der Mühe wert sein würde.

Statt dessen versuchte ich von Selena und Ragwort zu erfahren, ob auch ich mir durch den Aufenthalt in einem Land, in dem ich nicht vorhatte zu bleiben, und die Errichtung eines Domizils in einem anderen Land, in das zu reisen ich überhaupt nicht beabsichtigte, eine riesige Summe an Erbschaftssteuern sparen könne.

»Nein«, sagte Selena.

»Nein«, sagte Ragwort.

»Warum nicht?« fragte ich entrüstet.

Sie erläuterten mir, daß ich, um 400 000 Pfund Steuern zu sparen, die Erbin eines Vermögens von rund einer Million sein müsse. Ich räumte mit Bedauern ein, daß das für mich nicht zutraf. Auch weder für Selena noch für Ragwort. Nach unserer Meinung ein kapitaler Fehler, den die Vorsehung sich geleistet hatte, da wir doch alle drei Timothys Klienten bei weitem an Intelligenz, Charme und Schönheit in den Schatten stellten.

Timothy, der am Ende seines Telefongesprächs weniger fröhlich aussah als zu Beginn, ließ sich trotzdem an der Bar noch eine Flasche Niersteiner geben.

Er kam zum Tisch zurück und schenkte Selena nach. Höchst bedauerlicherweise, wie sich herausstellen sollte. Dann füllte er sein eigenes Glas. Ragwort und ich mußten für uns selbst sorgen; eine Unaufmerksamkeit, die gar nicht zu Timothy paßte. Ich begann zu ahnen, daß etwas passiert sein mußte.

»Das war Cantrip«, sagte Timothy, indem er sich setzte, zu Selena gewandt. »Es scheint, daß Julia in Schwierigkeiten ist.«

»Das kann nicht sein«, sagte Selena. »Sie ist ja in Venedig. Das heißt, sie kann sehr wohl dort Probleme haben, aber dann kann Cantrip nichts davon wissen.«

»Cantrip befindet sich, wie du dich erinnern wirst, in der Nachrichtenzentrale des *Scuttle*. Dort stehen mehrere Telex-Geräte und spucken pausenlos die Nachrichten aus, die von den internationalen Presseagenturen, zum Beispiel von Reuter, einlaufen. Die Übermittlung funktioniert, soviel ich weiß, nahezu zeitgleich: Die Agentur erhält von irgendwo in der Welt einen telefonischen Bericht, und wenige Minuten später tickert der Text in London aus dem Fernschreiber.

»Ja«, sagte Ragwort, »das ist bekannt. Aber was kann Julia angestellt haben, das eine internationale Presseagentur interessiert?«

»Man nimmt anscheinend an«, sagte Timothy, zu Selena gewandt und mit einer Miene, als wolle er sich entschuldigen, »daß sie jemanden niedergestochen hat. Mit tödlichem Ausgang.«

Es war, wie gesagt, ein Jammer, daß er Selena gerade nachgeschenkt hatte, denn das noch fast volle Glas fiel ihr aus der Hand und zersplitterte auf dem Kachelfußboden.

»Verzeihung«, bat Selena. »Wie ungeschickt von mir. Ich glaube, Timothy, ich habe nicht richtig verstanden. Was, sagst du, wird in der Agenturmeldung behauptet?«

»Soviel ich ausmachen kann«, sagte Timothy, »heißt es, ein englischer Tourist sei in einem Hotelzimmer in Venedig erstochen aufgefunden und ein Mitglied seiner Reisegruppe, Miss Julia Larwood aus London, Barrister, sei von der Polizei zwecks Verhör festgenommen worden.«

»Unsinn«, sagte Selena.

»Ich weiß«, sagte Timothy und sah immer noch entschuldigend drein, »aber so lautet offenbar die Meldung.«

»Und der angeblich Erstochene«, fragte Ragwort, »wurde nicht mit Namen genannt?«

»Nein. Vermutlich informiert man erst die Angehörigen, wenn es welche gibt. Aber es hört sich an, als wäre es einer der ›Art Lovers‹.«

»Timothy«, sagte Selena, »bist du sicher, daß das nicht wieder einer von Cantrips abgeschmackten Witzen ist?«

»Völlig sicher, leider. Cantrips Witze sind zugegebenermaßen nicht immer taktvoll, aber so geschmacklos sind sie ja nun doch wieder nicht. Außerdem, wenn es ein Scherz sein sollte, hätte er sich bemüht, ernsthaft zu klingen. Statt dessen hat er alles getan, um die Sache herunterzuspielen. Er befand sich ja noch im Nachrichtenraum. Zuerst fragte er mich, ob ich eine Frau namens Julia Larwood kenne, und als ich sage, natürlich kenne ich sie, wovon redet er eigentlich, antwortet er, das hat er sich schon gedacht, daß ich sie kenne, er wollte bloß noch mal fragen, weil der Nachrichtenredakteur sich plötzlich für sie interessiert. Da ist mir dann die Ahnung gekommen, daß etwas vorgefallen sein muß.«

»Und«, fragte Ragwort, »sollen wir jetzt etwas Bestimmtes unternehmen?«

»Wir treffen uns wie abgemacht bei ›Guido‹. Cantrip behält den Fernschreiber im Auge, und wenn vor zehn Uhr noch etwas gemeldet wird, kann er es uns gleich erzählen.«

In einer Situation wie der geschilderten fällt es schwer, den Faden der Unterhaltung überhaupt wieder aufzunehmen. Ein paar Minuten lang herrschte Schweigen.

»Na sowas«, sagte Selena schließlich. »Jetzt hat es schließlich doch sein Gutes, Timothy, daß du morgen nach Venedig fährst.«

Kapitel 4

Guidos Restaurant ist vom ›Corkscrew‹ aus nicht gerade das nächstgelegene, ebensowenig wie das preiswerteste Lokal der Gegend. Trotzdem lohnt sich der Fußweg den Holborn Kingsway hinunter und an der Rückseite vom Aldwych-Theater vorbei wegen Guidos hervorragender Küche. Und die Rechnung ging zu Timothys Lasten.

Es war noch nicht neun; mit Cantrip konnten wir frühestens in einer Stunde rechnen. Ich machte den Vorschlag, in der Zwischenzeit, während wir den Spargel als Hors-d'œuvre zu uns nahmen, mit der Verlesung von Julias Briefen fortzufahren. Sie würden zwar vielleicht kein unmittelbares Licht auf die Dolchstoßlegende werfen, meinte ich, aber es wäre doch wohl hilfreich für Timothy, so gut wie möglich über die vorangegangenen Ereignisse informiert zu werden, ehe er sich in Julias Angelegenheit *in medias res* stürzte.

Der erste Brief begann ziemlich öminös.

Hotel Cytherea
Venedig
Donnerstag, spätabends

Liebste Selena,
ich habe Dir eine entsetzliche Entdeckung mitzuteilen. Du wirst sie nicht glauben wollen. Ich selber wäre nicht bereit gewesen, sie zu glauben, wenn ich sie von jemand anderem erfahren hätte. »Nein, nein«, hätte ich ausgerufen, »es kann nicht sein! Das Ungeheuerliche kann sich nicht hinter dem Antlitz eines Engels verbergen, das wäre wider alle Natur und Vernunft. Die Häßlichkeit des Charakters würde zwangsläufig das vollendete Profil entstellen, die Lasterhaftigkeit der Seele diesen makellosen Teint mit einem scheußlichen Ausschlag beflecken. Nein, es kann nicht sein.«

*

»Ich vermute, sie spielt auf den jungen Mann im Flugzeug an, den sie so sehr bewundert hat«, sagte Timothy. »Aber dies hier ist offenbar nur wenige Stunden später geschrieben – was ist bloß inzwischen vorgefallen, das sie so schockiert hat? Sie ist doch sonst so tolerant.«

»Nur allzusehr«, sagte Selena.

*

Aber es führt ja zu nichts, wenn ich Dir so plan- und zusammenhanglos schreibe und mit dem Schluß anfange; wer weiß, wo ich dann ende. Vielmehr werde ich von vorn beginnen und alles von Anfang an klar und der Reihe nach berichten.

Der Anfang stand im Hinblick auf meinen getrennt reisenden Paß nicht unbedingt unter einem guten Stern. Zum Glück erwartete uns am Flugplatz unsere Reiseleiterin namens Graziella, eine hagere Venezianerin mit schmaler Nase und Adlerprofil. Es dauerte nur zehn Minuten, bis sie mein Problem verstanden, es dem Zollbeamten erklärt und bewirkt hatte, daß ich den italienischen Boden legal betreten konnte. Inzwischen warteten die anderen »Art Lovers« in dem Motorboot, das uns über die Lagune nach Venedig bringen sollte. Als wir schließlich hinzukamen, zeigten einige schon leichte Anzeichen von Ungeduld.

Insbesondere die Dame in der Ritterrüstung, die neben dem schönen Jüngling saß, ließ ein paar herbe Worte fallen über total Schwachsinnige, die keine Rücksicht auf andere nähmen. Vielleicht war die Bemerkung nicht direkt für meine Ohren bestimmt, aber wenn es so war, hat sie die Reichweite ihrer Stimme bei weitem unterschätzt.

Ich war ängstlich bemüht, keine weitere Mißbilligung auf mich zu ziehen, und suchte im Geist nach einer passenden Entschuldigung, weshalb ich beim Einsteigen ins Boot irgendwie danebentrat. Infolgedessen vollzog sich mein Einstig nicht vertikal, sondern schräg und eher flott als anmutig. Kurzum, ich fiel kopfüber ins Boot.

Die gepanzerte Matrone sah sich dadurch zu erneuten Kommentaren und Zweifeln an meiner Nüchternheit ermuntert. Noch bedauerlicher war, daß der Major mich unter dem Vorwand, meinen Sturz aufzufangen, unnötig fest in die Arme schloß, wobei er lauthals »Hopsassa!« rief.

Durch einen weiteren unglücklichen Zufall hatte meine Handtasche sich infolge der Beschleunigung im freien Fall geöffnet und ihren Inhalt auf dem Boden des Bootes verstreut. Weil ich so wenig wie möglich den hilfsbereiten Händen des Majors, der sofort mit Aufsammeln begann, überlassen wollte, bückte ich mich mit, wie nachträglich klar wurde, überstürzter Eile und zu wenig Rücksicht auf die Veränderung des Gleichgewichts bei einer Körperhaltung in der halben Kniebeuge. Der Bootsführer legte, wohl ungeduldig wegen der Verzögerung, ganz plötzlich ab. Durch den Rückstoß wurde ich gegen die Bordwand gedrückt, so daß meine Nase mit der dort zur Bequemlichkeit der Fahrgäste angebrachten Sitzbank kollidierte und zu bluten begann.

Infolgedessen mußte ich nun doch die Hilfe des Majors in Anspruch nehmen, *videlicet* die leihweise Überlassung seines Taschentuchs. Er benutzte die Gelegenheit, mich an verschiedenen Stellen zu tätscheln, und schien nicht abgeneigt, mir seine Schulter zum Anlehnen anzubieten. Ich erläuterte ihm, daß es bei Nasenbluten am wichtigsten sei, sich zurückzulehnen, und daß es schnell aufhören werde, wenn er mir erlaube, sein Taschentuch in der Lagune anzufeuchten. »Tapfres Kind«, sagte der Major, indem er mit Streicheln fortfuhr; ihm gefielen Frauen mit Mumm, setzte er hinzu.

Ich erwog, in Tränen auszubrechen: Das hätte nicht nur meine Seele erleichtert, sondern auch den Vorteil gehabt, die Bewunderung des Majors zu reduzieren. Aber als ich mich umsah, hatte ich das Gefühl, daß das Publikum nicht applaudieren würde. Außerdem war nicht auszuschließen, daß der Major seine Meinung ändern und ein Faible für hilflos weinende Weibchen entwickeln würde. In Abwägung aller Umstände schien es besser, die Reste meines *sangfroid* zusammenzunehmen. Ich ließ mich so weit wie möglich von den Mitreisenden entfernt nieder, schloß die Augen und preßte das mit Salzwasser angefeuchtete Taschentuch des Majors an die Nase.

Ich hatte nicht das Gefühl, einen guten ersten Eindruck gemacht zu haben.

*

»Gut, daß Julia nicht in die Lagune gefallen ist«, sagte Selena. »Wie gemein von dieser Frau, zu unterstellen, sie hätte zuviel getrunken.«

»Pure Herzlosigkeit«, sagte Ragwort. »Wir wissen alle, daß Julia auch ohne Alkohol über alles stolpert, was ihr unter die Füße kommt.«

*

Während wir über die Lagune tuckerten, gab Graziella uns einen lehrreichen Überblick über die Geschichte Venedigs von der Gründung im 5. Jahrhundert bis zur Abwehr der fränkischen Invasion im 9. Ich war jedoch nicht in der Verfassung, ihr die gebührende Aufmerksamkeit zu widmen und mein Augenmerk auf die vielen künstlerisch und historisch interessanten Punkte zu richten, auf die sie uns hinwies. Als ich es nach einer Weile wagte, meine Nase von dem Taschentuch zu entfernen, war die Überfahrt fast zu Ende. Ich blickte auf und sah Venedig auf den Wassern schweben.

Wie man auf dem Stadtplan in Ragworts Reiseführer sieht, besteht die Stadt im wesentlichen aus drei großen Inseln, die von Kanälen durchzogen und in viele kleinere Inseln aufgespalten sind. Zwei der drei Hauptinseln schmiegen sich aneinander in einer zärtlichen, nur durch den Canal Grande unterbrochenen Umarmung von solch südlichem Raffinement, daß ich darauf verzichte, den anatomischen Vergleich noch weiter zu treiben. Ausgeschlossen von dieser Intimität erstreckt sich zur Linken einsam und allein die lange, schmale Giudecca, eine geographische Parabel über das Risiko einer *Ménage à trois.* Zum Trost hat sie zu ihren Füßen die kleine Insel von San Giorgio Maggiore wie eine heilige Wärmflasche.

Die Kirche San Giorgio und kurz danach die Salute, die sich bei der Einfahrt in den Canal Grande zur Linken erheben, sind die ersten beiden großen kirchlichen Bauwerke Venedigs, die sich dem bewundernden Blick des Ankömmlings darbieten. Daß sie einzig und allein zur Ehre christlicher Gottheiten errichtet sind, scheint mir keineswegs erwiesen, zeigt sich doch so viel orientalische Üppigkeit in den schwellenden Kuppeln, so viel athenische Eleganz in den von Palladio oder in seinem Stil errichteten Fassaden. Sie scheinen mir eigens erbaut für Seefahrer, die bei der Ausfahrt ein leises Gebet sowohl zu Allah wie zum heiligen Georg schicken, oder die, wenn sie den Dank für die glückliche Rückkehr auf den Stufen der Salute abstatten, ein paar Worte an die Göttin Aphrodite mit einflechten.

Die Paläste am Ufer des Canal Grande sind frei von solchem Doppelsinn. Erbaut wurden sie, daran zweifelt man keinen Augenblick, zum höheren Ruhme ihrer Besitzer, die ganz eindeutig ihre Nachbarn übertreffen wollten. Wenn die eine Fassade zwei Reihen von Säulen und kunstvoller Steinmetzarbeit hat, zeigt die daneben drei; die gegenüber hat zierlichere Säulen, die benachbarte ein steinernes Maßwerk, das noch feiner, wie eine Häkelspitze, geschwungen und durchbrochen ist. So daß man beim Anblick der Spiegelung im Wasser fast noch eine weitere Verzierung erwartet.

Als wir durch diesen langen Spiegelkorridor fuhren, überwältigte mich wieder das Gefühl, das ich nicht mehr verspürt hatte, seit ich im Alter von sieben Jahren mit meiner Großmutter mütterlicherseits im Weihnachtsmärchen war und die sich wandelnde Szene bestaunte. Als ich acht war, ging sie wieder mit mir hin, denn meine Großmutter mütterlicherseits war immer sehr gut zu mir, aber ich war nicht mehr so leicht zu beeindrucken. Das Vergnügen war daher eines, das noch einmal zu empfinden ich nicht erwartet hatte.

Hinter der Accademia-Brücke bogen wir nach rechts ab und stiegen am Bootssteg des Hotels Cytherea aus.

»Signore, signori«, sagte Graziella, »das Abendessen ist um acht Uhr. Wenn Sie sich bitte kurz vorher an der Rezeption einfinden wollen, damit ich Ihnen unsere geplanten Exkursionen erläutern kann. Sie haben also ausreichend Zeit, sich frisch zu machen und auszuruhen; formelle Kleidung ist nicht erforderlich.« Dabei warf sie mir einen Blick zu, der mir bedeutete, daß vermutlich selbst die tolerante Direktion des Cytherea bei schlammfeuchten Hosen und Blutflecken auf der Bluse die Grenze überschritten sähe.

Wir zogen uns befehlsgemäß zurück, um uns zu waschen und der Ruhe zu pflegen. Ich beschäftigte mich daneben mit Gedanken an den schönen Jüngling und beklagte innerlich, daß Dein stets hochkompetenter Ratschlag mir hier nicht zur Verfügung steht. Seiner entbehrend, suchte ich mein Heil in einer Hypothese. »Wenn Selena hier wäre«, fragte ich mich, »was würde sie mir raten?«

Ich antwortete ohne Zögern, daß Du ein pragmatisches Vorgehen empfehlen würdest; meine Pläne nicht auf einer theoretischen Grundlage aufzubauen, sondern die praktische Situation zu prüfen und herauszufinden, welche Vorteile sich daraus ziehen ließen.

Natürlich fielen mir sofort die Kanäle ein. Wir befanden uns in einer Stadt mit vielen Kanälen. Wie konnte ich mir diesen Umstand zunutze machen? Eine Möglichkeit wäre, hineinzufallen und von dem jugendlichen Schönen gerettet zu werden. Dieses, dachte ich, würde sicher zu etwas führen. Das Projekt hatte allerdings einen Haken: Ich würde dabei ins Wasser fallen, aber der Jüngling mich womöglich nicht retten.

Eine mögliche Alternative wäre, daß der junge Mann hineinfiele und ich ihn rettete. Dies mußte mit noch größerer Sicherheit zu etwas führen. Aber genau gesehen war auch diese Variante keineswegs ohne Risiko. Um sicherzugehen, daß er ins Wasser fiel, gab es nur eins: ihn hineinzustoßen. Dies aber hätte mit außerordentlicher Diskretion zu geschehen, damit nicht das angestrebte Resultat in sein Gegenteil verkehrt würde. Außerdem konnte ich mich nicht hundertprozentig darauf verlassen, daß es allzu leicht sein würde, ihn aus dem Kanal wieder zu entfernen, nachdem ich ihn dort plaziert hätte.

*

»Timothy«, fragte Selena, »hat Cantrip wirklich das Wort ›erstochen‹ gebraucht?«

»O ja«, sagte Timothy, »›erstochen‹, so hat er sich ausgedrückt.«

*

Um ganz offen zu sein, Selena, ich war eigentlich von keiner der Strategien begeistert, die ein Bad in einem der Kanäle erforderlich machten. Diese sind zwar malerisch, aber aus der Nähe betrachtet nicht besonders appetitlich; ich würde mir wahrscheinlich einen blühenden Schnupfen holen und dazu womöglich weitere Komplikationen durch irgendein wenig erfreuliches Virus.

Ich kam zu der Schlußfolgerung, daß Du mir empfehlen würdest, von den Kanälen abzusehen und mich vielmehr den Möglichkeiten zuzuwenden, die das Hotel bietet. Die »Art Lovers« sind in einem Nebengebäude untergebracht, das auf drei Seiten von Wasser umgeben und mit dem Haupthaus durch eine kleine Brücke verbunden ist. An der vierten Seite stößt es an ein anderes Haus und bildet mit diesem zusammen eine Halbinsel. Dieses Gebäude hat mit dem Cytherea nichts zu tun, und es gibt keinen Durchgang. Die Brücke ist infolgedessen die einzige Zugangsmöglichkeit. Die Zimmer im ersten Stock sind von den »Art Lovers« belegt, im zweiten Stock wohnt anscheinend das Hotelpersonal. Das Erdgeschoß dient als

Eingangshalle, wo die Zimmermädchen auch die Wäsche sortieren und dergleichen.

Ich sann mit einiger Genugtuung über die in diesem Arrangement enthaltenen Möglichkeiten nach. Ich brauchte nur die anderen Kunstfreunde und das Hotelpersonal loszuwerden und auf irgendeine Weise die Brücke zu verbarrikadieren, dann wäre das liebreizende Geschöpf mir ohne jegliche Chance zur Flucht gnadenlos ausgeliefert. Außer natürlich, wenn er aus dem Fenster in den Kanal spränge, in welchem Fall ich widerstrebend genötigt sein würde, auf den oben erwähnten Plan zurückzugreifen. Zwar waren noch ein paar kleinere Schwierigkeiten zu beseitigen, trotzdem begab ich mich einigermaßen optimistisch gestimmt hinunter zum Essen.

Ich erinnerte mich auch, daß ich doch wenigstens in puncto allgemeiner Strategie Deinen Rat befolgen konnte. Danach sollte man, wenn ich recht verstanden habe, beim Kontakt mit jungen Männern nicht gleich im Anfangsstadium erkennen lassen, was man bezweckt, sondern lieber die größte Bewunderung für ihre schöne Seele und ihren verschwenderischen Intellekt ausdrücken. Davon, daß sie vielleicht keins von beiden besitzen, sollte man, sagtest Du, sich nicht abschrecken lassen. Ich nahm mir deshalb vor, kein Wort über die Vorzüge seines Profils und seines Teints zu verlieren, sondern mich anzustrengen, mit Sympathie und Anteilnahme auf seine Hoffnungen, Träume und Ambitionen einzugehen. Ach, Selena, wie wenig wußte ich doch, wie entsetzlich diese Träume waren, wie finster diese Hoffnungen, wie verwerflich diese Ambitionen!

*

»Meine Güte«, sagte Timothy, »was hat er bloß verbrochen?«

»Es wäre sehr hilfreich«, sagte Ragwort, »wenn sich dieser junge Mann als vorbestrafter Krimineller herausstellen würde. Dann würde natürlich der Verdacht wegen jeglicher ... Unannehmlichkeit, die sich zugetragen hat, auf ihn fallen.«

»Sehr hilfreich, gewiß«, sagte Selena. »Ob sich aber Julia in einem solchen Fall mit eben diesen Worten ausgedrückt hätte – nun, wir werden es zweifellos erfahren.«

*

Der Speisesaal unsres Hotels liegt an einer Ecke, wo zwei Kanäle zusammentreffen, so daß man zum Beispiel beim Essen durchs

Fenster auf den einen hinausschauen und den Kaffee auf einer Terrasse am Ufer des anderen einnehmen kann. Von der Terrasse aus blickt man auf die Dependance, in der wir untergebracht sind.

Die Direktion hatte bei der Tischverteilung, wie mir schien, keine glückliche Hand gehabt. Den schönen Jüngling und seinen Reisegefährten hatte man mit dem gepanzerten Drachen an einem Tisch plaziert; die hübsche junge Frau saß mit dem trapezförmigen jungen Mann zusammen. Mich hatten sie an einen Tisch mit dem Major gesetzt.

»Wollen wir uns den Schoppen teilen, meine Liebe?« fragte der Major. Wenn mir auch die Vorstellung, irgend etwas mit dem Major zu teilen, zuwider war, so konnte ich mich doch aus Anstand nicht weigern. Er studierte die Weinkarte mit jenem schrägen Blick, der die englischen Touristen kennzeichnet, seit das Pfund so sehr gesunken ist. Er rührt vom Schielen auf die Preise her, während man so tut, als interessiere man sich für den Jahrgang. Er meinte, der Colle Albano sei wohl ein anständiger kleiner Wein. Nachdem ich ebenfalls ein heimliches Auge auf den Preis geworfen und festgestellt hatte, daß er zweihundert Lire weniger als alle anderen auf der Karte betrug, stimmte ich seinem Vorschlag zu.

»Gemütliches Quartier, das«, sagte der Major. Ich widersprach nicht - mir kommt das Cytherea luxuriös vor. »Bin in meinem Leben schon schlechter untergebracht gewesen, kann ich Ihnen sagen, meine Liebe«, fuhr er fort, ohne sich durch meine schweigende Zustimmung aufhalten zu lassen. »Wenn ich an das Transportschiff denke, mit dem ich im Jahr '48 nach Tripolis verlegt wurde ...«

Das war der Anfang eines epischen Vortrags seiner militärischen Denkwürdigkeiten. Sie beginnen kurz nach dem Zweiten Weltkrieg und enden ... Nein ich fürchte, es gibt kein Ende, oder wenn, haben wir es noch nicht erreicht. Eingeschlossen waren ein paar Anekdoten, die beweisen sollen, daß der Major »schon immer ein Spaßvogel« gewesen ist. Eine handelte, soviel ich behalten habe, von einer entführten Straßenbahn in Alexandria '49 und eine andere von einer in das Schlafquartier der Krankenschwestern eingeschmuggelten Ziege in Limassol '52.

Ich dachte inzwischen über Desdemona nach. Es wird ja behauptet, Othello habe ihr mit Erzählungen den Hof gemacht wie »Als ich bei den Anthropophagen stationiert war ...« oder »Bei der Belagerung von Rhodos passierte etwas furchtbar Komisches, das müssen Sie sich anhören ...« Der Dichter Shakespeare will uns glauben machen, daß sie das Geschwätz nicht nur still geduldet, sondern gar genossen hat; sollte der große Kenner des Menschenherzens das wirklich für möglich gehalten haben?

»Und was machen Sie jetzt, Bob?« fragte ich nach einer Ewigkeit, in der Hoffnung, das Thema zu wechseln.

Darauf erzählte er, daß er sich bei der Entlassung aus der Armee im Besitz einiger, da und dort als Souvenir mitgenommener Sächelchen befunden habe. Die Überlegung, daß sie für ein größeres Publikum interessant sein könnten, habe ihn bewogen, seine Abfindung in den Ankauf eines Trödelladens in Fulham zu stecken. (Er gebrauchte das Wort »Trödelladen« so, als sei es seine eigene ironische Bezeichnung für ein elegantes Antiquitätengeschäft. Ich vermute aber, daß es sich tatsächlich um einen Trödelladen handelt.) Ein paar alte Kameraden besaßen ebenfalls ein paar während ihrer Militärlaufbahn auf die gleiche Weise erworbene Sächelchen, mit denen er seinen Warenbestand vergrößern konnte. Die Raritäten waren wertvoller als zunächst angenommen, und jetzt lief das Geschäft glänzend. Ich fände den Beruf vielleicht seltsam für einen alten Soldaten, meinte er, aber ihm sage er zu. Dann wendete er sich wieder der Vergangenheit zu und erging sich in Erinnerungen an all die lustigen Scherze und Streiche, die zur Aneignung der Sächelchen geführt hatten.

»Ich glaube, wir sollten die Eleanor Frostfield nachher zum Kaffee an unsern Tisch holen«, sagte der Major, als das Essen sich endlich dem Ende zuneigte. »Bißchen lästig, der alten Schachtel hier über den Weg zu laufen, aber ich sollte wohl doch nicht unhöflich zu ihr sein.«

Eleanor Frostfield war niemand anders als der Drache in der Ritterrüstung. Ich hatte bis dahin nicht bemerkt, daß die beiden einander kannten. Anscheinend eine geschäftliche Bekanntschaft: Eleanor besitzt eine Kunst- und Antiquitätenhandlung, die ihr verstorbener Mann ihr hinterlassen hat.

Ich stimmte dem Vorschlag gerne zu, weil ich hoffte, daß die Einladung an Eleanor aus purer Höflichkeit auch auf die beiden jungen Männer an ihrem Tisch ausgedehnt werden würde. Da es aber nicht sehr freundlich gewesen wäre, die übrigen beiden »Art Lovers« nicht miteinzubeziehen, ließen wir uns schließlich alle sieben auf der Terrasse nieder. Dabei stellte sich heraus, daß der schöne Jüngling Ned hieß und sein breitschultriger Freund

Kenneth; daß Eleanor Mrs. Frostfield war, die hübsche junge Blondine Marylou Bredon und ihr Begleiter ihr Ehemann Stanford; daß der Major von seinen Freunden Bob genannt wurde und daß ich Julia Larwood war. Ich wußte natürlich schon, daß ich Julia Larwood war, und die anderen wußten vermutlich auch, wer sie waren, aber man kann vielleicht sagen, daß die Summe des menschlichen Wissens insgesamt sich wieder einmal vergrößert hat.

Sowie der Kaffee auf dem Tisch stand, wollte der Major mir unbedingt weiter von dem lustigen Streich erzählen, dem er den Besitz einer griechischen Ikone aus dem 12. Jahrhundert, ehemals Eigentum eines Mönchsklosters in der Nähe von Paphos, zu verdanken hatte. Zum Glück wurde er von Kenneth mit einem strengen, schottisch gefärbten Tadel unterbrochen: Das hätte er nicht tun dürfen, ohnehin habe Zypern durch die ständige Folge militärischer Besatzungen schon allzu viele Kunstwerke eingebüßt. Das brachte den Major zwar nicht lange zum Schweigen, lenkte ihn aber auf ein anderes Thema. Kenneth mußte sich eine Reihe neuer Histörchen über die Härte des Soldatenlebens anhören, von der die jungen Männer aus Kenneth' Generation sich keinen Begriff machten.

Eleanor und Marylou saßen nebeneinander. Ich setzte mich auf einen Schemel zu ihren Füßen, weil ich den schlechten Eindruck aus der Welt schaffen wollte, den ich bei der Ankunft auf Eleanor gemacht hatte. Mir war eingefallen, daß mir der Name ihrer Firma erst kürzlich vor Augen gekommen war, und zwar auf einer Expertise, die ein Klient von mir für die Kapitalübertragungssteuer benötigt hatte. Das war ein Strohhalm, an dem sich eine kleine Schmeichelei aufhängen ließ.

»Ich werde es nicht wagen«, sagte ich, »mich in Anwesenheit von Mrs. Frostfield in irgendeiner Form über Kunstwerke zu äußern. Es ist Ihnen sicher bekannt, Marylou, daß Mrs. Frostfield eine bedeutende Kapazität des Kunst- und Antiquitätenhandels ist und eines der wichtigsten britischen Unternehmen dieser Branche leitet.«

Das wirkte wie eine Zauberformel. Eleanor lächelte geziert – soweit jemand, der derart viel Ähnlichkeit mit der einstigen Königin Boadicea aufweist, mit diesem Ausdruck in Verbindung gebracht werden kann. »Nein wirklich«, sagte sie, »Miss Larwood übertreibt ein wenig. Wir sind ja nicht Christie's oder Sotheby's.« Sie sagte das so, als wären Christie's und Sotheby's reichlich protzig und extravagant.

Sie schmolz so weit dahin, daß sie sich sogar nach meinem Beruf erkundigte. Ich antwortete, daß ich Anwältin und auf Steuersachen spezialisiert sei, aber der Name ihrer Firma mir natürlich vertraut sei, weil mehrere meiner Klienten den Vermögenswert ihrer Kunstsammlungen durch eine Expertise von Frostfield's belegt hätten. Es gibt kein festeres Band als gemeinsame Klienten: Von da an waren wir wie Ruth und Naëmi. Nun ja, Selena, ich übertreibe mitunter, aber zumindest waren wir von da an »Julia« und »Eleanor«.

Ich sprach sie auf ihre Bekanntschaft mit dem Major an. Offenbar ist das gar kein besonderer Zufall. Das Reiseunternehmen, das unsere Pauschaltour veranstaltet, hat enge Beziehungen zum Kunst- und Antiquitätenhandel und langjährige Erfahrung im Arrangieren von Geschäftsreisen.

»Geschäftsreisen?« fragte ich. »Sie machen also nicht nur einfach Ferien?«

»Meine liebe Julia«, sagte Eleanor mit schelmischem Lächeln, »in der Buchhaltung erscheint es natürlich als Geschäftsreise. Sie können doch am besten beurteilen, daß bei unserem Steuersystem, das jeden bestraft ...«

»Wollen Sie damit sagen«, fragte der bezaubernde Ned, womit er sich zum ersten Mal an der Unterhaltung beteiligte, »daß Sie Ihre Urlaubsausgaben in Ihrer Steuererklärung als Geschäftskosten ausweisen?«

»Aber natürlich, junger Mann«, sagte Eleanor herablassend, »das macht doch jeder.« Ich hielt es nicht für angebracht, die Harmonie der Stunde mit dem Hinweis auf die hauchdünne Grenzlinie zwischen legaler Steuervermeidung und illegaler Steuerumgehung (die sie zweifellos übertrat) zu stören.

Welche Ironie des Schicksals, daß ich mir gerade da, friedlich auf meinem Schemel sitzend, zu meiner angenehmen Lage gratulierte. Die linde Abendluft umsäuselte meine Wangen, die Sterne leuchteten am samtschwarzen Himmel, das Wasser des Kanals plätscherte leise, der Major erzählte jemand anderem die Geschichte mit dem Transportschiff. Was konnte eine Frau sich noch wünschen zum vollkommenen Glück?

Nur eins, natürlich, nämlich die Gunst des liebreizenden Ned. Der Zeitpunkt war gekommen, wie mir schien, Interesse für seine Hoffnungen, Träume und Ambitionen zu bezeigen.

»Und Sie, Ned«, fragte ich, »haben Sie auch beruflich mit der Kunst zu tun?« Ich war bereit, etwa vorhandenen jugendlichen

Ehrgeiz, einen verschollenen Giorgione oder dergleichen zu entdecken, mit freundlichen Worten zu ermutigen.

»Nein«, sagte das liebreizende Geschöpf, »nein, ich bin eigentlich Jurist, wie Sie.« Na schön, nicht so romantisch, aber nützlich – manch glückliche Stunde würde sich mit der Erörterung der jüngsten höchstinstanzlichen Urteile verbringen lassen. »Oder besser, ich habe Jura studiert. Aber ich habe keine eigene Praxis.«

»Ach so«, sagte ich, »Sie sind in die Industrie gegangen.«

»Nein«, sagte er und sah mich unter seinen seidigen Augenwimpern bescheiden an, »nein, das nicht. Ich arbeite bei der Steuerverwaltung.«

Während ich diese grauenvollen Worte hinschreibe, fällt mir die zitternde Feder aus den schreckensstarren Fingern. Meine Kraft reicht kaum aus, zu unterzeichnen als

ewig die Deine,
Julia

Kapitel 5

Ich darf annehmen, daß sich unter den Abonnenten des *Scuttle,* der nicht gerade ein Blatt für gehobene Ansprüche ist, nur wenige meiner Leser finden werden. Doch hat der oder die eine oder andere sich vielleicht ab und zu veranlaßt gesehen, die in Riesenlettern angekündigten Enthüllungen über den Korruptionsskandal im Supermarkt oder den Sittenverfall in der Politik nachzulesen. Sie werden dann erfahren haben, daß die Hausfrauen von East Dagenham beim Kauf von McCavity's Erdbeerkonfitüre mehr Rabattmarken erhalten haben als beim Erwerb des gleichermaßen bekömmlichen und wohlschmeckenden Konkurrenzprodukts von McGonegal. Nach den strengen ethischen Maßstäben des *Scuttle,* eindeutig ein Korruptionsskandal. Sie werden auch gelesen haben, daß ein Hinterbänkler des Parlaments beim Dinner mit einem Mädchen gesehen worden ist, das neben einem Nachtclub in Soho, d. h. nur zwei Hausnummern von ihm entfernt, seinen Arbeitsplatz hat. Eindeutig Sittenverfall. Solche Leser werden nachfühlen, wie mir zumute war, als ich hörte, daß sich das furchterregende Monster, von dem in Julias Brief die Rede war, als nichts Schlimmeres entpuppte denn als kleiner, harmloser, legitimer Steuerschnüffler. »Also, wirklich!« rief ich aus.

»Meine liebe Hilary«, sagte Selena, »du hast keine Ahnung, wie stürmisch die Gefühle sind, die Julia der Steuerbehörde entgegenbringt. Sie hat den Eindruck, daß eine weitreichende Verschwörung ausgeheckt worden ist mit dem einzigen Ziel, sie körperlich, seelisch und finanziell zu ruinieren. Ihre Gefühle sind angesichts der Situation, plötzlich mit diesen Leuten an einem Tisch sitzen zu müssen, noch sehr maßvoll ausgedrückt.«

»Sehr bedauerlich«, sagte Ragwort, »daß der junge Mann sich nicht als geistesgestörter Lustmörder herausgestellt hat. Schade.«

»Ich frage mich, wo Cantrip bleibt«, sagte Timothy. Meistens lassen sie ihn um diese Zeit gehen.«

Es wurde langsam spät. Guidos Tische füllten sich, ein sicheres Zeichen, daß in den umliegenden Theatern die Vorstellung zu Ende war. Wir ließen uns den zweiten Gang bringen.

Cantrip kam gleichzeitig mit den *escalopes de veau* herein. Seine Haare und Augen waren schwärzer denn je, sein Gesicht bleicher als sonst, seine Finger vom Durchblättern der druckfeuchten Zeitungsblätter schwarz gerändert: er sah aus wie die Einladungskarte zu einem frivolen Leichenschmaus. Er zog einen Papierstreifen aus der Tasche und warf ihn auf den Tisch - offensichtlich ein Stück von einem Telex.

venedig 22.30 uhr ortszeit 9. 9. 77
mordopfer in hotel polizeilich identifiziert edward watson 24 beschäftigt bei Finanzverwaltung London britische touristin festgenommen verhör läuft

»Der Kerl, den's erwischt hat, war vom Finanzamt«, sagte Cantrip.

»Mein Gott«, sagte Ragwort und starrte Cantrip an.

»Das gleiche habe ich auch gedacht«, sagte Cantrip und starrte Ragwort an.

»Wenn Michael und Desmond jetzt auch noch diesem Quatsch aufsitzen . . .«, sagte Selena. Der Gebrauch der Vornamen war bei ihr ein Zeichen äußerster Mißbilligung.

»Sie war ganz schön vergrätzt nach dem letzten Steuerbescheid«, sagte Cantrip.

Selena beschäftigte sich damit, ihre *escalopes* in winzige Stückchen zu schneiden, mit dem Gesichtsausdruck einer Perserkatze, die sich unerwartet in ordinärer Gesellschaft wiederfindet.

»Die meisten Menschen sind nicht gerade begeistert von ihrem Steuerbescheid«, meinte Timothy.

»So ist es«, sagte Selena. »Genau betrachtet ist die Nachricht sehr beruhigend. Bei einem Kerl von der Steuer kommt fast jeder Mensch als Täter in Frage.«

»Reden wir doch vernünftig«, mahnte Timothy. »Keiner von uns nimmt im Ernst an, daß Julia jemanden erstochen hat. Dieses Delikt ist nicht nur eine Frage des Charakters, sondern auch der Kompetenz. Selbst wenn es in ihrer Absicht gelegen hätte, was ja nicht der Fall sein wird, dann hätte sie keine blasse Ahnung gehabt, wie sie es hätte anfangen sollen.«

»Das stimmt«, sagte Cantrip, sichtlich aufgemuntert. »Daran habe ich nicht gedacht.«

»Deswegen zweifle ich nicht daran, daß die ganze Sache auf einem Irrtum beruht, der sich mit der Zeit aufklären wird. Es wäre natürlich ganz gut, wenn wir erreichen könnten, daß sie sich aufklärt, bevor die Sache publik wird. So etwas ist für eine Anwaltspraxis nicht gerade von Vorteil.«

»Das«, sagte Selena, »ist ein wichtiger Punkt. Wenn ein Solicitor erst einmal zu der Überzeugung gelangt, Julia neige zu periodisch wiederkehrenden Anfällen krankhafter Mordlust, wird er unwillkürlich, wenn auch unbegründet, ihre Kompetenz in Steuerfragen anzweifeln. Wird morgen etwas im *Scuttle* stehen?«

»Keine Angst«, sagte Cantrip. »Ich habe der Redaktion eingeredet, es wäre Beleidigung und Verleumdung und Gott weiß was, außerdem Einmischung in einen *sub judice* anhängigen Rechtsfall, was möglicherweise zutrifft. Ich bin mir da nicht sicher. Jedenfalls haben sie die Sache fallen lassen wie eine heiße Kartoffel.«

»Gut gemacht, Cantrip«, sagte Selena.

»Und bei der Nachrichtenagentur ist jemand, den ich flüchtig kenne, den habe ich angerufen und ihn gefragt, ob ihm klar ist, daß sie eine Story in die Welt hinausposaunen, die ihnen eine enorme Schadensersatzforderung einbringen wird. Es war ihm durchaus nicht klar, so daß er mir für die Warnung aufrichtig dankbar war. Julias Namen werden sie nicht mehr nennen.«

Selena zeigte sich durch diese Schritte ein wenig beruhigt und faßte nun für Cantrip kurz den Inhalt des vorangegangenen Briefes zusammen, ehe sie mit dem nächsten begann.

Auf der Terrasse, Hotel Cytherea
Freitagabend

Liebe Selena,
ich habe ein schönes Plätzchen gefunden, wo ich mich dem Vergnügen des Briefschreibens, begleitet von einem Campari vor dem Essen, ungestört hingeben kann, nämlich eine Ecke der Terrasse, die durch ein kleines Spalier abgeteilt ist. Eine Art Wein- oder ähnliches Gewächs rankt sich daran hoch. Der Wein- oder sonstige Strauch ist gärtnerisch betrachtet nicht im besten Zustand, aber er gewährt eine ausreichende Deckung vor dem Auge eines jeden, der die Terrasse betritt und dem man sich vielleicht zu entziehen wünscht. Zum Beispiel dem Major. Andererseits gibt er den Blick

auf die Brücke zur Dependance frei, so daß man jede Annäherung von dieser Seite rechtzeitig bemerkt, vor allem von jemand, den man ganz zufällig zu treffen wünscht. Wie zum Beispiel den hinreißenden Ned.

Die scheußliche Enthüllung von Neds Metier hat mich, wie Du Dir denken wirst, in meiner gnadenlosen Entschlossenheit nur bestärkt. Hat die Finanzverwaltung sich in ihren Ansprüchen auf meine Zeit, meine Kraft und meine spärlichen Einkünfte je von Barmherzigkeit leiten lassen? Nein. Soll dann ich, wäre Neds Tugend auch das kostbarste Juwel in ihrer Krone, größere Gnade walten lassen? Nein und nochmals nein! »Notfalls der Kanal« ist von nun an meine Devise.

In dieser Geistesverfassung erwachte ich heute und begrüßte freudig den Morgen in Gestalt eines Zimmerkellners, der Kaffee und frische Semmeln hereinbrachte. (Ein hübscher Junge, gertenschlank, eine scheue, schwarzäugige Gazelle. Aber da all mein Sehnen auf den bezaubernden Ned gerichtet ist, beachtete ich ihn nicht sonderlich.) Als ich mich aber ankleiden wollte, stand ich vor einem Dilemma.

Unser heutiger Ausflug sollte uns unter anderem zu mehreren Andachtsstätten führen, weshalb Graziella uns alle gebeten hatte, in unserer Kleidung auf lange Hosen (die Damen) bzw. Shorts (die Herren) zu verzichten. Ich begrüßte prinzipiell jede Regelung, welche die Öffentlichkeit vor dem Anblick der Beine des Majors bewahrte. Was mich anging, so sah ich kein Problem voraus, hatte ich doch zwei Röcke in der korrekten Länge für tagsüber eingepackt. Zwar hatte der eine davon ein paar Brandlöcher von meinen Zigaretten, dem anderen fehlte der Knopf, der den Taillenbund zusammenhält. Diese Mängel wurden von mir als gering erachtet, da sie kaum dazu angetan schienen, die Frommen zu stören.

Um mich für einen der beiden Röcke zu entscheiden, unterzog ich sie einer kritischen Prüfung vor dem Spiegel. Im hellen Sonnenlicht, das hinter mir durch das Fenster einfiel, entdeckte ich, daß keiner von beiden so undurchsichtig war, wie das Gebot der Schicklichkeit es erfordert. In einem dämmrigen Kirchenschiff würde daran nichts auszusetzen sein, draußen im Sonnenschein jedoch ... Du weißt schon.

Doch geknickt war ich noch nicht, erinnerte ich mich doch, daß Du mir während des Kofferpackens – in weiser Voraussicht eben dieser Eventualität – geraten hattest, einen Unterrock mitzunehmen. Es war nicht ganz leicht gewesen, wie Du Dich vielleicht erinnerst, einen solchen aufzustöbern, der mich nicht im Falle, daß ein übereifriger Zollbeamter ihn aus dem Koffer nähme und in der Luft herumwedelte, durch seinen angeschmutzten und löchrigen Zustand der Mißbilligung anderer Reisender aussetzte. Unsere Suche wurde schließlich belohnt, als wir einen fanden, der einwandfrei sauber und fast gar nicht getragen war.

Als ich ihn jetzt anzog, erinnerte ich mich wieder, warum er fast ungetragen war. Ich hatte ihn nämlich letzten Januar im Schlußverkauf erstanden und zu Hause festgesetllt, daß er etwa zehn Zentimeter länger war als alle meine Röcke.

*

»Man kann ja nicht an alles denken«, sagte Selena.

»Nein, natürlich nicht«, sagte Timothy.

*

Es hat mir einmal jemand erklärt, Vorgänge wie dieser gingen sämtlich auf das Zweite Thermodynamische Gesetz zurück, welches besagt, daß alle Dinge der Tendenz zum Chaos unterworfen sind. Gegen die Naturgesetze kann man nicht ewig ankämpfen. Ich überlegte schon, ob es nicht das beste wäre, trotz der Pflichtbesichtigung wieder ins Bett zu gehen und mich still mit der Lektüre des Steuergesetzes zu beschäftigen, bis einer kommt, um mir zu sagen, was ich tun soll. Irgend jemand sagt mir das immer.

Ehe ich noch meiner Unschlüssigkeit nachgeben konnte, klopfte jemand an die Tür. Es war Marylou, die nachschauen kam, ob ich abmarschbereit sei. Ich schilderte ihr mein Problem.

»*Honey*«, sagte sie, »könntest du nicht unten am Saum zehn Zentimeter abschneiden?«

»Das wäre eine fabelhafte Lösung«, sagte ich, »nur leider undurchführbar. Dazu braucht man eine Schere.«

»Kein Problem, *honey*«, sagte sie. »Ich habe mein Nähzeug dabei.«

Sie holte die Schere aus ihrem Zimmer und schnippelte in wenigen Sekunden die zehn Zentimeter Stoff ab, die mich von einem anständigen Aufzug trennten.

So trafen wir schließlich nur wenige Minuten nach halb acht in der Hotelhalle ein, um unseren Stadtrundgang zu beginnen.

*

»Interessant«, sagte Ragwort.

»Interessant?« rief Cantrip und verschluckte sich fast an seinem Steak Diana. »Interessant? Mich macht es krank, das zu hören. Ich weiß nicht, was Julia an sich hat; sie braucht sich nur hinzusetzen und hilflos die Augen aufzureißen - ich gebe ja zu, daß sie hilflos ist -, und schon taucht eine arme irregeleitete Helferin aus dem Nichts auf und kümmert sich um sie. Wie um ein Kuckucksjunges. Das Kuckuckskind macht es nämlich so, daß es sich einfach in einem fremden Nest ausbrüten läßt. Dann sitzt es da und reißt den Schnabel auf. Und die Vögel, denen das Nest gehört, werfen es nicht etwa über den Rand, sondern haben den unwiderstehlichen Drang, ihm dauernd Futter in den Schlund zu stopfen. So ungefähr wirkt Julia auf andere Frauen. Und was noch schlimmer ist, meistens sind es sehr hübsche Frauen, die weiß Gott besseres zu tun hätten, als für Julia Würmer zu suchen.«

»Die Natur«, sagte Selena, »ist voller Wunder.«

»Was ich interessant finde«, sagte Ragwort, »ist die Schere. Es werden natürlich Scheren verschiedenster Art und Größe zum Nähen verwendet. Aber mit einer allgemein üblichen könnte man nicht so einfach einen Saum abschneiden - es muß sich schon um eine richtige Schneiderschere gehandelt haben. Mit einer langen Klinge, ziemlich groß und scharf, und natürlich mit einer Spitze. Du sagtest doch ›erstochen‹, nicht wahr, Cantrip?«

*

Keiner von uns hatte versäumt, der Vorladung zu folgen, mit Ausnahme von Neds Freund Kenneth dem Starken. Wir anderen hefteten uns zusammen mit etwa zwanzig anderen, meist nichtbritischen Kunstfreunden an Graziellas Fersen. Diese Graziella nimmt ihre Aufgabe, uns die historische und kunstgeschichtliche Bedeutung von Venedig beizubringen, sehr, sehr ernst; ich glaube, sie wird uns am Ende der Ferien einer Prüfung unterziehen. Ich lausche ihr deshalb mit größtmöglicher Aufmerksamkeit, denn ich möchte sie natürlich nicht enttäuschen.

Der Rundgang begann an der Piazza San Marco, dem nach einem Ausspruch Napoleons »schönsten Salon Europas«. Daran sieht man, sagt Graziella, daß Napoleon ein Dummkopf war, denn der Platz gleicht nicht im mindesten einem Salon. Vielmehr ist er, wenn auch geräumig und elegant, als Vorhof zur Markuskirche gestaltet, so daß der Besucher die Großartigkeit der unvergleichlichen Fassade als Ganzes auf sich wirken lassen kann, bevor er das prächtige Mosaik und die eleganten Säulen im einzelnen bewundert. Wir ließen also die Fassade auf uns wirken.

Die Venezianer wählten sich anscheinend im neunten Jahrhundert den hl. Markus zum Schutzheiligen, zu einer Zeit, als seine sterbliche Hülle noch in Alexandria ruhte. Um ihre Frömmigkeit zu beweisen, schickten die Venezianer ein Kommando von Grabräubern aus; diese entführten den heiligen Leichnam aus seiner Ruhestätte und brachten ihn, zwecks Vermeidung der Kontrolle durch die muslimischen Zöllner zwischen zwei Schweinehälften verpackt, außer Landes nach Venedig.

Diese Geschichte erinnerte den Major an ein lustiges Erlebnis im Libanon im Jahr '52. Ich mußte wieder an Desdemona denken.

Nachdem die Venezianer sich die Leiche beschafft hatten, benötigten sie für den Bau der Kirche, die ihr zur Unterkunft dienen sollte, dreihundert Jahre, während welcher Zeit sie auf der Suche nach Baumaterial die gesamte Levante plünderten. In der Zwischenzeit ging zwar die Reliquie verloren; doch davon ließen sie sich nicht entmutigen. Die Gelegenheit, dem Kunstwerk den i-Punkt aufzusetzen, kam 1204, als sie die Teilnehmer des Vierten Kreuzzugs mehr oder weniger durch Nötigung dazu brachten, ihr Reiseziel zu ändern.

Die Kreuzfahrer wollten nach Jerusalem; die Venezianer aber, die den Seetransport übernommen hatten, verkündeten auf halber Strecke im Mittelmeer, es wäre eine bessere Idee, erst einmal die Hauptstadt von Byzanz auszuplündern. Also eroberten die Kreuzfahrer Konstantinopel, wodurch in der Folge die Venezianer sich nicht nur die Herrschaft über den östlichen Mittelmeerraum, sondern auch die vier antiken Bronzepferde, die heute auf der Galerie des Markusdoms stehen, sicherten.

Von hier schlenderten wir weiter zum Dogenpalast. Graziella forderte uns auf, den typischen Stilwandel von der Gotik zur Renaissance zu beachten, und hielt einen kleinen Vortrag über die Venezianische Republik. Sie sprach sehr liebevoll davon; offenbar hatte Venedig eine vorbildliche Verfassung gehabt, mit lauter Senaten und Räten und Kontrollorganen zur Verhinderung von Machtmißbrauch und mit all dem, was das Herz des Staatstheoretikers höher schlagen läßt.

»Wenn die Verfassung so super war«, bemerkte Stanford, »warum hat sie sich dann nicht gehalten?«

»Sie hat sechshundert Jahre überdauert, Signore«, erwiderte Graziella, »und als sie völlig veraltet war und nicht mehr funktionierte, haben wir sie exportiert, und zwar in die Vereinigten Staaten von Amerika.«

Stanford trägt gewohnheitsmäßig, wie schon erwähnt, die Miene eines Menschen zur Schau, der argwöhnt, daß jemand ihn reinlegen will. Jetzt setzte er die Miene eines solchen Menschen auf, der seinen Verdacht bestätigt sieht. Marylou sah ihn mißbilligend an, als habe er einen Fauxpas begangen, und drückte ihren Unwillen zusätzlich dadurch aus, daß sie sich während der weiteren Besichtigung des Dogenpalastes an meiner Seite statt seiner hielt.

Als wir zum Sitzungssaal des Zehnerrats kamen, war Graziella aus Rücksicht auf die historische Wahrheit gezwungen, einige der Methoden zu erwähnen, durch welche diese Körperschaft im Mittelalter die Sicherheit der *Serenissima* gewährleistet hatte. Sie erzählte sehr anschaulich von den geheimen Gerichtsverfahren, geflüsterten Aussagen und Willkürurteilen, deren Schauplatz dieser prächtige Saal gewesen sein muß. Marylou war ganz betrübt. Wußte ich's doch gleich, sie ist eine Idealistin.

»Ich kann es nicht glauben«, sagte sie. »Julia, *honey,* glaubst du, jemand könnte so schreckliche Dinge tun – in so einem herrlichen Raum?«

»Ich bin bereit, alles zu glauben«, sagte ich, »wenn jemand mit einem so wunderschönen Profil wie Ned sich als Steuereintreiber herausstellt.«

»Wollen Sie damit sagen«, fragte Ned, in dessen Hörweite ich diese Äußerung absichtlich getan hatte, »daß man meine Behörde mit dem Rat der Zehn vergleichen kann?«

»Nein«, sagte ich mit der Bitterkeit der Leidgeprüften, »dagegen war der Rat der Zehn ein ausgesprochen harmloser Verein.«

Vielleicht findest Du, Selena, daß ich in diesem Wortwechsel ein wenig von der von Dir empfohlenen Taktik abweiche. Meine Bemerkung war jedoch ausgesprochen scharf formuliert. Ich glaube nicht, daß sie als Kompliment mißzuverstehen war. Außerdem habe ich Marylou mehr Aufmerksamkeit gewidmet als irgend jemandem sonst, so daß ich die Hoffnung hege, Ned und der Major werden mir eine gewisse unorthodoxe erotische Disposition unterstellen. Der erstere wird sich fälschlich in Sicherheit wiegen, während der letztere sich abgeschreckt fühlen dürfte. Ich habe das Gefühl, ein oder zwei Komplimente kann ich demnächst riskieren.

*

»Also wirklich!« sagte Ragwort. »Julias erotische Disposition ist, wie allgemein bekannt, so orthodox wie irgend denkbar, mindestens.«

»Absolut«, sagte Cantrip.

»Schon gut«, sagte Selena, »man muß Julia doch nicht ernst nehmen.«

*

Die letzte Besichtigung an diesem Vormittag sollte uns zu einer kleinen Glaswerkstatt führen, wo wir, wie Graziella sagte, die traditionelle Kunst der Glasbläser kennenlernen würden. Mich lockte um diese Uhrzeit eigentlich mehr die traditionelle Kunst, Luftbläschen in einen Campari-Soda zu pusten, aber ich traute mich nicht, meine Meinung zu äußern.

Kurz darauf gab jedoch Eleanor dumpfe Töne von sich, die sich anhörten wie Donnergrollen vom Zinkblech hinter der Bühne. So ginge es ja nun wirklich nicht, man hätte uns eine Führung zu den künstlerisch und historisch wichtigen Sehenswürdigkeiten versprochen und wolle uns nun den halben Vormittag in einer Glasfabrik herumschleppen; und das nicht etwa aus Inkompetenz, sondern allein zu dem Zweck, daß wir die vermutlich minderwertigen Glasobjekte zu einem Wucherpreis kaufen und dieser Dame (*videlicet* Graziella) dazu verhelfen sollten, eine hübsche kleine Provision einzustecken.

Diese Mißfallensäußerungen waren zwar anfänglich nur an mich gerichtet – wir waren, wie Du Dich erinnerst, wie Ruth und Naëmi –, dienten aber sichtlich als Lockerungsübung für einen direkten Angriff auf Graziella. Unter dem Eindruck der Gefahr, die nächsten acht Tage im Kreuzfeuer zweier kriegerischer Damen leben zu müssen, entschloß ich mich zu handeln.

»Eleanor«, sagte ich, »ich habe nicht soviel Ausdauer wie Sie. Ich dachte gerade daran, mich heimlich zu absentieren und auf der Piazza einen Kaffee zu trinken. Wenn Ihnen wirklich nicht soviel an der Glasfabrik liegt, dürfte ich Sie vielleicht einladen, mir Gesellschaft zu leisten?«

Natürlich wäre Eleanor eigentlich viel lieber geblieben, um mit Graziella Streit anzufangen; aber das konnte sie ja schlecht sagen, ohne unhöflich zu sein. Ich nahm sie triumphierend ins Schlepptau und gratulierte mir zu meinem diplomatischen Geschick. Eine Tasse Kaffee für Eleanor zu spendieren, selbst im Café Florian, hieß einen geringen Preis dafür zu zahlen.

Unsere Unterhaltung landete schnell bei dem Thema, bei dem wir am meisten übereinstimmten – nämlich die Verwerflichkeit der Einkommensbesteuerung. Nicht lange, so schwirrten Formeln wie »Leistung wird bestraft« und »kleinkarierte Schikane« über die Piazza.

Allmählich vom allgemeinen zum besonderen übergehend, erkundigte Eleanor sich, was meiner Auffassung nach zu tun sei, um ihre Steuern zu reduzieren. Ihre Situation ist wirklich bemitleidenswert: Zwar erhält sie ihren Anteil vom Gewinn der Firma Frostfield's in der Form eines Direktorengehalts, das dem niedrigen Steuersatz auf Arbeitseinkommen unterliegt. Lediglich ihre anderweitigen Einkünfte muß sie als Kapitalerträge versteuern, dennoch erreicht sie einen Steuersatz von neunzig Prozent.

*

»Darf ich daraus den Schluß ziehen«, fragte ich, »daß Mrs. Frostfields Lebensumstände als annehmlich bezeichnet werden können?«

»Du darfst den Schluß ziehen«, sagte Timothy, »daß ihr Einkommen zwischen 20000 und 25000 Pfund jährlich beträgt.«

»Und wenn«, sagte Selena, »der größere Teil davon aus Kapitalerträgen stammt ...«

»Dann kannst du daraus folgern«, sagte Ragwort, »daß sie, ohne große persönliche Opfer zu bringen, ihren Kaffee selbst hätte bezahlen können. Sogar bei Florian.«

*

Ich tat, was ich konnte, um mich hilfsbereit zu zeigen; aber Eleanor scheint vorzügliche Steuerberater zu haben – alle Vorschläge, die ich machte, waren bereits in die Tat umgesetzt worden. Ich hatte schon fast die Hoffnung aufgegeben, ihr helfen zu können, als mir plötzlich aufging, daß sie die ideale Person ist für den Trick mit dem mittellosen Ehemann.

»Eleanor«, sagte ich, so temperamentvoll, daß ich meinen Campari-Soda zur Hälfte verschüttete, »gehe ich recht in der Annahme, daß für Sie eine Eheschließung in Frage käme?«

»Aber liebe Julia«, sagte sie und stieß ein Geräusch aus, das sich wie ein Baby-Xylophon anhörte und offenbar Erheiterung ausdrücken sollte, »wenn Sie damit meinen, daß ich mir einen reichen Mann suchen soll . . .«

»Aber nein«, rief ich aus, »ganz im Gegenteil. Sie müßten sich einen Ehemann suchen, der mittellos ist.«

Ich erklärte ihr dann haarklein die steuerlichen Konsequenzen einer Heirat, die bekanntlich zur Folge hat, daß die Arbeitseinkünfte der Ehefrau für Steuerzwecke derselben zugerechnet werden, als ob sie eine alleinstehende Person wäre; daß aber ihre Einkünfte aus Anlagevermögen als Einkommen des Ehemannes betrachtet werden. Daraus folgt, wie man weiß, daß, wenn beide Ehepartner Einkünfte sowohl aus Erwerbstätigkeit wie aus Kapitalerträgen beziehen, sie dafür sorgen sollten, daß das Arbeitseinkommen bei der Ehefrau anfällt. Gleichermaßen folgt daraus, daß eine alleinstehende Dame mit Einkünften aus beiden Quellen unverzüglich die nötigen Schritte zur Anschaffung eines mittellosen Ehemannes einleiten sollte.

Sicher denkst Du nun, Eleanor hätte diesen eleganten und effizienten, weder Beurkundungskosten noch staatliche Gebühren verursachenden Vorschlag zur Steuerersparnis mit Tränen der Dankbarkeit und dem Angebot, mir den nächsten Campari-Soda zu bezahlen, begrüßt. Da aber irrst Du Dich gewaltig.

»Nein wirklich, Julia«, sagte sie und ließ wieder das Xylophon hören, »Sie haben wohl eine sehr zynische Auffassung von der Ehe.«

Wie Du weißt, Selena, bin ich keineswegs zynisch, ganz im Gegenteil eher sentimental. Aber Leuten, die ihre Sentimentalität nicht einmal bei der Steuererklärung ausblenden können, ist nun wirklich nicht zu helfen.

*

»Julias Schachzug«, sagte Ragwort, »berücksichtigt nicht die Kosten für den Unterhalt des Ehemannes.«

»Es ist ja wohl davon auszugehen, daß der Mann diejenigen Aufgaben übernimmt – als Gärtner, Chauffeur und Faktotum –, für die eine Frau in Eleanors Kreisen sich sonst eine bezahlte Kraft leisten würde«, sagte Selena.

Es ergab sich eine längere Diskussion über die Vorzüge und Nachteile mittelloser Ehemänner, die ich nicht im einzelnen wiedergebe, da ich mit der Materie nicht vertraut bin. Falls die eine oder andere von Ihnen, liebe Leserinnen, zu ihrem persönlichen Vorteil von der Idee Gebrauch macht und Julia gelegentlich im ›Corkscrew‹ antrifft, sollten Sie ihr zum Dank vielleicht ein Glas Wein stiften.

*

Ich fragte Eleanor, ob es ihr nicht ein wenig auf die Nerven gehe, daß sich in unserer Reisegruppe ein Vertreter des Finanzamts befindet.

»Ned? Aber nein, meine Liebe«, sagte Eleanor. »Er ist doch ein Freund von Kenneth.« Ich muß ziemlich verblüfft ausgesehen haben. »Wissen Sie nicht, wer Kenneth ist?«

Ich verneinte, ziemlich verlegen, denn sie betonte das so, als sei Kenneth nicht zu kennen ein Fauxpas, der sich in keiner Weise wiedergutmachen ließ.

»Aber liebe Julia«, sagte Eleanor, wiederum mit Xylophon-Begleitung. »Kenneth Dunfermline. Einer unserer begabtesten jungen Bildhauer.«

»Oh, wirklich? Wie interessant – das war mir nicht klar«, sagte ich, um mir nicht anmerken zu lassen, daß ich den Namen noch nie gehört hatte. »Aber ich bin überzeugt, Eleanor, daß die Freundschaft zu einem Bildhauer, sei er auch noch so bedeutend, einen Steuerschnüffler nicht davon abhalten wird, sich wie ein Steuerschnüffler zu verhalten. Ich glaube, ich würde mich scheuen, gewisse Dinge in seiner Gegenwart zu erwähnen, zum Beispiel, daß der Urlaub auf Geschäftskosten geht.«

In diesem Punkt besitzt Eleanor jedoch den Vorteil des reinen Herzens. Sie ist wirklich und wahrhaftig aus geschäftlichen Gründen hier. Kürzlich ist nämlich eine Dame von stattlichem Vermögen und erlesenem Geschmack, lebenslange Sammlerin von Antiquitäten und Kunstgegenständen, Engländerin, aber seit dreißig Jahren in Venedig ansässig, ins Jenseits abberufen worden. Ihre Sammlung wird voraussichtlich eine Sensation auf dem Kunstmarkt werden. Eleanor hat die Reise unternommen, um so frühzeitig wie möglich einen Blick darauf zu erhaschen, in der Hoffnung, die sie interessierenden Objekte unter der Hand zu erwerben. Wenn sie erst versteigert werden, sagt Eleanor, werden die Preise einfach lächerlich in die Höhe schnellen. Sie hat den Major gefragt, ob er aus demselben Grund hier ist, und offenbar hat er bejaht. Beide sind demnach nicht nur zum Vergnügen angereist, sondern sie interessieren sich für die Mobilien und Effekten der verstorbenen Miss Priscilla Tiverton.

*

»Heiliges Kanonenrohr!« rief Timothy. »Die sind hinter den Sachen her, die die Erbtante meinem Klienten hinterlassen hat.«

Kapitel 6

Eigentlich war es kein solch großer Zufall. Die Bestattungsrituale der Reichen sind stets ein Signal für die Aasgeier, zu denen man, mit allem schuldigen Respekt, auch die Antiquitätenhändler und dic Anwälte zählen kann.«

Diese meine Bemerkung wurde nicht gut aufgenommen. Timothy erwiderte ziemlich giftig, wenn ich so schlecht über die Art seines Broterwerbs dächte, wünschte ich wohl auch nicht, daß er mir davon einen Brandy bezahlte. In diesem Punkt konnte ich ihn vom Gegenteil überzeugen.

Übrigens ist ja nicht auszuschließen, daß einige meiner Leserinnen und Leser in ihren Mußestunden die Lektüre von Kriminalromanen pflegen, eine Freizeitbeschäftigung, die leicht zu realitätsfernen Spekulationen verführt. Deswegen muß ich folgende Punkte von vornherein klarstellen: Die verstorbene Miss Tiverton war infolge gänzlich natürlicher Ursachen entschlafen, der Appetit der Mrs. Frostfield und des Majors auf den Tiverton-Nachlaß hatte mit dem Verbrechen, dessen man Julia bezichtigte, nicht das geringste zu tun, und die Heranziehung von Timothy als Rechtsberater in der Angelegenheit des von Miss Tivertons Bruder hinterlassenen Treuhandvermögens war - mit Ausnahme des Umstandes, daß er der rechte Mann zur rechten Zeit am rechten Ort war, worin man das Wirken einer gütigen, allwissenden Vorsehung erblicken mag -, das war, mit dieser einen Ausnahme, reiner Zufall.

Inzwischen war es spät geworden. Die Theaterbesucher unter Guidos Gästen, die noch geblieben waren, um die Originale der mit eigenhändiger Widmung versehenen Porträts an der Wand in Fleisch und Blut zu bewundern, wurden nach und nach für das Warten belohnt. Unser Brandy wurde ebenfalls gebracht, und Selena fuhr mit Julias Brief fort.

*

In meinem Zimmer im Cytherea
Sonntagabend

Ich hoffe, es gibt keinen Ärger - das heißt, eigentlich hat es ihn schon gegeben. Auf alle Fälle kann niemand sagen, ich sei schuld, beziehungsweise, irgend jemand wird das bestimmt behaupten. Wie auch immer, ich werde Dir die Ereignisse dieses Wochenendes lückenlos schildern und überlasse es Dir zu beurteilen, ob ich irgendwann oder irgendwie über das hinausgegangen bin, was gute Manieren und freundliche Umgangsformen verlangen.

Am Samstagmorgen setzte ich mich auf die Terrasse in die vorerwähnte Ecke und dachte über die Eroberung des schönen Ned nach; mich beunruhigte die Frage, ob ich damit seinem Freund Kenneth Kummer bereiten würde. Da ich zu Künstlern allgemein eine positive Einstellung habe, würde es mir widerstreben, einem von ihnen weh zu tun. Daß zwischen den beiden eine Beziehung besteht, ist kaum zweifelhaft; aber ob es eine tiefe und dauerhafte Beziehung ist von der Art, die die Leute innerlich tief bewegt, oder eher eine flüchtige Spielerei, kann ich momentan nicht beurteilen. Ich kam jedoch zu folgender Logik:

1) Kenneth hat zu Ned entweder eine echte, tiefgehende Neigung gefaßt oder nicht;

2) wenn er eine solche Neigung nicht gefaßt hat, werden ihm meine auf Ned zielenden Absichten nicht weh tun;

3) wenn er hingegen eine solche Neigung gefaßt hat, dann besteht sie entweder ein- oder beiderseitig;

4) wenn sie auf beiden Seiten besteht, wird Ned meine Avancen zurückweisen, und Kenneth wird folglich nicht darunter leiden;

5) wenn sie hingegen einseitig ist, wird Kenneth in jedem Fall leiden, unabhängig davon, ob ich mir Ned zu angeln versuche oder nicht;

6) wenn Kenneth leiden wird, unabhängig davon, ob ich mir Ned angele oder nicht, kann mein Angeln nicht die Ursache von Kenneths Leiden sein;

7) es ist deshalb logisch unmöglich, daß mein auf Ned zielendes Streben zur Ursache von Kenneth' Leiden wird.

Ich hatte gerade zur Feder gegriffen, um Dir dieses Beispiel der Nützlichkeit von angewandter Logik mitzuteilen - ohne die ich vielleicht zu einem völlig anderen Ergebnis gekommen wäre -, als ich bemerkte, daß Marylou die Terrasse betreten hatte. Sie gehört durchaus nicht zu den Personen, denen ich aus dem Weg gehen möchte, weshalb ich aus meinem Versteck hinter dem Wein- oder sonstigen Gewächs hervorkam.

»Wartest du auf deinen Mann?« fragte ich.

»Mein Mann ist übers Wochenende nach Verona gefahren«, sagte Marylou. »Einer Geschäftsbeziehung wegen«. Bei ihr hörte sich das Wort »Geschäftsbeziehung«, das ich bis dahin für harmlos gehalten hatte, deutlich abwertend an. Und ihr »mein Mann« klang auch nicht gerade wie eine Schmeichelei. Ich überlegte, ob es sich dabei um einen der üblichen amerikanischen Euphemismen für eine unaussprechliche Ausschweifung handelte, und deutete mit einer gemurmelten Frage meine Anteilnahme an.

Stanford arbeitet bei der englischen Filiale einer amerikanischen Maschinenbaufirma. Er scheint einer jener knallharten, dynamischen jungen Manager zu sein, die sich keinen Urlaub gönnen, es sei denn, sie sehen darin eine Chance, durch die Pflege von Bekanntschaften ihren beruflichen Aufstieg zu fördern. Zwar hatte Marylou ihn nach monatelangen Diskussionen endlich überredet, einen echten, rein privaten Urlaub mit ihr zu machen, also eine Reise, auf der Stanford ihr seine gesamte Zeit und Aufmerksamkeit schenken und sie ihrerseits nicht verpflichtet sein würde, sich mit den Gattinnen oder Verwandten seiner Kunden oder Kollegen abzugeben. Das hatte die Ärmste jedenfalls geglaubt. Doch in letzter Minute vor dem Abflug hatte er ihr mitgeteilt, daß er eine Wochenendeinladung von wichtigen Kunden in Verona angenommen hatte. Voll gerechter Empörung über solche Doppelzüngigkeit hatte sie sich geweigert, ihn zu begleiten. Und nun hatte sie niemanden, mit dem sie sich in Venedig umsehen konnte.

Natürlich schlug ich ihr vor, gemeinsam loszuziehen, und fragte sie, ob es etwas gebe, das sie besonders gern sehen wollte.

»Gestern habe ich auf dem Rialto solch himmlische Tischwäsche gesehen«, sagte Marylou, »aber die Zeit reichte nicht, sie zu kaufen. Könnten wir nochmal dorthin gehen? Oder ist es zu weit?«

Ich versicherte ihr, daß dem nicht so war. Zwar ist der Wasserweg vom Markusplatz zum Rialto fast die halbe Länge des Canal Grande, aber zu Fuß sind es nur etwa fünf Minuten.

Das ist jedenfalls der Eindruck, den der Stadtplan in Ragworts Reiseführer vermittelt. Die mangelnde Übereinstimmung zwischen den Verhältnissen auf der Karte und in der Wirklichkeit ist etwas Seltsames. Man folgt einer Route, die einen, wenn man den Kartographen glaubt, zu einem Ziel im Planquadrat F 11 führen müßte, und steht dann plötzlich vor einer Kirche, die in M 3 vorgesehen ist. Wenn dann diese Kirche, wie in Venedig so üblich, zwei Bellinis und einen Giorgione enthält, kann der Kunstfreund kaum daran vorbeigehen, ohne mindestens einen Blick hineinzuwerfen.

Unser Fußmarsch zum Rialto verlief daher im Zickzack, die Überquerung dann allerdings nicht minder. Die Läden beiderseits der historischen Brücke konnten nicht über mangelnden Umsatz klagen. Es blieb nicht bei der einen Garnitur Tischwäsche. Gekauft wurden schließlich und endlich drei; außerdem Spitzenschals, verschwenderisch verzierte Lederbörsen, niedliche gläserne Mäuschen mit Musikinstrumenten in den Pfoten und viele andere ebenso hübsche wie nutzlose Dinge, die Marylou alle »göttlich« und »wirklich nicht teuer« fand. Graziella hatte uns von der Blütezeit des venezianischen Handels erzählt, als alles Geld der Welt auf dem Rialto den Besitzer wechselte; anscheinend hatte Marylou den Ehrgeiz, diesen Zustand eigenhändig wiederherzustellen.

Wir landeten schließlich im Bezirk Dorsoduro auf dem jenseitigen Ufer des Canal Grande. Ein Bezirk, der so ganz anders ist als der von San Marco, weil er weniger die Masse der Touristen anzieht als eher die Gebildeten unter ihnen. Hier weht ein fast attisch zu nennender Wind, der einen daran gemahnt, daß dies eins der großen historischen Zentren des europäischen Geistes ist, die Wiege der Renaissance, die Akropolis der Gedankenfreiheit gegen die Engstirnigkeit der Päpste und die Tyrannei der Fürsten. Hier hat der berühmte Aldus ...

»Aber Graziella hat gestern etwas ganz anderes über den Zehnerrat erzählt«, protestierte Marylou, die Ohrenzeugin dieser Betrachtungen.

»Graziella«, erwiderte ich geduldig, »hat gestern vom Mittelalter gesprochen. Ich rede dagegen von der Renaissance, die etwas völlig anderes darstellt. Außerdem muß ich dich daran erinnern, Marylou, daß die Unterbrechung des Plädoyers, wenn der Anwalt gerade seine schönste Rhetorik entfaltet, als Privileg allein dem Richter zukommt, und auch ihm nur ausnahmsweise gestattet wird.«

Ich hatte vergessen, daß Amerikaner stets denken, man meine das, was man sagt. Zu meinem Bedauern begann sie, sich zu entschuldigen. Ich sagte schnell, daß sie ein dutzendmal hübscher sei als sämtliche Richter im High Court und mich unterbrechen dürfe, wann und wo sie wolle. Aber sie war anscheinend noch nicht so recht überzeugt. Um sie endgültig zu beruhigen, küßte ich sie auf die Nase. Das alles spielte sich vor der Casa Rezzonico ab und wurde von den vorübergehenden Venezianern mit spöttischen Bemerkungen kommentiert. Aber was sonst, Selena, hätte ich nach Lage der Dinge tun können?

*

»Das führt zu nichts Gutem«, sagte Ragwort.

»Doch nur auf die Nase«, sagte Selena.

*

Wir gingen zum Lunch in ein Restaurant, das Ragwort mir empfohlen hatte, beim Campo San Barnabà, wo ein Weinstock seine Zweige so weit über dem Garten ausgebreitet hat, daß sie ein Dach bilden. Wir labten uns an Minestrone und Omelette und kühlem Wein aus einem irdenen Krug. Ich hoffte, daß Marylou über diesen Zerstreuungen ihren ehelichen Kummer vergessen würde. Doch weit gefehlt.

»Julia, *honey*«, sagte sie irgendwann beim zweiten Grappa, »findest du, daß die Ehe eine gültige personale Beziehung in einem individuellen Lebenskontext sein kann?«

»Ich kann das schlecht beurteilen«, antwortete ich vorsichtig. »Ich selbst bin nicht so fürs Heiraten.«

»Ich schätze, du würdest mich für aufdringlich halten«, sagte sie, »wenn ich frage, warum.«

»Durchaus nicht«, widersprach ich und erklärte, daß es einfach niemanden gebe, mit dem ich eine solche Verbindung in Betracht ziehen würde, mit Ausnahme meines hochgeschätzten und gelehrten Freundes Desmond Ragwort,

*

»Also wirklich«, sagte Ragwort.

*

der jedoch leider meinen ehrlichgemeinten Antrag abgelehnt hat.«

»Heißt das, du hast ihn gefragt, und er hat nein gesagt?« fragte Marylou.

Was ich bestätigte. Sie war schockiert über so viel Herzlosigkeit und Unverstand und legte, warmherzig wie sie ist, so viel teilnahmsvolle Entrüstung an den Tag,

*

»Das geht aber jetzt zu weit«, sagte Ragwort.

*

daß ich mich verpflichtet fühlte, als mildernden Umstand für den Delinquenten geltend zu machen, daß meine bescheidenen Talente nicht gerade von der hausfraulichen Art sind. Was sie durchaus nicht besänftigte. Wenn Ragwort, meinte sie, lediglich jemanden für den Hausputz und ein paar schöne Stunden im Bett suchte,

*

»Ausgerechnet Julia«, sagte Ragwort.

*

dann sei er meiner nicht wert. Eine Frau von meinem Geist und Charakter, führte sie aus, sei etwas für jemand, der sie als Person zu würdigen wisse und nicht nur als Einrichtungsgegenstand.

*

»Komm, trink einen Brandy, Ragwort«, sagte Selena, »dann wird dir besser.«

*

Wir verbrachten den Tag miteinander auf sehr angenehme Weise. Das Beste aber war die Entdeckung bei unserer Rückkehr zum Hotel, daß der hinreißende Ned ganz allein in der Bar saß, allein und sehr schlecht gelaunt. Kenneth, so stellte sich heraus, war den ganzen Tag mit etwas Wichtigem, das mit Kunst zu tun hatte, beschäftigt gewesen. Alleingelassen und ohne eine Menschenseele, mit der er reden konnte, war Ned in Venedig herumgewandert und hatte sich gelangweilt. Und leider sah er einen ebenso langweiligen Sonntag vor sich.

Na schön, Selena, man hat ja kein Herz aus Stein. Marylou und ich hatten verabredet, den Sonntagvormittag zusammen am Lido zu verbringen, und wir forderten Ned auf, sich uns anzuschließen. Wir hätten gar nicht anders gekonnt, selbst wenn Ned ein ganz gewöhnlicher junger Mann gewesen wäre.

Am Sonntagmorgen erwachte ich voller Optimismus: Ich setzte große Hoffnung in den Lido.

»Die Signorina ist heute sehr fröhlich«, sagte der hübsche Zimmerkellner.

»Welche Frau ist nicht fröhlich«, gab ich zurück, »der ein junger Mann mit so schönen Augen das Frühstück bringt?« Meine sprachlichen Fähigkeiten reichten nicht aus, diese Worte auf italienisch zu äußern, und die seinen nicht, mein Englisch voll und ganz zu verstehen. Aber er hatte wohl begriffen, daß sie ein Kompliment bedeuteten, denn er schien sich geschmeichelt zu fühlen.

Ich betrat als erste die Terrasse, wo wir uns treffen wollten, und ließ mich in meiner gewohnten Ecke nieder. Was zur Folge hatte, daß ich eine überaus seltsame Unterhaltung mitbekam, oder Teile derselben, und zwar zwischen Eleanor und Kenneth Dunfermline. Ich werde sie so genau wie möglich wiedergeben und bin gespannt, was für Schlüsse Du daraus ziehst.

Die beiden erschienen zusammen auf der Terrasse und setzten sich an einen Tisch am anderen Ende. Ich blieb sitzen, wo ich war, nämlich hinter dem Wein- oder sonstigen Gewächs verborgen. Ich kam gar nicht auf die Idee, daß ich in die peinliche Situation geraten könnte, sie zu belauschen, denn ich konnte kein Wort verstehen, das mit normaler Lautstärke gesagt wurde. Allerdings hatte ich die akustische Reichweite einer Eleanor in gereiztem Zustand unterschätzt.

Die ersten paar Minuten sprachen sie tatsächlich ganz ruhig und friedlich, so daß ich nichts mitbekam. Dann hörte ich Eleanor sagen: »Sie können mir doch keinen Vorwurf machen, Kenneth. Ich dachte, er wüßte es – sonst hätte ich natürlich nicht davon gesprochen.« Darauf äußerte Kenneth etwas Unverständliches, das sie ein wenig zu besänftigen schien. Das nächste, was ich sie sagen hörte, war: »Also, ich habe Sie vor ihm gewarnt, mehr kann ich nicht tun. Aber solange Sie alles ordentlich abschließen, wenn er in der Nähe ist, brauchen Sie sich keine Sorgen zu machen.«

Zuerst hatte ich das Gefühl, ich weiß nicht wieso, sie sprächen vom Major. Irgendwie macht mir der Major den Eindruck eines

Menschen, vor dem man die silbernen Löffel wegschließt. Damit lag ich aber wohl doch falsch, denn ich hörte Eleanor bald darauf sagen, ein gewisser Bruce habe einen Sessel und einen Rokoko-Spiegel gestohlen, an denen ihr gelegen war. Ich ziehe daraus den Schluß, daß ihre vorausgegangene Warnung diesen Bruce betrifft, wer immer er sein mag.

Ich kann mir zwar nicht vorstellen, daß Kenneth etwas in Besitz hat, das so wertvoll ist, daß jemand es stiehlt, ausgenommen natürlich den schönen Ned. Das Ganze erschien mir reichlich seltsam, aber längst nicht so seltsam wie das, was dann folgte.

Kenneth hat, wie schon gesagt, einen Körperbau wie ein Ochse, und bisher hatte er auch die dazu passende Trägheit an den Tag gelegt. Aber gleich nachdem die Rede auf Bruce gekommen war, geriet er augenscheinlich in Rage. Er sprang von seinem Stuhl auf und stellte sich mit gesenktem Kopf und zusammengezogenen Schultern vor Eleanor hin, als wollte er sie gleich mit den Hörnern rammen. Und auch er sprach jetzt vor Entrüstung so laut, daß ich jedes Wort verstehen konnte. Ich habe nicht wörtlich behalten, was er sagte, aber es drehte sich darum, daß Eleanor ihm nichts zu befehlen habe, daß er kein Angestellter von Frostfield's sei und daß sie für ihr Geld bekommen habe, was ihr zustehe. Und ihr zu Gefallen werde er noch lange nicht seine Freunde im Stich lassen.

Damit ging er fort, offensichtlich voller Zorn. Kurz darauf verließ zu meiner großen Erleichterung auch Eleanor die Terrasse; die Peinlichkeit, entdeckt zu werden, blieb mir erspart.

Findest Du es nicht erstaunlich, Selena, daß Eleanor und Kenneth innerhalb von zwei Tagen so intim geworden sind, daß sie sich lauthals streiten? Ich habe immer gedacht, Zank und Streit seien die Früchte langjähriger Bekanntschaft. Vielleicht hast Du ja, dank Deinem üblichen Einfallsreichtum, eine vernünftige Erklärung.

*

»Dieser Bruce gefällt mir«, sagte Cantrip.

»Du empfindest wohl eine Art Seelenverwandtschaft«, sagte Ragwort.

»Nein, aber er gefällt mir als potentieller Mörder. Ich glaube, er hat's getan.«

»Mit Verlaub«, sagte Timothy, »eilt ihr mit euren Theorien nicht der Beweiserhebung voraus? Eine einzige Erwähnung seines

Namens in einem kleinen Fetzen einer heimlich belauschten Unterhaltung ...«

»Trotzdem, ganz schön verdächtig. Weil wir jetzt wissen, daß unser Bildhauer etwas Wertvolles bei sich hat. Und daß ein gewisser Bruce weiß, daß er es hat. Und daß es etwas ist, das dieser Bruce um jeden Preis haben möchte, weswegen er vor nichts zurückschreckt. Natürlich wissen wir nicht, was es ist. Ich vermute, daß es etwas mit diesem Ropopo zu tun hat, auf das der Bruce so scharf ist. Ist das Ropopo-Zeug wertvoll?«

»Man kann davon ausgehen«, sagte Ragwort, »daß sich für ein gut erhaltenes, echtes Rokoko-Möbelstück ein attraktiver Preis erzielen läßt.«

»Richtig. Also, was macht unser Bruce? Hängt beim Cytherea herum, bis er glaubt, daß niemand in der Nähe ist. Dann schlüpft er in das Nebengebäude, um den Ropopo-Sessel, oder was auch immer, wegzuschleppen. Aber der Steuerschnüffler kommt unerwartet zurück und stellt ihn. Er schickt sich an, die Bullen zu rufen, aber Bruce jammert ein bißchen herum, sagt, er hat Frau und fünf Kinder und so weiter, und sie haben nichts, worauf sie sitzen können. Alles umsonst. Die Kerle vom Finanzamt sind ja speziell darauf trainiert, bei solchen Jammereien gar nicht erst hinzuhören. Schließlich ist Bruce ganz verzweifelt und ersticht ihn. Mir gefällt die Idee. Was meint ihr?«

»Ich denke«, sagte Selena, »wir sollten lieber weiterlesen und erfahren, was denn der Ärger war, den Julia befürchtete.«

*

Marylou und Ned kamen gleich darauf herunter, und wir fuhren mit dem Vaporetto über die Lagune hinüber zum Lido. Dort schwammen wir tüchtig und tranken ziemlich viele Campari-Soda. Das heißt, das ist die Summe unserer vereinten Tätigkeiten. Marylou und Ned übernahmen hauptsächlich das Schwimmen, und ich trank das meiste vom Campari. Ned ist in entkleidetem Zustand leicht muskulöser als ich mir vorgestellt hatte, aber nicht so, daß es stört. Und, zu meiner großen Erleichterung, kein bißchen behaart.

Ich bat die beiden, sich vor Sonnenbrand zu hüten. Es wäre doch eine Schande, sagte ich, wenn ich mit den zwei schönsten Leuten vom Hotel Cytherea ausginge und sie als gesottene Hummer zurückbrächte.

»Nur vom Cytherea?« fragte Ned vorwurfsvoll.

»Von ganz Venedig«, sagte ich. »Von der ganzen Adriaküste.«

»Warum nicht vom ganzen Mittelmeer?« fragte er, immer noch nicht zufrieden. Doch zu einer derart maßlosen Übertreibung wollte ich mich nicht hinreißen lassen.

Ich vergaß auch nicht, Interesse an Neds Hoffnungen, Träumen und Ambitionen zu zeigen. Ich fragte ihn, ob er wirklich vorhabe, seine Tage im Dienst des Fiskus zu verbringen und immer dieselben Drohbriefe in immer denselben braunen Umschlägen zu verschicken. »Das ist doch sicherlich«, sagte ich, »eine geisttötende Beschäftigung?« Eine, wie mir schien, sehr feinsinnige Bemerkung.

»Ich weiß noch nicht«, sagte Ned. »Vielleicht steht mir eine Veränderung meiner Lebensumstände bevor. Mein Freund Kenneth hat große Pläne für uns beide.«

Aufgefordert, mehr davon zu erzählen, sagte er jedoch: »Ach, es wird wohl nichts daraus werden. Wir wissen doch, wie Künstler so sind. Ich nehme Kenneth' Planungen etwa so ernst wie Ihre Komplimente, Julia. Nein, ich denke, ich bleibe bei der Finanzbehörde.« Er schien sogar ein wenig ärgerlich, daß er die Sache überhaupt erwähnt hatte; folglich fühlte ich mich nicht verpflichtet, weiter nachzufragen.

*

»Findet ihr nicht auch«, fragte Selena, »daß diese Unterhaltung ziemlich wichtig ist?«

»Na ja«, sagte Timothy, »gewissermaßen traf das, was er sagte, ja zu – nämlich die bevorstehende Veränderung seiner Lebensumstände. Aber wahrscheinlich dachte der arme Junge dabei nicht an seine Ermordung. War es das, was du meintest?«

»Ich mußte an die Durchschlagkraft von Eleanors Steuerstrategien denken«, sagte Selena und blickte träumerisch in ihr leeres Glas. »Ach was, vielleicht hab ich zuviel Phantasie ... Laßt uns weiterlesen.«

*

Wir nahmen den Lunch im Freien ein, unter einer blauen Markise auf dem eleganten Boulevard, der vom Strand zum Vaporetto-Anleger führt. Danach fuhren wir über die Lagune zurück: Graziella hatte uns eingeschärft, wir dürften unter keinen Umständen die historische Regatta versäumen.

Diese ist ein alljährlicher Anlaß für die Venezianer, sich in mittelalterliche Kostüme zu werfen und unter goldenen Baldachinen in Booten, die einen Löwen oder Delphin darstellen, auf dem Canal Grande dahinzugleiten.

Das Gedränge der Schaulustigen brachte mich in direktere Berührung mit dem schönen Ned, als unter normalen Umständen möglich gewesen wäre. Seine Nähe erzeugte bei mir, zusammen mit der Hitze und dem Wein, den ich beim Lunch getrunken hatte, eine gewisse Beschwingtheit, die es mir schwer machte, allzu offensichtliche Avancen zu unterlassen.

Ich zog tatsächlich in Betracht, in Ohnmacht zu fallen, wie unser großer Dichter Shakespeare empfiehlt.

Ich kam aber zu dem Schluß, daß, außer wenn Ned sich verpflichtet fühlte, mich den ganzen Weg bis zu meinem Hotelzimmer zu tragen, nichts damit gewonnen wäre. Er scheint mir jedoch nicht zu der Sorte junger Männer zu gehören, die zu solcher Hilfeleistung bereit sind.

*

»Ich glaube nicht, daß Shakespeare Julia empfohlen hat, in Ohnmacht zu fallen«, sagte Cantrip. »Er ist tot.«

»Sie bezieht sich auf sein Gedicht ›Venus und Adonis‹, sagte Selena. »Julia hat es in einem Alter gelesen, in dem man leicht zu beeindrucken ist, und betrachtet es seitdem als eine Art Leitfaden der Verführungskunst.«

»Ein sehr freizügiger Text«, sagte Ragwort. »Keine geeignete Lektüre für ein junges Mädchen.«

»Sie kann nichts dafür«, sagte Selena. »In der Schule hat man ihr weisgemacht, Shakespeare sei pädagogisch wertvoll.«

»Soviel ich erinnere«, sagte ich, »waren die Methoden, mit denen die Göttin Jagd auf Adonis machte, nur von begrenztem Erfolg. Findet Julia das nicht eher demotivierend?«

»Nein«, sagte Selena. »Nein. In diesem einen Punkt ist sie der Meinung, daß Shakespeare nicht ganz ehrlich ist. Sie ist nämlich überzeugt, daß das Gedicht auf einem persönlichen Erlebnis beruht. Und die historische Beweisführung zeigt, daß der Dichter selbst der Verführung erlegen ist.«

*

Wir kehrten in der üblichen Weise zum Cytherea zurück - will heißen, keiner trug den anderen auf Händen. Ned zog sich zurück, um sich vor dem Abendessen auszuruhen.

»Julia, *honey*«, sagte Marylou, »ich muß dir deinen Saum annähen.«

Irgendwann an diesem Nachmittag war an meinem Rock der Saum aufgegangen. Es liegt in der Natur von Rocksäumen, daß sie aufgehen; und es gehört zu Marylous Weltanschauung, daß man sie wieder befestigen sollte. Wir begaben uns daher in ihr Zimmer, wo sie ihre Nähutensilien hatte, und nahmen *en passant* an der Bar eine Flasche Frascati mit.

Wir saßen auf ihrem Bett und tranken den Frascati, sie nähend und ich ihr zusehend. Sie bekundete großes Interesse am englischen Rechtswesen, und ich war nur zu gern bereit, ihre Wißbegier zu befriedigen. Ich denke, ich habe ihr ein leidlich faires und ausgewogenes Bild vermittelt. Ich habe mich also nicht darauf beschränkt, die forensischen Triumphe zu erwähnen, die ich meinen selbstverständlich überragenden Fähigkeiten verdanke, sondern ich schilderte ihr auch die forensischen Katastrophen, die durch die laienhafte Dummheit der Klienten, die Inkompetenz ihrer Anwälte oder die Senilität der Richter verursacht werden. Kurz, die Beschreibung war so ziemlich die gleiche, die sie von jedem Mitglied unseres Berufsstandes zu hören bekommen hätte.

»Julia, *honey*«, sagte sie, »ich glaube, ich sollte deinen Unterrock auch noch säumen.«

Dessen unterer Rand war natürlich, nachdem wir ihn abgeschnitten hatten, nicht so gleichmäßig wie zuvor. Der Defekt war nur latent vorhanden; wenn ich also meinen Rock nicht ausgezogen hätte, damit sie ihn säumen konnte, hätte selbst Marylou nicht mehr daran gedacht. Immerhin, es macht erstaunlich viel Spaß, jemandem zuzusehen, der sich mit einer kniffligen Stichelei für einen abmüht. Nach kurzem, nicht ernst gemeintem Protest gab ich auch den Unterrock her.

Anscheinend hatte ich ein übertrieben rosiges Bild vom Leben und Treiben eines englischen Anwalts gezeichnet. »Ich wünschte, ich hätte auch so etwas gemacht«, sagte sie ein wenig bedrückt. »Ich wünschte, ich hätte etwas Richtiges angefangen, etwas Sinnvolles, anstatt nur einfach zu heiraten.«

Ich versicherte ihr, daß der Zölibat keine Vorbedingung für den Anwaltsberuf sei. Ich deutete sogar an, daß ein Ehemann sich in

Momenten von Streß und Aufregung, die in unserem Beruf unvermeidlich sind, als Quelle des Trostes erweisen könne.

»Aber nicht, *honey,* wenn der Ehemann Stanford ist«, sagte Marylou. »Stanford ist nicht der Typ Mann, der meinen Selbstverwirklichungsprozeß unterstützen würde. Er akzeptiert mich nicht in meiner Rolle als eigenständiges Individuum.«

Ich wandte ein - was hätte ich sonst sagen sollen -, daß Stanford, wenn er sie nicht glühend liebte, ein Dummkopf und ein Schuft sei; und daß ich mir das nicht vorstellen könnte.

»Nein, *honey*«, sagte Marylou. »Ihm gefällt mein Äußeres, wie ich mich anziehe und daß ich ihm den Haushalt führe und die Gastgeberin spiele. Er liebt mich nicht als Person. Als Person bin ich ihm egal. Wenn mein Mann mich als Person liebte, dann wäre er nicht mit mir nach Venedig gereist, um dann übers Wochenende zu einer Geschäftsbekanntschaft nach Verona zu fahren.«

Damit brach sie in Tränen aus.

Die Situation war mir unangenehm, und ich wußte nicht, was ich tun sollte. Immerhin, es ist ja bekannt, daß jemand, der weint, das nicht gern *in vacuo* tut, sondern sich an eine tröstende Schulter anlehnen möchte. Ich bot der schluchzenden Marylou meine Schulter, und sie lehnte sich prompt an. »Ist schon gut«, sagte ich, oder etwas in dieser Preislage.

Aus dem Vorhergegangenen wird für Dich klar ersichtlich sein, daß die Gründe, warum ich relativ spärlich bekleidet auf Marylous Bett saß und ihr Haupt an meine Schulter drückte, völlig harmloser Natur waren. Andererseits sehe ich ein, daß dies nicht der geeignetste Moment war für Stanfords Rückkehr aus Verona. Er kam nämlich ohne Anklopfen herein. Die Szene ließ sich leicht mißdeuten: Stanfords Gesichtsausdruck ließ darauf schließen, daß er der Fehldeutung aufsaß.

Immerhin sagte er nichts darüber, solange ich dabei war. Ich hoffte, daß es Marylou bis zum Abendessen gelingen werde, ihn von der Reinheit ihrer und meiner Motive zu überzeugen. Nach der Miene zu urteilen, mit der Stanford mich beim Dinner ansah, muß ich leider annehmen, daß dem nicht so ist. Wie gesagt, ich hoffe, es gibt keine Unannehmlichkeiten.

Ich war von all dem so mitgenommen, daß ich, als der Major vorschlug, irgendwann einmal abends »das Tanzbein zu schwingen«, nicht gleich auf eine Ausrede verfiel und grundsätzlich zustimmte.

Ich entschuldigte mich noch vor dem Espresso wegen Kopfschmerzen und zog mich in mein Zimmer zurück, um allein zu sein und in diesem Bericht an Dich Trost zu suchen für die peinliche Lage, in welcher sich befindet

stets Deine
Julia

*

»Es ist schon erstaunlich«, sagte Ragwort, »daß, wenn denn einer jemanden umbringen mußte, niemand Julia umgebracht hat. Man kann natürlich froh sein, daß keiner es getan hat.«

Kapitel 7

Es war sehr spät geworden. Mittlerweile waren selbst die Schauspieler im Aufbruch begriffen.

»Wir sollten auch gehen«, sagte Timothy. »Selena, hast du immer noch Lust, uns morgen zum Flugplatz zu bringen?«

Beide hatten schon Anfang der Woche miteinander verabredet, daß Selena Timothy im Auto nach Heathrow mitnehmen würde, da sie ohnehin vorhatte, Julia abzuholen. Wir drei übrigen gedachten, ihnen in der Zeit zwischen Julias Ankunft und Timothys Abflug Gesellschaft zu leisten, und wollten uns daher mit in Selenas Auto quetschen. Wir kamen überein, es trotz der veränderten Umstände dabei zu belassen.

»Hör mal, Ragwort«, sagte Cantrip, »da du schon die Frage aufwirfst, wieso niemand Julia ermordet hat - könnte nicht eine Verwechslung im Spiel sein? Ich meine, hältst du es für möglich, daß jemand Julia umbringen wollte, aber aus Versehen den Menschen vom Finanzamt erwischt hat?«

Ich bemerkte, daß es eines extrem kurzsichtigen Mörders bedurfte, um Julia mit einem dünnen blonden Jüngling zu verwechseln.

»Es kann ja dunkel gewesen sein«, sagte Cantrip. »Und wir wissen nicht einmal, in wessen Zimmer es geschehen ist - die Meldung lautete einfach ›Hotelzimmer‹. Angenommen, der Kerl vom Finanzamt hat sich in Julias Bett befunden ...«

»Diese Möglichkeit«, sagte Ragwort, »können wir leider nicht ganz ausschließen. Aber hätte sich in diesem Fall nicht auch Julia dort befunden?«

»Vielleicht gerade mal rausgegangen. Aufs Örtchen oder so«, sagte Cantrip.

»Ich bin mir noch nicht im Klaren über die genaue Uhrzeit«, sagte Timothy. »Du, Cantrip, hast gegen zwanzig nach acht hier im ›Corkscrew‹ angerufen. Also nehme ich mal an, die Nachricht ist um Viertel nach acht über Telex eingelaufen. Wenn der Mord nach Einbruch der Dunkelheit geschehen sein soll, dann sehe ich nicht, wie das möglich gewesen sein soll.«

»Weiß ich nicht«, sagte Cantrip. »Hängt davon ab, wann es in Venedig dunkel wird.«

Timothy zahlte die Rechnung. Wir standen auf.

»Ach, übrigens«, sagte Selena, »wenn ihr nichts dagegen habt, möchte ich morgen trotzdem rechtzeitig zur Ankunft des Flugzeugs, mit dem Julia kommen wollte, in Heathrow sein.«

»Ja, natürlich«, sagte Timothy. »Falls sich herausstellt, daß sie doch drin ist ...«

»... würde uns allen ein großer Stein vom Herzen fallen. Aber wenn nicht, dann meine ich, im Hinblick auf das, was Cantrip gerade gesagt hat, wir sollten aufpassen, ob die anderen ›Art Lovers‹ vollzählig ankommen.«

Am Samstagmorgen, zu relativ früher Stunde, wenn man berücksichtigt, wie spät es am Abend zuvor geworden war, holte Selena mich in meinem vorübergehenden Domizil in Islington ab. Sie hatte einen weiteren, am Mittwoch aufgegebenen Brief von Julia erhalten, ihn aber noch nicht gelesen. Sie meinte, wir sollten ihn erst in Heathrow öffnen und uns die langweilige Wartezeit damit verkürzen.

Ich setzte mich auf den Beifahrersitz und ergab mich in mein Schicksal, in einem Tempo, das Selena als »zügig« bezeichnet, durch den Verkehr von Nord-London gefahren zu werden. Wir langten jedoch ohne Zwischenfall in Middle Temple Lane an.

Timothy hatte bereits mit Julias Reiseagentur telefoniert. Man hatte ihm bestätigt, daß eine Kundin, Miss Julia Larwood, Probleme mit der venezianischen Polizei bekommen hatte; zum Glück könne man ihm versichern, daß sie nicht in Haft befindlich, sondern lediglich aufgefordert worden sei, ihren Paß abzugeben und Venedig nicht zu verlassen. Zur Zeit war man gerade dabei, eine Unterkunft für sie ausfindig zu machen. Vermutlich aus Erleichterung, nicht allein für das arme Geschöpf verantwortlich zu sein, hatte man Timothy den Namen und die Adresse der Repräsentantin in Venedig – also von Graziella – mitgeteilt und zugesichert, daß diese ihn bei seinen Bemühungen in Sachen Julia in jeder Hinsicht unterstützen werde.

Cantrip hatte angeboten, Selena den Umweg zu ersparen und sich in Ragworts Wohnung in Fulham einzufinden, wo wir die beiden mit dem Auto abholen sollten. Vielleicht kein ganz selbstloses Angebot: Ragwort ist für sein Frühstück berühmt. Sogar ich hatte eine leise Hoffnung gehegt ... aber Cantrip hatte die Rühreier schon weggeputzt, und Selena meinte, die Zeit reiche nicht mehr für einen Kaffee.

Ragwort und Cantrip zwängten sich auf den Rücksitz, und wir rollten weiter in Richtung Westen. Selena navigierte mit bewundernswerter Unbekümmertheit rund um die zahlreichen Verkehrskreisel, die anscheinend so geplant sind, daß Autofahrer, die nach London hineingefunden haben, es nie wieder verlassen können.

Cantrip hatte ebenfalls Anrufe getätigt. Er hatte sein Privileg als (Teilzeit-)Angestellter des *Scuttle* ausgenutzt und die Informationsabteilung bemüht, um die Zeit des Sonnenuntergangs in Venedig in Erfahrung zu bringen: acht Uhr.

»Das bedeutet«, sagte Timothy, »daß die Verwechslungstheorie ausscheidet, oder?«

»Acht Uhr Ortszeit«, sagte Cantrip. »Die Italiener sind uns eine Stunde voraus. Nach Londoner Zeit wäre es sieben. Übrigens habe ich außerdem noch diesen Bekannten in der Nachrichtenagentur angerufen und mich erkundigt, wie lange es dauert, bis so eine Story per Telex hier ankommt. Ich habe behauptet, es ginge um eine Wette. Seiner Meinung nach ist ihr Korrespondent in Venedig als Reporter ziemlich auf Draht, und wenn die Polizei einmal alarmiert ist, geht innerhalb einer Stunde oder so die Nachricht ins Kabel.

»Immer noch knapp«, sagte Timothy.

»So knapp nun auch nicht«, sagte Cantrip. »Wißt ihr, ich sehe das so: Freitagabend, gegen Viertel vor acht italienischer Zeit. Die Amerikanerin und ihr Mann ziehen sich zum Dinner um. Es gibt Streit – zuerst das übliche, wer die Zahnpastatube offen gelassen hat oder so, und dann geht's rund. Und, wie zu erwarten, taucht Julias Name auf. ›Und am Sonntagnachmittag‹, sagt Stanford, ›als ich dich und Julia auf dem Bett vorgefunden habe, aufgelöst und tränennaß, da machst du mir doch nicht weis, sie hätte dir nur eine interessante juristische Prozedur erklären wollen. Tu nur nicht so unschuldig ...‹, sagt Stanford, ›da hat sich doch was abgespielt.‹

Und Marylou sagt, na gut, wenn er das so sieht, dann kann sie ihm bitteschön mitteilen, daß sie und Julia sich den ganzen Nachmittag lang in Orgien ergangen haben ...«

»Wir haben aber gehört«, sagte Ragwort, »daß das nicht der Fall war.«

»Aber nichts hindert sie daran, es zu behaupten«, sagte Cantrip. »Hör mal, wenn eine Frau sich mit ihrem Mann streitet, dann wird sie doch nicht zugeben, daß sie ihm während der ganzen Ehe absolut treu gewesen ist. Das wäre ja nur noch demütigend. Also sagt sie, sie hat sich mit jemand anderem amüsiert, auch wenn das gar nicht wahr ist. Die Folge davon«, setzte er bitter hinzu, »ist dann eine Menge Ärger und Peinlichkeiten für die unschuldige dritte Partei. Daran denken die Frauen natürlich nicht!«

»Siehe deine Erfahrungen als potentieller Dritter in Scheidungsprozessen«, sagte Ragwort.

Da Cantrip diese Bemerkung als ehrverletzend wertete, entspann sich ein kleines Handgemenge.

»Also bitte«, sagte Selena, »wir sind hier doch nicht im Gerichtssaal.«

»Entschuldigung«, sagte Cantrip. »Wo war ich stehengeblieben? Ach ja, Marylou sagt also, Stanford hat tatsächlich recht, und sie hat den Sonntagnachmittag mit Julia im Bett verbracht. Und weiter, wenn er es denn schon wissen will, es war siebzehn mal so schön als alles, was Stanford ihr je geboten hat. Ein guter Schlußsatz, sie segelt damit aus der Tür und runter in den Speisesaal. Und Stanford ergreift in einem Anfall von Eifersucht und Wut die nächstbeste Waffe – die Nähschere oder was sonst – und rennt in Julias Zimmer, um seine gekränkte Ehre zu rächen.«

»Kann ich mir nicht denken«, sagte Selena.

»Das brauchst du gar nicht in diesem Ton zu sagen – Amerikaner regen sich eben über so was auf. Inzwischen hat aber Julia den Finanzmann in ihr Zimmer gelockt – unter maßlos übertriebenen Versprechungen, zum Beispiel, daß sie in Zukunft ihre Steuererklärung pünktlich abgeben werde – und hat ihn vernascht. Infolgedessen fühlt sie sich frisch und munter wie der junge Frühling – hierin kannst du ebenfalls auf meine persönliche Erfahrung vertrauen, Ragwort –, und sie steht gerade unter der Dusche. Wahrscheinlich singend.«

»Singend?« wiederholte Ragwort merklich schockiert.

»Na ja, sie hält es für Gesang, die Arme. Ihre Stimme geht nicht in der Weise rauf und runter, wie sie sollte, aber das kann man ihr ja nicht sagen. Egal, es kommt nicht drauf an, ob sie singt oder nicht, sondern daß sie unter der Dusche steht. Und der Steuerfreak liegt noch in ihrem Bett. Kommt Stanford herein, in dem zuvor geschilderten Wutanfall begriffen. Es wird schon dunkel, aber er dreht das Licht nicht an, weil er sich unbemerkt an Julia heranschleichen will. Er ist simpel gestrickt wie die meisten Manager und denkt, wer in Julias Bett liegt, muß auch Julia sein. Infolgedessen sticht er den Mann von der Steuer ab. Julia kommt aus der Dusche, immer noch singend, denke ich, und geht zum Bett in der Absicht, ein paar Worte der Zärtlichkeit zu äußern – ›Wie wär's mit einem Schlückchen‹ oder so ähnlich. Und nach einer Weile bemerkt sie das viele Blut und daß der Mensch tot ist. Sie schreit, will meinen, sie bringt dieses gurgelnde Geräusch hervor, mit dem sie auf Spinnen reagiert, und rennt raus auf den Flur. Wo kurz darauf jemand Zeuge wird, wie sie hin- und herrennt und ›Hilfe, in meinem Bett liegt eine Leiche‹ ruft. Kommt die Polizei und nimmt sie fest. Und das alles könnte sich gut in weniger als zehn Minuten abgespielt haben, der Lokalreporter hätte also reichlich Zeit gehabt, es um acht Uhr fünfzehn Londoner Zeit über den Draht zu schicken.«

Wir mußten diese Schauergeschichte erst einmal verdauen. Selena nahm den Fuß vom Gas und räumte ihren Platz auf der Überholspur für ein Taxi.

»Ich hatte bisher den Eindruck, Cantrip«, sagte Timothy, »du hieltest diesen Bruce für den Hauptverdächtigen – den Mann, von dem Eleanor gesprochen hat.«

»Ja«, sagte Cantrip, »aber da wußte ich noch nicht, daß Julia in einer kompromittierenden Situation mit der Amerikanerin angetroffen worden war. Ich setze mein Geld jetzt auf Stanford – na gut, vorsichtshalber eine Kleinigkeit auf diesen Bruce. Auf wen tippst du, Ragwort?«

»Ich gehöre nicht zu den Opfern des Wettfiebers«, sagte Ragwort. »Aber mir scheint, diese Verwechslung wäre eine unnötige Komplikation. Mir kommt die junge Frau selbst viel verdächtiger vor.«

»Die Amerikanerin?« sagte Cantrip. »Wieso?«

»Laßt uns auf jeden Fall unterstellen«, sagte Ragwort, »daß Julias Beziehung zu dieser Frau von blütenreiner Unschuld war.

Von Julias Standpunkt aus. Es wird eurer Aufmerksamkeit jedoch nicht entgangen sein, daß die Kette der Ereignisse, die dazu führten, daß Julia sich in halbentkleidetem Zustand auf Marylous Bett befand und Marylous Haupt auf ihrer Schulter ruhte - und unsere Kenntnis der Anatomie, in Cantrips Fall unterstützt durch persönliche Erfahrung, lehrt uns in diesem Zusammenhang, daß Julias Schulter sich in engster Nachbarschaft zu ihrem wohlgeformten Busen befindet -, daß jedes einzelne Glied in dieser Kette von Ereignissen von Marylou eingeleitet wurde.«

»Sie hat doch nur angeboten, Julias Rock zu flicken«, sagte Cantrip.

»O ja, natürlich«, sagte Ragwort. »Es gibt eine völlig harmlose Erklärung für alles, was die Angeklagte unternommen hat, und es ist selbstverständlich unsere Pflicht, woran Cantrip uns mit Recht erinnert, zu unterstellen, soweit es uns möglich ist, daß dies dem wahren Sachverhalt entspricht. Wenn wir jedoch von dieser Verpflichtung, und sei es nur auf eine kurze Weile, dispensiert werden könnten ...« Ragwort lehnte sich zurück und blickte mit einem entrückten Ausdruck nach oben, wobei nur leider das Autodach seinem Pathos im Wege war.

»Nehmen wir also«, sagte Timothy, »einen hypothetischen Dispens in Anspruch.«

»Gut. Unter dieser Voraussetzung könnte man, wie ich bereits andeutete, das Vorgefallene in einem völlig anderen Licht sehen. Hierfür wäre es von großer Bedeutung festzuhalten, daß Julias Verhalten, wie von ihr selbst beschrieben, als nicht völlig ablehnend ausgelegt werden könnte. Sie hatte der Dame Komplimente gemacht. Sie hatte sie vor der Casa Rezzonico auf die Nase geküßt. Sie hatte sich mit ihr über das Zeitalter der Renaissance und über den Anwaltsberuf unterhalten. Kurz, es hatte in ihrem Verhalten keinerlei Anzeichen dafür gegeben, daß sie einen Antrag von jener Seite mit Widerwillen und Abscheu zurückweisen würde. Wenn sie ihn überhaupt zurückgewiesen hätte.«

»Wenn du damit meinst«, warf Selena ein, während sie ziemlich hart aufs Gaspedal trat und das Taxi wieder überholte, »daß Julia nicht zu denen gehört, die unnötig anderer Leute Gefühle verletzen, besonders nicht die einer Person, die sich als hilfsbereit erwiesen hatte und sich allein und ohne Freunde in einem fremden Land ...«

»Selbstverständlich«, sagte Ragwort, »genau das habe ich gemeint.«

»Also du siehst das so«, sagte Cantrip, »daß diese Amerikanerin scharf auf Julia war und sich Chancen bei ihr ausgerechnet hat?«

»Ich hätte mich wohl kaum dieses Wortes bedient«, sagte Ragwort, »aber im wesentlichen trifft es das, was ich sagen wollte. Und wenn Marylou eine Romantikerin ist, die sich eine solche Affäre zu Herzen nimmt, dann scheint es mir nicht ausgeschlossen, daß sie, nachdem sie Julias Interesse an dem Mann von der Steuerbehörde entdeckt hatte, zur Schere gegriffen hat, um den Rivalen aus dem Weg zu schaffen.«

»Das kommt nicht hin«, sagte Cantrip. »Nämlich, wer immer unseren Mann auf dem Gewissen hat, der hat alles so arrangiert, daß Julia daraus ein Strick gedreht wird. Was bedeutet, daß der Täter entweder beabsichtigte, daß Julia ein Strick gedreht wird, oder zumindest nichts dagegen hatte. Wenn die Ami-Braut auf Julia scharf war, kann sie es nicht getan haben.«

»Ach wirklich«, sagte Ragwort und sah Cantrip hocherstaunt an, »das glaubst du nicht? Ich verfüge natürlich nicht über deine Lebenserfahrung in solchen Dingen, aber in einer solchen Situation würde ich jemandem genau das zutrauen.«

Die langwierige Parkplatzsuche und die Sicherheitsprozedur am Eingang von Heathrow brauche ich meinen Lesern zum Glück nicht zu schildern. Als alles überstanden war, suchten wir uns in einer der Bars einen Tisch, von dem aus man die Ankunftshalle in dem Bereich überblickte, wo die Reisenden aus Venedig eintreffen mußten.

»Übrigens, Selena«, fragte Timothy, »was wolltest du gestern abend über Eleanor Frostfield sagen?«

»Ach, nur daß mir das eine oder andere an ihr aufgefallen ist. Zum einen die ausgeklügelte Steuerstrategie – sie hat ja anscheinend alle nur denkbaren Maßnahmen ergriffen, um die Steuerpflichtigkeit ihres Privateinkommens zu minimieren, ausgenommen die Eheschließung mit einem Unbemittelten. Vielleicht überrascht es uns ein wenig, oder auch nicht, je nachdem, wie ihr das sehen wollt« – Selena öffnete eine Handfläche, um die Großzügigkeit zu unterstreichen, mit der sie uns die freie Wahl ließ –, »daß eine Frau wie sie sich einen solchen Schönheitsfehler in ihren Dispositionen gestattet. Und zum anderen dieser Streit mit Kenneth Dunfermline. In einem Ton, wie sich gewöhnlich nur einander nahestehende Personen streiten, wie Julia sehr richtig bemerkt. Soweit wir wissen, ist Kenneth von Beruf Künstler. Und das«, ihre Miene war so unschuldig wie die einer Perserkatze, die scheinbar uninteressiert um den Sahnetopf herumstreicht, »ist bekanntermaßen ein wenig einträglicher Beruf.«

»Donnerwetter«, sagte Cantrip, »nimmst du etwa an, daß Eleanor und dieser Dunfermline miteinander verheiratet sind?«

»Mein Lieber, ich nehme überhaupt nichts an. Ich weise nur auf ein oder zwei Umstände hin, die von Interesse sein könnten. Wenn du daraus irgendwelche konkreten Schlüsse ziehst ...« Sie breitete beide Hände aus, eine Geste gesteigerter Großzügigkeit.

»Aber wenn sie ein Ehepaar sind«, sagte Cantrip, »warum tun sie dann so, als ob sie sich gerade erst kennengelernt hätten?«

»Tun sie nicht«, sagte Selena. »Julia war davon ausgegangen, daß sie einander nicht kannten, weil sie im Flugzeug nicht nebeneinander saßen. Aber alles, was danach kam, legt nahe, daß sie zumindest miteinander bekannt sind. Eine aus keinem anderen als einem steuerlichen Grund geschlossene Ehe wird man, ratsamerweise, nicht aller Welt verkünden; aber das steht auf einem anderen Blatt.«

»Selbst wenn du recht hättest«, meinte Timothy, »würde es uns denn irgendwie weiterbringen?«

»Nein«, sagte Selena zerstreut, »nein, vielleicht nicht. Aber mir geht diese Unterhaltung zwischen Kenneth und Eleanor nicht aus dem Kopf, in der er offenbar gegen ihren Wunsch darauf besteht, einen bestimmten Plan auszuführen oder weiter zu verfolgen. Einen Plan, der einen Freund von ihm tangiert. Und Ned hat am Lido angedeutet, daß Kenneth Pläne hat, die sie beide reich machen sollen. Es hört sich doch so an, als hätte Kenneth sich bei einem geschäftlichen Unternehmen engagiert, von dem er sich großen Gewinn verspricht und an dem Ned aus irgendeinem Grund entscheidenden Anteil hat. Falls allerdings«, sagte Selena in so beiläufigem Ton, als habe sie fast das Interesse an der Sache verloren, »Eleanor Kenneth wirklich nur des Steuervorteils wegen geheiratet hätte und er dann plötzlich eine große Summe verdiente, dann wären die steuerlichen Auswirkungen für sie eine einzige Katastrophe.«

Die Vorstellung, daß Eleanor Frostfield Ned um die Ecke gebracht haben könnte, um den Steuervorteil einer Pseudo-Ehe mit Kenneth Dunfermline zu retten, mag meinen Lesern, schwarz auf weiß gedruckt, zu phantastisch erscheinen, um sich auch nur einen

Augenblick damit aufzuhalten. Meine Leser sind aber auch noch nie der Suggestivkraft von Selenas anwaltlicher Redekunst ausgesetzt gewesen.

»Liebste Selena«, sagte Timothy, »deine Hypothese ist beeindruckend, ja genial. Sie könnte sich sogar, möglicherweise, als zutreffend erweisen. Aber wie hoch schätzt du die Chance ein, daß es mir gelingt, die italienische Polizei von ihrer Wahrscheinlichkeit zu überzeugen? Nein, Selena, so geht es nicht. Vergiß nicht, wir brauchen nicht herauszufinden, wer den Mord begangen hat, sondern was wir erreichen müssen, ist einzig und allein, die Polizei davon zu überzeugen, daß Julia ihn nicht begangen hat. Und wenn ich zu diesem Zweck anfangen muß, einen anderweitigen Verdacht vorzubringen, würde ich es begrüßen, wenn er halbwegs einleuchtend wäre.«

»Bitte, selbstverständlich«, sagte Selena. »Aber es gibt keinen, der einleuchtet.«

»O doch«, sagte Timothy. »Es ist meines Wissens statistisch erwiesen, daß in Mordfällen der Täter mit hoher Wahrscheinlichkeit der Ehegatte oder Geliebte des Opfers ist. Es kann doch wohl in unserm Fall keinem Zweifel unterliegen, daß das auf Kenneth Dunfermline hindeutet. Es läßt sich schwerlich ein anderer Grund vorstellen, aus dem zwei so unterschiedliche junge Männer zusammen verreisen würden.«

Die Idee, Kenneth könne der Mörder sein, war mir bereits vor einer ganzen Weile gekommen. Aber ich hatte meine Zweifel: Venedig ist eine weltoffene Großstadt. Die venezianische Polizei, dachte ich, hatte sicher keine Illusionen über die Natur der Beziehung zwischen Ned und Kenneth, und die Kriminalstatistik war dort wohl auch nicht ganz unbekannt. Wenn sie nicht von vornherein Kenneth als den Hauptverdächtigen behandelten, dann mußten sie einen besonders guten Grund haben, ihn überhaupt nicht zu verdächtigen.

Über Lautsprecher wurde die Ankunft des Fluges aus Venedig gemeldet. Wir begannen, die hereinströmenden Passagiere einer genaueren Beobachtung zu unterziehen.

»Die kommen noch lange nicht«, sagte Cantrip. »Sie müssen noch abwarten, daß das Fließband ihr Gepäck bringt.«

Doch schon kurz darauf erblickten wir eine kleine, ziemlich schweigsame Gruppe, auf die Julias Beschreibung der »Art Lovers« zu passen schien. Da waren eine gepflegte Frau mittleren

Alters, deren Figur von jener künstlichen Symmetrie war, die nur ein handfestes Korsett verleiht; ein muskulöser junger Mann mit finsterem Gesicht; eine hübsche junge Frau mit weißblondem Haar und ihr zur Seite ein junger Mann mit eckigen Schultern, der anscheinend von einer gewissen Aggressivität gegen den Rest der Welt erfüllt war.

»So was«, sagte Cantrip, »glaubt ihr, daß sie es sind?«

»Ganz bestimmt«, sagte Selena. »Die Schildchen auf ihrem Handgepäck - genauso eins hat Julia von dem Reisebüro bekommen. Aber wo ist der Major?«

»Ich nehme an«, sagte Timothy, »der Major kümmert sich um das Gepäck. Wenn er die Koffer vom Fließband in Empfang nimmt, erklärt das, wieso die anderen so schnell durch den Zoll gekommen sind. Es sieht aus, als wollten sie hier heraufkommen, um auf ihn zu warten.

Die »Art Lovers« kamen die Treppe herauf und durch die Tür in die Bar. Beim ersten ungehinderten Blick auf die junge Amerikanerin ließ Ragwort ein Geräusch hören, das fast wie ein Pfiff klang. Wir sahen ihn überrascht an: Ragwort ist notorisch schwer zu beeindrucken.

»Das Kleid«, sagte Ragwort, »ist von Yves Saint Laurent. Schuhe und Handtasche von Gucci. Der Schal ein Hermès. Und wenn die junge Dame«, sagte Ragwort, hin- und hergerissen zwischen Bewunderung ihrer Eleganz und puritanischer Mißbilligung der Kosten, »auch nur einen Penny weniger als sechshundert Pfund am Leibe trägt, freß ich ... es sollte mich wundern.«

Die »Art Lovers« ließen sich ein paar Tische von uns entfernt nieder, zu weit weg, als daß wir ihre Unterhaltung mit anhören konnten. Wir hätten auch nicht viel davon gehabt: Außer daß sie Stanford sagten, was sie zu trinken wünschten - jedenfalls ging er zur Theke und kam mit einem vollen Tablett zurück -, wurde kaum ein Wort gewechselt. Es war ganz offensichtlich keine fröhliche Runde.

Wir hatten die günstigeren Plätze und bemerkten daher früher als die »Art Lovers« den hochgewachsenen Mann, der mit einem vollbeladenen Gepäckkuli in der Halle unter uns auftauchte: braungebrannt, weißer Schnurrbart, Bermudashorts.

»Aha«, sagte Cantrip, »der Major.«

Ein Wissenschaftler darf keine Gelegenheit versäumen, sein Wissen zu vermehren, mag sie auch noch so kurz und flüchtig sein.

»Los, Cantrip, schnell«, sagte ich, »lauf runter und sieh zu, ob du die Adressen auf den Gepäckanhängern lesen kannst. Tu so, als ob du glaubst, daß dein Koffer sich auf dem Kuli des Majors befindet.«

Für eine Aktion etwas außerhalb der Legalität ist Cantrip immer zu haben. Er brauchte keinen Moment Bedenkzeit. Bis der Major die »Art Lovers« durch Winken auf sich aufmerksam gemacht hatte, war Cantrip schon durch die Menge hindurchgeschlüpft und neben dem Gepäckkarren in die Hocke gegangen.

Der Major sagte etwas, Cantrip erwiderte etwas. Wir konnten auf unserem Beobachterposten das Gespräch ohne Schwierigkeiten verfolgen. Der Major erkärte, Cantrips Koffer sei nicht dabei, und Cantrip beharrte unter wohlabgewogener Vortäuschung eines etwas angeheiterten Zustandes darauf, selbst nachzusehen.

Der erste der »Art Lovers«, der unten anlangte, war Kenneth Dunfermline, dem der Wortwechsel der beiden offenbar völlig gleichgültig war. Er nahm den Koffer, den ihm der Major reichte, und entfernte sich langsam. Er war ein kräftig gebauter junger Mann und der Koffer nicht übermäßig groß; wenn er nicht gerade Granit eingepackt hatte, war das Gewicht des Koffers, wie mir schien, kein hinreichender Grund für seinen schleppenden Gang und seine müden Bewegungen. Aber ob es nur Trauer war oder eine noch schwerere Bürde, die die muskulösen Schultern des Bildhauers niederdrückte, das war eine Frage, vor der die Wissenschaft versagte.

Die nächste beim Gepäck war Eleanor Frostfield. Zwar konnten wir auch jetzt nicht verstehen, was gesprochen wurde, aber es war klar zu erkennen, was Eleanor von jungen Männern hielt, die auf ihr Gepäck nicht aufpaßten und nicht einmal wußten, ob das, was sie suchten, ein Schweinslederkoffer oder eine Stoffreisetasche war. Cantrip setzte eine entschuldigende Miene auf und suchte weiter.

Schließlich hob der Major zwei Koffer vom Karren und geleitete Eleanor damit zum Taxistand, nicht ohne sich ein-, zweimal mißtrauisch umzusehen. Cantrip setzte schlauerweise seine Ermittlungen fort und wanderte, scheinbar immer noch auf der Suche nach seinem Gepäck, in der Halle herum. Dabei kritzelte er heimlich etwas auf seine weiße Manschette - ein Opfer des *homme bien soigné,* das Ragwort sicher nicht gebracht hätte.

Gleichzeitig mit der Rückkehr des Majors vom Taxistand traten die beiden Amerikaner an den Gepäckwagen heran. Stanford trug bereits eine Reisetasche, vermutlich mit all dem vollgestopft, was seine Frau in Venedig erstanden hatte; anscheinend ohne jede Schwierigkeit hob er zwei große Schweinslederkoffer auf und ging damit zum Ausgang. Marylou blieb stehen und sagte etwas zum Major, zweifellos ein paar Dankes- und Abschiedsworte, um dann ihrem Mann zu folgen. Auf dem Karren befanden sich jetzt nur noch ein großer, zerbeulter Koffer und eine kleine Leinentasche. Der Major wartete noch einen Augenblick, ehe er beides ergriff und schnell wegging. Cantrip kehrte in die Bar zurück.

»Hast du alle Adressen?« fragte ich eifrig.

»Ja, und ich habe etwas sehr Komisches gesehen. Ich wette, du rätst es nicht.«

»Laß uns nicht zappeln«, sagte Selena. »Schieß los.«

»Ihr habt doch die Tasche gesehen, mit der der Major weggegangen ist? Die gehört ihm nicht. Die gehört nämlich dem Mann vom Finanzamt.«

»Sehr merkwürdig«, sagte Selena. »Bist du sicher?«

»Natürlich bin ich sicher. Sein Name stand ja auf dem Schild, Edward Watson, mit derselben Adresse wie der Bildhauer. Und ich muß schon sagen«, sprach Cantrip mit ungewohnter moralischer Strenge, »wenn ein Typ schon umgelegt worden ist, dann ist es ja wohl ein bißchen unfair, wenn ein anderer ihm auch noch sein Gepäck klaut.«

Kapitel 8

In Gedanken beschäftigt mit dem seltsamen Verhalten des Majors, das Cantrip mit Recht als eines Offiziers und Gentlemans nicht würdig bezeichnet hatte, begaben wir uns zum Flughafenrestaurant. Sobald wir bestellt hatten, begann Selena, wie versprochen, uns den neuesten Brief von Julia vorzulesen.

In meinem Zimmer im Cytherea
Montagabend

Liebste Selena,
die Qualität Deiner Ratschläge will ich nicht im geringsten anzweifeln, denn sie sind mir sozusagen heilig. Ich wünschte mir aber, ich hätte Dich gefragt, wie lange man die Sache mit den Hoffnungen, Träumen etc. durchhalten muß. Du wirst Dich erinnern, daß ich netto acht Tage in Venedig habe, von denen vier nun schon vergangen sind. Sollte ich übersehen haben, daß der Prozeß des In-Sicherheit-Wiegens ein Minimum von vierzehn Tagen erfordert? – Aber nein, wenn dem so wäre, hättest Du es mir mitgeteilt.

Ich will damit sagen, daß man doch irgendwann an den Punkt gelangen muß, wo man aufhört, die schöne Seele und den edlen Geist des Jünglings zu bewundern, bzw. man bewundert sie natürlich noch immer höchlich, läßt aber allmählich durchscheinen, daß die Bewunderung mit einem kleinen, klitzekleinen Hauch von Fleischlichkeit behaftet ist. Und nun beschäftigt mich die Frage, wie ich bezüglich Neds erkenne, wann dieser Punkt erreicht ist.

Das Problem ist, daß er, wie ich glaube, was die Natur meines Interesses betrifft, schon einen Verdacht geschöpft hat. In seiner widerwärtigen beruflichen Tätigkeit hat er sich bestimmt angewöhnt, von den Menschen nur Schlechtes zu denken. Es wäre im übrigen auch typisch für die gängige Praxis der Steuerbehörde, mir eine Menge Zeit- und Arbeitsaufwand bei der Bewunderung seiner

Seele und Intelligenz zuzumuten, ohne daß ich am Ende etwas davon habe. Wenn meine Besorgnis in diesem Punkt begründet ist, dann, scheint mir, kann ich ja auch alle Raffinesse aufgeben und mich auf das offene, energische Vorgehen verlegen, das der Dichter Shakespeare empfiehlt. Andererseits möchte ich natürlich nicht durch eine übereilte Handlungsweise die Position gefährden, die ich mir durch meine bisherige Zurückhaltung errungen habe.

Heute morgen habe ich mich zum erstenmal gefragt, ob ich nicht, statt einen Urlaub ganz ohne fleischliche Genüsse zu verbringen, mein Glück bei dem hübschen Zimmerkellner, der das Frühstück bringt, versuchen soll. Er hat so etwas in seinem Auftreten, das vermuten läßt, seine Gunst werde nicht so schwer zu gewinnen sein wie die des bezaubernden Ned. Man müßte jedenfalls nicht so viel über seine Seele reden.

Und doch, als wir ein wenig später friedlich auf der Brenta gen Padua tuckerten, während das Kielwasser unseres Bootes das Schilf am Uferrand zum Schwanken brachte, war ich so ergriffen von der Schönheit der Umgebung und von Neds Profil, daß ich das Gefühl hatte, ich würde mich bereitwillig die ganze Woche lang, und sei es auch vergebens, einzig und allein an seine Fersen heften. Tja, Selena, Du kannst Dich wieder mal über mich und meine unheilbare Sentimentalität lustig machen.

Die Bootsfahrt auf der Brenta soll dem Kunstfreund ermöglichen, die Entwicklung der Palladio-Villen zu betrachten und zu bewundern. Im 16. Jahrhundert haben sich offenbar die Venezianer samt und sonders entschlossen, aufs Land zu ziehen. Das war eine Folge der mit der Renaissance verbundenen Wiederentdeckung der Episteln des Horaz, in denen er die einfache ländliche Lebensform verherrlicht. Die Venezianer dachten, wenn sie ein einfaches Leben führen wollten, müßten sie die Sache auch gründlich machen, und sahen sich nach jemandem um, der ihnen die Landhäuser hinstellte, die der Villa des Horaz so ähnlich wie möglich sein sollten. Der aufstrebende junge Architekt Andrea Palladio kaufte sich daher ein Buch des römischen Schriftstellers Vitruv, das im Zuge der Renaissance wiederaufgelegt worden war, und las darin das Kapitel über den Bau von Landhäusern. Vielmehr glaubte er, das zu tun, doch irregeleitet durch die Schwierigkeiten der lateinischen Sprache, studierte er in Wirklichkeit das Kapitel über den Bau von Tempeln. Das ist der Grund, weshalb das Veneto vollgestopft ist mit Villen, die mehr oder weniger wie der Parthenon mit ein paar angebauten Hauswirtschaftsräumen aussehen.

Unter sozusagen sozialen Gesichtspunkten betrachtet, war der Tag kein Erfolg. Wann immer es mir gelang, Ned aus der Schar der »Art Lovers« heraus und beiseite zu locken, um seine Seele zu bewundern, tauchte urplötzlich der Major auf und rief: »Donner und Doria, ist das etwa nichts?« Schließlich gab ich den ungleichen Kampf auf.

Marylous Ehemann sieht mich noch immer mit unfreundlichen Augen an und scheint seine Frau von mir fernhalten zu wollen - ich konnte kaum ein Wort mit ihr wechseln. Andererseits mußte ich mich ziemlich viel mit Eleanor beschäftigen, die immer noch darauf hofft, einen Streit mit Graziella vom Zaun brechen zu können. Sie hatte an dem Ausflug zweierlei auszusetzen. Erstens, daß wir nicht genügend Villen besucht hatten, zweitens, daß wir zu spät in Padua ankamen, um die Kunstschätze der Stadt zu besichtigen. Vergebens wies ich darauf hin, daß die Abschaffung des einen Mißstandes die Vergrößerung des anderen bedeutet hätte. Um Eleanor von einem direkten Konflikt mit Graziella abzuhalten, mußte ich mich während des ganzen Rückwegs nach Venedig über das Warengarantiegesetz unterhalten. Es war ziemlich anstrengend, was es vielleicht weniger gewesen wäre, wenn ich etwas vom Warengarantierecht verstünde.

Die Konversation des Majors beim Dinner verlief nach dem üblichen Schema, außer daß seine Histörchen jetzt mehr und mehr die Form von Ratschlägen annehmen, die mir in schwierigen Situationen von Nutzen sein sollen: »Wenn Sie in Valetta nach der Polizeistunde irgendwo gestrandet sind, ist es am besten ...« - »Merken Sie sich, wenn Ihnen mal in der Wüste das Wasser ausgeht und Ihr Ali oder Achmed es mit der Angst kriegt ...« Ich versuchte, so wenig wie möglich hinzuhören und beschäftigte mich in Gedanken wieder mit Desdemona, was ich vielleicht in gewissen Notlagen bereuen werde.

Gegen Ende der Mahlzeit schnitt er jedoch ein völlig neues Thema an. Er beugte sich zu mir herüber und hielt die Hand vor den Mund wie jemand, der etwas zu tuscheln hat, und fragte mich, ob ich mich an den Franzmann erinnerte, von dem Graziella gesprochen hatte. Es stellte sich heraus, daß er den ehemaligen König Heinrich III. von Frankreich meinte, von dem Graziella erwähnt hatte, daß er bei seiner Rückkehr aus Polen 1583 die Villa Malcontenta besucht habe. Sie hatte ebenfalls verlauten lassen, er habe nur kurze Zeit regiert, eine Folge der Abneigung seiner Untertanen gegen seine unmännliche Lebensart.

»Haben Sie mitbekommen«, sagte der Major, »was sie über seine unmännliche Lebensart gesagt hat?«

»Sie wollte wohl ausdrücken«, sagte ich, »daß die Praktiken, die ihm eine schlechte Presse einbrachten, aus mehr bestanden als nur einem verschwenderischen Hauch von Eau de Cologne auf dem Taschentuch.«

»Hm –«, der Major suchte nach dem richtigen Wort, »wer Bescheid weiß, versteht den Wink ... Ich will ja nichts gesagt haben ... Man muß das Kind ja nicht beim Namen nennen ...«

»Ja?« sagte ich, um ihm zu helfen.

»In der Armee gab's das ziemlich oft. Kriegsgericht und so weiter. Erkenn' die sofort. Also – ganz unter uns, ich würde mich nicht wundern, wenn unser Ned da drüben auch zu der Sorte gehörte. Man muß es ja nicht an die große Glocke hängen ... Ich hab' nichts gegen den jungen Mann. Nur daß ich nicht gern das Zelt mit ihm teilen würde. Ich hoffe, es macht Ihnen nichts aus, daß ich davon spreche.«

Ich war nicht ungebührlich überrascht. Es ist immer das erste, was man von Männern ohne Profil über Männer mit Profil zu hören bekommt. Eine weise Vorsehung hat es wohl so eingerichtet, daß immer gerade die Männer den größten Abscheu vor unorthodoxen Annäherungen äußern, die die Natur am wirkungsvollsten vor einem solchen Risiko geschützt hat. Trotzdem, seine Bemerkung stürzte mich in einen Zwiespalt. Meine Überzeugung legte mir nahe, zu erwidern, daß ich, selbst wenn es zuträfe, keinen Anlaß zur Kritik sähe. Andererseits schien es zweckmäßig, den Major von meiner unüberwindlichen Prüderie zu überzeugen. Ich suchte eine Antwort, die beiden Gesichtspunken gerecht wurde.

»Ich habe keine Ahnung«, antwortete ich kühl, »weshalb Sie annehmen, daß das Thema mich interessiert, es sei denn, Sie bilden sich ein, ich hätte Absichten auf den jungen Mann.«

»'Tschuldigung, meine Liebe«, sagte der Major. »Ich dachte bloß ... na, ich dachte, Sie hätten sich ein bißchen in ihn verknallt. Ich möchte nicht, daß Sie sich den Falschen aussuchen.«

»Lieber Bob«, sagte ich und zog die Augenbrauen ragwortmäßig in die Höhe, »ich bin Ihnen für Ihre Sorge sehr verbunden. Aber ich bin kein romantischer Teenager – ich bin eine erwachsene Frau und wohlbestallte Rechtsanwältin.«

Meine Rede gefiel mir ausnehmend gut, zumal sie in gewissem Sinne der Wahrheit entspricht. Der Major erging sich in übertriebenen Entschuldigungen. Ich zeigte mich nur teilweise versöhnt und zog mich noch vor dem Kaffee zurück, um mich in der Abgeschiedenheit meines Zimmers dem Brief an Dich zu widmen. Da die anderen sich auch schon zurückgezogen hatten, blieb dem Major nichts übrig, als Eleanor Frostfield zu unterhalten. Vielleicht findest Du das ein bißchen grausam von mir; sollte Eleanor sich jedoch jemals mit zu Ende gehendem Wasservorrat in der Wüste befinden, bin ich nicht schuld, wenn sie nicht weiß, was sie tun soll.

Ich werde diesen Brief morgen früh noch nicht einwerfen, sondern abwarten, ob sich während der Exkursion nach Verona etwas Interessantes ereignet. Wir hatten die Wahl zwischen der Tagestour morgen, inklusive Asolo und Vicenza, und dem Nachmittagsausflug am Freitag. Als ich hörte, daß Ned sich für die längere Tour entschied, tat ich natürlich das gleiche. Der Major leider auch. Vielleicht verpaßt er ja irgendwo unterwegs den Bus und bleibt allein zurück; oder Ned und ich verpassen irgendwo den Bus und bleiben zusammen allein zurück – das wäre noch besser.

*

»Hört mal«, sagte Cantrip, »was meint ihr, hat der Mann vom Fiskus vielleicht den Major angemacht und dieser, um seine Ehre zu verteidigen ...«

»Nein«, sagte Ragwort.

»Na ja, schon gut«, sagte Cantrip.

*

Hotel Cytherea, auf der Terrasse
Mittwoch, kurz vor dem Lunch

Es hat bei mir Zeiten gegeben, Selena, da ich, wenn jemand sich herabsetzend über die Männer äußerte, in dem Sinne, daß sie ein durch und durch nichtsnutziges und zu verachtendes Geschlecht seien, ein gutes Wort für sie einzulegen pflegte. Tolerant wie ich war, verkündete ich, daß einige meiner besten Freunde Männer seien, obwohl ich mir nicht wünschte, daß meine Tochter – falls ich eine hätte – jemals einen heiratete. Damit, Selena, ist es aus. Von nun an wirst Du mich, wo immer das Thema Männer zur Debatte steht, unter denjenigen finden, die zu absoluter Verdammung neigen. Sie sind erbärmliche Kreaturen. Laß Dir erzählen, was sich auf der Tour nach Verona abgespielt hat und was anschließend geschah.

Graziella konnte uns aus irgendeinem Grund nicht begleiten. Wir waren daher auf die Führung des Busfahrers angewiesen, der weniger als sie vom Drang nach Wissensvermittlung beherrscht war. Er beschränkte sich darauf, uns in den Orten, die wir besuchten, an der Piazza abzusetzen und uns mitzuteilen, zu welcher Zeit er weiterfahren würde.

Unter diesen Umständen fiel es mir zu, als Dolmetscher für Ned und den Major zu fungieren, die beide kein Italienisch können. Ich selbst bin nicht so sprachbegabt, wie Du freundlicherweise immer annimmst, aber ich kann halbwegs vernünftig nach dem Weg fragen und meist auch einen Teil der Antwort verstehen. Außerdem war ich dank Ragworts großer Güte im Besitz von Reiseführern für alle die Städte, deren Besuch geplant war, so daß ich auch den Ortskundigen spielen konnte.

In Asolo machte ich meine Sache gut. Die ausländischen Kunstfreunde stürmten trotz der Hitze bergauf zur alten Festung. Ich aber konnte, da ich das Buch durchgeblättert hatte, meinen beiden Reisegefährten mitteilen, daß wir uns an dem nämlichen Ort befanden, an dem Robert Browning die Inspiration zu seiner berühmten »Pippa« gekommen war - der Dichtung mit der fröhlichen Morgenstimmung.

»Diese entzückende, malerische kleine Stadt«, sagte ich, »ist zweifelsohne infolge ihrer Lage an einem steilen Berghang seit dem Mittelalter vom modernen Fortschritt verschont geblieben. Wir können ohne weiteres annehmen, daß sie seit Brownings Lebzeiten unverändert geblieben ist. Es ist deshalb sehr wahrscheinlich, daß er die besagte Dichtung auf der Terrasse jenes hübschen Cafés dort drüben geschrieben und dabei seine Muse mit einem Campari-Soda oder etwas Ähnlichem erquickt hat. Wir sollten es ebenso halten und auf diese Weise das Erlebnis, das die unsterblichen Verse inspirierte, nachvollziehen.«

In Vicenza war ich nicht so gut. Selena, solltest Du jemals auf dem Hauptplatz von Vicenza stehen und von dort zum Teatro Olimpico wollen, dem krönenden Meisterwerk von Palladio, verlaß Dich nicht auf Ragworts Reiseführer. Tust Du es dennoch, findest Du Dich, ehe Du den Fehler bemerkst, halbwegs auf der Landstraße nach Mailand wieder und versuchst zu erklären, was an der Kirche der beiden Heiligen Felix und Fortunatus so sehenswert war, daß sich der Umweg gelohnt hat. Du wirst außerdem die zwei Meilen in glühender Hitze zurückgehen müssen, um zum Teatro zu gelangen. Wenn Du kein Kunstfreund bist, wirst Du an diesem Punkt das Theater vielleicht aufgeben; aber dazu war ich allzu gewissenhaft, und außerdem hatte ich den andern ja versprochen, dorthin zu gehen.

*

»Meine Reiseführer«, sagte Ragwort und stocherte mit der Gabel gereizt in den Scampi herum, die das Flughafenrestaurant freundlicherweise für ihn aufgetaut hatte, »enthalten hervorragende Stadtpläne, alle völlig klar und verläßlich und gut zu entziffern. Wenn Julia den Unterschied zwischen links und rechts nicht beherrscht . . .«

»Nein«, sagte Selena besänftigend. »Es ist bestimmt nicht deine Schuld, Ragwort.«

*

Nach all dem Hin und Her lehnte der bezaubernde Ned es ab, das Teatro schön zu finden. Es ist ein sehr hübsches Bauwerk, so genial angelegt, daß der Zuschauer glaubt, sich in einem Freilufttheater im alten Griechenland zu befinden. Ich forderte meine Begleiter auf, dieses Meisterwerk der Illusion zu bewundern. Ned weigerte sich.

»Mir gefällt es nicht«, sagte er. »Ich sehe nicht gern auf Straßen herab, die nicht da sind. Ich sehe nicht gern zu einer Decke auf, um zu glauben, es sei der Himmel. Ich hab was gegen diese ganze Vorspiegelung falscher Tatsachen.« Manchen Leuten kann man es eben nie recht machen.

In Verona war ich hervorragend. Mittlerweile hatte ich mir die Strategie des erfolgreichen Führers zurechtgelegt. Es hat keinen Zweck, sich nach dem Reisebuch für ein interessantes Ziel zu entscheiden und dann zu versuchen, dahin zu gelangen – es kann nämlich meilenweit entfernt sein. Nein, was man tun muß, ist, seinen Standort feststellen und dann aus dem Buch herausfinden, weshalb er interessant ist, so erspart man sich so manche Strapaze.

Während wir beim Lunch saßen, fand ich heraus, daß wir uns in einem Restaurant in der Nähe der Via Oberdan befanden. Ich suchte die Stelle auf dem Stadtplan und war hocherfreut, daß mehrere braune Kleckse dicht dabei waren. Braune Kleckse zeigen kunsthistorische Sehenswürdigkeiten an. Es gab zwar auch braune Stellen in mehreren Zentimeter Entfernung. Aber ich hielt mich an die geschilderte Methode und ignorierte sie.

Nach dem Lunch konnte ich deswegen meine Begleiter ohne Schwierigkeiten zur Piazza dei Signori und zur Piazza dell'Erbe führen und ihnen die architektonischen Vorzüge des Palazzo del Capitano und des Palazzo dei Ragioni erläutern, die im Handbuch mit einem Stern versehen waren. Mein Vortrag war vielleicht, wie ich gern zugebe, nicht in allen Einzelheiten der Wirklichkeit angepaßt, da das Buch in Italienisch war. Meine Kenntnis italienischer Fachausdrücke ist lückenhaft, um nicht zu sagen, nicht existent, was sich bei den englischen architektonischen Fachbegriffen nicht anders verhält. Meine Übersetzung geriet daher wohl etwas freizügig.

Wir gingen weiter zum Dom, wo mir noch ein Einfall kam. Verona liegt an einer mehr oder weniger halbkreisförmigen Flußschleife, und wir waren etwa vom Mittelpunkt ausgegangen, das heißt von dem Punkt, der von allen Punkten am Ufer gleich weit entfernt ist. Nach den Regeln der Geometrie schien mir, daß es möglich sein müßte, am Ufer entlang zu wandeln, und wo immer wir dazu Lust verspürten, im rechten Winkel abzubiegen und zu unserem Ausgangspunkt zurückzugelangen.

Ich weiß ja, wie oft die Dinge in der Realität sich nicht den Gesetzen der Mathematik oder denen anderer logischer Systeme gemäß verhalten; ohne den Wein, den es zum Lunch gab, hätte ich wohl auch nicht versucht, meine Theorie empirisch zu testen. Zum Glück respektierte Verona die Regeln der Geometrie. Wir verließen den Dom, wanderten eine Weile am Ufer entlang, bewunderten zur Linken die prächtige Aussicht über den Fluß und zur Rechten eine Reihe von Antiquitätenläden, die der Major mit einem professionellen Auge musterte. Dann bogen wir rechtwinklig ab, gingen strikt geradeaus und fanden uns schließlich, wie Euklid vorausgesagt hätte, in der Stadtmitte wieder.

Ich war erstaunt über meine eigene Leistung. Ich hatte meine Begleiter genau die Route geführt, die ich geplant hatte, und hatte als Zugabe noch die Kirchen S. Anastasia und S. Nicolo vorzeigen können, die zufällig am Wege lagen. In der letzteren hatte ich sogar das Bild der Madonna mit Kind von Tiepolo identifizieren können, das im Handbuch drei Sterne hatte, aber von der eigenen Kirche ziemlich nonchalant behandelt wurde. Es schien vermessen, meine Leistung noch weiter steigern zu wollen.

»Wie Sie sehen«, sagte ich, »ist dieser weitläufige, elegante Platz großzügig ausgestattet mit Straßencafés, die dem Reisenden Erholung und Erquickung bieten. Sollten wir uns nicht dieses Umstandes bedienen?«

»Wenn Sie mich entschuldigen, meine Liebe«, sagte der Major, »ich möchte noch mal auf einen Sprung zurück zu den Antiquitätenläden.«

»Sind Sie sicher, daß Sie nicht die Orientierung verlieren?« fragte ich. So sehr ich es begrüßt hätte, den Major zu verlieren, fühlte ich mich doch für ihn verantwortlich.

»Ein alter Soldat findet immer zur Truppe zurück«, sagte der Major frohgemut.

Damit zog er ab und ließ mich mit Ned allein. Wir beide ließen uns im Schatten der Markise eines der vorerwähnten Cafés nieder.

Ich spürte, daß die Zeit gekommen war, die Sprache auf Catull zu bringen, dessen Geburtsort, wie Du Dich erinnern wirst, Verona ist. Wenn es mir nicht gelang, durch gutgewählte Zitate aus dem Werk dieses leidenschaftlichsten aller Lyriker meine heißen Gefühle anzudeuten, dann war der Fall wirklich hoffnungslos. Ich bedurfte dazu auch nicht der Hilfe des Reiseführers - Catulls Dichtung war ja der Trost meiner zarten Jugendjahre -, sondern ich sprach mitfühlend über seine Neigung zu Clodia und verurteilte ihre Hartherzigkeit. Ned entschloß sich, Clodia zu verteidigen.

»Ich verstehe nicht, warum Sie denken«, sagte er, »daß sie für alle die Verse, die er an sie gerichtet hat, auch noch dankbar sein sollte. Ich glaube, Ihr Freund Catull hatte mehr Spaß beim Schreiben als Clodia beim Lesen - wahrscheinlich hätte sie sich lieber mal zum Essen einladen lassen.« Und so weiter im Text.

»Gewiß«, sagte ich schließlich. »Es ist nur natürlich, daß Sie sich auf ihre Seite stellen. Ihre eigene Erfahrung geht sicher mehr dahin, Objekt leidenschaftlicher Liebe zu sein, als selbst daran zu leiden.«

»Ich weiß nicht«, sagte er bescheiden und schenkte mir den köstlichen Anblick seiner gesenkten Wimpern, »warum Sie glauben, daß mir soviel Bewunderung zuteil wird. Und daß sie mich immer kalt läßt.«

Die Rückkehr des Majors in diesem hoffnungsvollen Augenblick kam mir sehr ungelegen, von mir aus hätte er gern noch eine halbe

Stunde länger durch die Antiquitätenläden wandern dürfen. Wenn die alten, angeblich interessanten Landkarten, die er erstanden hatte, sich als Fälschungen herausstellten, dann wäre das, dachte ich, die verdiente Strafe dafür, daß er sich nicht mehr Zeit gelassen hatte.

»Ich möchte nicht stören«, sagte der Major, »ich sehe, Sie halten gerade ein nettes kleines Schwätzchen.«

»Ich habe mich über die Art und Weise beklagt«, sagte ich, »wie ich bei der Steuer behandelt worden bin.«

»Julia findet«, sagte Ned, »wir sind herzlos.«

»O nein«, sagte ich, »das habe ich nicht gesagt. Ich würde niemals behaupten, Ned, daß Sie kein Herz haben. Worüber ich mich beklage, ist die Kälte, die Lieblosigkeit, der Mangel an Mitgefühl für jene, welche leiden.«

»Ja nun«, sagte der Major, »Sie tun ja nur ihre Pflicht. Ich bin sicher, unsere junge Dame meint es nicht persönlich. Tun Sie doch nicht, meine Liebe?«

»Ich fürchte doch«, sagte Ned. »Aber ich hoffe, ich kann sie zu einer freundlicheren Meinung über uns bekehren.«

Mein Zutrauen zu Catull schien voll gerechtfertigt, denn eine solche Bemerkung, da wirst Du zustimmen, Selena, wird ein wohlerzogener junger Mann nicht äußern, wenn er nicht gewisse Absichten damit verbindet. Auch war dies nicht das einzige, wie Du noch hören wirst, was mich optimistisch stimmte.

Wir saßen noch eine Weile in dem Café und stärkten uns mit Cappuccino für die Heimreise. Der Major war glücklich über seine Landkarten und hätte sie uns am liebsten gezeigt. Aber sie waren sorgfältig aufgerollt und eingewickelt, so daß er es unklug fand, die Verpackung zu öffnen. Ich sagte schnell, ich fände es auch unklug, da ich befürchtete, die Landkarten würden ihm wieder mal ein Ereignis aus seinem Soldatenleben ins Gedächtnis rufen.

»Julia«, fragte Ned nach einem Weilchen, »weißt du, daß du ein bißchen Asche auf der Wange hast?«

»Das weiß ich nicht«, sagte ich, »aber ich glaube es gern.« Wenn man französische Zigaretten raucht, hat man unweigerlich nach ein oder zwei Stunden ein paar Aschespuren im Gesicht.

»Darf ich mal . . .« sagte Ned. Er stand auf und zog ein sauberes Taschentuch hervor. Dann beugte er sich über mich, legte mir zart die Hand auf die Schulter und wischte mir die Asche von der Wange.

Dieses versetzte mich, wie Du, Selena, Dir vorstellen kannst, in leidenschaftliche Erregung, die sich in Herzklopfen und stockendem Atem äußerte. Eine höchst angenehme, hoffnungsvolle Erregung, denn ich konnte nicht glauben, daß ein junger Mann, er sei denn extrem schamlos und grausam, sich so gegenüber einer Frau verhalten würde, deren Avancen ihm unannehmbar vorkamen.

»Ich muß mich kurz entschuldigen«, sagte der Major. »Mal die Waschräume inspizieren.«

»Wenn wir wieder in Venedig sind«, sagte ich, die kurze Abwesenheit des Majors ausnutzend, »wollen Sie nicht, statt die astronomischen Preise in der Bar des Cytherea zu bezahlen, auf einen Aperitif in mein Zimmer kommen? Ich habe mir im Duty-free-Shop eine Flasche Brandy gekauft.«

»Danke, gern«, antwortete Ned. »Nett von Ihnen, Julia.«

Du kannst Dir vorstellen, mit welcher Ungeduld ich unserer Rückfahrt entgegensah; wie bitter, wenn auch im stillen, ich den Busfahrer verwünschte, der uns warten ließ; mit welcher Inbrunst und ebenso im stillen ich ihn beschwor, im Eiltempo über die Autostrada zu fahren. Nichts in Neds freundlicher Miene und liebenswürdigem Verhalten während der Busfahrt und der kurzen Bootsfahrt zum Hotel, nichts bereitete mich vor auf den unsäglichen Verrat, den er im Schilde führte.

Am Landungssteg des Cytherea stiegen wir aus.

»Wie wär's mit einem Schlückchen an der Bar?« fragte der Major.

»Sie haben vergessen, Bob«, sagte der bezaubernde Ned und schenkte uns beiden ein engelhaftes Lächeln, »Julia hat uns freundlicherweise zu einem Brandy auf ihr Zimmer eingeladen.«

O Falschheit, dein Name ist Mann! Sie sind, wie gesagt, ein erbärmliches Geschlecht, und nie wieder sollst Du von mir ein gutes Wort über Männer hören. Wenn ich von jemandem eine freundliche Meinung habe, dann von jemandem mit einem entgegenkommenden Temperament, wie zum Beispiel Cantrip. Nun gut, Cantrip hat seine Fehler; aber wenigstens kann man sich bei ihm darauf verlassen, daß er zu schlichter Entspannungsgymnastik bereit ist, ohne daß man dafür wochenlang über seine Seele reden muß. Cantrip hat, soweit ich weiß, nie behauptet, eine Seele zu haben.

*

»Hab' ich aber«, sagte Cantrip.

»Erzähl das nicht Julia«, sagte Selena, »es würde sie nur aufregen.«

*

Ich bin alt genug, hoffe ich, um eine Niederlage in der *Arena* der Aphrodite mit stoischem Gleichmut zu ertragen. Aber zu allem anderen auch noch gezwungen zu sein, dem Major meine Gastfreundschaft zu schenken, ganz zu schweigen von einem beträchtlichen Quantum meines zollfreien Brandys, das war mehr, als ich leichten Herzens ertragen konnte. Am Ende dieses langen Tages war ich innerlich zu zerschmettert, um die Feder zu ergreifen und Dir zu schreiben. Vielmehr suchte ich Trost beim Steuergesetz.

Nach einem mit dem Besuch verschiedener Kirchen verbrachten Vormittag bin ich zum Lunch zum Cytherea zurückgekehrt. Ich werde es, wie es scheint, in Gesellschaft des schönen, aber falschen Ned einnehmen - ich habe ihn gerade über die kleine Brücke kommen sehen. Mag er umsonst von mir ein freundliches Wort oder ein Kompliment erhoffen. Ich werde ihm jede einzelne Schändlichkeit vorhalten, die seine Behörde seit der Einführung der Einkommensteuer je begangen hat.

In einem Augenblick bitterster Männerfeindlichkeit

bin ich
stets Deine
Julia

*

»Julia ist ungerecht«, sagte Ragwort. »Der junge Mann hat sie nicht provoziert, sondern lediglich höflich behandelt.«

»Es gibt ein Postskriptum«, sagte Selena.

*

Mittwochabend
Es ist getan - Clarissa lebt. Keine Zeit für mehr.

Wie immer Deine
Julia

*

»Wer ist Clarissa?« wollte Cantrip wissen.

»Clarissa«, sagte Ragwort dumpf, »ist die Heldin des gleichnamigen berühmten Romans von Richardson. Mit dem von Julia zitierten Satz verkündet, wenn meine Erinnerung mich nicht trügt, der Schurke Lovelace die Eroberung ihrer lange standhaft verteidigten Jungfräulichkeit.«

»Soll das heißen«, fragte Cantrip, »daß Julia den Steuerschnüffler ins Bett gekriegt hat?«

»Es hat den Anschein«, sagte Timothy. »Ich hoffe, daß das nicht die Sachlage kompliziert. Mein Flug wird gerade aufgerufen - ich muß gehen. Ich rufe dich morgen an, Selena, sowie ich etwas Definitives erfahre.«

Ich hoffe, mein Abschied von Timothy wirkte nicht allzu unbeteiligt. Natürlich begleiteten ihn meine besten Wünsche, aber ich war von etwas anderem in Anspruch genommen; mir war nämlich bei dem Bericht aus Italien etwas Seltsames auf- beziehungsweise wieder eingefallen.

Kapitel 9

Daß die Meinungen auseinandergehen, kommt in den besten Freundschaften vor. So ging es mir und Selena in der Frage des Sonntags. Für mich lag es einfach nahe, den Tag bei Selena zu verbringen, so daß, falls Timothy anrief, meine guten Ratschläge ihm unverzüglich zuteil werden würden.

»Tut mir leid, Hilary«, sagte Selena, »aber ich muß ein Gutachten, in dem es um testamentarische Verfügung über Grundbesitz geht, zu Papier bringen. Ich kann den Tag nicht mit Kochen und Schwatzen vertrödeln.«

Ihre Sorge, sich um meine Bewirtung kümmern zu müssen, war gänzlich unbegründet: Die Ansprüche einer Professorin sind ja bescheiden, um nicht zu sagen asketisch. Es genügt ein Omelette oder dergleichen zum Lunch, mit einem Salat und ein paar neuen Kartöffelchen; zum Dinner vielleicht eine schlichte gegrillte Seezunge, allenfalls mit einer Kapernsoße ...

»Nein«, sagte Selena. »Außerdem habe ich für den Abend eine Verabredung, bei der die Anwesenheit einer dritten Person absolut nicht vorgesehen ist.«

Unter diesen Umständen gab es nichts weiter zu sagen. Selena hat ein reizendes Wochenendverhältnis mit einem jungen Kollegen von mir; um nichts in der Welt würde ich die beiden bei ihren Lustbarkeiten stören wollen. Infolgedessen verbrachte ich den Sonntag in Islington in Gesellschaft der Katzen und mit der Lektüre einiger älterer Ausgaben der *Times,* beides in ihrer jeweiligen Art lehrreiche Beschäftigungen.

Abends um halb sieben rief mich Selena an. Sie sagte, Timothys Lagebericht sei, den Umständen entsprechend, zufriedenstellend gewesen. Er habe Julia noch nicht sehen können, da man ihr ein vorläufiges Quartier in Chioggia, dem kleinen Badeort auf der anderen Seite der Lagune, besorgt habe; er wolle sich aber am

Abend zum Essen mit ihr treffen. Sein Klient, der von Zypern mit dem Schiff angereist sei, habe sich während der Überfahrt nicht wohl gefühlt und sei zum Glück noch nicht wieder wohlauf.

»Zum Glück?« sagte ich mit einer Andeutung von moralischer Strenge.

»Man wünscht ihm natürlich nichts Ungutes«. Selenas Stimme hatte trotz der Telefonleitung zwischen uns nichts von ihrem sanften Ton eingebüßt. »Es ist aber doch zu begrüßen, daß Timothy fürs erste genügend Zeit hat, Julias Situation aufzuklären, ohne seinen Klienten in die Geheimnisse des Zusatzartikels Nr. 5 zum Finanzgesetz von 1975 einweihen zu müssen.«

»Hat er schon irgendein Ergebnis?«

»Er hat es bisher weder geschafft, Graziella zu treffen, noch bei der Polizei vorzusprechen. Er hat sich aber mit dem britischen Konsulat in Verbindung gesetzt, das anscheinend über den Fall informiert ist. Soviel sich im Augenblick sagen läßt, liegt kein triftiger Tatverdacht gegen Julia vor. Sie hat allerdings bei der ersten Vernehmung einen ziemlich ungünstigen Eindruck gemacht. Die Polizei wußte von Anfang an über ihr Techtelmechtel mit dem jungen Mann vom Finanzamt Bescheid; das gesamte Hotelpersonal, von der Direktion bis zu den Zimmermädchen, war im Bilde. Als dann Julia befragt wurde und aussagte, sie habe nie von ihm gehört, machte sie sich natürlich verdächtig.«

»Kann ich mir vorstellen«, sagte ich. »Warum hat sie behauptet, sie hätte noch nie von ihm gehört?«

»Aber liebe Hilary, das ist doch verständlich. Man sagte ihr, die Untersuchung betreffe den gewaltsamen Tod eines Mr. Edward Watson. Es fällt einem ja nicht sofort ein, daß ein Mensch, auf den als Edward Bezug genommen wird, derjenige ist, den man als Ned kennt. Und natürlich wußte Julia seinen Nachnamen nicht.«

»Dürfte ich dich bitten, das Adverb zu erläutern?« sagte ich.

»Woher hätte sie seinen Nachnamen wissen sollen? Eleanor Frostfield hat ihn anscheinend nicht genannt, als sie die beiden einander vorstellte. Was denkst du dir denn, woher Julia ihn später erfahren haben sollte? Hätte man von ihr erwarten können, mitten im Zitieren von Catull in der Bewunderung der schönen Augenwimpern des Jünglings innezuhalten und ihn nach seinem Nachnamen zu fragen? Und vielleicht nach weiteren Einzelheiten wie Geburtsort, Mädchenname der Mutter und Nummer seines Reisepasses? Natürlich nicht. Noch viel weniger läßt sich denken, Julia würde sich so weit erniedrigen, ihre gemeinsamen Bekannten auszufragen oder auf seine Briefe zu schielen. Also wirklich, liebe Hilary.« Selena legte in ihre Stimme eine wohldosierte Mischung von Erheiterung und Vorwurf; eine Mischung, habe ich mir sagen lassen, die schon eine Unzahl ihrer Prozeßgegner veranlaßt hat, sich, da sie plötzlich die Absurdität ihrer Einlassungen erkannten, in der Mittagspause schnell zu einem für Selenas Klienten günstigen Vergleich durchzuringen.

»Liebe Selena«, sagte ich, »du hast mich völlig überzeugt, daß man von einer guterzogenen und kultivierten Frau nicht erwarten kann, daß sie sich nach dem Familiennamen des jungen Mannes erkundigt, den sie zu verführen trachtet. Ich hoffe nur, daß Timothy die italienische Polizei ebenso davon überzeugen kann. Gibt es sonst noch etwas, das einen schlechten Eindruck gemacht hat?«

»Hm, ja«, sagte Selena. »Sie haben sich wohl ziemlich über Julias Steuergesetzbuch aufgeregt. Entschuldige, Hilary, ich muß auflegen, es ist jemand an der Haustür.«

Es schien mir aussichtslos, mich mit der Theorie der *causa* zu beschäftigen, solange ich nicht herausgefunden hatte, warum und inwiefern Julias Steuergesetzbuch den Gleichmut der italienischen Polizei aufgestört hatte. Deshalb begab ich mich am folgenden Morgen direkt zum New Square Nr. 62. Ich hielt mich nicht damit auf, mich im Büro anzumelden, sondern stieg die Steintreppe zum zweiten Stock empor. Diese Etage, die von den jüngeren Mitgliedern der Kanzlei für ihre beruflichen Zwecke genutzt wird, wird allgemein der Kindergarten genannt. Der Kindergarten besteht aus drei Arbeitsräumen unterschiedlicher Größe; ich möchte den Fluß meiner Erzählung nicht unterbrechen, um das fein ausgewogene System aus Usancen, praktischen Rücksichten und Tradition darzulegen, demzufolge Selena allein das kleinste Zimmer, Ragwort und Cantrip zusammen das große und Timothy das mittlere innehaben.

Wenn sie sich unterhalten wollen, kommen sie natürlich am liebsten in dem großen Raum zusammen. Ich traf dort auf Selena, die gerade Ragwort und Cantrip die Dinge mitteilte, die sie mir am Abend zuvor von Timothy berichtet hatte.

»Selena«, sagte ich, »was war mit dem Finanzgesetz?«

»Ach ja«, sagte Selena, »das Gesetz. Dem Vernehmen nach wurde die diesjährige Ausgabe des Finanzgesetzes, mit Julias Namen und Adresse drin, ein paar Schritte von der Leiche entfernt aufgefunden.«

»Heiliger Bimbam«, sagte Cantrip.

»Meine Güte«, sagte Ragwort.

»Die italienische Polizei in ihrer kindlichen Naivität«, fuhr Selena fort, »wertete dieses als ein Indiz. Ihr mit eurer subtileren Intelligenz durchschaut natürlich sofort, daß es nichts dergleichen bedeutet. Man kann nicht einfach aus der Anwesenheit von Julias Gesetzbuch die Anwesenheit von Julia selbst ableiten.«

»In der Tat nicht«, sagte Ragwort. »Ebensowenig, wie man aus der am Donnerstag vor vierzehn Tagen beim Kreisgericht von Lower Liversidge erfolgten Anwesenheit einer Ausgabe von Woodfalls ›Miet- und Pachtrecht‹, in der mein Name steht, um mein Eigentumsrecht zu dokumentieren, und die aus meinen privaten Geldmitteln erworben ist, ableiten kann, daß ich selbst vor diesem weisen und erhabenen Gericht erschienen sei; oder daß ich nicht in London war; oder daß ich das Buch nicht eigentlich selbst benötigt hätte, um meine Klienten zu beraten. Es läßt sich lediglich der Schluß ziehen, daß ein gewisses Mitglied dieser unserer Kanzlei . . .«

»Ich habe mich doch schon entschuldigt«, rief Cantrip. »Du brauchst nicht immer drauf rumzureiten.«

»Daß ein gewisses Mitglied dieser unserer Kanzlei«, fuhr Ragwort fort, »das ich nicht namentlich nennen möchte, weil es sich entschuldigt hat und ich ihm pflichtschuldigst verziehen habe, beim Umgang mit Büchern sehr wenig Ahnung hat vom Unterschied zwischen mein und dein.«

»Genau«, sagte Selena. Cantrip, voll freudiger Rührung, daß Ragwort ihm verziehen hatte, schwieg.

»Hast du«, fragte ich, »inzwischen noch etwas von Julia gehört?«

»Allerdings. Heute morgen ist noch ein Brief angekommen. Ich wollte ihn gerade vorlesen.«

*

Auf der Terrasse, Hotel Cytherea
Donnerstagabend

Liebste Selena,
meine Briefe an Dich – sind sie nichts als Eintagsfliegen, notgedrungene Sparmaßnahmen (anstelle von Telefonanrufen)? Oder werden

sie in fünfzig Jahren, wenn Du Deine Pension aus einem hohen richterlichen Amt genießt, während ich, zu verschwenderisch veranlagt, um mir den Ruhestand leisten zu können, und immer noch erfolglos strebend, meine Einkommensteuer aufzubringen, meine Klienten vom Rollstuhl aus beraten muß, werden sie uns dann als Memoiren oder als Chronik dienen, wenn wir Zerstreuung in unseren Erinnerungen suchen? Im letzteren Fall wäre es absurd, die Korrespondenz mit dem Brief von gestern zu beenden, auch wenn das, was ich jetzt noch schreibe, erst nach mir in London ankommen wird. Das Postskriptum wird uns verraten, daß ich mein Ziel erreicht habe. Aber wenn Du mich dann fragst, wie ich das bewerkstelligt habe, werde ich es vergessen haben; und wenn ich Dich frage, ob ich es denn genossen habe, wirst Du meinem Erinnerungsvermögen nicht auf die Sprünge helfen können; und wenn wir uns dann sagen, da war doch noch etwas, aber nicht mehr genau wissen was, werden wir nichts haben, das unserem senilen Gedächtnis aufhelfen könnte. Zur Vermeidung dessen und zur Behebung jeglicher Zweifel werde ich bis morgen abend weiterschreiben.

Mein Postskriptum hat Dir sicher einige Überraschung bereitet, gingen ihm doch Äußerungen bitterster Enttäuschung über Neds Verhalten und von meiner Absicht, ihn ernsthaft zu rügen, voran. Auf dem Weg zum Lunch fiel mir jedoch zufällig eine Weisheit meiner Tante Regina ein, die mir verraten hatte, der sicherste Weg zum Herzen eines Mannes sei, ihm den Eindruck zu vermitteln, er wisse über irgendeinen beliebigen Gegenstand mehr als man selbst. Es schien mir einen Versuch wert, denn meine Tante Regina muß als Autorität auf diesem Gebiet gelten. Sie war immerhin viermal verheiratet. Allerdings kann ich mich nicht erinnern, daß sie jemals ihre Ehemänner so behandelt hat, als wüßten sie irgend etwas besser als sie.

Am Abend zuvor hatte ich, wie berichtet, Trost beim Finanzgesetz gesucht. Der Zusatzartikel Nr. 7 schien mir ein geeignetes Thema, Ned Überlegenheit zeigen zu lassen. Als ich feststellte, daß wir, wie ich erhofft hatte, die einzigen »Art Lovers« bei Tisch waren, lenkte ich das Gespräch auf die Einkommensteuer.

»Ich nehme an«, sagte ich, »falls Eleanor hofft, Ihre Behörde zu überzeugen, daß sie sich geschäftlich in Venedig aufhält, kann sie die Sache ja auch logisch weiterführen und unter Berufung auf den Zusatzartikel Nr. 7 zum diesjährigen Finanzgesetz den Steuerabzug für im Ausland erzielte Arbeitseinkünfte beanspruchen.«

»Ja«, sagte er, »aber dazu müßte sie mindestens dreißig Tage im Jahr im Ausland arbeiten.«

»Oh«, sagte ich. »Das würde sie sicher hinbekommen. Sie müßte natürlich berücksichtigen, daß sie nur die Tage anrechnen dürfte, an denen sie tatsächlich gearbeitet hat. Wenn sie eine Woche in Übersee verbringt und sich am Sonntag ausruht, zählen nur sechs Tage.«

»Nein, Julia«, sagte er, »so stand es zwar in der Gesetzesvorlage. Sie ist aber vom Parlament abgeändert worden. Wenn man mindestens sieben zusammenhängende Tage im Ausland verbringt, die insgesamt gesehen im wesentlichen mit beruflicher Tätigkeit ausgefüllt sind, dann werden alle mitgezählt, auch wenn man sich zwischendurch einen Tag frei nimmt.« Seine Erläuterungen waren von so reizender Bescheidenheit und so wenig Arroganz angesichts meines vorgeblichen Irrtums, daß ich fast Gewissensbisse verspürte. Aber dann dachte ich an seinen gestrigen Verrat, verhärtete mein Herz und blieb bei meiner Strategie.

»Unsinn«, behauptete ich. »Das Gesetz besagt, daß ein anrechenbarer Tag einer ist, der überwiegend mit der Ausübung der Berufstätigkeit des Beschäftigten verbracht wird. Was Sie meinen, ist vermutlich, daß Ihre Behörde sich zu einer Konzession über den gesetzlichen Rahmen hinaus entschlossen hat, die sie durch eine einfache Presseverlautbarung verbreitet hat. Zu der Auferlegung exorbitanter Steuern kommt nun noch die Willkür ungesetzlicher Regelungen hinzu. Wie die Dinge liegen, kann man seine Klienten kaum noch beraten, ohne vorher die Zeitungsspalten nach versteckten steuerpolitischen Bekanntmachungen zu durchforsten.«

In meiner Entrüstung hätte ich fast meine eigentliche Absicht vergessen, aber Ned erinnerte mich wieder daran, indem er ziemlich gereizt wiederholte, daß die Vorschrift über den freien Tag im Ausland nicht in der Presseerklärung enthalten sei, sondern im Gesetz selbst.

»Mein lieber Ned«, antwortete ich, »ich wette eine Flasche Wein darauf, daß dem nicht so ist.«

»Bitte sehr«, sagte er. »Aber ich muß dann auf meine Flasche Wein warten, bis wir wieder in England sind. Ohne den Geseztestext können wir die Frage nicht entscheiden.«

»Wir können sie jetzt gleich entscheiden«, sagte ich. »Ich habe das Gesetz oben in meinem Zimmer.«

Und so geschah es, daß der schöne Ned und ich zusammen über die Brücke zu unserem Hoteltrakt gingen.

Es ist bei einem Unternehmen dieser Art sehr von Vorteil, wenn man sich darauf verlassen kann, daß das Zimmer sauber und aufgeräumt ist. Wie oft ist nicht schon ein vielversprechendes Projekt von mir dadurch im Keim erstickt worden, daß ich mich an das Chaos in meinem ungeputzten Schlafzimmer gerade noch rechtzeitig erinnert habe? Ich richtete daher einen dankbaren Blick auf die Zimmermädchen, die sich, wie eine Schar von Engelchen auf einem Renaissancegemälde, zu ihrer Nachmittagspause in der Eingangshalle versammelt hatten. Sie lächelten mir mit Verschwörermiene zu, als ob sie meine Absicht kannten und billigten. Wir gingen die Treppe hinauf und in mein Zimmer.

»Setzen Sie sich«, sagte ich, »ich suche nur schnell nach dem Finanzgesetz.«

Da es nichts gab, worauf man sitzen konnte - der Stuhl vor dem Toilettentisch war von einem Haufen Kleidungsstücke belegt -, setzte er sich aufs Bett, auf die der Tür zugekehrten Seite. Ich achtete darauf, ihm den Wälzer, als ich ihn schließlich gefunden hatte, von der anderen Seite des Bettes her zu reichen, so daß er gezwungen war, seine vertikale Körperhaltung zugunsten einer horizontalen aufzugeben, was bedeutete, das er quer über dem Bett zu liegen kam, anstatt auf dem Bettrand zu sitzen. Ich setzte mich auf die von der Tür am weitesten entfernte Ecke neben ihn.

»Nun zeigen Sie mir mal«, sagte ich, »den angeblichen Paragraphen.«

Wenn zwei Personen auf einem Bett sitzen und die Köpfe in dasselbe Exemplar des Finanzgesetzes stecken, ist ein gewisser physischer Kontakt fast unumgänglich. Ich machte auch keinen Versuch, ihn zu vermeiden, und Ned anscheinend ebensowenig. Das spornte mich weiter an ... Man möchte ja nur, als Frau von Grundsätzen, niemandem mit unerwünschten Annäherungsversuchen lästig fallen.

Deine und Tante Reginas so überaus wertvollen Ratschläge konnten, so sehr sie sich auch bis hierher bewährt hatten, mir von jetzt an nicht mehr helfen. Ich fand, es sei an der Zeit, mich voll und ganz der Weisheit des Dichters Shakespeare anzuvertrauen. Ich beugte mich über Neds Schultern und stützte mich mit der Hand auf das Bett. Infolgedessen fand er sich, als er von dem Gesetzestext aufblickte und mit verzeihlicher Selbstgefälligkeit sagte: »Hier steht es, Julia - Absatz b in Artikel 2 der Neufassung«, gleichsam in meinen Armen wieder.

»Mein Gott, Sie haben recht«, sagte ich, »und ich schulde Ihnen eine Flasche Wein. Ich hoffe, Sie sind so großzügig, nicht auf augenblicklicher Zahlung zu bestehen.«

»Ach, Julia«, rief er und riß vorwurfsvoll die Augen auf, »wie kann man nur so schamlos sein?«

»Ach, Ned«, antwortete ich, »wie kann man nur so schön sein?« Und stieß auf keinen weiteren Widerstand.

*

»Da sieht man mal wieder«, sagte Ragwort düster, »wie gefährlich es ist, sich auf Wetten einzulassen. Selbst wenn man weiß, daß man recht hat.«

»Laß doch«, sagte Cantrip. »Wer mit Julia am hellichten Nachmittag in ihr Schlafzimmer geht - du kannst mir doch nicht weismachen, er hat nicht gewußt, daß sie aufdringlich werden würde.«

»Ganz recht«, sagte Selena. »Aber was man ihr jetzt vorwirft, ist ja nicht ein Notzuchtverbrechen.«

*

Ein detaillierter Bericht über diesen Nachmittag verbietet sich aus Gründen des Takts. Es könnte ja sein, daß der Brief in Gegenwart des entzückenden, hochanständigen Ragwort verlesen wird. Man sollte ihm keinen Anlaß geben zu erröten. Das heißt, eigentlich würde man ihm den gern geben, nichts könnte reizvoller sein. Aber ich widerstehe der Versuchung, auch wenn der Dichter Shakespeare, wenn er einer ehrlichen und direkten Form der Annäherung nur geringen Erfolg beimißt, wohl nicht ganz objektiv ist.

Hinterher setzte der hinreißende Ned - wie alle jungen Männer, die trotz handfester Gegenbeweise nachträglich gern so tun, als seien sie keine Wesen von lockerer Moral - eine zimperliche Miene auf, als mißbillige er alles Geschehene und als wolle er keine Verantwortung dafür übernehmen. Solch eine Miene, zu solchem Zeitpunkt, weckt in mir immer ein besonderes Gefühl der Zärtlichkeit; der Versuch, die Stalltür sorgsam zu verschließen, nachdem das Pferd davongaloppiert ist, hat etwas unendlich Rührendes.

»Julia«, sagte er, »du wirst doch den Mund halten, oder? Ich möchte nicht, daß Ken davon erfährt.«

Ich versicherte ihm, daß er sich auf meine Diskretion verlassen könne. Ich hatte mir ja, wie Du weißt, schon ausgerechnet, daß es logisch unmöglich wäre, Ken durch etwas, was sich zwischen Ned und mir abspielte, zu verletzen. Nur daß Kenneth als Künstler vielleicht nicht Logik studiert hat und daher nichts von dieser Unmöglichkeit weiß.

Die mit derlei Vorkommnissen verbundene Gefahr besteht darin, daß man sich in eine wohlige Euphorie versetzen läßt, die fast immer katastrophale Folgen hat. Nachdem ich mich gewaschen und zum Dinner umgezogen hatte, machte ich mich zur Bar des Cytherea auf in der Absicht, mir einen erfrischenden Campari-Soda zu genehmigen und einen ausführlichen Erfolgsbericht an Dich zu verfassen. Ich traf dort jedoch auf den Major, der bedrückt wirkte und die *Times* las.

Das weckte mein Mitgefühl. Der Major war zweifellos ebenso wie ich nach Venedig gereist in der Hoffnung auf ein unschuldiges kleines Abenteuer, aber im Gegensatz zu mir war es ihm versagt geblieben. Ich sah mich veranlaßt zu tun, was in meiner Macht stand, um ihn aufzuheitern. Er war zwar eigentlich selbst schuld an seiner Lage; sämtliche Chancen, die er sich erhofft haben mochte, hatte er durch seine Bermudashorts mehr oder weniger auf Null reduziert. Andererseits, überlegte ich, sollte man es ihm zur Ehre anrechnen, daß er durch dies Kleidungsstück die Häßlichkeit seiner Spinnenbeine von vornherein enthüllte; ein skrupelloser Mensch hätte sie zu verbergen gesucht bis zu dem Moment, an dem eine Frau von guten Manieren sich geniert hätte, sich voll Abscheu zurückzuziehen.

»Kopf hoch, Bob«, sagte ich aufmunternd. »So schlecht werden die Nachrichten doch nicht sein.«

»Ich sehe mir gerade mal wieder die ollen Investments an«, sagte der Major. »Ich hatte ein bißchen was auf die hohe Kante gelegt, und ein Bekannter hat mir geraten, es in Fondsaktien zu stecken. Jetzt fallen die Kurse, das mußte ja so kommen. Was soll man auch erwarten, wenn die Sozis den Laden schmeißen.«

*

»Der Major«, sagte Selena, »muß besonderes Pech bei der Wahl der Aktien gehabt haben. Die Börsenkurse sind zur Zeit auf dem Höchststand der letzten fünf Jahre.«

*

Ich wies ihn darauf hin, daß etwaige Börsenverluste eine hervorragende Gelegenheit bildeten, seine Kapitalertragssteuer zu reduzieren, er schien jedoch nicht geneigt, darin einen Vorteil zu erblicken. Nachdem ich es nun einmal auf mich genommen hatte, ihn aufzuheitern, setzte ich meine Versuche bis zum Dinner fort mit Ausnahme eines kurzen Moments, in dem ich meinen Brief an Dich mit einem Postskriptum versah und in den Briefkasten steckte.

Meine Bemühungen, den Major in bessere Laune zu versetzen, waren so weit von Erfolg begleitet, daß er am Ende der Mahlzeit seine Idee vom Tanzbeinschwingen wieder aufs Tapet brachte. Nun saß ich in der Klemme. Die einzigen Lokale, die ich gesehen hatte, wo man vielleicht tanzen konnte, waren Nachtklubs, die mir schrecklich teuer aussahen. Erlaubte ich dem Major, in einem solchen Etablissement die Rechnung allein zu zahlen, würden die enormen Unkosten mich Verpflichtungen unterwerfen, die ich lieber nicht beim Namen nennen möchte. Wollte ich dies vermeiden, mußte ich mir die Zeche mit ihm teilen; aber viel Geld auszugeben, nur um in einem überfüllten Saal in widerwärtigem Körperkontakt mit so einem Mann zu schwoofen - nein wirklich, auch meine Nächstenliebe hat Grenzen.

»Bob«, sagte ich, »Sie wollen doch wohl nicht den Abend in einem stickigen Nachtklub zubringen. Ich weiß eine nette kleine Bar ganz in der Nähe, wo wir im Freien sitzen und einen Kaffee und Grappa trinken können. Würden Sie das nicht auch viel netter finden?«

Vielleicht war die Bar, zu der ich den Major dann hindirigierte, nicht die, zu der ich ihn eigentlich hatte führen wollen. Jeder Weg, den man in Venedig einschlägt, führt zwangsläufig um viele Ecken: Gäßchen, die in eine bestimmte Richtung laufen, stoßen plötzlich und unerwartet auf einen Kanal, schlagen einen Haken und wenden sich ganz woanders hin. Es besteht stets die Möglichkeit, daß man zu einer Brücke kommt, die man vor fünf Minuten schon einmal überquert hat. Genau weiß man das nie. Ganz gleich, ob wir nun die richtige oder die falsche Bar erwischt haben, sie war jedenfalls genau das richtige für unseren Grappa und Espresso.

Als ich bemerkte, daß wir uns in der Nähe des Teatro Fenice befanden, und da ich nun einmal für die kleine Exkursion verantwortlich war, hielt ich es für meine Pflicht, dem Major etwas über die Bedeutung und die Geschichte dieses Gebäudes mitzuteilen, aber Ragworts Venedigführer nützte mir wenig.

»Wie Sie sehen, steht über der Tür das Datum 1792. Wir können deshalb getrost annehmen, daß das Theater noch einige von den Komödien und Singspielen miterlebt hat, für die Venedig im 18. Jahrhundert berühmt war. Weiter kann ich Ihnen auch nichts sagen, der Reiseführer verzichtet auf jede Erwähnung.«

»Macht doch nichts«, sagte der Major, »man kann sich auf diese Dinger nicht immer verlassen, nicht wahr?« Er sprach in so düsterem Ton, als hätte seine Bemerkung eine tiefsinnige, vielleicht metaphysische Bedeutung. »Und übrigens, meine Liebe«, setzte er hinzu, »Sie können ja nichts dafür.«

Unter den vielen Charakterfehlern, die andere mir hin und wieder beigelegt haben – und die Du freundlicherweise immer bestritten hast –, ist die Unzulänglichkeit von Reiseführern bisher nicht vorgekommen. Trotzdem, ich erwiderte, es sei nett von ihm, das zu sagen.

Er kam dann wieder auf seine finanzielle Situation zu sprechen und deutete an, daß er trotz sinkender Kurse sein Geld nicht so schlecht angelegt habe und in einer auskömmlichen Lage sei, wozu ich ihm gratulierte.

Ich würde es sicher sonderbar finden, fuhr er fort, aber er sei nie verheiratet gewesen. Ich fand das überhaupt nicht sonderbar. Die statistische Wahrscheinlichkeit, daß ein weibliches Wesen sich mit diesen haarigen Beinen und den langweiligen Histörchen abfinden könnte, schien mir gegen Null zu tendieren. Diese Ansicht sprach ich natürlich nicht aus, sondern äußerte Verständnis, daß der militärische Beruf sich wohl mit Häuslichkeit nicht leicht vereinen lasse.

»So ist es, meine Liebe«, sagte der Major. »Grad richtig für den Mann, aber nicht für das arme Ding daheim. Endet mit gebrochenem Herzen – hab' ich oft gesehen. Aber seit ich die Uniform ausgezogen habe – schön, ich hab' manchmal gedacht, ich würd' gern vor Anker gehen. Hat aber keinen Zweck, wenn's nicht die richtige ist.«

Ich stimmte zu, daß es zweifellos besser sei, mit niemandem verheiratet zu sein als mit einer unsympathischen Person.

»Also, meine Liebe«, sagte der Major, »wie wär's dann?«

Ich tat mein bestes, das zu ignorieren. Zwecklos – es handelte sich um einen Heiratsantrag.

Wenn von einem Akt körperlicher Vereinigung zwischen dem Major und mir das Fortbestehen der Menschheit abhinge, dann unterstelle ich – unter dem Vorbehalt, im Falle der tatsächlich gegebenen Situation die Notwendigkeit erneut zu prüfen –, dann, wie gesagt, unterstelle ich, daß ich mich dazu überwinden könnte. Ein einziges Mal. Nicht zweimal. Nein, Selena, tut mir leid, aber selbst wenn es um die Zukunft des Homo sapiens ginge, zweimal wäre wirklich ausgeschlossen. Man könnte es billig nicht von mir verlangen. Die Ehe als solche, hat man mir versichert, schließt die Akzeptanz solcher Akte als regelmäßig und häufig wiederkehrend mit ein. Ehefrau des Majors zu werden ist eine Vorstellung, die mir das Blut in den Adern gerinnen läßt.

Erwartet hatte ich schlimmstenfalls eine Annäherung der eindeutig unschicklichen Art, die ich mittels der Ragwort-Methode leicht hätte zurückweisen können. Als Erwiderung eines Heiratsantrags bietet das Ragwortsche Auftreten indessen keinen geeigneten Präzedenzfall. Die ungezügelte Heiterkeit, mit der er solche Anträge aufzunehmen pflegt, mag bei einer Freundin und Kollegin angemessen sein, würde aber bei einer relativ fern stehenden Person äußerst verletzend wirken. Ich stotterte ein paar Bemerkungen von der Sorte, daß das sehr freundich von ihm sei, daß aber Heiraten nicht zu meinen Gewohnheiten zähle.

»Ich weiß, ich falle ein bißchen mit der Tür ins Haus«, sagte er. »Meinetwegen brauchen Sie sich nicht sofort zu entscheiden. Aber ich warne Sie, wenn ein alter Soldat sich etwas in den Kopf gesetzt hat, gibt er nicht so leicht auf.«

Die Sterne leuchteten immer noch am Samthimmel, aber mir war plötzlich zumute wie unter einer dunklen Wolke.

Anscheinend war der Major der Auffassung, sein wenn auch abgelehnter Heiratsantrag gebe ihm das Recht, mich beim Gutenachtsagen zu umarmen; nur durch eine wohlgezielte Kopfbewegung gelang es mir, die Unannehmlichkeiten auf eine kratzige Berührung meiner Wange zu beschränken. Sein Kinn, das man zum Schmirgeln benutzen könnte, rief mir Neds glatte Alabasterhaut ins Gedächtnis. Ich mache mir weiterhin Sorgen um Desdemona.

*

»Warum«, fragte Ragwort, »hat sie nicht einfach Nein sagen können?«

»In der Schule hat man ihr beigebracht«, sagte Selena, »daß man vermeiden soll, die Gefühle anderer Menschen zu verletzen.«

»Manchmal hat man den Eindruck«, sagte Ragwort, »daß Julia den Unterricht allzu wörtlich genommen hat.«

*

Nach alledem bestand meine Hauptbeschäftigung heute darin, dem Major aus dem Weg zu gehen. Ich hätte gern noch eine steuerrechtliche Meinungsverschiedenheit mit Ned ausgetragen, aber ich fürchte, ich muß die Hoffnung auf weitere Erfolge in dieser Richtung begraben. Ich traf den Hübschen heute morgen auf der Terrasse und erinnerte ihn daran, daß ich ihm eine Flasche Wein schuldete.

»Eine Schuldigkeit«, antwortete er frostig, »die ich nur zu gern vergessen werde.«

Woraus der Schluß zu ziehen ist, daß er sich immer noch selbst zu beweisen trachtet, daß er kein junger Mann von lockeren Sitten ist, und man müßte wieder eine volle Woche lang seine Seele bewundern, um erneut landen zu können.

Ich schicke diesen Brief nicht vor morgen abend ab, für den Fall, daß es noch etwas zu berichten gibt; da jedoch morgen unser letzter Tag in Venedig ist, glaube ich nicht, daß sich noch groß etwas ereignen wird.

*

»Der Rest des Briefes«, sagte Selena, »ist folglich am Tag der Mordtat verfaßt worden. Wäre dies nicht der geeignete Moment, die Sitzung zwecks einer Kaffeepause zu unterbrechen?«

Kapitel 10

Cantrip war tief in Gedanken. Er hatte ohne Widerstand, sogar ohne formellen Einwand akzeptiert, daß er an der Reihe war, den Kaffee zu holen respektive zu bezahlen.

»Hört mal«, sagte er, als er damit an unseren Tisch zurückkam, »da ist doch diese Frau, die Desdemona, von der Julia dauernd schwafelt. Sie hat diesen Othello geheiratet, und er hat gedacht, sie ginge fremd, und deshalb hat er sie abgemurkst.«

»Ich glaube«, sagte Selena, »uns allen ist der Inhalt der Tragödie von Othello hinreichend bekannt.«

»Also, mir ist er mehr als gut bekannt«, sagte Cantrip, »weil Julia mich einmal ins Theater mitgeschleppt hat. Ich fand die Geschichte ziemlich blöd, weil dieser Othello doch eine Blitzkarriere in der Armee gemacht haben und ein strategisches Genie sein soll und so weiter. Dann kann er doch kaum so ein Trottel sein und glauben, seine Frau ginge mit jemand anderem ins Bett, nur weil sie mal ihr Taschentuch verliert. Aber Julia war nicht meiner Meinung. Also, ihre eigenen Worte waren, ich sei ein ungebildeter Schwätzer und mein Theaterverstand würde höchstens fürs Kaspertheater auf dem Pier von Brighton außerhalb der Saison reichen. Daraufhin zog ich ihr mit meinem Regenschirm eins über, und sie schlug mit ihrer Handtasche nach mir. Natürlich ohne mich zu treffen. Ihr wißt ja, wie sie ist.«

Von zärtlichen Erinnerungen überwältigt, verfiel Cantrip in Schweigen. Die schwarze Haartolle auf seiner blassen Stirn verlieh ihm das romantische Aussehen eines Dichters oder frühvollendeten Künstlers des 19. Jahrhunderts. Das geschilderte Ereignis hat sich vermutlich vor der Spinnengeschichte zugetragen; denn nach derselben hätte Julia wohl nicht versucht, seine Handgreiflichkeiten zu erwidern.

»Und gab es ein Stadium, in dem diese literarische Diskussion zu einem rein verbalen Meinungsaustausch zurückkehrte?« fragte Selena.

»Na klar«, sagte Cantrip. »Nach Julias Ansicht war es ja so, daß der Kerl, der sein ganzes Leben beim Militär verbracht hatte, nur deshalb solche Rosinen im Kopf hatte von reiner Weiblichkeit und so weiter, weil er nie Gelegenheit gehabt hatte, herauszufinden, daß Frauen im Grunde auch nur Menschen sind, und weil er sie daher blödsinnig idealisierte. Als ihm dann ein Licht aufging, daß Desdemona nicht fehlerfrei war – ich meine, als ihr zum ersten Mal der Kaffee übergeschwappt oder die Zigarettenasche auf den Teppich gefallen war –, zerplatzten seine Illusionen, und er glaubte, sie habe seine Ideale verraten. Danach war es ein Kinderspiel, ihm einzureden, seine Frau habe etwas mit einem anderen Mann.«

»Das ist, wie ich finde«, sagte Ragwort, »eine nicht ganz unüberzeugende Interpretation.«

»Und ob die überzeugend ist! Denn als ich darüber nachdachte, wurde mir klar, daß sich genau dasselbe bei meinem Onkel Herward zugetragen hat. Mein Onkel Herward war den größten Teil seines Lebens beim Militär, im Dienste von Königin und Vaterland auf den entlegensten Stützpunkten des Empire, und seit er zurück ist, benimmt er sich völlig übergeschnappt, besonders was die Frauen betrifft. Er glaubt steif und fest, daß zur Zeit seiner Einberufung alle Frauen rein und unantastbar waren, was sie spätestens seit seiner Entlassung nicht mehr sind. Und anstatt sich darüber zu freuen, fühlt er sich auf die Hühneraugen getreten.«

»Mein lieber Cantrip«, sagte Selena, »sind die psychischen Probleme deines Onkels in irgendeiner Weise relevant für unseren vorliegenden Fall?«

»Natürlich sind sie das, sonst würde ich sie ja wohl nicht erwähnen, oder? Der springende Punkt ist doch, daß Julias Major derselbe Typ ist wie Othello und mein Onkel Herward. Und Julia, das arme Gör, hat sich, in der Absicht, ihn zu entmutigen, als Hauptbewerberin für den Großen Preis edler Weiblichkeit ausgegeben. Was dazu geführt hat, daß der Major denkt, sie ist die Frau, nach der er all die Jahre gesucht hat, und ihr einen Heiratsantrag macht.«

»Ausgerechnet«, sagte Selena.

»›Ausgerechnet‹ ist das richtige Wort. Und da Julia nicht seine Gefühle verletzen will, indem sie ablehnt und ihm sagt, daß sie ihn nicht einmal nehmen würde, wenn er der letzte Mann auf Erden wäre, glaubt er wahrscheinlich, er sei mehr oder weniger mit ihr verlobt.«

»So idiotisch«, sagte Selena, »ist doch niemand.«

»Du kennst meinen Onkel Herward nicht. Angenommen, der Major sieht die Dinge wie er und findet dann alles über Julia und den Steuermenschen heraus, mit spezieller Berücksichtigung des vergangenen Mittwochnachmittags, was wird er dann tun?«

»Ich vermute«, sagte Ragwort, »er nimmt sich Othello als Vorbild und ermordet Julia.«

»Siehst du«, sagte Cantrip, »das zeigt nur, daß du mit dem Inhalt von Othello nicht so vertraut bist wie ich. Wenn du in dieses Stück gegangen wärest und bis zum Ende ausgehalten hättest, wozu Julia mich gezwungen hat, dann wüßtest du, daß er, bevor er Desdemona kaltmacht, erst noch einen Killer losschickt, der den Kerl umlegen soll, mit dem sie es angeblich getrieben hat.«

»Cantrip will uns daran erinnern«, sagte Selena offenbar besorgt, daß wir anderen das Cambridge-Idiom nicht genügend beherrschten, um Cantrips Erläuterung zu folgen, »daß Othello noch vor der Erdrosselung seiner Gattin einen seiner Untergebenen mit der Ermordung seines mutmaßlichen Nebenbuhlers Michael Cassio beauftragt hat.«

»Richtig«, sagte Cantrip. »Und da Julia gerade nicht zur Hand war, hat der Major eben den Kerl vom Fiskus allegemacht.«

»Es ist mir nicht erinnerlich«, sagte Ragwort, »ob Othello seine Rache mit dem Diebstahl von Cassios Reisetasche vollendet hat. Der Dichter, steht zu vermuten, hätte dies wohl als eine Art Antiklimax empfunden.«

»Ist doch egal«, sagte Cantrip. »Ich nehme an, in der Tasche befand sich belastendes Material oder dergleichen. Hiervon abgesehen, sind die beiden Fälle praktisch identisch, bis hin zu dem Taschentuch.«

»Ich nehme nicht an«, sagte Selena, »daß das Taschentuch des Majors von einer zweihundert Jahre alten Sibylle aus der Seide geweihter Würmer gesponnen und gewebt war. Wäre dem so, dann hätte er es, als im Antiquitätenhandel tätig, nicht geopfert, um Julias Nasenbluten zu stillen. Soll ich den Rest des Briefes vorlesen?«

Auf der Terrasse des Cytherea
Freitagmorgen

Ich habe Dir einen sehr seltsamen, vielleicht sogar unheimlichen Vorfall zu berichten. Man könnte es vielleicht als das ›Phänomen des periodisch auftretenden Majors‹ bezeichnen. Jedoch, bevor ich darauf näher eingehe, sollte ich vielleicht als Einleitung eine Episode schildern, die sich zur Frühstückszeit zugetragen hat.

Ich weiß nicht, Selena, ob Dir je aufgefallen ist, wie nach ein paar Monaten erzwungenen, mehr oder weniger akzeptierten Verzichts auf die Freuden des Fleisches - das heißt, der resignierten Einsicht, daß es ganz schön wäre, sie zu haben, man sich aber in ihrer Ermangelung lieber weiter mit dem Steuergesetz beschäftigen sollte -, wie nach einer solchen Durststrecke eine Unterbrechung des zölibatären Lebens den Appetit eher anregt als stillt. Dasselbe habe ich mit Erdbeeren erlebt: Im Winter verspüre ich keine überwältigende Begierde, aber wenn ich einmal die erste Erdbeere der Saison koste und wieder den frischen, reifen, süßen Geschmack und die geschmeidige Festigkeit auf der Zunge spüre, dann bin ich durchaus nicht mit einer einzigen zufrieden, auch nicht mit zweien oder sogar dreien, sondern vertilge sie mit großer Gier, bis die Schüssel leer ist oder mir mit Gewalt entrissen wird.

In ähnlicher Weise beschäftigte mich heute morgen beim Aufwachen der Gedanke, daß weitere Erfolgserlebnisse mit Ned recht unwahrscheinlich sind und daß der Zimmerkellner, der mein Frühstück bringt, eigentlich ein hübscher Junge ist. Das Reisebüro hat mir ja schließlich zugesichert, daß Zimmerservice inbegriffen ist.

Die Methode, wie man sich einen italienischen Zimmerkellner gefügig macht - auch, soviel ich weiß, in anderen Mittelmeerregionen anwendbar -, bedarf keiner ausführlichen Erläuterung. Sie besteht hauptsächlich darin, im Bett zu bleiben, bis er mit dem Frühstück kommt und dann wohlwollend zu lächeln. Zimmerkellner scheinen in der Regel nichts dagegen zu haben, gefügig gemacht zu werden.

Es muß jedoch daran erinnert werden, daß es sich um einen mit Arbeit überlasteten, ausgebeuteten Berufsstand handelt, der durch das Hin- und Herlaufen mit Getränken und dergleichen viel Energie verbraucht, so daß die Dauer des Vergnügens nicht dem Enthusiasmus entspricht, mit dem es angeboten wird. Wenn der Kaffee, den der hübsche Kellner mir brachte, zum Zeitpunkt seines Weggehens kalt gewesen wäre, hätte ich ihm dieses in Anbetracht der Umstände gerne verziehen; jedoch gab es nichts zu verzeihen. Immerhin, man soll nicht undankbar sein, Erdbeeren sind Erdbeeren.

Ich komme nunmehr zu dem seltsamen und, wer weiß, unheilverkündenden Vorfall.

Aus den oben angezeigten Gründen war es etwas später geworden als gewöhnlich - wenn auch nicht so viel später, wie ich mir gewünscht hätte -, als ich im Begriff war, mein Zimmer zu verlassen. Jedoch bemerkte ich, als ich die Tür öffnete, daß sich im Korridor der Major befand. Zum Glück sah er mich nicht, da er gerade dabei war, die Tür seines Zimmers zu schließen. Um einem Zusammentreffen mit ihm aus dem Weg zu gehen, was mir im Moment äußerst wichtig schien, zog ich mich in mein Zimmer zurück und zündete mir eine Gauloise an. Als ich sie zur Hälfte geraucht hatte, glaubte ich, daß die Gefahr nun vorüber sei.

Aber der Major war noch immer im Flur und noch immer dabei, eine Tür zuzumachen. Nun, wirst Du sagen, Selena, daran war doch nichts besonders Auffälliges - er hatte eben etwas vergessen, wirst Du sagen, war zu seinem Zimmer zurückgekehrt und kam nun zum zweiten Mal heraus. Indessen sehe ich Deine Hypothese als nicht haltbar an; es war nämlich offensichtlich, daß die Türe, die er diesmal schloß, nicht die seines eigenen Zimmers war, sondern die des angrenzenden Raums, der von Ned und Kenneth Dunfermline bewohnt wird. Verwirrt zog ich mich von neuem zurück und rauchte meine Gauloise zu Ende. Dann spähte ich mit äußerster Vorsicht in den Flur.

Der Major war noch immer da. Er schloß noch immer eine Tür. Jetzt aber, wenn ich mich auf meine Wahrnehmung verlassen konnte, die zu seinem eigenen Zimmer.

Verwirrt zog ich mich wieder zurück und stürzte das, was vom zollfreien Brandy noch übrig war, in zwei Schlucken hinunter. Die Flüssigkeit, die Napoleon den Marsch quer durch die russische Steppe ermöglichte, verfehlte auch bei mir nicht ihre Wirkung. Als ich das nächste Mal meine Tür öffnete, war der Korridor leer. Ohne weitere Zwischenfälle legte ich den Weg zur Terrasse zurück.

Der soeben geschilderte Vorfall erschien mir außerordentlich beunruhigend. Ich konnte mir keinen triftigen Grund denken, weshalb der Major zehn Minuten unbeweglich in der Stellung eines türeschließenden Menschen verharren sollte. Die nächstliegende Erklärung bestand für mich darin, daß sein Heiratsvorschlag eine derart traumatische Wirkung auf mich gehabt hatte, daß ich mit einer Reihe paranoider Halluzinationen reagierte: Jedesmal, wenn ich eine Türe öffnete, ohne mich vorher mit Brandy gestärkt zu haben, erschien mir der Anblick des Majors, der eine Tür zumachte. Angesichts des gegenwärtigen Preises von Brandy ein äußerst lästiges Symptom.

*

»Merkwürdig«, sagte Selena. »Allem Anschein nach ist der Major in das Zimmer von Ned und Kenneth gegangen und hat sich dort fünf Minuten lang aufgehalten. Anschließend ist er offenbar in sein eigenes Zimmer zurückgekehrt und hat dort weitere fünf Minuten zugebracht, ehe er schließlich herauskam. Ich frage mich, weshalb.«

»Es ist ja möglich«, sagte Ragwort, »daß er den anderen Raum mit Zustimmung der dort untergebrachten Gäste aufsuchte. Freilich ist der Zeitpunkt ein wenig verdächtig – es scheint fast, nicht wahr, als hätte er abgewartet, bis alle anderen in der Dependance ihre Zimmer verlassen hatten, um ihren ehrlichen Geschäften nachzugehen, das heißt alle diejenigen, die sich nicht auf schändliche Weise mit dem Hauspersonal eingelassen hatten. Meint ihr nicht, daß es sich anhört wie ein erster Versuch, etwas zu stehlen, das sich in der Reisetasche befand?«

»Nein«, sagte Cantrip, »ich finde, es hört sich an wie Othello auf der Suche nach Desdemonas Taschentuch.«

»Willst du unterstellen«, sagte Selena, »daß dem Major ein Verdacht wegen Julias Umgang mit Ned gekommen war und daß er in Neds Zimmer nach entsprechenden Beweisstücken suchte?«

Cantrip nickte.

*

Als ich zur Terrasse ging, war es meine Absicht, Dir unverzüglich von meinem beängstigenden Erlebnis zu berichten. Davon wurde ich jedoch abgelenkt durch die Entdeckung, daß der bezaubernde Ned in anmutiger Haltung an dem Geländer lehnte, das die Terrasse vom Kanal trennt.

Dies war kein ungetrübter Glücksmoment, denn er erschien mir schöner denn je. Seine hellen Haare fingen das Sonnenlicht ein, sein weißes Hemd stand ein wenig offen und gab den Blick auf den schlanken Hals frei, die schimmernde Haut war von acht Tagen

Venedig leicht gebräunt. Hatte er zuvor schon an eine Figur von Praxiteles erinnert, dann schien es jetzt, als habe der Künstler sein Werk aus purem Gold modelliert. Der Anblick entfachte in mir ein ebenso glühendes Verlangen wie damals, als ich das erste Mal im Flugzeug seiner ansichtig wurde. Es schien mir, daß nach all der Mühe, die ich aufgewendet hatte, der Mittwochnachmittag als einziger Lohn zu mager ausgefallen war. Nun ja, vielleicht stimmt das nicht ganz. Es ist immer noch besser, den Mittwochnachmittag gehabt zu haben, als ihn nicht gehabt zu haben; aber ich verspürte nichts von jener stillen Zufriedenheit, die man als Folge eines ans Ziel gelangten Strebens erwartet.

»Du scheinst mir in Gefahr«, sagte ich, »in den Kanal zu fallen. Vermeide wenigstens das Risiko, dein Spiegelbild darin zu erblicken. Denk an Narziß.«

Daraufhin lächelte er geschmeichelt; weitere Komplimente wurden mir jedoch durch das Auftreten von Marylou unmöglich gemacht, die der ehelichen Überwachung wenigstens für ein Weilchen entronnen war.

»Ich habe dich zwei Tage lang nicht gesehen«, sagte sie vorwurfsvoll.

»Unser ist der Verlust, doch nicht die Schuld«, zitierte ich.

»Jedenfalls«, fuhr sie fort, »kommt ihr beiden hoffentlich mit auf den Ausflug nach Verona heute nachmittag. Stanford will nicht mit, weil er schon in Verona gewesen ist. Aber ich habe ihm gesagt, kommt nicht in Frage, daß ich auf Verona verzichte, nur weil er dort am Wochenende seine Geschäftsbeziehung gepflegt hat.« Ihr Ton ließ keine Milderung ihres Urteils über die fragliche Person erkennen. »Ich glaube nicht, daß wir dasselbe zu sehen bekommen wie er am Wochenende. Er wird sich nichts Historisches angesehen haben, außer du rechnest eine zehn Jahre alte Flasche Rye-Whiskey dazu. Will sagen, Stanford hat keinen Sinn für Ästhetik. Er ist in mancher Hinsicht ein feiner Kerl, aber als der Sinn für Ästhetik ausgeteilt wurde, war er mit seinem Teller nicht zur Stelle. Also, ich hoffe, ihr beiden seid dabei?«

»Nein, leider nicht«, gab Ned zurück. »Ken geht mit. Julia und ich waren ja schon am Dienstag da.«

Sie äußerte ihre Enttäuschung mit schmeichelhafter Übertreibung, und fragte, ob uns Verona gefallen habe.

»Sehr sogar«, antwortete Ned. »Graziella war verhindert, infolgedessen hat Julia die Führung übernommen.«

»O, da wäre ich gern dabeigewesen«, sagte sie. »Ich finde, Julia ist einfach eine wunderbare Führerin.«

»O ja, ist sie«, sagte Ned ein wenig gereizt.

»Hervorragend. Sie führt einen überall hin, wo man hingehen muß. Und manchmal«, fügte er hinzu, »auch dahin, wo man nicht hin sollte.« Zweifellos überzeugt, sich hiermit einen unüberbietbaren Abgang verschafft zu haben, entschuldigte er sich und ging fort.

Es war mir trotzdem nicht möglich, Dir sofort von dem Phänomen des periodisch auftretenden Majors zu berichten, weil Marylou mich überredete, sie auf ihrem Einkaufsbummel zu begleiten. Mir schien es zwar, als habe sie auf dem Rialto bereits jegliche Art von Waren, die Venedig dem wohlinformierten Touristen zu bieten hat, in großhandelsmäßigen Mengen erstanden, doch versicherte sie mir, dies sei nicht der Fall.

Infolge der Ablenkung war es mir erst gegen Mittag möglich, hierher zu kommen und Dir von meinem besorgniserregenden Erlebnis zu berichten. Auch jetzt bleiben mir Unterbrechungen nicht erspart. Mein abgeschiedenes Eckchen auf der Terrasse hat ein Liebespaar in Beschlag genommen, während ich mich den Anfragen all der Touristen ausgesetzt sehe, die durch die Halle des Cytherea ein- und ausgehen und mich, aus welchem Grund auch immer, als Informationsquelle ansehen. Drei stattliche deutsche Matronen, alle drei mit den gleichen Strohhüten, fragten, wo es zu den »Damen« geht; ein ernsthafter junger Engländer wollte sich das Haus zeigen lassen, wo Byron gelebt hat; eine Gruppe von französischen Schulmädchen wollte wissen, mit welchem Vaporetto man zum Lido fährt. Alle diese Anfragen habe ich wohlwollend, wenn auch vielleicht nicht zutreffend beantwortet. Du wirst mir daher, wie ich hoffe, meine etwas konfuse Erzählweise verzeihen.

Ehe ich zum Lunch gehe, werde ich aus meinem Zimmer den Stadtführer von Verona holen. Da ich Marylou verraten hatte, daß mein Erfolg dort auf diesem Buch beruhte, fühlte ich mich verpflichtet, es ihr für den Ausflug am Nachmittag anzubieten. Ich habe ihr erklärt, daß es Ragworts Eigentum ist und sie vorsichtig damit umgehen muß.

Wenn ich dann mein Zimmer verlasse, werde ich umsichtig, aber nicht mehr ängstlich sein. Während des Schreibens ist mir die gute Seite des Phänomens aufgegangen: Den Major zu sehen, wenn er nicht da ist, scheint mir auf jeden Fall angenehmer, als den Major zu sehen, wenn er da ist. Wenn die Erscheinung sich wiederholt, werde ich es Dir umgehend in einem Postscriptum vermelden.

Auf der Terrasse des Cytherea
Freitagabend

Männer, Selena, sind eigenartige Wesen - ich werde sie nie verstehen. Ihr Verhalten scheint mir bar jeder Vernunft oder Zweckmäßigkeit; sie gaukeln wie Federn hin und her in der wechselnden Brise der Stimmungen und Launen, so daß sich unmöglich auf rationaler Basis voraussagen läßt, was sie als nächstes tun werden. Reizvoll natürlich, in mancher Hinsicht, aber sehr verwirrend. Siehe als Beispiel den bezaubernden Ned, von dem ich noch heute morgen gesagt hätte, daß nicht die geringste Aussicht ... Gut, ich werde Dir alles berichten, in der richtigen Reihenfolge.

Nachdem ich aus meinem Zimmer das Buch über Verona geholt hatte, verließ ich es wieder ohne weitere Zwischenfälle, das heißt, ohne den Major körperlich oder im Geiste zu erblicken. Ich folgerte daraus, zu meiner Erleichterung, daß das Symptom nur zeitweilig auftritt. Ich stieg die Treppe hinab und befand mich auf der Brücke zum Hauptgebäude des Hotels, nur wenige Schritte hinter Ned und Kenneth. Ich sagte, was in der Situation ganz natürlich war, »Hallo« und berührte Ned am Ellenbogen - eine Geste, die nicht intimer war als unter »Art Lovers« angebracht.

Neds Reaktion darauf war völlig unerwartet. Er drehte sich schnell und heftig um, fast als müsse er sich gegen einen körperlichen Angriff zur Wehr setzen, und rief in ärgerlichem, durch nichts gerechtfertigtem Ton: »Herrgott, Julia, lassen Sie das sein.« Das schien mir eine absurd überzogene Äußerung; er konnte doch nicht annehmen, daß ich zu dieser Zeit und an diesem Ort eine unsittliche Belästigung vorhatte. Außerdem schien die Reaktion eher zu einer Bedrohung seines Lebens als seiner Tugend zu passen.

*

»Du meine Güte«, sagte Ragwort. »Wie seltsam. Wir dürfen also davon ausgehen, daß sich der junge Mann im ersten Augenblick nicht darüber klar war, wer ihn am Ellbogen berührt hatte?«

»Mit Sicherheit«, sagte Selena. »Und wenn ein Mann zur Lunchzeit um sein Leben fürchtet und vor dem Dinner ermordet aufgefunden wird, kann man zu der Annahme kommen, daß da ein Zusammenhang besteht.«

*

Ich bat um Entschuldigung dafür, daß ich ihn erschreckt hatte.

»Machen Sie sich nichts daraus«, sagte Kenneth, dem Neds Heftigkeit offenbar peinlich war. »Er regt sich nur schon über den morgigen Flug auf. Er hat Angst vorm Fliegen, nicht wahr, Ned?«

»Ja«, sagte dieser, »schreckliche Angst. Tut mir leid, Julia, ich wollte Sie nicht anschnauzen.«

Ich sah ihn forschend an und fand mich geneigt zu glauben, daß sein seltsames Benehmen wirklich auf diesen Grund zurückzuführen war und nicht auf etwas, das speziell mit mir zu tun hatte. Er war sehr blaß und zeigte alle Anzeichen von Angst. Ich bemerkte zu meinem Kummer, daß sein vollendet modelliertes Kinn durch ein Heftpflaster entstellt war.

»Ned«, rief ich, außerstande, meinen Schmerz über diese ästhetische Katastrophe zu verhehlen, »was haben Sie mit Ihrem Gesicht angestellt?«

»Meine Hand hat so gezittert, daß ich mich beim Rasieren geschnitten habe«, erwiderte er. »Zu dumm, nicht wahr? Sieht es sehr schlimm aus?«

»Nein, nein«, heuchelte ich. »natürlich nicht.«

Ich füllte die Zeit bis zum Betreten des Speisesaals mit aufbauenden und schmeichelhaften Äußerungen; aber Neds Unruhe schien sich nicht zu legen. Er aß keinen Bissen und verschüttete sogar etwas von seinem Wein. Trotzdem, obwohl ich den Schluß zog, daß seine Reaktion auf meine Begrüßung auf der Brücke nicht persönlich begründet war, hätte ich keine Lira darauf gewettet, noch Chancen bei ihm zu haben.

Graziella erschien, gerade als wir mit dem Lunch fertig wurden, um diejenigen von uns, die Verona besuchen wollten, zur Abfahrt um zwei Uhr einzusammeln, also Kenneth und die beiden Amerikaner. Kenneth zögerte noch und fragte anscheinend Ned, ob es ihm etwas ausmachte, allein gelassen zu werden; schließlich aber klopfte er ihm auf die Schulter, empfahl ihm, sich ein Weilchen hinzulegen, und folgte Graziella nach draußen. Ned und ich waren die einzigen »Art Lovers«, die im Speisesaal zurückblieben; Eleanor und der Major waren nicht zum Lunch erschienen. Ned kam zu meinem Tisch herüber und schlug vor, den Kaffee gemeinsam auf der Terrasse einzunehmen.

»Dies«, sagte ich, als wir den Kaffee tranken, »dies ist nun also unser letzter Nachmittag in Venedig. Wie gedenkst du ihn zu verbringen?«

»Ich fühle mich immer noch nicht besonders gut«, antwortete er. »Ich glaube, ich mache, was Kenneth vorgeschlagen hat. Eine kleine Siesta.«

»Wie schade«, sagte ich, »daß du mir nicht erlauben willst, sie zu teilen.« Ich setzte keinerlei Hoffnung darein, mit dieser Anspielung etwas zu erreichen, sondern äußerte sie eher aus Höflichkeit. Ned sollte nicht denken, daß das Pflaster im Gesicht ihn so sehr entstellte, daß es mir leicht fiel, ihm keine Avancen zu machen.

Und dann, als hätte er nichts Besseres im Sinn als jene Sorte von Jünglingen, die das Frühstückstablett schwingen statt der Steuerbescheide, als wären keine verletzenden Bemerkungen gefallen über Situationen, die er am liebsten vergessen wolle, als sei meine Begrüßung auf der Brücke eher willkommen als ein Anlaß zum erschrecken gewesen, sagte er schlicht: »Warum nicht?«

Männer, Selena, sind schon eigenartig.

Wir kehrten über die Brücke zum Nebengebäude zurück, erwiderten das Lächeln der hübschen Zimmermädchen, gingen aber diesmal in Neds Zimmer statt in meins.

Falls es ihm im Innersten peinlich war, schon so bald wieder und ohne weiteren zwischengeschalteten Kommentar über seine Seele und seinen Intellekt weichzuwerden, dann muß man sagen, er spielte seine Rolle bewundernswert. Er widmete sich dem Unternehmen mit großer Energie und offensichtlicher Begeisterung und in einem Maße, daß ich, wäre ich jemand, der seinen Frieden mit dem Finanzamt ... Aber nein, kein Wort weiter. Turnübungen zu zweit enden an einem heißen venezianischen Nachmittag mit einer Siesta zwischen ungesund feuchten Laken. Ach, Selena, wenn ich mich einmal im Alter über meinen Rheumatismus beklage, dann erinnere Du mich, auf welch angenehme Weise ich ihn mir zugezogen habe.

Als ich aufwachte, war es schon nach sechs Uhr. Ned lag neben mir und sah so friedlich aus, daß meine Gutherzigkeit mir verbot, ihn zu wecken. Er sollte aber nicht denken, ich schätzte ihn so gering, daß ich ohne jeden Abschied verschwinden würde; deshalb kritzelte ich diskret meinen Namen und meine Adresse und ein paar zärtliche Worte in mein Steuergesetz und deponierte dieses als Souvenir auf dem Nachttisch.

Geduscht und zum Dinner umgezogen, begab ich mich auf die Terrasse, um Dir zu schreiben, wie eigenartig die Männer sind. Ich sitze wieder in meiner angestammten Ecke; so hat mich der Wein- oder sonstige Strauch davor bewahrt, mich mit Eleanor oder dem Major unterhalten zu müssen, die beide innerhalb der letzten halben Stunde zur Dependance zurückgekehrt sind. Vermutlich haben sie zuvor ein letztes Mal die persönlichen Effekten der verstorbenen Miss Tiverton durchwühlt.

Ich muß gleich schließen, weil das Licht nicht mehr ausreicht: Die Sonne ist gerade untergegangen, und die einsame Lampe auf der Terrasse dient mehr einer romantischen Atmosphäre als ernstzunehmender Beleuchtung.

Außerdem ist es wohl Zeit zum Dinner; die hübschen Zimmermädchen sind ausgeschwärmt, zweifelsohne um die Betten aufzudecken und so weiter, und diejenigen »Art Lovers«, die in Verona waren, sind zurück und gerade auf dem Weg zu ihren Zimmern. Ich werde zum Dinner gehen und dabei den Brief einwerfen. Aus irgendeinem Grunde bin ich außergewöhnlich hungrig.

Wie immer, Selena, die Deine
Julia

*

»Arme Julia«, sagte Selena. »Ich hoffe nur, sie hat etwas zu essen bekommen, bevor die Leute sich dranmachten, sie zu verhaften.«

Kapitel 11

Wenn man sich dem Haus Nr. 60 im New Square anstatt direkt vom Nordosten eher von Südwesten her nähert, schnell die Stufen zum Kellereingang hinuntergeht, sich mit dem Rücken an der Wand an den Mülltonnen vorbeidrückt bis zum Hintereingang von Nr. 61 und dann flink, aber leise die Treppen hinaufläuft, ist es in der Regel möglich, falls nicht Henry eine Stenotypistin als Wachposten aufgestellt hat, den zweiten Stock von Nr. 62 zu erreichen, ohne vom Büro aus bemerkt zu werden. Die lange Zeit, die das Vorlesen von Julias Brief erfordert hatte, ließ es uns geraten erscheinen, auf diesem Wege in die Kanzlei zurückzukehren.

»In ein oder zwei Minuten«, sagte Selena und ließ sich in den großen Ledersessel fallen, den Ragwort und Cantrip gebraucht für fünfzig Pence erstanden hatten, um ihrem gemeinsamen Arbeitsraum einen Anstrich von Luxus zu verleihen, »wenn wir wieder Luft kriegen, rufen wir zum Büro durch und erkundigen uns nach irgendeiner Unklarheit wegen unserer Termine am Nachmittag. Henry wird in vorwurfsvollem Ton antworten, er habe gemeint, wir wären noch beim Kaffee, da er uns nicht habe zurückkommen sehen. Und dann sagen wir, du lieber Himmel, nein, wir sind seit einer Ewigkeit wieder hier.«

»Wird er«, fragte ich, »das denn glauben?«

»Seine Seelenlage«, sagte Selena, »wird nicht ganz dem entsprechen, was der Purist als Gläubigkeit bezeichnet. Er wird jedoch kaum wagen, uns geradeheraus der Lüge zu beschuldigen. Ruf du an, Ragwort, du kannst das am besten.«

Dies war eine glückliche Wahl. Wären Cantrip oder Selena bei ihrer Erkundigung bezüglich der Zeitplanung am Nachmittag durch die gekränkte Frage nach ihrem Aufenthaltsort in der letzten halben Stunde unterbrochen worden, hätten sie es zwar zweifellos beide geschafft, sich erstaunt zu geben; aber es wäre ihnen wohl nicht so gut wie Ragwort gelungen, ihrem Erstaunen jenen leichten Unterton von übermenschlich strapazierter und durch Henrys Unverstand, sie ausgerechnet in einem der seltenen Momente in ihrem Zimmer zu suchen, da sie vorübergehend nicht anzutreffen waren, aufs äußerste angespannter Geduld zu verleihen.

»Nun gut, Henry«, sagte Ragwort schließlich mit einem Seufzer der Vergebung, »Sie hatten vermutlich einen Grund, mich zu suchen?«

»Eine junge Dame für Sie, Mr. Ragwort«, sagte Henry. »Etwas Persönliches, sagt sie.« Jetzt klang die Stimme am anderen Ende der Leitung, die deutlich zu verstehen war, tief bekümmert. Es gibt ohne Zweifel vielerlei Gründe, deretwegen eine junge Dame einen jungen Mann im Büro aufsuchen könnte mit der Behauptung, die Angelegenheit sei persönlich, aber für einen Kanzleivorsteher ist nur ein einziger Grund denkbar. »Und Sir, wenn Sie es mir rechtzeitig sagen, daß eine junge Dame aufkreuzen und nach Ihnen fragen wird, weiß ich natürlich, wie ich mit ihr fertig werde. Aber Sie haben nichts gesagt, und ich habe folglich nichts gewußt.« Womit gesagt sein sollte, daß Ragworts Vergehen, nämlich die Verschwendung kostbarer Zeit, die er mit mehr Gewinn an sein Aktenstudium hätte wenden können, noch dadurch verschlimmert wurde, daß er es unterlassen hatte, das Büro von Anfang, Verlauf und Ende der Liaison zu unterrichten, und daß Ragwort unter diesen Umständen nicht erwarten konnte, daß Henry, was er bei anderer Sachlage getan hätte, ihn vor dem zu erwartenden peinlichen Auftritt bewahrte.

»Ich verstehe«, sagte Ragwort. »Und was haben Sie mit ihr gemacht, Henry?«

»Sie ins Wartezimmer gesetzt, Sir, und ihr gesagt, ich würde versuchen, Sie zu finden. Ich hätte Sie zum Kaffee gehen sehen, aber Sie würden wohl bald zurück sein, Sir, da Sie sehr beschäftigt sind und ja auch Tancred die Schriftsätze für morgen früh zugesagt haben.«

»In der Tat«, sagte Ragwort. »Und haben Sie zufällig nach ihrem Namen gefragt?«

»Nein, Mr. Ragwort. Das wollte ich nicht, da sie gesagt hat, es sei etwas Persönliches. Ich möchte nicht, daß Sie denken, Mr. Ragwort, ich schnüffelte in Ihren privaten Angelegenheiten herum.«

»Ah ja, sehr taktvoll von Ihnen, Henry. Vielleicht könnten Sie jetzt jemanden bitten, die Dame hier herauf zu führen.«

Ragwort schlug vor, daß wir anderen uns in Timothys Arbeitsraum zurückzögen.

»Nicht doch«, sagte Cantrip. »Wenn du mit den zärtlichen Gefühlen dieser Person herumgespielt hast und sie angerannt kommt, um auf die Pauke zu hauen, dann möchten wir dabei sein.«

»Ich habe nichts dergleichen getan«, sagte Ragwort. »Ich habe nicht die leiseste Ahnung ...«

»Aber Henry denkt, daß du's getan hast. Und wenn sie vorhat, Krach zu schlagen, dann brauchst du uns zur moralischen Unterstützung.«

»Ich bin dir für deine Anteilnahme sehr zu Dank verpflichtet«, sagte Ragwort, »aber ...«

»Eine Dame für Sie, Mr. Ragwort.« Mit diesen Worten öffnete die Aushilfssekretärin die Tür, um die Besucherin einzulassen, wodurch ein weiterer Wortwechsel unterbunden wurde. Ragwort erhob sich und streckte die Hand aus.

»Mr. Ragwort?« fragte die junge Frau schüchtern, mit einem Akzent, den mein Gedächtnis mit West Virginia assoziierte. »Guten Tag. Sie kennen mich natürlich nicht.«

Damit hatte sie allerdings gänzlich unrecht. Ihr weißblondes Haar, ihre zierliche Figur, ihre Art sich zu kleiden, die lässige, raffiniert saloppe Eleganz, all dieses war leicht wiederzuerkennen. Schließlich hatten wir sie vor kaum achtundvierzig Stunden am Flughafen gesehen. Da es nicht sehr taktvoll gewesen wäre, dies zu erwähnen, gaben wir Marylou die Gelegenheit, sich vorzustellen.

Ragwort wünschte nun durchaus nicht mehr, daß wir uns zurückzogen. Er neigte zu der Annahme, wie meine Leserinnen und Leser sich wohl erinnern, Marylou sei eine Mörderin, und ihre hellbraune lederne Schultertasche war groß genug, eine veritable Schneiderschere zu beherbergen. Sosehr er vielleicht ihre Eleganz bewunderte, wünschte er doch offenbar nicht, mit ihr allein zu bleiben, und beeilte sich, uns mit ihr bekanntzumachen.

Marylou dagegen ließ zwar die Vorstellung höflich über sich ergehen, nahm auch mit charmanter Ehrfurcht meinen Professorentitel zur Kenntnis, hatte aber sichtlich ein Gespräch unter vier Augen erwartet. Sie nahm auf dem angebotenen Stuhl Platz und sah sich schüchtern um, als fiele es ihr schwer, ihr Anliegen zu erläutern.

»Es tut mir leid, daß ich unangemeldet komme«, sagte sie. »Ich weiß, daß Sie alle sehr viel zu tun haben. Aber ich hatte die Hoffnung, Mr. Ragwort ...«

»Vielleicht sollte ich vorweg erwähnen«, sagte Ragwort, offenbar in dem Bestreben, jede Bitte um ein vertrauliches Gespräch abzuwimmeln, »daß wir alle hier gute Freunde von Julia Larwood sind. Welche Sie, wie ich glaube, ebenfalls kennen.«

»Aber ja«, rief sie, »woher wissen Sie das?«

»Julia hat uns aus Venedig geschrieben«, sagte Ragwort. »Sie erwähnte, daß sie Ihre Bekanntschaft gemacht hat.«

»Ach so«, sagte Marylou. »Gut, wenn Julia Ihnen von mir erzählt hat, wird alles einfacher. Weil ich deswegen zu Ihnen komme, Mr. Ragwort - wegen Julia. Es ist etwas sehr Schlimmes passiert, und ich wußte nicht, an wen ich mich sonst wenden sollte. Ich weiß nicht, haben Sie es schon gehört?« Sie blickte uns der Reihe nach mit besorgtem, diskret fragendem Ausdruck an.

»Man hat uns davon in Kenntnis gesetzt«, sagte Selena, »daß ein Gast in ihrem Hotel einer Gewalttat zum Opfer gefallen ist, leider mit tödlichem Ausgang, und daß die Polizei Julia gebeten hat, in Venedig zu bleiben, während der Sachverhalt geklärt wird.« Der kühle Ton rührte wahrscheinlich daher, daß Selena das Empfinden hatte, Marylou habe gewissermaßen die Verantwortung für Julias Wohlergehen während ihres Aufenthalts in Venedig übernommen: Sie sprach zu der Amerikanerin wie eine besorgte Mutter zu einem pflichtvergessenen Kindermädchen.

Offenbar hatte Marylou sich bis zu diesem Augenblick vorgestellt, daß Julia hilflos und von der Welt vergessen auf unbestimmte Zeit ohne Prozeß in einem venezianischen Kerker dahinwelken würde, und sie schien froh und erleichtert, als sie merkte, daß man in England von ihrer Notlage wußte. Da ihr über Julias Familie nichts Näheres bekannt war, hatte sie nicht gewußt, wen sie verständigen sollte.

»Aber dann fiel mir ein, Mr. Ragwort, daß sie von Ihnen gesprochen hatte, und ich spürte irgendwie, daß Sie und Julia eine sehr tiefe und gute Beziehung zueinander haben, auch wenn ... also, ich habe das gespürt.«

»Wir alle hier«, sagte Ragwort, »sind, in unterschiedlicher Weise und aus teils mehr, teils weniger ersichtlichen Gründen, mit Julia befreundet.«

»Und ich hatte ja auch Ihre Adresse, weil sie in dem Reiseführer von Verona stand, den Julia mir am letzten Tag in Venedig geliehen hatte. Ich hoffe, Sie sind nicht böse, Mr. Ragwort. Sie hat mir gesagt, daß das Buch Ihnen gehört und ich es schonend behandeln sollte.«

Sie öffnete die hellbraune Umhängetasche, was Ragwort mit einem Anflug von Besorgnis beobachtete; aber zum Vorschein kam nichts Schlimmeres als ein dünnes, säuberlich in Packpapier eingeschlagenes Buch. Sie legte es auf Ragworts Schreibtisch. »Ich glaube, es wäre in jedem Fall Julias Wunsch, daß ich es Ihnen zurückgebe.«

Der Ton, der jetzt angeschlagen werden mußte, war meiner Meinung nach der einer freundlichen Ermunterung, wie bei Erstsemestern, wenn sie einem erklären, welche Probleme ihres Privatlebens sie daran gehindert haben, ihr Referat zu schreiben. In solchen Situationen pflege ich ein kleines Glas Sherry anzubieten. Im »Kindergarten« ist jedoch kein Sherry vorhanden außer demjenigen, den Timothy zur Bewirtung besonders wichtiger Klienten bereithält. Abgesehen von ethischen Bedenken, ohne seine Erlaubnis daranzugehen, befürchtete ich, daß er ihn rücksichtsloserweise vor der Abreise nach Venedig weggeschlossen haben könnte.

»Meine liebe Marylou«, sagte ich – die Ehrerbietung, mit der sie meinen Professorentitel quittiert hatte, schien mir die Anrede mit dem Vornamen zu rechtfertigen –, »wir wissen wenig oder gar nichts über die Umstände, die zu Julias Festnahme geführt haben. Es wäre sehr hilfreich, wenn Sie uns im einzelnen unterrichten würden. Haben Sie zum Beispiel eine Ahnung, wer den Mord entdeckt hat?«

»Ja sicher«, sagte Marylou. »Das war ich.« Selena bedachte sie mit einem Blick des Vorwurfs. »Das heißt, zusammen mit meinem Mann und mit einem anderen Mann namens Kenneth Dunfermline, der mit dem Toten befreundet gewesen war und in deren beider Zimmer wir ihn gefunden haben. Entschuldigung, Professor Tamar, ich drücke mich wohl nicht sehr klar aus.«

»Beginnen Sie doch«, sagte ich wohlwollend, »einfach mit dem Anfang.«

»Gut«, sagte Marylou. »Ich glaube, das war der Freitagnachmittag. Stanford – das ist mein Mann –, also Stanford und ich nahmen an einem Ausflug nach Verona teil. In einer ziemlich großen Gruppe, in der wir niemand kannten außer Graziella – das war unsere Reiseleiterin – und diesen Kenneth Dunfermline. Er ist Bildhauer, sogar recht berühmt, glaube ich. Wir waren die ganze Woche im selben Hotel gewesen, aber wir hatten nicht oft Kontakt miteinander. Kenneth war wohl meistens nicht da, außer zum

Dinner. Ich hatte mehr Kontakt mit Ned, das war sein Freund. Ned und Julia und ich haben einen Tag zusammen am Lido verbracht. Also Kenneth saß im Bus nach Verona neben uns und redete über venezianische Kunst und den römischen und byzantinischen Einfluß und all das, einfach faszinierend. Es ist eine wunderbare Erfahrung, Professor Tamar, wenn so jemand einem alles erklärt, wir waren tief beeindruckt. Das heißt, ich war tief beeindruckt. Stanford besitzt nicht allzuviel visuelle Kreativität.«

»Aber was Sie selbst anbelangt«, sagte ich, »war die Besichtigung von Verona ein ungetrübtes Vergnügen?«

»O ja«, sagte Marylou. »Eine zauberhafte Stadt, Professor Tamar.«

»Und dann, nehme ich an, kamen Sie alle zusammen mit dem Autobus zurück?«

»Ja – es muß gegen halb sechs gewesen sein, als wir losfuhren, und etwa um Viertel nach sieben waren wir wieder in Venedig. Wir nahmen das Boot zurück zum Hotel, und es wurde gerade dunkel, als wir dort ankamen. Wir standen noch einen Augenblick herum, um mit Graziella zu sprechen und uns zu bedanken, sie war wirklich eine wunderbare Reiseleiterin.«

»Ja«, sagte ich und hoffte im stillen, daß in ihrem weiteren Bericht niemand mehr vorkam, der überschwenglich gelobt werden mußte. »Und dann?«

»Es war ja ein ziemlich heißer Tag gewesen, deshalb wollten wir alle vor dem Dinner duschen und uns umziehen. Wir holten uns an der Rezeption die Zimmerschlüssel, nur der von Kenneth war nicht da, er meinte aber, Ned sei schon auf dem Zimmer. Wir gingen alle zusammen hinüber – unsere Zimmer lagen einander direkt gegenüber, nicht im Haupthaus des Hotels, wir mußten über eine kleine Brücke gehen, um dorthin zu gelangen –, und Kenneth und ich sprachen noch weiter über unsere Eindrücke von Verona. Als wir ankamen, wollte Kenneth seine Tür öffnen, aber sie war zugeschlossen. Er klopfte und rief laut, Ned solle aufmachen, aber es kam keine Antwort.«

»War es so eine Tür, die jemand, der keinen Schlüssel hatte, von außen verriegeln konnte?« fragte Selena.

»O ja, alle Zimmertüren schließen von selbst, ich denke, man hält das sicherheitstechnisch für richtig.«

»Verzeihung«, sagte Selena. »Ich hätte Sie nicht unterbrechen sollen – bitte fahren Sie fort.«

»Also, Kenneth schien sich ein bißchen Sorgen zu machen, weil Ned sich am Mittag nicht besonders wohl gefühlt hatte – er hatte Angst vor dem Flug –, und Kenneth befürchtete, er sei vielleicht ohnmächtig geworden oder so. Ich fand, daß Kenneth überreagierte, Ned konnte ja einfach ausgegangen sein und vergessen haben, den Schlüssel abzugeben. So oder so, ich hielt es nicht für besonders sinnvoll, im Flur herumzustehen und die Tür anzusehen und ›Sesam öffne dich‹ zu rufen. Ich sah mich gerade um, als ein Zimmermädchen aus unserem Zimmer herauskam – sie hatte wohl gerade die Betten aufgedeckt –, und ich fragte sie, ob sie für Signor Dunfermline aufschließen könne, weil sein Freund anscheinend ausgegangen sei und den Schlüssel mitgenommen habe. Und sie meinte, der Freund sei vielleicht drinnen und schlafe, weil er wohl sehr müde sei. Und dabei kicherte sie ein bißchen. Ich weiß nicht, warum.«

»Italiener«, sagte Selena, »haben eine merkwürdige Art von Humor.«

»Ich antwortete, das könne ja durchaus sein, aber er müsse jetzt aufwachen, weil Signor Dunfermline vor dem Essen duschen wolle. Darauf kicherte sie wieder und zuckte die Achseln und schloß die Tür auf. Kenneth wollte hineingehen und schaltete das Licht an und drehte sich dabei noch zu uns um und sagte, daß er nicht lange brauchen und gleich zum Dinner herunterkommen würde. Dann sagte er urplötzlich ›O mein Gott‹ und ich fragte ›Was ist los, Kenneth‹, und er sagte bloß nochmal ›O mein Gott‹. Deshalb ging ich hinein, um zu sehen, was los war. Es war kein sehr gutes Licht in dem Zimmer, und ich dachte zuerst, Ned schliefe nur. Ich weiß noch, daß ich dachte: ›Es sieht nicht sehr bequem aus, wie er daliegt, ich weiß nicht, wie er überhaupt atmen kann, so wie er den Kopf in das Kissen gedrückt hat.‹ Und dann sah ich das Blut.«

Respekt vor fremdem Eigentum kann nicht immer das oberste Gebot sein. Außerdem fiel mir ein, daß Cantrip schon in relativ jugendlichem Alter die Kunst des Türschloßknackens erlernt hatte, vermutlich eins der Wahlfächer beim Jurastudium in Cambridge.

»Cantrip«, sagte ich, »könntest du den Sherry aus Timothys Zimmer holen?«

»Klar doch«, sagte Cantrip.

Nicht nur Marylou brauchte eine Stärkung. Besonders Selena war erschüttert, daß Kenneth als Verdächtiger ausschied. Bis dahin hatte sie Timothys Ansicht geteilt, daß Kenneth für die italienische

Polizei als Alternative zu Julia am ehesten in Betracht käme. Sie begann in dem Reiseführer zu blättern, der auf Ragworts Schreibtisch lag.

»Hiernach«, sagte sie, während Cantrip triumphierend zurückkehrte und den Sherry eingoß, »ist Verona 124 Kilometer von Venedig entfernt. Das entspricht, glaube ich, etwa 75 Meilen. Überdies gibt es offenbar gute Verbindungen zwischen den beiden Städten mit Bahn, Autobus oder Auto. Es ergäbe sich demnach die Möglichkeit für jemanden, der um drei Uhr in Verona eintrifft, auf einen Sprung nach Venedig zurückzukehren und trotzdem um halb sieben zur Abfahrt mit dem Bus wieder in Verona zu sein. Wir wissen natürlich, Marylou, daß Sie sich daran erinnern, daß Kenneth Dunfermline mit im Bus war. Sie haben aber auch gesagt, daß Sie, als sie Verona erreicht hatten, von den Kunstschätzen und Bauwerken der Stadt völlig eingenommen, nach Ihren eigenen Worten ›bezaubert‹ waren, und unter diesen Umständen haben Sie vielleicht wenig oder gar nicht darauf geachtet, ob er sich noch in Ihrer Nähe befand?«

»Nicht die ganze Zeit«, sagte Marylou. »Aber gegen vier Uhr sind wir zum Tee ins Café Dante gegangen, und da hat er mit Stanford und mir an einem Tisch gesessen.«

»Als Sie zum Hotel gelangten«, fragte ich, »sind Sie da sicher, daß Kenneth nicht schon zu seinem Zimmer vorausgegangen und dann zurückgekommen ist, um noch einmal mit Ihnen zusammen über die Brücke zu gehen?«

»Ganz sicher, Professor Tamar«, sagte Marylou. »Es war so, wie ich Ihnen gesagt habe. Wir waren die ganze Zeit zusammen. Wenn Sie eine Hypothese aufgestellt haben, daß Kenneth es getan haben könnte – also, es tut mir leid, aber das ist vollkommen unvereinbar mit dem Raum-Zeit-Faktor.«

Wir beschäftigten uns betrübt mit unserem Sherry, dessen hervorragende Qualität nur einen kleinen Trost darstellte.

»Kehren wir noch einmal«, sagte ich, »wenn es nicht zu schmerzlich für Sie ist, Marylou, zu der Entdeckung der Tat zurück. Anscheinend hat es, Ihrer Beschreibung nach, keine Spuren eines Kampfes gegeben? Nichts, was die Annahme nahelegt, daß der junge Mann während eines Streites oder dergleichen erstochen wurde?«

»Nein«, sagte sie, »ich glaube nicht. Es sah nicht so aus, als hätte ein Kampf stattgefunden. Es wirkte einfach so, als hätte Ned mit dem Gesicht nach unten dagelegen, vielleicht tief im Schlaf, und jemand sich leise angeschlichen - Ned hat sicher nicht viel gespürt.«

»Haben Sie eine Ahnung«, fragte ich, »warum die venezianische Polizei Julia in Verdacht hat?«

»Das ist es ja, was ich nicht begreife, Professor Tamar. Ich dachte, Julia wäre völlig außen vor. Sehen Sie, als wir Ned fanden, so wie ich es Ihnen geschildert habe, war die Lage ziemlich konfus. Ich wollte, daß Stanford den Hoteldirektor holte, aber Stanford weigerte sich, mich allein zu lassen. Und ich wollte Kenneth nicht allein lassen in dem Zustand, in dem er war. Es ging ihm wirklich schlimm, Professor Tamar. Er kniete vor dem Bett und hatte die Arme um Neds Schultern gelegt und . . . ich glaube, er weinte. Stanford meinte später, er hätte nicht gedacht, daß die Briten sich so gehenlassen. Ich wies Stanford darauf hin, daß das ein Vorurteil sei, das man nicht verallgemeinern könne, aber Stanford schluckt Vorurteile so leicht runter wie ein Sportler seine Vitaminpillen. Schließlich ging das Zimmermädchen den Hoteldirektor holen.«

Jetzt war mir jedenfalls klar, warum so schnell ein Verdacht auf Julia gefallen war. Dieses Zimmermädchen gehörte zweifellos zu den Hotelangestellten, die Julia gesehen hatten, wie sie zusammen mit Ned in das Nebengebäude ging und später ohne ihn wieder herauskam. Da das Zimmermädchen daneben stand, als die Leiche gefunden wurde, war es wohl nur natürlich, daß sie dem Direktor erzählte, der Engländer in Zimmer 6 sei von der Engländerin aus Zimmer 8 ermordet worden. »Hielt sich denn Ihrer Kenntnis nach«, fragte ich, »sonst jemand im Nebenhaus auf?«

»Mrs. Frostfield und Major Linnaker - sie gehörten zu unserer Reisegruppe -, die kamen auf den Korridor hinaus, um zu sehen, was los war. Ich glaube, das Zimmermädchen hat ziemlich laut geschrien - ich glaube, ich selbst auch.«

»Haben Sie zufällig bemerkt«, fragte Ragwort, »ob die beiden schon zum Dinner umgezogen waren?«

»Mrs. Frostfield ja, sie hatte einen langen Rock an und Pumps. Aber der Major - schwer zu sagen, er kleidete sich ja meistens ziemlich informell. Dann, als die Polizei kam, wurden alle Räume in dem Gebäude untersucht, aber man hat niemanden gefunden. Ich nehme an, das hat nicht viel zu sagen, denn für jemand, der sich davonmachen wollte, wäre es nicht schwer gewesen, sich aus dem Fenster und in den Kanal fallen zu lassen. Vielleicht wäre der Geruch nicht so angenehm gewesen. Trotzdem, ich hätte es so gemacht, wenn ich gerade einen Mord verübt und den Wunsch gehabt hätte, mich zu verziehen.«

»Und dann?« fragte ich.

»Die Polizei ließ uns alle auf dem Flur warten. Außer Kenneth. Er wollte sich von Ned nicht trennen, und so ließen sie ihn einfach in Ruhe. Es wurde eine Bahre gebracht und Ned mit einem Laken zugedeckt aus dem Zimmer und die Treppe hinunter getragen. Sie hatten das Polizeiboot direkt neben dem Eingang festgemacht, damit sie ihn nicht über die Brücke tragen mußten. Es gab da nur eine spärliche Laterne, so daß jemand stolperte, als sie ihn in das Boot schafften, aber dann klappte es doch. Kenneth stieg einfach mit ein und wurde von niemandem daran gehindert.«

Ich malte mir aus, wie der breitschultrige Bildhauer der Leiche seines Freundes folgte, und konnte mir, da ich die Stadt ebenfalls kenne, gut vorstellen, wie wenig das Licht der einen Laterne und seine glitzernde Spiegelung auf dem schwarzen Wasser des Kanals ausreichten, die venezianische Nacht zu durchdringen.

»Ja«, sagte Marylou, »das war es im großen und ganzen. Sie ließen uns alle noch mit Hilfe eines Dolmetschers unsere Aussagen machen, aber das dauerte nicht lang und war eher formlos. Dann wurde uns das Essen in einem separaten Raum serviert. Der Hoteldirektor meinte, uns wäre wohl nicht danach zumute, im Speisesaal zu essen, nach allem, was geschehen war. Sehr rücksichtsvoll von ihm. Außerdem fand er vielleicht, ein Mordfall unter seinem Dach wäre keine gute Werbung, und wollte nicht, daß wir mit anderen darüber ins Gespräch kämen. Nur Julia fehlte, und ich dachte, sie hätte mit dem Vorfall nichts zu tun, weil sie gar nicht in dem Nebengebäude gewesen war. Das war sicher eine allzu simple Vermutung, denn sie konnte ja auch dort gewesen und wieder herausgekommen sein. Ich nahm aber einfach an, sie sei spät zurückgekehrt und direkt in den Speisesaal gegangen.«

»Dieses scheint mir«, sagte Ragwort, »eine sehr plausible Vermutung.«

»Ich habe Julia an diesem Abend nicht mehr gesehen und war auch nicht besonders in Sorge deswegen. Das heißt, ich war schon ein bißchen besorgt, weil ich wußte, daß sie sich aufregen würde, aber sonst gab es keinen Grund. Dann, am anderen Morgen, als wir uns an der Anlegestelle versammelten, um mit dem Boot hinüber zum Flugplatz zu fahren, war Julia wieder nicht da. Ich dachte im ersten Moment noch, sie hätte einfach Probleme mit dem Gepäck, und ich sollte vielleicht gehen und ihr helfen.« Ausgelöst, wenn nicht gar verursacht durch das mitleiderregende Bild einer allein und hilflos kofferpackenden Julia rollten zwei gleichgroße Tränen in perfekter Parallele rechts und links an Marylous reizendem Näschen herab.

»Weinen Sie doch nicht«, sagte Ragwort, »ich bitte Sie.«

»Kopf hoch, Mädchen«, sagte Cantrip.

»Noch ein bißchen Sherry?« tröstete Selena.

»Entschuldigung«, sagte Marylou, »das ist nur die biochemische Reaktion. In diesem Moment teilte Graziella uns nämlich mit, daß Julia nicht mitkomme, weil die Polizei sie wegen des Mordes verhören wolle.«

Marylous erste Reaktion auf diese Mitteilung war offenbar der Entschluß gewesen, in Venedig zu bleiben, bis Julia aus den Klauen der Polizei befreit war. Da Stanford sich jedoch - typisch für ihn - dieser Absicht entgegengestellt hatte, hatte sie sich von ihm überreden lassen, nach London zurückzukehren, was ihr jetzt als eine Rückgratlosigkeit erschien, für die sie sich schämte. Sie überlegte anscheinend ernsthaft, ob sie nicht zwecks Wiedergutmachung umgehend nach Venedig zurückkehren sollte, um die italienische Polizei zu überzeugen, daß die Beschuldigung absurd war. Wir trösteten sie mit der Versicherung, daß erste Schritte, um Julia zu Hilfe zu kommen, bereits eingeleitet waren, und mit dem Versprechen, sie weiterhin auf dem laufenden zu halten, sowie mit zwei weiteren Gläsern von Timothys Sherry.

»Bißchen viel auf einmal«, sagte Cantrip, als sie gegangen war. »Drei Verdächtige futsch, alle auf einen Schlag.«

»Es könnte ja sein«, sagte Ragwort, »daß sie lügt.«

»Nein«, sagte Selena. »Sie muß uns dasselbe erzählt haben wie der italienischen Polizei. Und das wird dasselbe sein, was Stanford und Kenneth Dunfermline ausgesagt haben. Wenn es nur um die Frage ginge, ob ihre Aussage mit der ihres Ehemanns übereinstimmt, könnte man sich darüber hinwegsetzen. Aber eine Verschwörung zwischen allen dreien ... Nein, Ragwort, das hilft uns nicht weiter.«

Timothy rief kurz darauf an, um uns eine schlechte Nachricht mitzuteilen. Wir sagten, wir wüßten schon Bescheid. Es sei noch schlimmer, erwiderte er.

Kapitel 12

Zum Ruhme gereicht es mir nicht - höchstens insofern es zeigt, wie wenig diese Chronik aus Gründen des Eigenlobs aufgezeichnet wird - einzugestehen, daß ich in diesem Augenblick noch immer nicht imstande war, das Tatmotiv und den Täter zu erkennen. Alle wichtigen Indizien lagen zutage, weitere Ermittlungen hätten sich eigentlich erübrigt, ausgenommen zum Zweck der Erhärtung einer praktisch schon bewiesenen Hypothese. So manch einer meiner Kollegen von der Jurisprudenz würde sicher nicht zögern, alle Hinweise auf die noch folgenden Nachforschungen zu unterdrücken, statt dessen lieber die Folgerungen aus der Beweiskette entwickeln und die Tatsache, daß er oder sie selbst erst später zu derselben gelangten, mit dem Schleier des Verschweigens zudecken. Der wahrhaft Gelehrte muß über solche unlauteren Machenschaften erhaben sein.

Meine Begriffsstutzigkeit kann ich nur damit entschuldigen, daß der »Kindergarten« wahrhaftig kein Ort stiller Kontemplation war; außerdem wurde, wie erwähnt, der Denkprozeß durch Timothys Telefonanruf unterbrochen.

Was diesen betrifft, so habe ich mir überlegt, wie ich am besten damit verfahren soll. Timothy schickte nämlich kurz danach an Selena einen Brief, der mehr Einzelheiten bezüglich dessen, was er erreicht hatte, enthielt, als sich mit Rücksicht auf die Gebühren per Telefon übermitteln ließ. Ich habe innerlich geschwankt, ob es zwecks Vermeidung langatmiger Wiederholungen zulässig ist, diesen Brief unmittelbar hier einzufügen, anstatt ihn an der Stelle meines Berichtes einzufügen, wo er streng genommen, im Hinblick auf die Chronologie, hingehört. Und ich bin zu dem Schluß gekommen, daß es das ist.

Palazzo Artemisio
Venedig
Montag, den 12. September

Liebe Selena,
wie am Telefon versprochen, schreibe ich diesen Brief, um Dir mehr im einzelnen mitzuteilen, was sich seit meiner Ankunft in Venedig ereignet hat. Natürlich hoffe ich, daß dieses Schreiben sich als unnötig herausstellt und daß, wenn es bei Dir eintrifft, Julia bereits wieder die sicheren Gefilde von Lincoln's Inn betreten hat; leider ist diese Hoffnung nach dem gegenwärtigen Stand der Dinge wohl zu optimistisch. Ich sitze übrigens im Moment im Speisesaal des Hotels Cytherea; nach dem Anruf bei Dir habe ich beschlossen, zum Lunch hierher zu gehen, weil ich es mir sinnvoll dachte, den Ort in Augenschein zu nehmen, an dem sich das Ganze zugetragen hat.

Nachdem ich mich am Samstag von Euch verabschiedet hatte, gab es bis zum Start des Flugzeugs mehrere Verzögerungen; als wir endlich landeten, war es bereits dunkel. Anstatt der Fähre über die Lagune nahm ich ein Taxi über den Damm zum Piazzale Roma und von dort den Vaporetto auf dem Canal Grande bis zum Markusplatz, der dem Palazzo Artemisio nächstgelegenen Anlegestelle.

Ich verspürte ein gewisses Unbehagen, fast so etwas wie Angst. Ich hatte vergessen, wieviel dunkler Venedig zur Nachtzeit ist als andere Städte. Hie und da wird die Dunkelheit von der weiß angestrahlten Silhouette einer Kirche oder eines Palazzo unterbrochen, aber diese Helligkeit ist kalt und beunruhigend, die Gebäude scheinen körperlos wie ein raffinierter Lichteffekt. Die ganze Stadt wirkt irgendwie illusionistisch, wie die Kulisse für ein blutiges Melodram. Man hat das Gefühl, der Bühnenbildner hat furchtbar übertrieben; die Gäßchen sind zu eng, das Wasser ist zu schwarz, die Lautlosigkeit der Gondeln zu unwirklich und zu düster, als daß man sie für real halten könnte. Doch ich mußte mir ins Gedächtnis rufen, daß wirklich ein Mensch ermordet worden war.

Wenn Julia noch in Haft gewesen wäre, hätte ich es als meine Pflicht erachtet, unverzüglich für sie aktiv zu werden, obwohl mir nicht recht klar war, was ich überhaupt zu dieser Nachtzeit unternehmen konnte. Wie aber die Dinge lagen, schien es mir angemessen, umgehend den Palazzo Artemisio aufzusuchen. Ich wurde von der Haushälterin empfangen, die mich mit freundlichen Worten begrüßte und Richard Tiverton entschuldigte, der sich nicht wohl fühle und mich daher nicht persönlich willkommen heißen könne. Der Palazzo ist auch nicht gerade das, was ich als komfortabel bezeichnen würde. Die verstorbene Miss Tiverton scheint eine Vorliebe für das Wohnen in einem Museum gehabt zu haben, die ich nicht teile; ich traue mich kaum, mich zu bewegen, aus Angst, etwas zu beschädigen.

Am nächsten Morgen beim Frühstück lernte ich Richard Tiverton kennen. Er teilte mir unter vielen Entschuldigungen mit, daß er sich noch nicht imstande fühle, sich mit Steuerangelegenheiten zu beschäftigen. Es war ihm, nachdem er sich entschieden hatte, mit dem Schiff statt mit dem Flugzeug nach Venedig zu reisen, zu seinem Leidwesen zu spät klargeworden, daß sein Magen die Seereise nicht gut vertrug; er fühle sich noch immer schlecht und man sah es dem Armen an.

Da ich mich so bald wie möglich um Julias Probleme kümmern wollte, tat ich mein Bestes, ihm eine ausgedehnte Erholung zu empfehlen.

»Ich habe vor«, sagte ich, »an meinen hiesigen Aufenthalt ein paar Tage Urlaub anzuhängen. Es wäre mir ebenso recht, diese Tage am Anfang statt am Ende zu nehmen, wenn ich mich Ihnen damit nicht allzusehr aufdränge.« Ich meinte damit natürlich, daß mein Honorar sich nicht infolge der Verlängerung erhöhen würde, aber so etwas kann man ja einem privaten Klienten gegenüber nicht geradeheraus äußern, nicht einmal bei den heutigen laxen Umgangsformen.

»Vielen Dank«, sagte Richard, »sehr freundlich von Ihnen.« Ob er sich für die von mir angedeutete finanzielle Übereinkunft bedankte oder ob er eigentlich, in schlechter Erinnerung an die Public School, erwartet hatte, ich würde ihn auffordern, sich zusammenzureißen und dem Finanzamt wie ein Mann entgegenzutreten, kann ich nicht mit Sicherheit sagen.

Ich wollte ihn nicht wissen lassen, daß ich zur Zeit beruflich noch von anderer Seite in Anspruch genommen war, und beschloß deshalb, meine Julia betreffenden Ferngespräche lieber in der nächsten Bar zu führen als vom Palazzo aus, wo das einzige Telefon sich direkt neben der Eingangstür befindet, an einem Platz also, der sich nicht gerade für vertrauliche Unterredungen eignet. Deswegen ging ich gleich nach dem Frühstück aus und sagte, ich hätte vor, den Tag mit der Besichtigung von Venedig zu verbringen.

Der Vormittag verlief ziemlich frustrierend. Ich wollte natürlich so schnell wie möglich mit Julia sprechen; doch war das Reiseunternehmen nicht in der Lage gewesen, mir mitzuteilen, wo genau in Chioggia sie untergekommen war. Natürlich wußte Graziella Bescheid, aber unter der Telefonnummer, die man mir genannt hatte, nahm niemand ab. Auch die Polizei hätte die Adresse vermutlich gehabt, aber dort anzufragen, ohne entsprechende Einführung und ohne Näheres über den Fall zu wissen, hätte keinen guten Eindruck von meiner Kompetenz als Anwalt gemacht.

Schließlich gelang es mir, über eine Notrufnummer des Britischen Konsulats einen Signor Vespari aufzuspüren, zu dessen Dienstgeschäften am Wochenende die Entgegennahme der Nachricht gehört hatte, daß von den unter dem Schutz des Konsulats stehenden Personen eine ermordet worden war und eine zweite in Verdacht stand, den Mord begangen zu haben.

Signor Vespari war einverstanden, den Lunch mit mir bei Montin einzunehmen, jenes Restaurant im Dorsoduro, wo Ragwort so gern hingeht. Er teilte mir das wenige mit, was er über den Mord wußte, das heißt, über das Steuergesetzbuch und den unvorteilhaften Eindruck, den Julias Leugnen jeder Bekanntschaft mit dem Opfer gemacht hatte; und wir erörterten ausführlich die Schritte, die zur Wahrung ihrer Interessen unternommen werden sollten. Wir kamen überein, daß ich, nachdem ich sie selbst gesprochen hatte, mit dem für den Fall zuständigen Polizeibeamten Kontakt aufnehmen sollte; Signor Vespari war bereit, mich dort anzumelden. Wir waren in diesem Stadium beide der Meinung, daß der Verdacht gegen Julia auf so tönernen Füßen stand, daß man bei der Polizei im Zweifel sein mußte, ob man ihm weiter nachgehen solle.

Nach dem Lunch lud er mich freundlicherweise in seine Wohnung ein, damit ich von dort aus die Telefongespräche mit Julia und mit Dir führen konnte. Vielleicht genießt er die Sensation, sich mit einem Mordfall abgeben zu müssen; anscheinend leisten sich die Briten im allgemeinen in Venedig keine schlimmeren Dinge, als sich auf dem Markusplatz zu betrinken.

Ich fuhr daher in gedämpft optimistischer Stimmung mit dem Vaporetto über die Lagune nach Chioggia. Ich fand den Weg zu Julias Hotel und wurde, als ich mich der Rezeption näherte, mit den vertrauten Worten begrüßt: »Hallo, Timothy, komm, trink was mit mir.«

Ihre gegenwärtige schwierige Situation hat Julia, jedenfalls äußerlich gesehen, nichts anhaben können. Ihr übliches leicht zerzaustes Aussehen hat sich zugegebenermaßen noch verstärkt; sie sieht nun aus wie eine der Töchter des Priamus nach einer außergewöhnlich nervenaufreibenden Schändung, aber auch wie eine, die trotz allem während der Belagerung Trojas gut gegessen, gut geschlafen und sich reichlich gesonnt hat.

Das Problem war, daß sie von der Mordtat nichts wußte. Ich meine damit nicht nur, daß sie an dem Verbrechen nicht schuldig, auch nicht beteiligt ist, sondern daß sie keine Ahnung hat, wie oder wann es entdeckt wurde oder warum ausgerechnet sie unter Verdacht geraten ist. Sie war, wie sie sagte, im Speisesaal des Cytherea friedlich und ohne böse Absicht dabei, Spaghetti zu essen, als sie plötzlich ins Büro des Hoteldirektors gebeten wurde. Wegen des barschen Tons der Aufforderung machte sie sich immerhin auf gewisse Vorhaltungen in Verbindung mit einem Vorkommnis vom Morgen des gleichen Tages gefaßt, die sie Dir, wie ich höre, bereits geschildert hat und das mit einem der Kellner zu tun hatte.

Im Büro des Hoteldirektors traf sie außer diesem selbst zwei Polizeikommissare an. Damit schien ihr der Vorfall doch reichlich überbewertet, da ja, wie sie sagte, der Kellner völlig einverstanden gewesen war. Zwar kam ihr flüchtig der Gedanke, daß er vielleicht jünger war, als er aussah, und daß sie nicht genau wußte, wo nach italienischem Recht in puncto Verführung Minderjähriger die Altersgrenze lag. Deshalb antwortete sie auf die Mitteilung, daß die Polizei mit der Aufkärung des gewaltsamen Todes von Mr. Edward Watson beschäftigt war, mit etlicher Erleichterung, ihr sei niemand dieses Namens bekannt.

»Und das, Julia«, sagte ich, »war ein bedauerlicher Fehler.«

»Wenn du«, entgegnete Julia, »vor kurzem das Bett mit einem Jüngling von überirdischer Schönheit geteilt hättest, würde es dir dann gewärtig sein, daß sein Nachname Watson war?«

»Die Eventualität«, antwortete ich, »ist in meinem Fall gering. Ich würde jedoch meinen, es ist ein ehrenwerter Name, jeder kann so heißen.«

»Das ist es ja gerade«, sagte Julia niedergeschlagen.

Bevor Graziella endlich eintraf, hatte niemand Julia darüber aufgeklärt, wer ermordet worden war. Zum Glück war Graziella der Überzeugung, daß zu ihren Aufgaben als Reiseleiterin auch die Unterstützung ihrer Schützlinge bei einem Polizeiverhör gehörte.

Sie hatte Julia zur Polizeiwache begleitet und war an ihrer Seite geblieben, während der *vicequestore* - so der Titel des stellvertretenden Polzeipräsidenten, der für den Fall zuständig ist - sie verhörte. Die Befragung hatte sich, noch verlängert durch etliche Meinungsverschiedenheiten zwischen Graziella und dem Amtsdolmetscher über die exakte Bedeutungsnuance von Julias jeweiliger Aussage, bis nach Mitternacht hingezogen.

Dank des energischen Auftretens von Graziella war Julia auf freien Fuß gesetzt worden, allerdings unter der Bedingung ihres Verbleibens im Veneto und Abgabe ihres Reisepasses. Den Rest der Nacht hatte sie bei Graziella auf dem Sofa geschlafen.

Ihre Schilderung des Freitagnachmittags, die sie der Polizei gegeben hat, ist dieselbe wie die ihres letzten Briefes an Dich, weshalb es sich erübrigt, sie zu wiederholen. Nachdem ich sie angehört hatte, schien mir der Kreis der Verdächtigen noch immer völlig offen. Nicht nur die »Art Lovers«, sondern praktisch jeder Mensch hätte sich am Freitagabend in dem Gebäude aufhalten können. Insbesondere fand ich, daß die Zeit, nachdem Kenneth von Verona zurückgekehrt war, ohne weiteres ausgereicht hätte für eine kurze, aber gewalttätige Auseinandersetzung zwischen ihm und Ned.

Mehr Sorgen macht mir der deprimierende Effekt der Angelegenheit auf Julias Stimmung. Sie mißt den Anzeichen von Verstörtheit, die Ned am Morgen seines Todes erkennen ließ, große Bedeutung bei und schreibt sie der Furcht vor einem Mordanschlag zu. Sie ist überzeugt, er habe ihre Anwesenheit als einen Schutz angesehen, und deswegen gibt sie sich jetzt die Schuld dafür, daß sie ihn schlafend und hilflos alleingelassen hat.

»Liebe Julia«, sagte ich, »es würde doch niemand, der seinen Verstand beisammen hat, dich zum Leibwächter wählen.«

Da sie jedoch davon nicht überzeugt schien, hielt ich es für richtiger, das Thema zu wechseln und ihr zu erzählen, was mich beruflich nach Venedig geführt hatte. Die Vorstellung, daß jemand sich eine Erbschaftssteuer von 400 000 Pfund aufhalst, die er durch einen simplen Wohnortwechsel vermeiden könnte, schockierte sie tatsächlich so sehr, daß sie etwas abgelenkt wurde. Sonst ergab unser Gespräch nichts weiter, was ich Dir berichten müßte.

Heute morgen habe ich wieder mit meinem Klienten das Frühstück eingenommen. Es tat mir soweit die Umstände zuließen leid, daß er noch nicht völlig wiederhergestellt war. Ich trete wohl Richard gegenüber nicht mit der Festigkeit auf, die sein Familienjustitiar sich wünschen würde. Aber der italienische Anwalt, der den Nachlaß der Großtante verwaltet, wird heute Abend mit uns essen, dann ist es immer noch früh genug, ihm den Ernst der Lage klarzumachen.

Mit Signor Vespari hatte ich vereinbart, daß ich um zehn Uhr beim Konsulat vorsprechen würde, und dort erfuhr ich, daß er bereits für den späteren Vormittag einen Gesprächstermin beim *vicequestore* für mich ausgemacht hatte. Er hatte auch Graziella angerufen, um sie von meiner Anwesenheit in Venedig zu unterrichten, mit dem erfreulichen Resultat, daß sie sich angeboten hatte, mich im Konsulat abzuholen und mich als Dolmetscherin zur Polizei zu begleiten.

Auf dem Weg dorthin entrüstete Graziella sich über die Absurdität des Verdachtes gegen »die kleine Signorina Julia«. Da das Beiwort durch nichts in ihrer beider Statur zu begründen ist - Graziella ist eine zierliche Erscheinung -, fasse ich es als einen Ausdruck der zärtlichen Fürsorge auf.

»Die kleine Signorina Julia«, sagte sie, »ist natürlich eine reizende junge Dame, so intelligent und ernsthaft« - Julias Interesse für ihre Vorträge über Byzantinisches und die Gotik hat offensichtlich einen guten Eindruck gemacht -, »aber einen Mord begehen - nein, Signor Shepherd, da wüßte sie nicht, wie.« Graziella zuckte die Schultern, wie um einen kleinen Makel eines im übrigen vorbildlichen Charakters anzudeuten. Sie selbst würde ohne Zweifel, wenn sie es für notwendig hielte, einen sehr gekonnten Mord hinlegen. »Einen Mann zu erstechen - wenn man gesehen hat, wie sie versucht, einen Pfirsich zu zerteilen . . .«

Ich bestätigte, daß Julias manuelle Geschicklichkeit bei dem bloßen Versuch an ihre Grenzen stoßen würde.

»Ich habe mich bemüht«, sagte Graziella, »dies dem *vicequestore* zu erklären. Aber er nimmt es nicht zur Kenntnis, weil er möchte, daß alle sagen, wie tüchtig er ist, wenn er zehn Minuten nach einem Mord schon den Mörder gefaßt hat. Deshalb hat er die kleine Signorina die halbe Nacht ausgefragt, in der Hoffnung, daß sie sich verplappert. Schließlich habe ich ihm erklärt, daß wir gottlob nicht in einem Polizeistaat leben und daß es ihm nicht freisteht, sich so zu verhalten. Am Ende hat er zugestimmt, daß ich die Signorina in Chioggia unterbringe, aber er will sie nicht nach London zurückkehren lassen.«

»Julia hat mir erzählt«, sagte ich, »was Sie für sie getan haben.«

»Nicht der Rede wert«, sagte Graziella. »Aber Sie verstehen, Signor Shepherd, daß der *vicequestore* vielleicht nicht erfreut sein wird, mich wiederzusehen.«

Der *vicequestore,* ein Mann, der aussieht wie ein trauriger Opernheld, machte in der Tat den Eindruck, als wir zu ihm hereingeführt wurden, als trage er schwer an seiner Bürde, die ihm durch das Wiedersehen mit Graziella nicht gerade erleichtert wurde.

»Meine Englischkenntnisse sind dürftig«, sagte er – wie sich herausstellte, mit übertriebener Bescheidenheit –, »aber ich habe zwei Beamte, die sehr gut in der Lage sind zu dolmetschen. Die Signora hätte sich nicht herbemühen müssen.«

»Das ist keine Mühe, Signor *vicequestore«,* sagte Graziella ruhig. »Ich schätze mich glücklich, Signor Shepherd in allem, was er für die kleine Signorina Julia tun kann, zu unterstützen.« Sie sah sich in dem Amtszimmer um und konstatierte offenbar einen Mangel an Reinlichkeit und Vornehmheit. Ehe sie auf dem angebotenen Stuhl Platz nahm, entstaubte sie ihn sorgfältig mit einem Papiertuch. Als sie sah, daß ich im Begriff war, mich ohne nämliche Vorsichtsmaßnahme hinzusetzen, sprang sie wieder auf, und mit den Worten: »Entschuldigung, Signor Shepherd, eine Sekunde« fegte sie auch meinen Sitz ab. Der *vicequestore* setzte eine gequälte Miene auf.

Aber trotz des psychologischen Vorteils, dem Beamten das Gefühl vermittelt zu haben, sein Büro sei ein Saustall, begann ich mich im Lauf der Unterredung zum ersten Mal ernsthaft wegen Julias Situation zu beunruhigen. Er nimmt nämlich, wie sich herausstellte, tatsächlich an, daß sie den Mord begangen hat.

Zuerst schien es so, als sei er dabei vor allem von der Abfolge der Ereignisse ausgegangen: Julia hatte sich mit dem jungen Mann in seinem Zimmer aufgehalten und hatte dieses allein verlassen; zwei Stunden später war er dort tot aufgefunden worden – wenn es dafür eine harmlose Erklärung gab, war es an ihr, sie zu liefern.

»Erlauben Sie«, sagte ich, »das ist ein wenig zu viel verlangt. Aufgrund eben der Tatsache, daß sie unschuldig ist, wird sie nicht imstande sein, eine Erklärung zu liefern.« Graziella übersetzte mit beifälliger Miene, aber der *vicequestore* machte ein Gesicht, als sei dies nichts als Haarspalterei. »Wenn sie ein Motiv gehabt hätte«, fuhr ich fort, »könnten die Umstände verdächtig erscheinen. Aber was für einen erdenklichen Grund hätte sie für eine solche Tat haben können?«

»Ah, Signor Shepherd«, antwortete er auf englisch, ohne die Übersetzung abzuwarten, »wer weiß, wozu eine Frau fähig ist, wenn die Liebe im Spiel ist?« Der Mann sieht nicht nur aus wie ein Opernsänger - er denkt auch so.

»Wir haben es hier« sagte ich, »nicht mit einer großen Leidenschaft zu tun, sondern mit einer kurzen, flüchtigen Begegnung.«

»Ja, vielleicht für ihn«, sagte der hohe Beamte. »Aber für sie? Überlegen Sie, Signore, sie hat diesen Mann geliebt, hat sich ihm hingegeben. Und danach, wenn er ihr dann sagt, daß er sie nicht liebt, daß sie ihm nur zum Zeitvertreib gedient hat; wer weiß, wozu sie dann imstande ist?«

»Miss Larwood«, sagte ich, »ist kein Schulmädchen, sondern eine intelligente, gebildete Frau, die seit mehreren Jahren als Anwältin tätig ist.« Diese Feststellung entspricht der Wahrheit. Ich verstehe selbst nicht ganz, wieso sie sich so schief anhört.

Der *vicequestore* hielt die englische Sprache für ungeeignet, um seine Erwiderung darin auszudrücken. Es gab einen ziemlich heftigen Wortwechsel auf Italienisch, ehe Graziella übersetzte.

»Der *vicequestore* ist der Auffassung«, sagte sie, »daß gerade eine solche Frau, eine Frau, die die Liebe nicht kennt, sondern nur für den kalten Intellekt gelebt hat; daß eine solche Frau, wenn sie glaubt, endlich das Glück gefunden zu haben, und dann merkt, daß sie getäuscht worden ist, mit extremer Heftigkeit reagieren wird. Sie müssen verstehen, Signor Shepherd«, setzte Graziella hinzu, indem sie ihm einen kalten Blick zuwarf, »daß der *vicequestore* mit Glück eigentlich Heirat meint, welche in der Meinung dieses Herrn das größte Glück ist, das eine Frau sich erhoffen kann.«

»Ja, ich verstehe«, sagte ich. »Und war da nicht noch etwas?«

»Der *vicequestore* hat mich gebeten, Ihnen mitzuteilen, daß, wenn die kleine Signorina Julia freimütig, wie er es nennt, gestehen würde, daß es sich so verhalten hat, das Gericht zweifellos Mitgefühl zeigen werde. Ich habe jedoch dem *vicequestore* erklärt, daß die kleine Signorina Julia zwar sehr nett und und auch sehr gutherzig ist und gern jemandem eine Freude macht; daß sie aber nicht so dumm ist, ein Verbrechen zu gestehen, das sie nicht begangen hat, nur um eine rührende Rolle in dem Drama zu spielen, das er sich ausgedacht hat.«

Ich nickte. Es schien mir nicht geraten, ein anderes Bild von Julias Charakter zu zeichnen als dasjenige, das dem *vicequestore* im Moment vorschwebte. Ein Mann, für den das Leben ein einziges Melodram darstellt, teilt sicherlich die Frauen ein in die Tugendhaften, die zur Verteidigung ihrer Ehre zum Messer greifen, und die Zügellosen, die keines Grundes bedürfen. Ich gab stattdessen zu bedenken, daß, wenn man denn von einem Verbrechen aus Leidenschaft ausgehen wolle, es mit mehr Wahrscheinlichkeit Kenneth Dunfermline, dessen Beziehung zu dem Opfer anscheinend eine engere als die einer bloßen Reisebekanntschaft ...

»Nein, Signor Shepherd«, sagte der Beamte. Und selbst Graziella schüttelte den Kopf.

Erst jetzt erfuhr ich im einzelnen die näheren Umstände, unter denen die Tat entdeckt worden war. Da Marylou Dir einen vollständigen Bericht gegeben hat, lohnt es sich nicht, ihn hier zu wiederholen. Was sie Dir erzählt hat, ist offenbar wörtlich dasselbe, was sie vor der Polizei ausgesagt hat und was von Kenneth Dunfermline und natürlich von ihrem Ehemann bestätigt wurde. Daraus geht nun einmal hervor, wie Du weißt, daß Dunfermline ausscheidet.

Das war ein Rückschlag; ich hatte gehofft, die Polizei überzeugen zu können, daß Kenneth die Person war, die am ehesten als Täter in Frage kam. Andererseits, auch wenn man ihn und die beiden Amerikaner vom Verdacht ausnahm, blieben eine ganze Anzahl von Menschen übrig, die theoretisch die Möglichkeit gehabt hätten.

»Nein, Signor Shepherd«, wiederholte der *vicequestore*.

An diesem Punkt werden die Dinge nämlich erschwert durch die Aussage der Zimmermädchen. Anscheinend sind es vier Frauen. Ihre Schlafräume befinden sich im zweiten Stock des Nebengebäudes; aber ihre nachmittägliche Arbeitspause verbringen sie nicht dort, sondern sie sitzen stattdessen vor dem Eingang, unterhalten sich und genießen die Sonne. Am Freitag ließen sie sich wie üblich gleich nach dem Lunch, also gegen viertel nach zwei, dort nieder und hielten sich bis zur Dämmerung dort auf, bis sie sich also einzeln daran machten, die Betten aufzudecken. Zwischendurch entfernte die eine oder andere sich für kurze Zeit, um Kaffee zu machen und so weiter, aber es waren immer mindestens drei von ihnen dort.

Bei der Befragung durch den *vicequestore* am Samstagmorgen waren alle bereit zu beschwören, daß die einzigen Gäste, die in dieser Zeit das Gebäude betreten oder verlassen hatten, die folgenden waren: Julia und Ned, die wenige Minuten, nachdem die Frauen sich dort niedergelassen hatten, hineingegangen waren; Mrs. Frostfield, die gegen sieben Uhr zurückgekehrt war, und Major Linnaker, der kurz nach ihr gekommen war. Die Ankunft der anderen »Art Lovers« hatten sie nicht mit eigenen Augen gesehen. Ein oder zwei Minuten, nachdem alle wieder an die Arbeit gegangen waren, war eine von ihnen von Marylou gebeten worden, die Tür zu dem von Kenneth und Ned belegten Zimmer aufzuschließen, und so war sie Zeugin der Entdeckung des Verbrechens geworden.

Ich habe keinen Zweifel, daß es alles sehr nette Mädchen sind, aber ich wünschte mir, sie wären weniger an der Zahl. Ich wies zwar darauf hin, daß sie nach ihren eigenen Worten so etwas wie eine Siesta gehalten hatten. In der Hitze des Nachmittags wäre es nur natürlich gewesen, wenn sie dabei schläfrig geworden wären. Sicher gab es mehrere Augenblicke, in denen jemand, der auf die Gelegenheit gewartet hatte, sich unbemerkt hätte hineinschleichen können.

»Nein, Signor Shepherd«, sagte der *vicequestore,* der sich, wie ich fand, zu oft wiederholte. Er hatte sie eindringlich nach dieser Möglichkeit gefragt, und sie waren sich sicher gewesen, daß keine von ihnen geschlafen hatte. Sie hatten nämlich reihum aus einem Buch vorgelesen, daß sie alle sehr interessant fanden.

»Nun ja«, sagte ich herablassend, »wenn sie in einen Liebesroman vertieft waren . . .«

Das Buch, das sie so gefesselt hatte, war aber, wie sich herausstellte, kein Liebesroman, sondern »Der Ursprung der Familie, des Privateigentums und des Staates« von Friedrich Engels.

»Zwei von ihnen haben studiert«, sagte der *vicequestore* und öffnete die Hände zu einer Geste der Hilflosigkeit. »Was kann man da erwarten?« Er machte noch ein paar weitere Bemerkungen, recht törichte, wie mir schien, über die akademische Bildung von Frauen; sie riefen eine ziemlich hitzige Reaktion bei Graziella hervor. Während der nächsten zehn Minuten konnte ich dem Gespräch überhaupt nicht mehr folgen, es schienen sich aber in einem ziemlichen Radius politische und ökonomische Streitfragen zu berühren. Am Ende sah der *vicequestore* noch hilfloser drein als zuvor.

»Verzeihen Sie, Signor Shepherd«, sagte Graziella, »Sie sind ja nicht hergekommen, um die Probleme unseres armen Landes zu diskutieren – was sagten Sie gerade?«

»Ich sagte gerade«, erwiderte ich, »daß, wenn diese Damen tief in ein sozialphilosophisches Werk vertieft waren ...«

Auch das half nicht. Vertieft in ihre Lektüre wie sie waren, hätten sie jemanden, der nur über die Brücke kam und zur Terrasse wollte, womöglich übersehen; aber sie waren rein räumlich so vor dem Eingang verteilt, daß niemand das Haus betreten haben konnte, ohne sie zu unterbrechen.

»Natürlich haben wir«, sagte ich, »bisher nur den normalen Zugang berücksichtigt. Einer Person, die sich mit einem Boot auf dem Kanal näherte, wäre es doch gewiß möglich gewesen, über einen der Balkons hinein- und auch wieder herauszuklettern? Die Zimmer eines Hotels wie des Cytherea bieten sicher ein lohnendes Ziel für Einbrecher.«

Rein technisch, stimmte der *vicequestore* zu, wäre das eine Möglichkeit, aber natürlich nur im Schutz der Dunkelheit. Der Mord aber sei nicht später als etwa fünf Minuten nach Anbruch der Nacht entdeckt worden. Es gebe Diebe in Venedig, das wolle er nicht leugnen, so wie in anderen Großstädten auch. Aber die seien nicht so dumm, gerade dann einzubrechen, wenn es dämmerte und die Leute in ihren Zimmer waren, um sich zum Dinner umzuziehen; die Diebe pflegten bis in die ersten Morgenstunden zu warten, wenn alles im Schlaf lag und die Engländer und Amerikaner ihre Fenster offen stehen hatten.

»Sie sehen also, Signor Shepherd, die einzigen Personen, die die Gelegenheit hatten, das Verbrechen zu begehen, waren außer Ihrer Freundin Signorina Larwood die Signora Frostfield und Major Linnaker. Beide sind Personen von allerbestem Leumund. Darüber hinaus waren beide nur flüchtig mit dem Ermordeten bekannt und hatten keinen Grund, ihm Böses zu wünschen.« Das wachsende Vertrauen des *vicequestore* auf seine Ausdrucksfähigkeit im Englischen schien mir ein schlechtes Zeichen. Ich entschloß mich, eine zustimmende und dankbare Miene zu zeigen.

»Ja, ich verstehe«, sagte ich. »Vielen Dank, das hilft mir weiter. Die bereits in London angestellten Ermittlungen in der Sache von Miss Larwood haben zufällig ergeben, daß möglicherweise Major Linnaker weniger unbescholten ist, als es den Anschein hat, und daß Mrs. Frostfields Beziehungen zu dem Ermordeten etwas weniger flüchtig waren, als sie Sie glauben machen will.« Ich entlastete mein Gewissen ein wenig, indem ich mir die Sache mit der Reisetasche in Heathrow und das von Julia mitangehörte Gespräch zwischen Eleanor und Kenneth ins Gedächtnis zurückrief. »Aber solche Ermittlungen benötigen natürlich ein gewisses Maß an Zeit und Aufwand. Wenn es eine große Anzahl anderer möglicher Verdachtspersonen gäbe, hätte ich gezögert, meine Erkundigungen fortzusetzen. Aber jetzt halte ich es im Lichte dessen, was Sie mir mitgeteilt haben, für gerechtfertigt, weiterzuforschen.«

Du kannst an der Absurdität dieser Bemerkungen ablesen, wie vollkommen ratlos ich war. Der *vicequestore* hingegen war doch ein wenig beeindruckt von der Vorstellung, daß in Julias Interesse in London ermittelt wurde. Jedenfalls bat er mich, eventuell ans Licht kommende Informationen an ihn weiterzuleiten.

Er hat sich übrigens auch bereit gefunden, in Julias Fall nicht weiter aktiv zu werden, solange der gerichtsmedizinische Befund nicht vorliegt – er erwartet ihn Donnerstag im Laufe des Vormittags. Er hofft offensichtlich, daß dadurch die genaue Beschaffenheit der Tatwaffe ans Licht kommt. Bisher ist keine Waffe gefunden worden, und er nimmt an, sie liegt auf dem Grunde des Kanals und es wäre sinnlos, danach zu suchen. Es ist dies aber ein Punkt, wie ich glaube, der ihm beim Vorgehen gegen Julia Schwierigkeiten macht: selbst er kann sich nicht vorstellen, daß sie für gewöhnlich mit einem Stilett in der Unterwäsche herumläuft.

Das ist, glaube ich, alles, was es über die Unterredung zu berichten gibt. Anschließend wollte ich Graziella zum Lunch einladen; es schien mir das mindeste, was ich tun konnte. Sie lehnte jedoch aus Zeitmangel ab, da sie heute Abend für eine Woche nach Rom reist. Sie hatte anscheinend überlegt, ob sie ihren Urlaub verschieben solle, für den Fall, daß Julia ihre Hilfe brauchte, äußerte nun aber ihre Erleichterung darüber, daß die Angelegenheit bei mir in den besten Händen liege. Ich wünschte, ich könnte die gleiche Zuversicht hegen.

Dann begab ich mich, nachdem ich im Konsulat Signor Vespari eine kurze Zusammenfassung des Gesprächs mit dem *vicequestore* gegeben und Dich angerufen hatte, zum Lunch ins Hotel Cytherea, in der stillen Hoffnung auf eine plötzliche Inspiration. Eine hervorragende Mahlzeit war mir vergönnt, eine Inspiration leider nicht.

Ich beende meinen Brief auf der Terrasse, in derselben Ecke wahrscheinlich, in der Julia an Dich zu schreiben pflegte. Die vier Zimmermädchen sitzen immer noch vor dem Eingang des Nebenhauses. Ich nehme an, es sind dieselben, deren Einlassungen so belastend sind, obwohl sie heute kein Buch vorlesen, sondern einen

Flirt mit einem der Kellner veranstalten. Zumindest sieht es so aus. Aber was weiß ich, vielleicht halten sie auch ein Seminar über politische Ökonomie ab. Ich habe darüber nachgedacht, ob es möglich ist, daß sie die Unwahrheit sagen. Wenn es um eine oder zwei ginge, wäre es denkbar - aber alle vier?

Es fiel mir keine Ausrede ein, mit der ich, als bloßer Restaurantbesucher, das Nebenhaus betreten konnte, doch ging ich auf die Brücke, von der aus man, wie mir der Kellner sagte, einen Blick auf Byrons Haus hat. Ich blieb eine Weile dort stehen, mit der Aussicht auf den Kanal, und hoffte immer noch vage auf die Eingebung, die jedoch nicht kam.

Es ist immerhin möglich, denke ich, daß jemand sich bereits in dem Gebäude aufhielt, als die Zimmermädchen ihren Platz einnahmen, und dieser jemand später über den Kanal entkommen ist. Aber wenn es diese Person gäbe, würde sie keinen Mord geplant haben, denn es wußte ja niemand, daß Ned in sein Zimmer zurückgehen würde. Und wenn es nur um Diebstahl ging - warum dann einen Mord begehen? Der Dieb hätte sich mit Leichtigkeit davonstehlen können, während Ned und Julia schliefen.

Also sieht es wirklich danach aus, daß entweder Eleanor oder der Major für die Tat verantwortlich ist. Wenn Du irgend etwas Nachteiliges über sie herausfindest, wird es, wie ich kaum zu betonen brauche, in meinen Verhandlungen mit dem *vicequestore* äußerst hilfreich sein. Wie schon am Telefon gesagt, wäre es am besten, alle Mitteilungen für mich an das Konsulat zu schicken - ich werde mich dort jeden Morgen melden, und Signor Vespari wird dafür sorgen, daß jegliche Nachricht an mich weitergegeben wird.

Es tut mir leid, daß mein Brief nicht optimistischer ausfallen konnte.

Herzliche Grüße
Timothy

Kapitel 13

Richtig betrachtet«, sagte Selena, als sie den Telefonhörer aufgelegt hatte, »ist es sehr ermutigend, festzustellen, daß es entweder Eleanor oder der Major sein müssen. Wir werden unsere Ermittlungen fortführen in der Zuversicht, keiner falschen Spur aufgesessen zu sein.« Sie ließ sich wieder in dem gebrauchten Sitzmöbel nieder.

»Meine liebe Selena«, sagte Ragwort, »Du redest so hochtrabend von Fortführung unserer Ermittlungen. Welche Schritte schlägst du denn vor?

»Ganz einfach«, sagte Cantrip. »Wir gehen hin und quetschen sie aus. Wir haben ja ihre Adressen.«

Aber was auch immer der Usus in Cambridge sein mag, in London ist es leider einer Privatperson nicht einfach möglich, unangekündigt an der Haustür einer anderen zu erscheinen und diese einem hochnotpeinlichen Verhör zu unterziehen, notfalls unter Einsatz von Streckbank und Daumenschrauben. Ich warf daher die Frage auf, ob einer von uns jemanden kenne, der Beziehungen zu einem der Verdächtigten hätte, so daß er uns ein zivileres Entree verschaffen könnte.

»Ich denke«, sagte Selena, »so jemanden muß es geben.«

»Bestimmt«, sagte ich. »Das ganze Ziel einer Ausbildung in Oxford ist es sicherzustellen, daß du jemanden kennst, der den kennt, an den du heran willst.«

»Ich glaube«, sagte Ragwort, »Benjamin Dobble wird etwas über die beiden wissen.«

Sowohl Selena wie auch ich sind mit Benjamin Dobble bekannt, aber beide nicht gut genug, ihn so unvermittelt um Hilfe anzugehen.

»Ich denke, wenn ich ihn anspreche«, sagte Ragwort mit selbstgefälliger Opfermiene, »würde er wahrscheinlich bereit sein, mit uns essen zu gehen. In Oxford neigte er zu der Ansicht ...« Ragwort erläuterte nicht näher, zu welcher Ansicht Benjamin geneigt hatte, aber ein kurzer Blick in den Spiegel über dem Kaminsims schien ihm zu bestätigen, daß Benjamin auch jetzt noch derselben Ansicht sein würde.

Pünktlich um sechs Uhr stellte Benjamin sich im ›Corkscrew‹ ein. Er ist ein breitschultriger junger Mann und hat glattes braunes Haar mit Pottschnitt, der ihm, kombiniert mit einem eher rundlichen Gesicht, das Aussehen eines geistig nicht besonders begabten Landarbeiters verleiht. Vielleicht ist der Eindruck nicht einmal völlig falsch; ich habe läuten hören, daß er sich für seine Eins in Wirtschaftswissenschaft in Cambridge ziemlich anstrengen mußte; aber das mag eine Verleumdung sein. Es unterliegt jedoch keinem Zweifel, daß in dem Jahr, als er den Lehrstuhl am College von All Souls erhielt, die Konkurrenz relativ schwach war. Nichtsdestotrotz, was für Bedenken man auch bezüglich seiner geistigen Leistungsfähigkeit unterhalten mag: wenn man etwas aus der Welt von Kunst und Antiquitäten erfahren möchte, ist Benjamin der richtige Mann. Er verbindet seine Lehrverpflichtungen im College mit der Rolle des Auktionsberichterstatters für eine Investment-Zeitschrift, und es gibt nicht vieles auf diesem Gebiet, über das er nicht informiert ist.

»Mein lieber Benjamin«, sagte Ragwort, »wie liebenswürdig von dir zu kommen.«

»Mein lieber Desmond«, erwiderte Benjamin, »wie reizend von dir, mich einzuladen.«

Ragwort rückte einen Stuhl in den geselligen Lichtkreis der Kerze auf unserem Tisch, schenkte ein weiteres Glas Niersteiner ein und stellte Benjamin und Cantrip einander vor.

»Ich nehme an«, sagte Benjamin, »es wird von mir erwartet, daß ich mich nützlich mache. Willst du dein Geld in Antiquitäten anlegen?«

»Nein«, sagte Ragwort, »im Augenblick nicht, Benjamin.«

»Silber?«

»Zur Zeit nicht.«

»Mein lieber Desmond«, sagte Benjamin, »du solltest lieber zur Sache kommen, sonst fange ich noch an zu glauben, du liebst mich um meiner selbst willen.«

»Das tun wir natürlich alle«, sagte Ragwort. »Aber, da du darauf bestehst – kennst du zufällig eine Julia Larwood?«

»Die Frau, die immer alles umwirft?« Ragwort nickte. »Klar kenne ich die. Ich würde sogar so weit gehen zu sagen, daß wir Seelenverwandte sind. Das letzte Mal, daß ich sie gesehen habe, war bei einer Party im Balliol; wir waren beide ziemlich betrunken und saßen den ganzen Abend auf der Treppe und sprachen von dir, Desmond. Wir redeten zuerst von deinen Vorzügen, und dann kamen wir zu deinen Lastern.«

»Aber Benjamin«, sagte Ragwort. »Ich habe keine Laster.«

»Ebendieses festzustellen«, sagte Benjamin, »und zwar zu unser beiderseitigem Bedauern, machte uns zu Seelenverwandten.«

»Wenn ihr so vieles gemeinsam habt, wird es dir leid tun zu hören, daß sie zur Zeit in Venedig festsitzt, und zwar unter Mordverdacht.«

»Großer Gott, wie unangenehm für sie. Hat sie denn, nur aus Interesse gefragt, jemanden umgebracht?«

»Es scheint«, sagte Ragwort, »daß der Mord, als solcher betrachtet, sauber ausgeführt worden ist.«

»Oh, in dem Fall kann Julia es nicht gewesen sein, mit Sicherheit nicht. Wer ist denn das Opfer?«

»Hast du schon mal von einem Bildhauer namens Kenneth Dunfermline gehört?«

»Aber lieber Desmond, selbstverständlich. Er ist ziemlich bedeutend. Ich bin sogar so weit gegangen, meinen Lesern den Rat zu geben, mit Maßen in ihn zu investieren. Aber Dunfermline kann nicht ermordet worden sein – davon hätte ich gehört.«

»Er selbst nicht. Der Bursche, mit dem er unterwegs war.«

»Ach je«, sagte Benjamin, »ach je – doch nicht der hübsche Ned?« An der Seelenverwandtschaft schien etwas dran zu sein. Ragwort nickte. »Meine Güte, wie traurig, wie schrecklich traurig. Er war nämlich wirklich entzückend, eines der vollendetsten Geschöpfe, die man je gesehen hat. Anwesende natürlich ausgenommen. Aber wenn jemand vorhatte, ihn zu ermorden, dann würde man eher auf Kenneth tippen.«

»Es hat den Anschein«, sagte Selena, »daß er es nicht gewesen sein kann.«

»Trotzdem«, sagte ich, »wäre es interessant, Benjamin, wenn Sie das weiter ausführen könnten.«

»Kenneth nimmt alles so ernst. Er ist ja Schotte, stammt aus Ayrshire oder so. Sein Vater war wohl einfacher Bergmann. Es gibt Kränkungen, gegen die man auch bei solchem Hintergrund nicht gewappnet ist. Zum Beispiel, wenn man erlebt, daß die eigenen zartesten Gefühle dem Spott und der Verachtung herzloser junger Männer ausgesetzt sind. Wenn dergleichen jemandem wie, sagen wir, Julia passiert oder mir, der ich daran gewöhnt bin . . .«

»Noch ein Tröpfchen Wein, Benjamin?« warf Ragwort dazwischen.

»Ja bitte, Desmond, gern. Wie ich gerade sagte, Julia und ich, die wir diese Art der Behandlung gewohnt sind, können das stoisch hinnehmen. Aber Kenneth Dunfermline, fürchte ich, nicht. Für Kenneth war die Affäre mit Ned die große Liebe, wahre Leidenschaft, die erste und die letzte, jetzt und in alle Ewigkeit -«

»Und Ned«, fragte Selena, »hat er das Gefühl nicht erwidert?«

»Das würde ich nicht so sagen. Aber wenn bei Parties und dergleichen jemand anfing, mit Ned zu reden, wie attraktiv er sei und ob er nicht einmal zum Lunch kommen wolle, dann reagierte er nicht gerade wie jemand, der schon anderweitig liiert und deshalb nicht frei ist. Im Gegenteil, er neigte in solchen Situationen dazu, wie eine Rose zu erblühen und freigiebig seine Telefonnummer herauszurücken. Und Kenneth pflegte keltisch finster und drohend danebenzustehen wie die Gipfel der Grampians im Sturmgewitter.«

»Kurz und gut«, sagte Ragwort, »du würdest also dazu neigen, den jungen Ned als ein wenig flatterhaft zu bezeichnen?«

»Mein lieber Desmond, was für ein Gespür du hast für das *mot juste*. ›Flatterhaft‹ ist genau das richtige Wort. Weshalb man nicht weiter überrascht wäre zu hören, daß Kenneth von ihm bis aufs Blut gereizt wurde. Andererseits bin ich froh, daß du sagst, er hat es nicht getan - seine Skulpturen sind nämlich wirklich gut. Und er hat nicht viel Glück gehabt, seit er hier im Süden ist, der Arme, hat sich in Ned vernarrt und mit Eleanor Frostfield zusammengetan. Einen Moment, ich hole noch eine Flasche Niersteiner.«

In Selenas Ausruf, als er sich erhob und zur Bar ging, entlud sich eine größere Aufregung, als ein Gast, der das Seine zu den Kosten des Abends beiträgt, normalerweise hervorruft; aber Benjamin merkte nichts davon. Er verlor sich zwar nicht aus unserem Blickfeld, aber in einer Gruppe von Journalisten vom Great Turnstile und Juristen der Old Buildings.

»Jetzt aber«, sagte er, als er endlich an unseren Tisch zurückkehrte, »zurück zum armen Ned und warum man glaubt, daß Julia es getan hat.«

»Einen Moment«, sagte Selena. »Sagen Sie mir erst, was Sie damit meinen, Kenneth hat sich mit Eleanor Frostfield zusammengetan. Wollen Sie damit sagen - verheiratet?«

»Großer Gott, nein«, sagte Benjamin. »Was für eine bizarre Vorstellung, Selena. Nein, ich meine nur, daß er einen Vertrag mit ihr hat. Frostfield's ist bekanntlich eine alterwürdige Kunst- und Antiquitätenhandlung. Seit ihr Gatte Zuflucht im Jenseits gesucht hat, ist Eleanor die Hauptaktionärin und der führende Kopf. Frostfield's hat Kenneth seine erste Ausstellung ausgerichtet - nicht für ihn allein, sondern im Rahmen einer Gruppe begabter junger Künstler frisch von der Kunstakademie. Bedingung für die Ausstellung war unter anderem, daß Kenneth seine Arbeiten exklusiv über Frostfield's verkauft, und zwar - na ja, ich kenne die Frist nicht genau, aber der Vertrag läuft sicher noch über mehrere Jahre.«

»Die üblichen Bedingungen, glaube ich«, sagte Selena, »wenn eine Galerie die Arbeiten eines bestimmten Künstlers ausstellt.«

»Übliche Bedingungen, grundsätzlich ja, natürlich. Aber in diesem Fall ist, wie ich gehört habe, eine ungewöhnlich hohe Provision vereinbart worden. Und der Vertrag soll eine außergewöhnlich lange Laufzeit haben. Sicher, wenn die jungen Leute frisch von der Akademie kommen, unterschreiben sie einfach alles, um eine Ausstellung zu bekommen, oder wenigstens an einer beteiligt zu sein. Wenn einer dann später, nach ein paar Jahren, merkt, daß sich seine Arbeiten gut verkaufen und die Galerie immer noch den Löwenanteil kassiert, ist das sicher sehr ärgerlich. Insbesondere, denke ich mir, wenn ein Mann versucht, sich die Zuneigung eines Menschen wie Ned zu erhalten.«

»Willst du damit andeuten« fragte Ragwort, »daß der Verblichene käuflich war?«

»Ach, das würde ich so nicht sagen. Aber hübschen Dingen zugetan, wie seidene Hemden, gute Plätze im Theater und Einkäufe bei Fortnum's. Sämtlich, da wirst du mir zustimmen, mein lieber Desmond, keine unangemessenen Wünsche für einen jungen Mann mit derart schönem Profil. Nur ein wenig kostspielig.«

»Dieser Vertrag zwischen Kenneth und Eleanor«, sagte Selena. »Meiner Ansicht nach ist an gesetzwidrigen Mißbrauch einer überlegenen Verhandlungsposition zu denken. Ich bin in der Tat der Meinung, daß sich an einem günstigen Tag und vor der richtigen Instanz der Versuch einer gerichtlichen Anfechtung durchaus lohnen würde.«

»Oh, liebe Selena«, sagte Benjamin, »ich habe keinen Zweifel, wenn Faust so klug gewesen wäre, Sie wegen seines Vertrages mit Mephistopheles zu konsultieren, Sie hätten ein Schlupfloch gefunden, um ihn da herauszuholen. Aber das ist nicht das, worauf Kenneth verfallen wäre. Es sind nur die Juristen, die Verträge für etwas halten, das man einfach anfechten kann. Und Kenneth kennt sicherlich keine Juristen.«

»Außer Ned«, sagte Selena und schaute versonnen zur dunklen Balkendecke auf.

Die Idee, Eleanor hätte Ned, wenn überhaupt, nur umgebracht, um ihn daran zu hindern, Kenneth über die Möglichkeit einer Vertragsannullierung aufzuklären, schien mir noch mehr an den Haaren herbeigezogen als die Theorie, sie habe es getan, um sich einen minimalen Steuervorteil zu sichern. Gleichwohl, die Entdeckung einer wie auch immer gearteten Beziehung zwischen ihr und dem Ermordeten hatte etwas Befriedigendes.

»Man möchte ja«, sagte Benjamin, »nicht indiskret oder neugierig erscheinen. Aber wenn von Leuten, die man kennt, die einen plötzlich anfangen, die anderen umzubringen, wäre es doch unheimlich nett, wenn man mehr darüber erführe.«

»Mein lieber Benjamin«, sagte Ragwort, »selbstverständlich. Dir soll ein vollständiger Bericht zuteil werden.«

Mitleid für Ned, Mitgefühl für Kenneth, Teilnahme für Julia – Benjamin reagierte mit geziemender Pietät auf Ragworts Bericht. Aber der Geist schwingt nun einmal wie die Kompaßnadel stets zurück zum Punkt der stärksten Anziehung; was ihn am meisten beschäftigte, war die beiläufige Erwähnung des Grundes, aus dem Eleanor und der Major sich in Venedig aufhielten. Miss Tivertons Sammlung von Antiquitäten und Kunstgegenständen war nach ihrem Ableben Anlaß vieler Spekulationen gewesen, aber dennoch hatte Benjamin nicht erfahren, daß sie zur Besichtigung freigegeben war. Er hatte keine Ahnung, woher die beiden ihre Informationen bekommen hatten, und fühlte sich in seiner Ehre als Experte getroffen.

»Die wahrscheinlichste Erklärung«, sagte Selena, »ist doch wohl, daß die Firma Frostfield's beauftragt worden ist, den Wert der Sammlung für das Nachlaßverzeichnis, oder was die Italienier an dessen Stelle haben, zu schätzen.«

»Nein«, sagte Benjamin, »nein, das glaube ich nicht. Wenn Frostfield's den Auftrag zur Veranlagung bekommen hätte, wäre

Eleanor nicht selbst tätig geworden. Sie hätte erst einmal einen kleinen Angestellten hingeschickt, damit er das Zeug sortiert und katalogisiert.«

»Vielleicht hat ja Kenneth die Kärrnerarbeit gemacht. Oder hätte er dazu nicht das Zeug?«

»Er könnte natürlich keine fachmännische Expertise erstellen. Aber er wäre wohl der Richtige, um die Sammlung durchzugehen und das Wichtige auszusortieren, künstlerisch ist er recht beschlagen. Wenn er sich mit Eleanor besonders gut verstanden hätte, könnte er es übernommen haben, um ihr einen Gefallen zu tun, oder aus Spaß an der Sache. Aber die Beziehung zwischen den beiden soll ja aus den schon erwähnten Gründen eher gespannt sein. Außerdem würde das noch nicht erklären, wieso Bob Linnaker davon wußte. Niemand, der seine fünf Sinne beieinander hat, würde Bob bitten, eine Sammlung zu schätzen - außer, man wünschte sie nach der Schätzung erheblich dezimiert vorzufinden. Oje, wahrscheinlich sagt ihr mir jetzt alle, das ist Verleumdung oder so.«

»Benjamin«, sagte ich, »wenn Sie diese ... Bemerkungen bezüglich der Zuverlässigkeit von Major Linnaker äußern, können wir davon ausgehen, daß sie auf Fakten basieren?«

»Hilary«, sagte Benjamin mit vorwurfsvoll aufgerissenen Augen, »wir sind beide Akademiker - Kollegen -, ich hoffe, ich darf sagen Freunde. Halten Sie mich für einen Menschen, der solche Dinge sagt, wenn sie nicht wahr sind? Oder wenigstens teilweise wahr? Oder wenn nicht jedenfalls weithin angenommen wird, daß sie zumindest teilweise wahr sind?«

»Nein, natürlich nicht«, sagte ich. »Aber welches von den dreien?«

»Nun ja«, sagte Benjamin und nahm einen großen Schluck Niersteiner. »Das ist, wie ich zugeben muß, ein wenig schwer zu entscheiden. Bob verbrachte seine Zeit als Armeeoffizier größtenteils in Nordafrika und im Nahen Osten an verschiedenen Orten, wo die Briten militärisch präsent waren. Als er in den Handel mit Antiquitäten einstieg, bestand sein Warenlager zur Hauptsache aus Dingen, die er und seine Freunde in jenen Teilen der Welt in irgendeiner Form erbeutet hatten. Erstaunlicherweise war das meiste, was sie ergattert hatten, gar nicht so wertlos. Es sprach sich herum, daß Bob der richtige Mann war, wenn man etwas Gutes für einen vernünftigen Preis haben wollte und wegen der Provenienz nicht allzu heikel war. Diesen Ruf hat er seitdem weidlich ausgenutzt.«

»Du willst doch wohl nicht andeuten«, sagte Ragwort, »ein Antiquitätenhändler könnte sich wünschen, im Ruf zu stehen, daß er mit gestohlenen Dingen handelt?«

»Doch schon, liebster Desmond, eine bestimmte Sorte von Händler. Es ist ja so: Was die Leute am liebsten möchten - das heißt, was die Sammler am liebsten möchten -, ist, zu glauben, daß sie ein Schnäppchen machen. Wenn du nun siehst, daß etwas Hübsches ungewöhnlich preiswert angeboten wird - sagen wir, da wir gerade von venezianischen Dingen reden, ein Möbelstück aus der Werkstatt von Andrea di Brustolon oder eine Teekanne von Cozzi für 1000 Pfund oder so -, dann liegt die Schlußfolgerung nahe, daß es eine Fälschung ist.«

»Preiswert?« sagte Cantrip. »Einen Riesen? Für eine Teekanne?«

»Aber sicher. Schließlich hat eine Kaffeekanne von Cozzi vor ein paar Monaten bei Christie's 17000 Pfund gebracht. Also liegt bei einem solchen Fall die Folgerung auf der Hand, daß das Ding nicht echt ist. Die andere mögliche Erkärung ist aber, daß es unredlich erworben worden ist, und gerade das ist es, was der Sammler gerne glauben möchte, weil das ein echtes Schnäppchen bedeutet. Das ist also die Unterstellung, die Bob zu kultivieren versucht. Er sagt natürlich nicht geradeheraus, daß ein Gegenstand gestohlen ist, sondern wenn er nach der Provenienz gefragt wird, macht er einfach ein geheimnisvolles Gesicht und gebraucht Redensarten wie ›Wer viel fragt ...‹ oder ›Was ich nicht weiß, macht mich nicht heiß‹.«

»Ich verstehe«, sagte Selena. »Und wenn sich der Gegenstand schließlich doch bloß als Fälschung herausstellt, kann der Käufer ja wohl kaum vor Gericht gehen und sich auf das Warengesetz berufen mit der Klage, die Ware sei fälschlich als Diebesgut bezeichnet worden.«

»So ist es. Und ich möchte annehmen, gut siebzig Prozent der Dinge, die Bob verkauft, sind einfach gefälscht. Andererseits glaube ich nicht, daß er seinen Ruf aufrecht halten könnte, wenn nicht wenigstens ein Teil gestohlen wäre. Außerdem verstärkt sich der anfängliche Ruf bis zu einem gewissen Grade ganz von selbst. Ich meine, wenn ich mir etwas unter zweifelhaften Umständen angeeignet hätte und es verwerten wollte, würde ich mich sicherlich an Bob wenden.«

»Schön«, sagte Selena, »dies alles hilft uns ein bißchen weiter. Wir haben eine Verbindung zwischen Ned und Eleanor aufgedeckt und erfahren, daß der Major durchaus kein unbeschriebenes Blatt ist. Benjamin, Sie sind ein höchst brauchbarer Zeuge. Wohin sollen wir Sie zum Dinner ausführen?«

»Natürlich haben wir gewußt«, sagte Cantrip, »daß der Major ein ganz schön verdächtiges Subjekt ist. Er hat doch die Reisetasche gestohlen.«

»Beziehungsweise«, korrigierte ich, »verdächtig ist, daß er die Reisetasche nicht gestohlen hat.«

Eine, wie ich gern einräume, ziemlich kryptische Bemerkung. Ich hätte sie nur zu gerne erläutert, wenn man mich danach gefragt hätte. Man war jedoch so vertieft in die Wahl des besten Restaurants, daß keine weiteren Fragen gestellt wurden.

Am Ende aßen wir doch wieder bei Guido. Es dauerte eine Weile, bis wir alle bestellt hatten; da der Kellner, der uns bediente, ein attraktives Äußeres vorzuweisen hatte, zog Benjamin den Vorgang absichtlich in die Länge. Als dieser Teil endlich vorüber war, konzentrierte er sich wieder auf die Frage, wie sich ganz unverfänglich eine Begegnung mit Eleanor und dem Major arrangieren ließ, um sie diskret auszuhorchen.

»Was Bob betrifft«, sagte er, »denke ich, ihr solltet einfach am Mittwoch in seinem Laden aufkreuzen und euch als normale Kunden ausgeben.«

»Warum nicht morgen?« fragte Selena.

»Geschlossen«, sagte Benjamin.

»Wie ärgerlich«, sagte Selena.

»Und wenn ich sage, wie normale Kunden, dann wäre es gewiß von Nutzen, wenn ihr ein Interesse für etwas Bestimmtes vortäuschen würdet. Etwas, das man mit völlig hasenreinen Methoden nicht beschaffen kann, oder jedenfalls nicht ohne große Kosten. Ich werde mir etwas Passendes ausdenken.«

»Benjamin«, sagte ich, »könnten wir dafür nicht das Bild nehmen, das letzte Woche in Verona gestohlen worden ist?«

»Was für ein Bild?« fragte Benjamin. »Davon weiß ich ja gar nichts.«

Ich hatte, wie schon erwähnt, einen Teil des vorhergehenden Abends damit zugebracht, einzelne Nummern der *Times* aus der letzten Woche durchzublättern. Die Mittwochsausgabe hatte einen

Artikel enthalten, der mir sogar da schon so interessant erschien, daß ich ihn ausgeschnitten hatte. Jetzt zog ich das Papier aus der Tasche und legte es auf den Tisch.

WENIG BEKANNTES GEMÄLDE IN VERONA GESTOHLEN - INTERNATIONALE DIEBESBANDE NICHT IN VERDACHT
Die Polizei von Verona steht bei dem gestrigen Diebstahl in der Kirche des hl. Nikolaus vor einem Rätsel. Es handelt sich um eine unbedeutende Madonna mit Kind von einem wenig bekannten Maler des 19. Jhs. Es wird angenommen, daß die internationale Bande, auf deren Konto die jüngste Serie von größeren Kunstdiebstählen gehen soll, eins der zahlreichen in der Kirche ausgestellten, viel wertvolleren Bilder ausgewählt hätte. Vermutet wird daher, daß der Raub von einem Geisteskranken verübt worden ist.

»Ach ja«, sagte Selena. »Das habe ich letzte Woche in der *Times* gelesen.«

»Ich weiß, daß du das hast«, erwiderte ich. »Du hast es erwähnt als ein Beispiel der zunehmenden Kriminalität in Italien. Aus diesem Grund habe ich danach gesucht. Es ist mir sofort als ungewöhlich aufgefallen. Natürlich ist es an der Tagesordnung, daß die Leute wertvolle Gemälde stehlen, aber eines von geringem Wert zu entwenden, hört sich ausgesprochen verrückt an.«

»Meine liebe Hilary«, sagte Ragwort, »sind deine Gedankenspiele nicht ein wenig zu kühn? Ich weiß zwar, daß der Major sich an dem Tag, an dem das Bild gestohlen worden sein soll, in Verona aufgehalten hat, aber das gilt, wenn du den Einwand gestattest, auch für eine runde Viertelmillion anderer Leute, die Touristen nicht mitgerechnet; es ist bekanntlich eine Großstadt mit einer beträchtlichen Einwohnerzahl.«

»Außerdem«, sagte Benjamin, »sehe ich nicht ein, wieso Bob Linnaker als Dieb eines wertlosen Gemäldes mehr in Frage kommt als andere Menschen.«

»Einerlei«, sagte ich. »Benjamin, könnten Sie mir den Gefallen tun und versuchen, vor unserem Gang dorthin einen überzeugenden Grund zu erfinden, warum ein Kunde sich gerade für dieses Bild interessieren sollte?«

»Meine liebe Hilary, kann es gern versuchen, Ihnen zuliebe. Aber ich glaube wirklich, damit zielen Sie in die falsche Richtung.«

Ich hatte mir vorgestellt, daß ein Gespräch mit Eleanor eher schwieriger zu arrangieren sein würde; es war kaum anzunehmen, daß sie sich persönlich um die Alltagsgeschäfte in Frostfield's Galerie kümmerte. Wir hatten jedoch Glück: Die inoffizielle Vorbesichtigung von Frostfield's jährlicher Ausstellung aufstrebender junger Künstler - »Die rennen alle blind in ihr Verderben«, meinte Benjamin kopfschüttelnd - sollte am folgenden Abend stattfinden. Benjamin hatte natürlich aufgrund seiner Position als Experte eine Einladung bekommen. Es war klar, daß er nicht uns alle mitnehmen konnte; aber, meinte er, mit einer kleinen harmlosen Täuschung könne er Ragwort und mir Zutritt verschaffen.

»Ich werde sagen, Hilary, daß Ihr College beschlossen hat, einen Teil seines beträchtlichen Vermögens in Kunstwerken anzulegen, und daß Sie beauftragt sind, mit meiner Hilfe den Markt zu erforschen. Als potentieller Käufer brauchen Sie keine Einladung. Und Eleanor wird mir dankbar sein, daß ich ihr die Kundschaft zuführe, so daß sie ein Auge zudrücken wird, wenn ich auch Desmond mitbringe. Über dich, Desmond, werde ich einfach sagen, daß du ein junger Freund von mir bist, der unbedingt zu dieser Vorbesichtigung kommen wollte und dem ich nichts abschlagen kann. Und das, liebster Desmond, ist nun wahrlich keine Lüge.«

»Wenn ich«, sagte Ragwort, »als junger Mann von zweifelhafter Moral und aufdringlichem Wesen dargestellt werden soll, dann kann es keine dickere Lüge geben. Aber na ja, das muß ich wohl auf mich nehmen.«

Wir kamen überein, daß Ragwort und ich Benjamin in seiner Wohnung in Grafton Street abholen und von dort mit ihm den kurzen Fußweg zur Frostfield's Galerie und Ausstellungsraum unmittelbar hinter New Bond Street zurücklegen sollten.

Kapitel 14

Man macht einen Fehler, wenn man sich mit Ragwort auch nur in die Nähe von Bond Street begibt.

Nach längerem Nachdenken über den besten Gebrauch, den wir von einer Begegnung mit Eleanor machen konnten, war ich zu der Ansicht gelangt, daß gewisse diskrete Fragen eigentlich nur von Benjamin geäußert werden durften. Ich hatte deshalb vor, rechtzeitig in seiner Wohnung zu erscheinen, um ihm zu erklären, was er sagen sollte, und sicherzugehen, daß er seine Rolle beherrschte. Wenn wir uns in New Square um halb fünf aufmachten, hatten wir reichlich Zeit zur Verfügung.

Ich hatte jedoch vergessen, wie viele Läden von der U-Bahnstation Green Park an unseren Weg säumten, die Silber, Schmuck, Antiquitäten, Porzellan, Kristall und andere Luxusgüter im Schaufenster hatten. Trotz meiner wiederholten Hinweise auf die nachteiligen Auswirkungen auf das Profil, wenn jemand seine Nase ständig an Schaufenstern plattdrückt, brauchten wir fast eine halbe Stunde bis zur Grafton Street.

In der Zeit, die uns blieb, bis Benjamin uns zum Aufbruch mahnte, konnte ich diesem nur ein einziges Mal erklären, und das nicht mit der wünschenswerten Ausführlichkeit, was er zu Eleanor sagen sollte. Es fand auch keine Generalprobe statt, nicht einmal eine kurze. Ziemlich beunruhigt und voll unguter Erinnerungen an die Gerüchte über Benjamins mühsam erworbene »Eins« im Examen ging ich mit ihm und Ragwort die New Bond Street hinauf, bis wir schließlich an der Galerie Frostfield's anlangten.

Das kreisförmige blau-goldene Emblem auf den Ladentüren aus Spiegelglas verkündete aller Welt, daß Frostfield's ein Mitglied des Verbandes Britischer Antiquitätenhändler ist, und außerdem dem des Lateinischen mächtigen Teil der Welt, daß die Kunst keinen Gegner hat außer der Unwissenheit, ein Ausspruch, der

Benvenuto Cellini zugeschrieben wird. In der Eingangshalle stand auf dem Marmorfußboden nur eine einzige Skulptur aus Metall, circa 120 Zentimeter hoch auf steinernem Sockel. Den Stil würde man vermutlich als figürlich mit abstraktem Beiklang bezeichnen.

»Das ist eine von Kenneth' Plastiken«, sagte Benjamin. »Wie klug von Eleanor, sie hier aufzustellen. Die Leute werden sich nämlich daran erinnern, daß sie bei einer ebensolchen Ausstellung wie dieser vor fünf Jahren ein Werk von Kenneth für nur 500 Pfund hätten ergattern können, und jetzt – man sieht ja, was jetzt für ihn verlangt wird.«

Daraufhin sah ich mir, aufmerksam geworden, die Skulptur genauer an. Sie hieß »Der Tod des Adonis«. Meine Leser werden sich an die Sage von Ovid und Shakespeare her erinnern: Der junge Adonis, den Aphrodite liebt, kommt auf der Jagd zu Tode und wird in eine Blume verwandelt. Ich konnte nicht beurteilen, ob Ned hier womöglich Modell gestanden hatte. Dem Künstler war es nicht um ein Porträt zu tun gewesen; aber er hatte überzeugend herausgearbeitet, wie der Jüngling an der Stelle, an der er zusammengebrochen ist, immer tiefer ins Erdreich versinkt und Wurzeln schlägt, während aus seinen Gliedern dornbewehrte Blüten hervorsprießen. Der Preis, den Frostfield's für das Kunstwerk verlangte, betrug 15 000 Pfund.

»Kenneth liebt diese Art von Themen«, sagte Benjamin. »Zum Beispiel Daphne, wie sie sich in einen Lorbeerbaum verwandelt, Narziß, der zu einer Narzisse wird und so weiter.«

»Was für eine Blume soll dies hier sein?« fragte Ragwort.

»Der Überlieferung nach«, sagte ich, »soll Adonis in eine Anemone verwandelt worden sein. Ich glaube aber, daß der Künstler eher an den Amarantus gedacht hat. Im Volksmund heißt die Blume Blutströpfchen.«

In etwas gedrückter Stimmung begaben wir uns in den eigentlichen Ausstellungsraum. Eleanor hatte offenbar die jungen Künstler nicht so kleinlich behandelt, wie ihr Ruf mich hatte erwarten lassen. Der Katalog war ansprechend, fast verschwenderisch aufgemacht, der freie Raum zwischen den einzelnen Gemälden nur um Bruchteile schmaler, als ein etablierter Künstler für sich verlangt hätte, und der moussierende Weißwein, der den Gästen gereicht wurde, war eines der etwas gepflegteren Ersatzgetränke für Champagner.

»Meine liebe Hilary«, sagte Benjamin achselzuckend, als ich eine diesbezügliche Bemerkung machte, »weniger hätte es kaum sein dürfen. Wir sind immerhin bei Frostfield's.«

Was die am Vorabend von ihm aufgestellte Behauptung anging, nämlich daß es sinnlos sei, eine Ausstellung im September zu veranstalten, weil dann niemand da sei, so lag er damit völlig falsch. In dem langen Saal herrschte ein fast schon lästiges Gedränge von Künstlern und potentiellen Käufern. Die Künstler, sagte Benjamin, seien die Männer in Anzügen, die in den Jeans und geblümten Hemden hingegen die Kunden - Anwälte und Börsenmakler und dergleichen. Eleanor selbst hielt sich am hinteren Ende auf. Die Chancen für ein Gespräch mit ihr schienen in betrübliche Ferne gerückt.

»Sie macht die Runde«, sagte Benjamin, »im Uhrzeigersinn. Wenn ihr keine abergläubischen Vorbehalte dagegen habt, bewegen wir uns in der entgegengesetzten Richtung und treffen etwa dort drüben vor dem Bild des Dogenpalastes mit ihr zusammen, was ein hervorragender Anknüpfungspunkt sein wird für die Unterhaltung, in die ich sie verwickeln soll.«

Wir folgten seinem Vorschlag, was bedeutete, daß wir bis zum Zusammentreffen mit Eleanor wahrscheinlich nahezu eine Stunde brauchen würden. Ich fragte mich, ob Benjamin das Sprüchlein, das ich ihm aufgetragen hatte, so lange Zeit behalten würde und beobachtete voller Sorge, daß er sich offenbar gar nicht mit stummem Aufsagen beschäftigte, sondern sich vielmehr von fast jedem, dem wir auf unserer gegen den Uhrzeiger gerichteten Wanderung begegneten, in Klatschgespräche verwickeln ließ. Ich erinnerte mich voll düsterer Vorahnung, daß die Gerüchte über seinen Fleiß-Einser aus einer ungewöhnlich zuverlässigen Quelle stammten.

Von solchen Sorgen wurde ich ein wenig abgelenkt durch die Begegnung mit einem außergewöhnlich schönen jungen Mädchen. Ich sollte vielleicht erwähnen, damit man nicht glaubt, ich wolle meine Leser irreführen, daß sie eine pummelige Figur, einen gelblichen Teint und Haare von schmutziger brauner Farbe ihr eigen nannte. Jedoch übersieht man solche Nachteile gern bei einer jungen Frau, die den Gesichtsausdruck einer mittelalterlichen Heiligen kurz nach einer besonders beglückenden Vision des himmlischen Jerusalem trägt. Sie lächelte Benjamin verklärt an. Sie lächelte mich verklärt an. Sie lächelte Ragwort verklärt an.

»Herzlichen Glückwunsch, Penelope«, sagte Benjamin.

»Vielen Dank«, sagte das Mädchen. »Ja, schön, nicht?«

»Worum«, fragte Ragwort, als sie glückselig davongeschwebt war, »worum ging es da?«

Benjamin zeigte auf ein kleines, in braun und grau gehaltenes abstraktes Bild, das in ein paar Fuß Entfernung an der Wand hing. Ein kleiner roter Punkt klebte in der Ecke. »Das Bild ist von ihr. Und der Punkt bedeutet, daß es verkauft ist. Für weniger Geld, möchte ich annehmen, als sie in vierzehn Tagen mit Schreibarbeiten verdienen würde, und in jedem Fall behält Frostfield's den Löwenanteil. Aber solche Betrachtungen fallen nicht ins Gewicht bei einer jungen Künstlerin, die gerade zum ersten Mal erlebt hat, daß ein fremder Mensch ihre Arbeit so sehr schätzt, daß er mit barer Münze dafür zahlt.«

Unser Weg kreuzte schließlich den von Eleanor, wie Benjamin sich ausgerechnet hatte, direkt unter dem Bild des Dogenpalastes. Auch seine Erwartung, daß ich ihr als jemand, der beträchtliche Vermögenswerte in Kunstwerken zu investieren hatte, hochwillkommen sein würde, erwies sich als zutreffend. Eleanor war reizend. Das heißt, ihr Auftritt war darauf angelegt, diesen Eindruck zu erzeugen; sie gab sich kindlich schelmisch in einer Weise, die ein zärtlicher Vater bei seiner einzigen Tochter im Alter von acht Jahren sicher entzückend gefunden hätte. Der Effekt entsprach in etwa dem Versuch, ein Panzerfahrzeug zur Tarnung mit einem rosa Zuckerguß zu überziehen, eine Strategie, die meiner Ansicht nach nur zum Mißerfolg führen konnte.

Ich überlegte gerade, wie ich Benjamin heimlich seinen ersten Satz soufflieren könnte, den er, da war ich sicher, inzwischen vergessen hatte, als die junge Penelope, die einen weniger zielstrebigen Kurs eingeschlagen hatte als wir, wieder angesegelt kam. Voller Verzückung Eleanor erkennend, schenkte sie auch ihr ein verklärtes Lächeln.

»Penelope, meine Liebe«, sagte Eleanor, »wie ich sehe, haben wir Ihr Bildchen verkauft. Wie schön. Haben Sie schon mit dem Käufer gesprochen?«

»Nein«, sagte Penelope. »Hätte ich das sollen?«

»Nun, meine Liebe«, sagte Eleanor. »Ich meine schon, das wäre eine blendende Idee. Es ist natürlich eine hübsche kleine Arbeit. Aber wenn man den Käufer so gut kennt wie ich, dann mag man nicht so recht glauben, daß der Verkauf nicht doch etwas damit zu tun hatte, daß die Künstlerin eine attraktive junge Dame ist.

Daher halte ich es für vernünftig, wenn sie ein Schwätzchen mit ihm anfangen, liebe Penelope.«

»Oh«, sagte das Mädchen, und ihre Ekstase fiel in sich zusammen. Wahrscheinlich bemerkte ich erst in diesem Augenblick die Nachteile ihrer Erscheinung, die ich oben geschildert habe. Ich mußte daran denken, daß Cellini die Feinde der Kunst wohl unterschätzt hat, und ich fragte mich plötzlich, ob nicht vielleicht Eleanor aus purer Zerstörungslust Ned ermordet hatte.

»Aber meine liebe Mrs. Frostfield«, sagte Benjamin, »Sie scherzen. Nach dem, was man über diesen speziellen Käufer weiß, würde man ihm solche Hintergedanken nur zutrauen, wenn der Künstler ein reizender junger Mann wäre.« Benjamin hat inzwischen zugegeben, daß er keinen Anhaltspunkt für diese Andeutung hatte. Er ist jedoch ein gutherziger Mensch, auf den man sich immer verlassen kann, wenn es darum geht, eine Petition zu unterschreiben oder eine Spende für eine gute Sache locker zu machen.

»Was für ein zauberhaftes Bild«, fuhr er fort, »vom Dogenpalast. Natürlich stets ein beliebtes Motiv, aber hier recht reizvoll behandelt. Übrigens«, fügte er hinzu, während er Eleanor mit einem Gesicht voll bukolischer Unschuld ansah, »wie ich höre, liebe Mrs. Frostfield, sind Sie kürzlich in Venedig gewesen?«

Mir fiel ein Stein vom Herzen. Benjamin hatte seine erste Zeile erstaunlich glatt über die Lippen gebracht.

»Venedig?« sagte Eleanor und fuchtelte mit der brillantbewehrten Hand als Ausdruck des Abscheus. »Venedig? Mein Lieber, fragen Sie mich bloß nicht nach Venedig.«

Auf die höfliche Frage nach dem Grund ihrer Abneigung zeigte sie sich dann aber doch bereit, des langen und breiten von dem schrecklichen Erlebnis zu erzählen, das sie kürzlich in dieser Stadt gehabt hatte. Ich will ihren Bericht über den Mord hier nicht wörtlich wiederholen, denn er unterschied sich in den Fakten nicht von dem, was wir von Marylou gehört hatten. Die Akzente waren allerdings ein wenig anders verteilt. Eleanor betrachtete die Angelegenheit offenbar hauptsächlich unter dem Gesichtspunkt, daß die Direktion des Cytherea ihre Pflicht, für ihre – Eleanors – Bequemlichkeit und Sicherheit zu sorgen, gröblich verletzt hatte. Sie schloß mit der dramatischen Ankündigung, dort werde sie nie wieder Quartier nehmen.

Obwohl ihm das alles nicht neu war, gelang es Benjamin, mit dem geziemenden Ausdruck von Überraschung und Beunruhigung zu reagieren. Von mir hingegen, als jemand, der weder Ned noch Kenneth persönlich kannte, waren Äußerungen grundsätzlicher, mit schlichter Neugier vermischter Empörung eher angebracht.

»Hat man eine Ahnung, wer es getan hat?« fragte ich.

»O ja. Eine Frau, die zu derselben Reisegruppe gehörte wie wir. Sie wurde unmittelbar darauf festgenommen. Sie hatte anscheinend so etwas wie eine Affäre mit dem armen Ned, und dann haben sie wohl Streit bekommen. Ich muß schon sagen, mich hat das nicht überrascht; ich hielt sie von Anfang an für ein ziemlich labiles Geschöpf, weil sie zu viel trank und ständig über irgendwelche Dinge stolperte. Ich hatte nicht viel für sie übrig.« Arme Julia – so viel zu Ruth und Naëmi!

Ragwort bewährte sich glänzend. Er überhäufte Eleanor mit einer üppig dosierten Mischung aus Mitgefühl (für ihr furchtbares Erlebnis), Bewunderung (für die Tapferkeit, mit der sie es erduldet) und Entrüstung (über das Hotel, das bei ihrem Schutz so völlig versagt hatte). Zeitweise war ich in Sorge, er werde es übertreiben; was aber, wie er mir inzwischen versichert hat, bei Frauen wie Eleanor gar nicht möglich ist.

»Und Sie sind tatsächlich von der Polizei verhört worden? Oh, Mrs. Frostfield, das schreit ja zum Himmel! Konnte denn niemand etwas dagegen tun?«

»Mein lieber Junge, der Hotelmanager war einfach eine Pfeife. Und diese Graziella, unsere sogenannte Reiseleiterin, war nicht mal zur Stelle. Man mußte es einfach hinnehmen.«

»Schauderhaft«, sagte Ragwort, »einfach schauderhaft. Und die Weigerung, Ihnen ein anderes Zimmer in einem anderen Teil des Hotels anzubieten – ich finde das schlichtweg unverzeihlich. Von Ihnen zu erwarten, daß Sie die Nacht in demselben Raum zubringen, fast Wand an Wand mit dem Zimmer, wo Sie den armen jungen Mann ermordet aufgefunden hatten...«

»Ich selbst habe ihn ja nicht eigentlich gefunden«, sagte Eleanor. Falls dieses Dementi, wie Ragwort später behauptete, rascher herauskam, als es natürlich gewesen wäre, dann nur um den Bruchteil einer Sekunde, zu wenig, als daß ich es bemerkt hätte. »Aber ich habe gesehen, wie sie ihn auf der Bahre heraustrugen, nur ein paar Schritte von mir entfernt. Mit einem Laken bedeckt, Gott sei Dank. Aber auch das war grausig genug, kann ich Ihnen versichern.«

»Entsetzlich«, sagte Ragwort. »Ich finde es wirklich fabelhaft von Ihnen, Mrs. Frostfield, daß Sie hier sind, so kurz nach einem solch furchtbaren Erlebnis.«

»Man hat ja Verpflichtungen«, sagte Eleanor mit heroischem Unterton. »Ich konnte doch meine Schäfchen nicht im Stich lassen – es liegt ihnen so viel daran, mich persönlich hier zu haben. Übrigens, Benjamin, Sie Schlingel, wie haben Sie erfahren, daß ich in Venedig war? Ich dachte, das wäre mein kleines Geheimnis.«

Ich fing beinahe an, ein gewisses Wohlwollen für sie zu empfinden; sie hätte nämlich Benjamin kein besseres Stichwort geben können, selbst wenn sie mein Skript gekannt hätte.

»Das ist ja das Seltsame«, sagte Benjamin und sah dabei so einfältig drein, als sei er nicht ganz bei Trost. »Ich habe nämlich eine Postkarte aus Venedig bekommen, von jemandem, der mir schreibt, daß er Sie dort gesehen habe. Und der einfach nur als ›Bruce‹ unterschreibt und sich angeblich darauf freut, mich wiederzusehen. Ziemlich peinlich das Ganze, weil ich nicht weiß, wer er ist. Ich habe mir den Kopf zerbrochen, wer das sein kann. Deshalb hatte ich ein bißchen die Hoffnung – durch diese gräßliche Sache mit Ned hätte ich es fast vergessen – ich hatte ein bißchen die Hoffnung, da es sich um jemand handelt, der Sie, Mrs. Frostfield, kennt, daß Sie imstande wären, sich auf ihn zu besinnen. Sie würden mich vor einem unaussprechlichen Fauxpas bewahren, wenn er mir das nächste Mal über den Weg läuft.«

Ich atmete auf. Benjamin ist ein lieber, guter, intelligenter junger Mann. Ich zweifle nicht daran, daß die Gerüchte über seine Examensnote auf nichts als übler Nachrede beruhen.

»Bruce?« sagte Eleanor. »Bruce? Wie mysteriös, Benjamin. Ich habe ganz bestimmt niemand namens Bruce in Venedig getroffen. Außerdem, ich glaube nicht, daß ich überhaupt jemanden dieses Namens kenne. Ich fürchte, ich kann Ihnen da nicht helfen.«

In ihren stahlblauen Augen gab es nichts, das verriet, daß sie log; obwohl es, wenn man sich auf Julias Wiedergabe ihrer Unterhaltung mit Kenneth verlassen konnte, so gut wie feststand, daß sie nicht die Wahrheit sagte.

»Benjamin«, sagte ich, »dieses Bild, das in Verona verschwunden ist.« Als wir Frostfield's den Rücken kehrten, hatte er uns freundlicherweise auf ein weiteres Glas Wein in seine Wohnung eingeladen. »Haben Sie darüber noch mal nachgedacht?«

»Ja«, sagte Benjamin mit selbstzufriedener Miene, wie jemand, der im Begriff ist, beim Dorffest als Amateurzauberer aufzutreten. »Ja, habe ich. Sie, Hilary, nehmen meines Wissens an, daß Bob Linnaker zwar das Bild hat, aber nicht glaubt, daß es von besonderem Wert ist. Das stimmt, so weit wir wissen, mit den Tatsachen überein. Um ihn nun dahin zu bringen, daß er zugibt, es zu haben, wollen Sie als Käuferin auftreten, die es unbedingt erwerben möchte.«

»Das«, sagte ich, »ist eine hervorragende Zusammenfassung der Sachlage.«

»Nun, die nächstliegende Taktik wäre zu behaupten, daß das Bild übermalt ist und ein Tiepolo oder dergleichen darunter steckt. Die Schwierigkeit ist, woher Sie das wissen wollen, und außerdem sähe Bob sich dann nur veranlaßt, selbst daran herumzukratzen. Deshalb habe ich mir etwas ausgedacht, das Ihnen vielleicht zusagen wird. Darf ich mal eine Hypothese vortragen?«

»Gewiß«, sagte Ragwort, »wird uns ein Vergnügen sein.«

»Also«, sagte Benjamin, »ich bitte sich vorzustellen, daß etwa um die Jahrhundertwende in Verona bei einer der Sitzungen des Kuratoriums, oder wie immer sich das für die Kirche San Niccolo zuständige Gremium nannte, eins der Mitglieder die Sprache auf eine kahle Stelle an der Kirchenwand brachte, die mit einem Bild geschmückt sehr viel besser aussehen würde. Worauf ein anderer ihm zwar teilweise zustimmte, aber zugleich einwendete, das sei nicht machbar, weil rund um den freien Platz eine Menge guter Bilder von Bassetti und anderen großen Meistern des 17. Jahrhunderts hingen; es müsse eigentlich etwas dazu Passendes gefunden werden, aber heutzutage male ja niemand mehr so gut wie seinerzeit der Bassetti. Worauf der erste Sprecher erwiderte, es gebe im übernächsten Dorf einen jungen Mann namens, sagen wir, John Smith, – oder, da meine Hypothese in Italien angesiedelt ist, Giovanni Fabbro –, der sei imstande, auf Wunsch so zu malen wie Bassetti oder jeder andere der großen italienischen Meister und könne, kurz gesagt, genau das herstellen, was der Sprecher, ohne sich in solchen Dingen für einen Fachmann zu halten, ein Kunstwerk zu nennen bereit sei; und das sei mehr, als man von all diesem impressionistischen oder kubistischen Quatsch sagen könne. Würden Sie meiner Hypothese bis hierhin folgen wollen?«

»Gewiß doch, Benjamin«, sagte ich. »Bitte fortzufahren.«

»Gut, Giovanni wird also beauftragt, eine ansehnliche Madonna im Stil von Bassetti zu malen, wobei man ihn bei der Vereinbarung des Honorars zweifellos daran erinnert, daß das Werk zur größeren Ehre Gottes diene und nur eine begrenzte Stumme zur Verfügung stehe. Sein Ruf breitet sich aus, er bekommt Bestellungen von anderen Kirchen und privaten Auftraggebern mit ähnlichen Lücken zwischen den Alten Meistern an den Wänden ihrer Villen und Palazzi. Und nun bitte ich, sich an den Ersten Weltkrieg zu erinnern.«

»Aber gern«, sagte Ragwort. »Alles, was du willst.«

»Wie liebenswürdig, Desmond. Also, der Erste Weltkrieg. Und als Folge davon allerlei Wechselfälle und Schicksalsschläge, die zur Auflösung einer Anzahl wertvoller Kunstsammlungen führen. Und als dann die Sammlung des Barons di Cuesto oder des Conte di Cuello zur Versteigerung kommt und die Experten bestätigen, daß die Vorfahren des Barons eine Reihe von Bildern bei Veronese in Auftrag gegeben haben, wird es höchstwahrscheinlich niemandem auffallen, daß sich unter den sechs Bildern, die alle wie Werke von Veronese aussehen, eins befindet, das in Wirklichkeit von Giovanni Fabbro stammt. Berücksichtigen wir nun jedoch den Lauf der Zeit und die Entwicklung immer raffinierterer Methoden zur Feststellung des Urhebers eines Gemäldes; als Folge davon entdecken mehr und mehr Sammler, daß einige der großen italienischen Meister, die zu besitzen sie so stolz sind, in Wahrheit das Werk eines unbekannten Kopisten aus dem 20. Jahrhundert sind. Was«, fragte Benjamin mit der Miene des Zauberers, der dem Publikum gerade beweist, daß der Hut leer ist, »was glauben Sie, was dann passiert?«

»Allseitige Verärgerung, möchte ich meinen«, antwortete Ragwort. »Erstattungsforderungen. Leserbriefe an Redaktionen über den Verfall der Sitten im Kunsthandel. Juristen aus zwei Kontinenten repetieren, was sie über Betrugsfälle gelernt haben.«

»Ah ja, sicher.« Benjamin schien befriedigt, als habe man ihm bestätigt, daß der Hut wirklich leer sei. »Sicher, alles richtig. Aber dann. Dann, meine Lieben, wenn der Staub sich ein wenig gelegt hat und die National und das Metropolitan diese Fälschungen für soviel losschlagen, wie sie dafür kriegen, dann kommen die Leute darauf, daß der gute Giovanni ziemlich clever gewesen sein muß, um so überzeugende Imitate zu fabrizieren, daß die Experten so lange Zeit darauf hereingefallen sind. Dann kommt ihnen der

Gedanke, da sie sich schon keinen echten Tizian oder Veronese leisten können, daß eine echte Fälschung von Giovanni Fabbro das zweitbeste wäre. Mit dem Resultat, liebe Kinder«, sagte Benjamin mit dem wohlgefälligen Lächeln des Zauberers, der nun tatsächlich das Kaninchen aus dem Hut zieht, »mit dem Resultat, daß auf bestimmten Sektoren des Kunstmarkts Fälschungen von Fabbro sehr gefragt und infolgedessen auch ganz schön wertvoll sind.«

»Benjamin«, fragte ich, »ist all dieses wahrscheinlich oder nur möglich?«

»Es ist nicht unwahrscheinlich«, sagte Benjamin. »Es ist ziemlich genau das, was mit Van Meegeren passiert ist. Bei dem ist es schon so weit, daß es Fälscher gibt, die die Van Meegerens fälschen.«

»Wohingegen in Verona?« sagte ich.

»Wohingegen in Verona, wie Sie so treffend formulieren, Hilary, jedermann weiß, daß das dritte Bild auf der linken Seite hinter dem ersten Querschiff nicht einer von den wertvollen Alten Meistern ist, sondern nur ein hübsches Bild von einem relativ modernen einheimischen Maler. Das wäre zweifellos das, was die Polizei zu hören bekommen würde, sollte das Bild gestohlen werden.«

Ragwort war entzückt von der Geschichte. Er fragte Benjamin, ob er wirklich glaube, daß das in Verona gestohlene Bild als Fälschung wertvoll sei. Benjamin sah darin einen ausreichenden Anlaß, ihm nachsichtig auf die Schulter zu klopfen.

»Desmond, Liebster, ich glaube nichts dergleichen. Ich habe nicht die geringste Ahnung, warum das bewußte Bild sich in der Kirche des Heiligen Nikolaus befunden hat, und ich habe auch keinen Grund zu der Annahme, daß es das Werk eines berühmten Kopisten oder Fälschers ist. Den Giovanni Fabbro habe ich bloß erfunden. Meine Hypothese ist gleichsam eine hübsche kleine Kokotte, die dir ein halbes Stündchen flüchtigen Vergnügens bescheren sollte; hoffen wir, daß Bob Linnaker sich so sehr von ihr beeindrucken läßt, daß er bereit ist, sie zum Traualtar zu führen.«

Wieder in Islington angelangt und mit Katzenfüttern beschäftigt, dachte ich darüber nach, was es zu bedeuten hatte, daß Eleanor leugnete, jemanden namens Bruce zu kennen. Die Frage war, ob sie nicht doch Verdacht geschöpft und das Märchen von der Postkarte durchschaut hatte, und, wenn ja, ob sie sich – das kam mir plötzlich in den Sinn – bei meinem College telefonisch nach meinem angeblichen Auftrag erkundigt hatte. In diesem Fall hatte sie mit Sicherheit niemanden gesprochen, der bestätigen konnte, daß ich beauftragt sei, die Geldmittel des Colleges in Kunstwerken anzulegen; andererseits beschäftigte die finanzielle Situation des Colleges die meisten meiner Kollegen so herzlich wenig, daß sich wahrscheinlich ebensowenig jemand gefunden hatte, der die Frage direkt verneinte. Da ich mich gut an die metallene Kälte ihrer stahlblauen Augen erinnerte, war mir dies ein tröstlicher Gedanke.

Kapitel 15

Erster! Ich kriege den Major!« sagte Cantrip.

Beim Kaffee am nächsten Vormittag, das heißt also am Mittwoch, hatte ich meinen eigenen Eindruck von Eleanor dem hinzugefügt, was Ragwort kurz zuvor schon berichtet hatte. Wir überlegten, was als nächstes zu tun war.

»Nun«, sagte Selena, »wir halten es ja für möglich, daß der Major ein potentieller Mörder ist. Wenn wir das nicht unterstellten, gäbe es keinen Grund, ihn aufzusuchen. Wenn wir es aber unterstellen, dann halte ich es nicht für besonders glücklich, daß einer von uns allein zu ihm geht.«

»Wenn du vorhast, eine Wagenladung Diebesgut aufzukaufen«, sagte Cantrip, »kannst du nicht mit einer ganzen Horde ankommen. In Anwesenheit von Dritten hält sich der potentielle Verkäufer geschlossen wie eine Auster.«

»Könnte nicht«, schlug Selena vor, »Benjamin mitgehen, als fachkundiger Berater?«

»Nein«, sagte ich. »Danach habe ich ihn gestern abend schon gefragt. Er fliegt heute wegen einer Ausstellung nach New York.«

»Verflixt«, sagte Selena. »Wie herzlos von ihm.«

»Also muß einer von uns alleine gehen«, sagte Cantrip. »Und das bin ich, weil ich der einzige von uns bin, der Karate kann. Wenn der Major tätlich wird, werfe ich mich behende wie ein Panther auf ihn, schreie ›Huutscha‹ - alter japanischer Schlachtruf - und strecke ihn mit einem einzigen wohlgezielten Hieb zu Boden. Oh, Entschuldigung, Ragwort, tut mir furchtbar leid.«

Beim Versuch, das vorgesehene Manöver in den beengten räumlichen Verhältnissen des Kaffeehauses zu demonstrieren, hatte Cantrip seinen linken Ellbogen in abrupten Kontakt mit Ragworts Schulter gebracht, gerade als Ragwort seine Tasse an die Lippen führte.

»Schon gut«, sagte Ragwort, »mach dir nichts draus. Ich hatte zwar gehofft, dieser Anzug würde noch mindestens eine Woche überstehen, ehe er in die Reinigung muß; zweifellos habe ich mich geirrt. Indessen, wenn du Karate erwähnst – bist du ganz sicher, daß du den Kampfsport nicht mit irgendeinem neuen Tanz verwechselst?«

»Bloß weil du sauer bist wegen deinem Anzug«, protestierte Cantrip, »brauchst du noch lange nicht ausfallend zu werden wegen meiner geschmeidigen Künste. Ich bin da gut ausgebildet. Kannte mal einen in Cambridge, der hatte den Schwarzen Gürtel und hat mir an einem verregneten Wochenende gezeigt, wie's geht.«

Die Ausbildung in der uralten Kunst der Samurai erfordert, soviel ich gehört habe, mehrjähriges, systematisches Training. Sie schließt, wie man mir gesagt hat, sogar ein solches der Psyche mit ein. Ob Cantrip so etwas überhaupt besitzt, ist, wie meine Leser sich vielleicht erinnern, eine alte Streitfrage. Aber er besitzt auf jeden Fall körperliche Gewandheit und einen natürlichen Aggressionstrieb. Es schien mir also nicht unverantwortlich zu sein, wenn man ihm erlaubte, den Major allein zu bearbeiten. Nichtsdestoweniger fühlte ich mich verpflichtet, Einspruch zu erheben.

»Cantrip«, sagte ich, »das geht nicht. Er hat dich am Flughafen bemerkt, als du dir das Gepäck angesehen hast. Er könnte dich wiedererkennen.«

»Ja, gut, wird er wohl«, sagte Cantrip. »Und wenn er's nicht tut, erinnere ich ihn daran. Ich habe es mir alles zurechtgelegt. Ich gehe in seinen Laden und stöbere ein bißchen herum, wie man es eben beim Trödler macht. Nach einer Weile kommt er dann an und fragt, ob ich etwas Bestimmtes suche. Und ich bin dann total überrascht.«

»Cantrip«, sagte Selena, »du wirst es hoffentlich nicht übertreiben.«

»Ich werde eine unheimlich echte und überzeugende Überraschung an den Tag legen und sagen, Himmel, waren Sie das nicht dort auf dem Flugplatz, am Samstag, als ich mich wie ein Esel aufgeführt habe? Und er wird sagen, Herrgott, sind Sie dieser Esel, der seinen Koffer nicht finden konnte? Und ich sage, ja, was für ein Zufall. Und dann rede ich weiter, für was für einen Idioten er mich gehalten haben muß. Und er wird sagen, ja, stimmt, ehrlich gesagt hat er gedacht, ich sei ein ziemlicher Idiot.«

»Und wenn in diesem Punkt der *consensus ad idem* erzielt ist?« fragte Ragwort.

»Na ja, dann rede ich weiter und sage, warum ich so durcheinander war, nämlich weil ich meinen Onkel Herward zum Lunch treffen sollte und mein Flieger Verspätung hatte. Ich werde unterschwellig andeuten, daß ich mit 'nem Mädel in Paris war, das mein Onkel ablehnt, und daß ich nicht wollte, daß er erfährt, daß ich überhaupt weggewesen bin. Das trägt alles zu dem bei, was wir in der Fleet Street die persönliche Note nennen.«

»Ist Onkel Herward der mit der exzentrischen Vorstellung vom Ewigweiblichen?« fragte Selena.

»Stimmt. Also, ich erzähle ihm, daß mein Onkel als Berufsoffizier a.D. unheimlich viel auf Pünktlichkeit gibt. Wenn er hört, daß ich mit einem Kameraden von ihm blutsverwandt bin, fällt er mir um den Hals und umarmt mich. Bildlich natürlich nur, ich sehe das nämlich als eine sehr englische, sehr männliche Szene vor mir.«

»Ganz recht«, sagte ich, »aber wie willst du die Sache mit dem Bild zur Sprache bringen?«

»Schön, wenn wir die Regimenter und Brigaden und das alles durchgekaut haben, lasse ich irgendwann fallen, daß mein Onkel sich für Bilder und Antiquitäten interessiert.«

»Das«, sagte Ragwort, »wird jedenfalls mehr Glaubwürdigkeit vermitteln, als wenn du dich selbst als Liebhaber der schönen Künste aufspielst.«

»Genau. Und dann erzähle ich, daß mein Onkel sich speziell für Fälschungen interessiert, so was wie dieser Van Megawatt. Ich sage dem Major, daß er mich benachrichtigen soll, falls ihm mal so was über den Weg läuft, damit ich meinen Onkel darauf ansetzen kann, was mir bei ihm einen Stein im Brett verschaffen würde.«

»Vermutlich willst du andeuten«, sagte Ragwort, »daß du mit einer Erbschaft rechnest?«

»Ja. Aber nur durch die Blume. Direkt auszusprechen, daß ich glaube, der Alte wird mir was hinterlassen, würde ein bißchen krass klingen. Er wird es ürigens nicht, weil er findet, ich gehöre zu der Generation, die seine Ideale in den Schmutz gezogen hat. Aber das darf der Major natürlich nicht erfahren.«

»Cantrip«, sagte ich, »das Bild . . .«

»Eins nach dem anderen, Hilary. Also ich werde sagen, daß mein Onkel letzte Woche total frustriert war, weil er in der *Times* gelesen hat, daß jemand ein Bild stibitzt hat, das er selbst gern für sich ergattert hätte. Ich erzähle dann, er war letztes Jahr im Urlaub in Verona und hat dieses Bild identifiziert als Werk eines gewissen Fabriccato.«

»Fabbro«, korrigierte ich.

»Keine Angst, Hilary, das kriege ich dann schon hin. Und am meisten frustriert ist der Onkel, behaupte ich, weil, wenn er gewußt hätte, daß der Wert des Bildes den Leuten nicht bekannt und es folglich nicht mit lauter Drähten und Alarmklingeln gesichert war, er es sich selbst unter den Nagel gerissen hätte. Ganz schön raffiniert, was?«

»Heißt das«, sagte Selena, »daß du dem Major zu verstehen geben willst, falls er das Bild tatsächlich in Besitz hat, daß dein Onkel keine moralischen Hemmungen haben würde, gestohlenes Gut zu erwerben?«

»Richtig«, sagte Cantrip. »Natürlich, wenn er wirklich schon von meinem Onkel gehört hat, weiß er das ohnehin. Aber vermutlich gibt es auch welche in der Armee, die noch nie von dem alten Knaben gehört haben.«

Selena hatte nach wie vor Bedenken, Cantrip den Alleingang zu erlauben. Schließlich schlossen wir einen Kompromiß. Wir würden alle mit nach Fulham kommen. Wenn die Vernunft es erforderte, würde der Rest von uns sich von Cantrip trennen, aber nur in der Weise, daß wir auf der anderen Straßenseite warten würden. Wir wollten uns gegenüber dem Laden des Majors einen Beobachtungspunkt suchen und Cantrip sorgfältig im Auge behalten. Cantrip seinerseits versprach, nach Möglichkeit zu vermeiden, vom vorderen Teil des Verkaufsraums in eine rückwärtige Höhle gelockt zu werden, wo ein mörderischer Angriff auf ihn unbeobachtet stattfinden könnte.

»Der einzige Haken an der Sache ist«, sagte Cantrip, »es kann ja ein Weilchen dauern, bis ich den Major soweit gebracht habe, daß er zusammenbricht und alles gesteht. Und wenn der Familienanwalt des Duke von sowieso oder jemand anders plötzlich die Dienste eines Barristers in Anspruch zu nehmen gedenkt, dann nutzt es ihm wenig, wenn er in New Square Nr. 62 anfragt. Henry wird das nicht besonders gut finden.«

»Mein lieber Cantrip«, sagte Selena, »wenn du es auf dich nimmst, dich ganz allein auf ein Gespräch mit einem potentiellen Mörder einzulassen, dann wäre es ja wohl sehr kläglich, wenn Ragwort und ich nicht den Mut aufbrächten, Henry zu eröffnen, daß wir alle zu einem sehr wichtigen Lunch gehen müssen und eine kleine Weile abwesend sein werden.«

»Ganz recht«, sagte Ragwort. »Außerdem, wenn wir Glück haben, geht Henry zur Mittagspause vor uns aus dem Haus, so daß wir es ihm durch die Aushilfskraft ausrichten lassen können.«

Selena hatte wohlweislich, im Hinblick auf die umständliche Fahrt mit öffentlichen Verkehrsmitteln zur New King's Road, ihr Auto zum Lincoln's Inn mitgebracht. Zu der Stunde, zu der die Mitglieder der Kanzlei New Square Nr. 62 sich normalerweise zum Lunch begeben, machten wir uns nach Fulham auf. Nachdem sie sich mit der frechen Unbekümmertheit, über die ich meine Meinung bereits geäußert habe, durch das komplizierte Einbahnstraßensystem zwischen Lincoln's Inn und dem Thames Embankment hindurchgeschlängelt hatte, fuhr sie westwärts durch Chelsea.

Ragwort, der ein Haus in Fulham besitzt, behauptet steif und fest, daß der Stadtteil im Aufwärtstrend liegt. Ich streite mich nicht gern mit ihm darüber, muß aber gestehen, daß zumindest die New King's Road mir eher den gegenteiligen Eindruck vermittelt. Diese großen aneinandergereihten Wohnhäuser sind zwar zu keiner Zeit für die geringverdienende Bevölkerung gedacht gewesen; doch der Zustand von Mauerwerk und Anstrich legt die Vermutung nahe, daß sie vor ein paar Jahren in einer Phase tatsächlicher oder erhoffter Konjunktur erworben wurden, und daß diese sich dann als kurzlebig oder ganz illusorisch herausstellte.

Es gibt in diesem Teil von London zahlreiche Geschäfte, die Dinge aus zweiter Hand anbieten; wenn man sich in westlicher Richtung bewegt, sieht man eine Art absteigender Entwicklung, von Antiquitäten über Kuriositäten zu bloßem Trödel. Die Geschäftsräume von Major Linnaker befanden sich in dem zwielichtigen Niemandsland zwischen der ersten und der zweiten Sorte. Wir bemerkten mit Genugtuung, daß sein Laden fast direkt gegenüber einem Pub lag, dessen Wirt genügend Zutrauen zu dem milden Septemberwetter gehabt hatte, um auf dem Bürgersteig einen schmiedeeisernen Tisch und ein paar Stühle aufzustellen.

Selena fuhr an dem Geschäft vorbei. Etwa hundert Meter dahinter bog sie rechts in eine ruhige Seitenstraße ein, um zu parken.

»Wenn du nachher rauskommst«, sagte sie, während sie das Auto abschloß, »denke ich, Cantrip, es wäre klug ...«

»Ich bin«, sprach Cantrip, »kein Vollidiot. Wenn ein Typ ostwärts geht und zufällig stehen bleibt, um in einen Laden hineinzuschauen, dann wirkt es entschieden verdächtig, wenn er hinterher in westlicher Richtung zurückgeht. Ich werde links abbiegen, dann links und nochmal links und mich hier mit euch treffen. Wenn ich herauskomme ...«

»Wir geben dir zwei Minuten Vorsprung«, sagte Selena, »um sicherzugehen, daß du nicht verfolgt wirst.«

»Roger«, sagte Cantrip. »Alles klar. Wir sehen uns später.«

»Cantrip«, sagte Selena, »du paßt doch gut auf dich auf?«

»Aber klar«, sagte Cantrip.

Er trennte sich von uns und schlenderte auf der New King's Road zurück. Wir anderen überquerten die Straße, hielten mit ihm Schritt und bewegten uns, wie wir hofften, mit derselben Nonchalance. Als wir zum Pub kamen, nahmen wir an dem eisernen Tischchen Platz und beobachteten ihn. Er blieb vor dem Antiquitätengeschäft stehen, als hätte ein interessantes Objekt im Fenster seinen Blick auf sich gezogen.

Der Major hatte sich bei der Gestaltung seines Schaufensters nicht bemüht, stilvolle Eleganz walten zu lassen. Es hatte ihm anscheinend nichts ausgemacht, eine Anrichte aus dem 17. Jahrhundert mit einer Gruppe von Sheraton-Stühlen zu kombinieren – die wahrscheinlich, im Lichte dessen, was Benjamin gesagt hatte, ohnehin nicht echt waren. Aber unmittelbar daneben stand ein chinesischer Schirmständer in einer Art Weidenmuster, der meiner Meinung nach echt sein mußte; er war viel zu häßlich, als daß jemand den Wunsch gehabt haben konnte, ihn zu kopieren.

»Unsere Anwesenheit hier«, sagte Ragwort, »würde überzeugender wirken, wenn wir etwas trinken würden. Soll ich uns ein Bier holen?«

»Bestens«, sagte Selena. »Und ein paar Sandwiches. Vielleicht ist das heute alles, was wir zum Lunch kriegen.«

Ragwort ging hinein, um für unser leibliches Wohl zu sorgen. Selena und ich blieben draußen sitzen und sahen, wie Cantrip den Laden betrat und mit dem Herumstöbern begann. Nach angemessener Zeit tauchte aus dem Innern des Ladens eine Gestalt auf, die wir sogleich trotz der Entfernung als den Major wiedererkannten; sein borstiger weißer Schnurrbart und der bronzefarbene Teint waren unverkennbar. Wir beobachteten, wie er Cantrip ansprach, vermutlich mit der Frage, ob er ein besonderes Interesse für die

Sheraton-Stühle oder den chinesischen Schirmständer habe. Cantrip blickte auf.

»Ah«, sagte Selena, »Cantrip ist gerade völlig überrascht.«

Ragwort kehrte mit drei Bier und einem Teller mit Würstchen in Blätterteig zurück. Der Barmann hatte seine Frage nach Sandwiches mit Hohngelächter beantwortet und ihn in einer Form, die Ragwort als Beleidigung empfand, daran erinnert, daß die Brotlieferanten gerade streikten. Wir tranken unser Bier und knabberten vorsichtig an dem Gebäck, während wir die Fensterfront des Antikladens im Auge behielten.

»Eben ist Übereinstimmung erzielt worden«, sagte Ragwort, »daß Cantrip ein Esel ist.«

Diese Wurstdinger waren noch ungenießbarer, als die Sandwiches wahrscheinlich gewesen wären. Ich fing an, mir zu wünschen, daß die Wurstlieferanten ebenfalls gestreikt hätten.

»Ich glaube«, sagte Selena, »jetzt ist der Augenblick gekommen, in dem der Major Cantrip in metaphorischer Umarmung um den Hals fällt.« Ich stimmte zu, daß diese Schlußfolgerung einleuchtete; der Major hatte nämlich aus einem Schrank eine Flasche und zwei Gläser hervorgeholt.

»Ich hoffe doch«, sagte Ragwort, »es besteht keine Gefahr, daß er versucht, Cantrip zu vergiften?«

»Ich glaube nicht«, antwortete ich, »daß Cantrip bisher etwas gesagt hat, was ihn zu einem so extremen Verhalten provozieren würde. Außerdem trinkt er ja aus derselben Flasche.«

Die entspannte und gesellige Haltung der beiden in dem Laden ließ vermuten, daß das Gespräch sich eher um Armeeklatsch drehte als um den Ankauf von Diebesgut. Wir konnten es Cantrip, wenn wir fair waren, nicht übelnehmen, daß er sich Zeit ließ. Wir hatten ihm immerhin eingeschärft, langsam und unauffällig vorzugehen. Ich muß jedoch gestehen, daß ich allmählich fand, er ließe sich mehr Zeit als nötig; er saß so behaglich da und trank auf Kosten des Majors und hatte derweilen anscheinend vergessen, welche Langeweile und Unannehmlichkeiten diejenigen zu ertragen hatten, die auf ihn aufpaßten.

Des Brotstreiks wegen war damals gerade, wie dem Leser vielleicht erinnerlich, die allgemeine Wirtschaftslage als Gesprächsthema von den Rezepten für selbstgebackenes Brot verdrängt worden. Ragwort hatte von seiner Großmutter ein Rezept bekommen, das unendlich viel besser war als die in der Presse verbreiteten.

Selena bat ihn, es für sie aufzuschreiben. Während wir ihm dabei zuschauten und seinen Ausführungen über die Wichtigkeit genauen Abmessens und Wiegens lauschten, vergaßen wir einige Minuten lang, auf das zu achten, was sich im Laden gegenüber tat.

Als wir wieder hinblickten, hielt der Major ein Gewehr in den Händen.

Julia hat sicherlich recht, wenn sie Ragworts unbefleckte Tugend dem hochmütig mißbilligenden Gesicht zuschreibt, das er aufsetzt, wenn er mit so etwas wie einem Antrag konfrontiert wird. Es ist aber auch wahr, daß er ungewöhnlich schnell rennen kann; in der Cricket-Saison ist er sonntags in seinem Heimatdorf in Sussex als Läufer auf dem Spielfeld sehr gefragt. Während Selena und ich noch ungeduldig darauf warteten, die Fahrbahn überqueren zu können, war Ragwort schon, ohne weiteres Unglück als was seiner unsterblichen Seele von den Flüchen eines aufgebrachten Lastwagenfahrers drohte, auf der anderen Seite angelangt.

Selenas Ungeduld, gebe ich zu, war größer als meine. Sowenig mir schon die Aussicht behagte, in der Abendzeitung auf die Schlagzeile »Krawall in Fulham: Barrister erschossen« zu stoßen, so glaubte ich nicht, daß der Zusatz »und Oxford Professorin« die Sache verbessern würde. Mir schien akkurat der Moment gekommen, in dem es sich empfiehlt, die Polizei zu rufen. Unglücklicherweise war kein Polizist in der Nähe; und Ragwort und Selena in ihrem jugendlichen Eifer waren offenbar nicht gewillt zu warten, bis einer kam. Schon um den Anstand zu wahren, konnte ich nicht auf meiner Straßenseite von New King's Road stehenbleiben, während die Juniorpartner von New Square Nr. 62 drüben mit einem bewaffneten Psychopathen kämpften.

Ein paar Sekunden lang wurde uns der Blick auf das Antiquitätengeschäft von einem vorbeifahrenden Sattelschlepper verstellt. Als wir wieder ins Innere sehen konnten, hatte sich die Szene dramatisch gewandelt. Nun war es Cantrip, der das Gewehr hielt. Ich sah ein, daß ich sein Talent für Karate zu Unrecht angezweifelt hatte. Er mußte mit erstaunlicher Behendigkeit den Major entwaffnet haben; gleich würde er ihn auf die Straße hinausführen und ihn mit dem Gewehr in Schach halten, während Ragwort, der noch unschlüssig vor dem Laden stand, die einschlägigen Behörden zu Hilfe rief.

Aber es geschah nichts dergleichen. Nach einem kurzen Augenblick senkte Cantrip das Gewehr. Er drehte sich, so daß er uns den Rücken zukehrte. Ragwort blieb draußen stehen, scheinbar in Bewunderung des Schirmständers versunken. Ein Autofahrer, der gebremst hatte, um Selena und mich über die Straße zu lassen, hupte ungeduldig: wir machten eine entschuldigende Geste und traten vom Kantstein zurück; es gab keinen Grund mehr hinüberzueilen.

Das Bewundernswerte an Selena ist ihr Instinkt für das, was der Augenblick verlangt; sie ging geradewegs zur Bar und kam mit drei doppelten Scotch wieder.

Ragwort, der in einem moderaten Tempo zu uns zurückgekehrt war, hatte ebenfalls keine Erklärung für den Vorfall. Cantrip schien seine Anwesenheit bemerkt zu haben; er hatte sich vom Schaufenster abgewendet, die Hände auf den Rücken gelegt und mit beiden Daumen nach oben gezeigt, was von Ragwort so interpretiert wurde, daß alles in Ordnung sei. Dann hatte er die Handflächen geöffnet, als ob er etwas von sich wegschieben wolle, und Ragwort hatte das so verstanden, daß er sein *Tête-à-tête* mit dem Major ungestört fortsetzen wolle.

Wir setzten unsere Beobachtung des Schaufensters fort. Cantrip und der Major hatten wieder Platz genommen und sich offenbar in ein freundschaftliches Gespräch vertieft. Wir sahen zu, wie der Major noch eine Flasche aufmachte.

Nach etwa zwei Stunden kam Cantrip heraus. Er ging, wie es geplant worden war, links herum. Sein Gang schien mir ein bißchen weniger zügig als sonst. Wir warteten verabredungsgemäß zwei Minuten, um sicherzugehen, daß er nicht verfolgt wurde. Als wir uns vom Gegenteil überzeugt hatten, standen wir auf und gingen zum Auto zurück. Cantrip, der arme Junge, war schon da und lehnte sich blaß und erschöpft an den Wagen.

»Cantrip«, sagte Selena, »bist du okay?«

»Nein«, sagte Cantrip. »Mir ist, als wenn ich stürbe. Aber wenn wir zu Ragwort gehen und eine Tasse Kaffee trinken, werde ich es wohl überleben.«

Ich konnte mir den Zustand des armen Jungen nicht erklären. Zugegeben, er hatte eine ziemliche Menge Whisky geschluckt, ohne etwas dazu zu essen; aber ich hätte doch auf der Grundlage dessen,was ich von ihm weiß, nicht gedacht, daß ihm das so viel ausmachte. Der Zwischenfall, der uns alarmiert hatte, hatte ihn offenbar nicht im geringsten erschüttert, und der Rest der Unterhaltung mit dem Major schien recht friedlich verlaufen zu sein; trotzdem sahen wir, daß er körperlich und geistig am Ende war.

»Cantrip«, fragte Selena, »was war mit dem Gewehr?«

»Was für ein Gewehr?« fragte Cantrip.

Ich erinnerte ihn zartfühlend - er litt offenbar an einer Gedächtnisstörung -, daß im Anfangsstadium des Gesprächs der Major ihn mit einer Handfeuerwaffe bedroht hatte.

»Ach das«, sagte Cantrip, »das war keine richtige Knarre. Es war ein Baker Steinschloßgewehr, wie die, mit denen die Schützenregimenter im Jahr 1800 ausgerüstet waren. Echt interessant. Ich habe es an der Wand hängen sehen und ihn gefragt, ob ich mal einen Blick drauf werfen dürfte. Sagt mal, ihr habt doch nicht etwa gedacht, er hätte gedroht, mich zu erschießen, oder?«

»Doch«, sagte Selena, »diese Besorgnis bestand.«

»Ach, hör doch auf«, sagte Cantrip. »Du wärst total verrückt, wenn du heutzutage versuchen wolltest, jemanden mit einem Steinschloßgewehr zu erschießen.«

»Das wußten wir ja nicht, Cantrip«, sagte Selena.

»Oh«, sagte Cantrip, »tut mir schrecklich leid.«

»Ist es dir gelungen«, fragte ich, »ihn auf das Bild anzusprechen?«

»Aber ja«, sagte Cantrip, »ich habe ihm lang und breit von meinem Onkel Herward erzählt, der wäre ganz scharf auf Fälschungen und dergleichen und besonders welche von diesem Februaro.«

»Fabbro«, sagte ich.

»Genau«, sagte Cantrip. »Also, ich habe ihm den ganzen Sermon verpaßt, auch über das Gemälde, das in Verona gestohlen worden ist. Daraufhin hat er versprochen, sich bei ein paar Freunden umzuhören - ganz unter der Hand, keine Namen, kein Griffekloppen - und zu sehen, ob er etwas herausfinden kann. Wenn ja, will er mich sofort verständigen, damit ich es Onkel Herward erzählen und mich bei ihm lieb Kind machen kann. Ja, ja, dieser Teil lief wie geschmiert, ich habe es alles ziemlich schnell rübergebracht.«

»Wenn das so ist«, fragte Ragwort, »worüber habt ihr dann die übrigen zwei Stunden geredet?«

»Frauen«, sagte Cantrip.

»Cantrip«, sagte Selena, »wenn du mir weismachen willst, daß du in den zwei Stunden, die wir vor diesem widerlichen Pub gesessen und eklige Würstchen gegessen und uns Sorgen gemacht haben, ob der Major dich erschießen würde, daß du dir die ganze Zeit unanständige Witze mit ihm erzählt hast wie ein . . .«; aber Cantrips Augen, die plötzlich wieder ihren erschöpften Ausdruck annahmen, brachten ihre Vorwürfe zum Schweigen.

»Waren es wirklich nur zwei Stunden?« fragte er. »Es schien mir länger. Viel länger. Schrecklich viel länger. Der Major hat eine Menge Frauen gekannt. Engländerinnen, Italienierinnen, Araberinnen, Serbokroatinnen. Solche Frauen und solche, die richtige Sorte und die falsche Sorte. Frauen die wollten, Frauen die nicht wollten, Frauen, die vielleicht . . . Er hat mir von jeder einzelnen erzählt. Seid ihr sicher, daß es nur zwei Stunden waren?«

»Konntest du ihn nicht zum Stoppen bringen?« fragte Ragwort.

»Nein«, sagte Cantrip.

»Warum hast du ihm erlaubt, damit anzufangen?« fragte Selena.

»Na ja«, sagte Cantrip, »ich dachte, wenn ich ihn auf das Thema bringe, wird er früher oder später auf Julia zu sprechen kommen. Es ist schließlich nur eine Woche her, daß er ihr einen Heiratsantrag gemacht hat.«

»Und?« fragte ich.

»Ganz zum Schluß«, sagte Cantrip, »hat er sie erwähnt. Nicht mit Namen, aber er sagt, er hätte vor kurzem eine schlechte Erfahrung gemacht, weil er dachte, er hätte endlich die Richtige gefunden, und sich dann doch herausstellte, daß es die Falsche war. Schrecklich intelligentes Mädchen, sagt er, in Oxford gewesen, die konnte einen schlichten Soldaten wie ihn leicht um den Finger wickeln. Sie hatte ihn völlig umgarnt, sagt er, und er hat erst in letzter Minute herausgefunden, daß sie von der falschen Sorte war.«

»Wirklich«, sagte Selena, »was für eine Unverschämtheit. Daß ein Mann, der vom Verkauf gestohlener Antiquitäten lebt, sich mit solchen Worten über ein Mitglied von Lincoln's Inn äußert . . .«

»Ja, das fand ich auch«, sagte Cantrip. »Was auch immer, ich habe ihn gefragt, woher er gemerkt hat, daß sie von der falschen Sorte war, und da wurde er ganz zugeknöpft und meinte, es sei für ihn zu peinlich, davon zu sprechen. Das fand ich nun reichlich verdächtig, weil er bis dahin so aufgeknöpft gewesen war, wie man's nur sein kann. Deshalb vermute ich, daß er gedacht hat, wenn er weiterredet, verrät er sich selbst – nämlich, daß er hinter Julias Flirt mit dem Steuereintreiber gekommen ist und den Mann in einem Anfall rasender Leidenschaft umgebracht hat, wie ich es schon immer gesagt habe.«

»Hoffentlich hast du«, sagte ich, »ihm gesagt, wie er dich erreichen kann, falls er etwas über das Bild herausfindet.«

»Ja, ich habe ihm meine Telefonnummer in der Kanzlei gegeben. Da wird er mich wohl anrufen, wenn er das nächste Mal das Bedürfnis hat, jemandem von einer Frau in der Äußeren Mongolei zu erzählen, die die Falsche war.«

»Ich habe den Verdacht«, sagte ich, »daß du ziemlich bald von ihm hören wirst. Aber«, setzte ich hinzu, als ich den gehetzten Ausdruck in den Augen des Ärmsten sah, »ich glaube nicht, daß er dann über Frauen reden will.«

Kapitel 16

Ich erwachte am Donnerstagmorgen in der zwar nicht durch rationale Erkenntnis zu rechtfertigenden, dennoch unbeirrbaren Überzeugung, daß die Dinge auf eine Krise zusteuerten; eine so sichere Überzeugung, daß ich mich gezwungen sah, den Ruf der Wissenschaft noch einmal zu überhören. Ich verschob meinen Aufbruch von Islington lediglich so lange, bis ich ein unumgängliches Telefonat geführt hatte, und begab mich dann auf direktem Wege zum New Square Nr. 62.

Als ich an die Tür des großen Raums im »Kindergarten« klopfte und zum Eintreten aufgefordert wurde, fand ich Ragwort und Cantrip mit einem Brief beschäftigt; ich erkannte die klare, sorgfältige Handschrift, in der Timothy, als er noch mein Schüler war, seine Aufsätze abzuliefern pflegte. Es war der Brief, der bereits in Kapitel 12 dieses Buches wiedergegeben ist. Ragwort reichte ihn mir hin mit der Bemerkung, er enthalte leider nichts weiter als das, was wir schon wüßten. Ich ließ mich in den breiten Ledersessel sinken und begann zu lesen.

»Hilary«, fragte Ragwort, »hast du vor, länger zu bleiben?«

»Störe ich etwa?« fragte ich.

»Liebste Hilary, natürlich nicht«, sagte Ragwort. »Aber wir haben ein kleines Problem mit Henry. Er ist ein wenig verärgert, daß gestern nach der Mittagspause keiner von uns mehr in der Kanzlei erschienen ist.«

»Beleidigt wie ein Preßsack«, sagte Cantrip.

»Wenn ich recht gehe in der Annahme, daß ein Preßsack noch beleidigter ist als die Leberwurst, die normalerweise als Vergleichsmaßstab dient«, sagte Ragwort, »dann ist das sicher der Fall. Deine Anwesenheit, Hilary, ist bemerkt worden und wird als einer der Gründe unserer Verfehlung betrachtet. Wenn Henry dich heute wieder hier findet ...

Ich versicherte, daß ich das Haus New Square Nr. 62 ungesehen betreten hatte und daß ich mich auf das schnellste hinter einem Vorhang verstecken würde, wenn Henrys Schritte sich von draußen nähern sollten.

In der Hoffnung, den empörten Henry zu besänftigen, hatten alle sich vorgenommen, nicht zu ihrem Vormittags-Kaffee wegzugehen. Selena hatte diese Situation schon vorausgesehen und ihren elektrischen Wasserkessel und ein Glas Pulverkaffee mitgebracht.

Sie wirkte niedergeschlagen, was bei ihr selten vorkommt. Sie fand, unsere Nachforschungen seien weitgehend erfolglos verlaufen. Herausgekommen, meinte sie, war schließlich nur, daß ich Eleanor nicht mochte und Cantrip den Major langweilig fand – ihrer Ansicht nach würde keine dieser beiden Tatsachen ausreichen, den *vicequestore* zu überzeugen und ihn zu veranlassen, den Verdacht von Julia wegzulenken.

»Etwas mehr haben wir aber doch in der Hand,« sagte Ragwort. »Wir wissen definitiv, daß eine Beziehung existiert zwischen Eleanor und Kenneth Dunfermline, und daher auch zwischen Eleanor und dem Toten.«

»Ja«, sagte Cantrip. »Und wir wissen, daß der Major mit heißer Ware handelt. Ich meine, wenn die italienischen Bullen das als eine weiße Weste ansehen . . .«

»Er hat keine Vorstrafen«, sagte Selena. »Der *vicequestore* wird entgegnen, das sei alles nur mißgünstiges Gerede.«

»Aber«, sagte Cantrip, »schließlich ist da die Reisetasche. Wir wissen, daß er sie geklaut hat.«

Ich wies darauf hin, daß, wenn Cantrip mir am Montagabend zugehört hätte, er mich hätte erwähnen hören, daß der Major die Reisetasche des Toten nicht gestohlen hatte.

»Ich habe ja zugehört, Hilary«, sagte Cantrip. »Aber ich dachte, du hättest gerade einen Anfall von Geistesschwäche oder so infolge zu langen Aufenthaltes im Public Record Office, da hielt ich es für das Taktvollste, nicht mit dem Finger drauf zu zeigen.«

»Der Major«, wiederholte ich, »hat die Reisetasche des Toten nicht gestohlen.«

»Hat der doch«, sagte Cantrip. »Ich habe ihn ja dabei beobachtet. Du hast eine Zeugenaussage aus erster Hand von einem wohlbestallten englischen Juristen, und wenn du nun anfängst, dieselbe anzuzweifeln und ihre Zuverlässigkeit in den Schmutz zu ziehen . . .«

»Mein lieber Cantrip«, sagte ich beschwichtigend – da man ja weiß, daß er im Zorn dazu neigt, einem Bücher an den Kopf zu werfen –, »mein lieber Cantrip, deine Aussage ziehe ich keinen Moment lang in Zweifel. Ich sage lediglich, daß du bei der Interpretation der Fakten von einem Teilaspekt ausgegangen bist, anstatt vom Ganzen. Eine Fußangel, der niemand so leicht entgeht, es sei denn eine fähige Wissenschaftlerin.«

»Hilary«, sagte Selena und reichte mir eine Tasse Kaffee, »es ist dir ja wohl klar, daß wir eigentlich arbeiten sollten. Aber jetzt hast du unsere Neugierde so sehr geweckt, daß sie uns an diesem Vorhaben hindern wird, bis du uns deine Theorie über die Reisetasche, wie immer sie lauten mag, vorgetragen hast. Habe die Güte, unverzüglich damit zu beginnen.«

Ich nahm ihr die zeremoniöse Förmlichkeit nicht weiter übel und fragte: »Erinnert ihr euch an Julias ersten Brief?« Alle nickten. »Dann wißt ihr wohl noch, daß Julia unter ihren Mitreisenden die »Art Lovers« durch einen Blick auf die Anhänger an ihrem Handgepäck identifizierte. Inklusive – sogar als erstes – dem des Majors. Woraus wir schlußfolgern können, daß der Major etwas bei sich hatte, das die Fluggesellschaft als Handgepäck anzuerkennen bereit war. Es war nicht so, daß man an diesem Tag ein Auge zugedrückt hätte – Julias Koffer wurde nicht zugelassen. Als wir hingegen die Gruppe bei der Rückkehr in Heathrow beobachteten, hatte der Major zwei Gepäckstücke bei sich: eins war ein großer Koffer, den auch die toleranteste Fluggesellschaft nicht in der Kabine geduldet hätte, das andere war die Reisetasche, von der Cantrip glaubt, daß sie das Eigentum des Ermordeten sei.«

»Gut«, sagte Cantrip, »wenn der Major zuerst ein anderes Köfferchen bei sich hatte, muß er es in Venedig zurückgelassen und stattdessen Neds Reisetasche benutzt haben.«

»Warum in aller Welt hätte er das tun sollen?« fragte ich.

»Du kannst alles mögliche einwenden, Hilary«, sagte Cantrip, »aber der Name des Toten stand nun mal auf dem Schild.«

»Woraus wir ableiten können«, antwortete ich, »daß der Major entweder die Tasche gestohlen hat oder daß er den Anhänger gestohlen hat.«

Sie schlürften ihren Kaffee und sahen nachdenklich drein.

»Warum«, fragte auch Ragwort, »hätte er das tun sollen?«

»Laß uns unterstellen, lieber Ragwort, daß du ein Objekt besitzt, das du durch den Zoll zu bringen wünschst, dessen Entdeckung dich aber in eine peinliche Lage versetzen würde. Würdest du unter diesen Umständen nicht prophylaktisch dafür sorgen, daß der Name auf der Tasche, im Fall daß ein Zollbeamter sie öffnet, nicht dein eigener ist? Sondern der Name von jemandem aus derselben Reisegruppe, so daß die Tasche mit deinem eigenen Gepäck zusammen transportiert wird und du sie am Ende der Reise problemlos an dich nehmen kannst, wenn nichts dazwischen kommt?«

»Ja«, sagte Ragwort, »ja, vielleicht. Aber wieso nimmst du an, Hilary, daß das Namensschild gestohlen war? Warum nimmt man nicht einfach einen Blankoanhänger und schreibt irgendeinen Namen darauf?«

»Du würdest einen von den Anhängern des Reiseveranstalters benutzen wollen, davon bekommt jeder Teilnehmer gewöhnlich nur zwei zugeteilt. Auf deine beiden hast du vermutlich bereits deinen Namen geschrieben. Außerdem hast du das Problem, die Handschrift zu fälschen. Nein, ich bin ziemlich sicher, du würdest eher den Anhänger stehlen. Und das erklärt meiner Ansicht nach das heimliche Eindringen des Majors in Ned Watsons Hotelzimmer am Freitagmorgen.«

»Sehr raffiniert«, sagte Selena. »Ich bin auch gern bereit zu glauben, daß der Major etwas in Besitz hatte, das er aus Italien herausschmuggeln wollte. Aber ich kann nicht verstehen, Hilary, warum du annimmst, es sei das Bild, das in Verona gestohlen worden ist. Wenn ein Antiquitätenhändler von zweifelhaftem Ruf eine Woche lang in Venedig herumgeschnüffelt hat, dann gibt es doch bestimmt eine Menge anderes . . .«

Vom Telefon auf Ragworts Schreibtisch ertönte das ungeduldige Surren, das anzeigt, daß jemand im Sekretariat etwas von einem will. Er nahm ab und wurde von Henry in seinem grämlichsten Ton informiert, daß die junge Dame aus Amerika wieder im Hause und bereits auf dem Wege nach oben sei, um ihn zu sprechen.

»Mir scheint«, sagte Ragwort, als er den Hörer auflegte, »Marylou sucht uns schon wieder heim. Ich wüßte gern, weshalb.«

»Möglicherweise«, sagte ich, »weil ich sie darum gebeten habe.«

»Hilary«, sagte Ragwort, »das geht wirklich ein bißchen zu weit.« Den weiteren Protest verhinderte das Eintreten der Amerikanerin; stattdessen mußte Ragwort anstandshalber seine Freude äußern, sie wiederzusehen, ihr einen Stuhl anbieten und Cantrip bitten, noch eine Tasse zu holen.

»Meine liebe Marylou«, sagte ich, »sehr freundlich von Ihnen, so prompt herzukommen.«

»O bitte, keine Ursache, Professor Tamar«, antwortete sie mit der reizenden Bescheidenheit, die sie schon bei unserem ersten Treffen an den Tag gelegt hatte. »Wenn ich etwas tun kann, um Julia zu helfen - gibt es irgendwelche Neuigkeiten?«

»Noch nicht«, sagte ich, »aber wir rechnen binnen kurzem mit einer neuen Entwicklung. Darf ich fragen, ob Sie das Buch gefunden haben, von dem ich gesprochen hatte?«

»Ja natürlich«, sagte Marylou und entnahm ihrer großen, teuren Umhängetasche einen Touristenführer für die Stadt Padua.

»Oh«, fragte Ragwort überrascht, »hat Julia Ihnen auch dieses Buch geliehen?«

»Nein«, antwortete sie. »Dies ist eins, das wir beim Besuch von Padua gekauft haben. Aber Professor Tamar hat mich angerufen und gefragt« - sie hielt inne, als bitte sie mich um Erlaubnis, zu verraten, wie die Frage gelautet hatte.

»Ich wollte gern einen kurzen Blick auf den Stadtplan von Padua werfen«, sagte ich. »Es ist in London so gut wie unmöglich, Führer zu den einzelnen kleineren italienischen Städten aufzutreiben, und dein Exemplar, Ragwort, ist meines Wissens noch bei Julias Sachen. Da Marylou als einzige unter den mir bekannten Personen vor kurzem in Padua gewesen ist, habe ich sie angerufen und gefragt, ob sie zufällig dort ein solches Buch erworben hat. Sie hat das bejaht und es freundlicherweise gleich vorbeigebracht.«

»Hilary«, sagte Cantrip in einem Ton, den er offenbar für beruhigend hielt, »du hast mal wieder deine schwachsinnige Phase. In Padua war nichts. Der Ort, wo das Bild gestohlen wurde, heißt Verona.«

»Danke sehr, Cantrip«, sagte ich, »darüber bin ich mir im klaren.« Ich begann, das Inhaltsverzeichnis des Buches zu überfliegen.

Das Telefon ließ wieder den unwirschen Summton hören, und Ragwort nahm ab. »Gespräch für dich, Cantrip«, sagte er. »Ich lasse es in Selenas Zimmer umlegen, recht so?«

Da das Inhaltsverzeichnis weniger informativ war, als ich gehofft hatte, dauerte es ein Weilchen, bis ich den Abschnitt gefunden hatte, den ich suchte, und mich überzeugt hatte, daß der Inhalt meinen Erwartungen entsprach. Ich war gerade so weit, als Cantrip zurückkam.

»Das war der Major«, sagte er. »Er sagt, er habe das Bild.«

Zumindest habe er eins, das große Ähnlichkeit mit dem gesuchten Objekt aufweise, wie der Major aus den von ihm konsultierten Nachschlagewerken entnehmen zu können glaube. Wie zugesagt, habe er sich wegen des gestohlenen Bildes unter seinen Bekannten umgehört; keiner habe etwas davon gewußt; aber einer habe ganz durch Zufall in der vorigen Woche beim Entrümpeln seines Dachbodens ein praktisch identisches Bild entdeckt. Es sei nicht Sache des Majors, dieser Geschichte keinen Glauben zu schenken. Noch weniger war es Sache des Majors, Cantrip zu verraten, daß es sich tatsächlich um das in Verona gestohlene Bild handle. Wenn das der Fall gewesen wäre, und wenn der Major das gewußt hätte, wäre es natürlich seine Pflicht gewesen, die Polizei zu benachrichtigen. Andererseits nehme er an (ganz im Vertrauen gesagt), daß, falls Cantrips Onkel kommen und sich das Bild anschauen wolle, die Ähnlichkeit ihn glatt umhauen werde.

»Alle Achtung, Hilary«, sagte Selena. »Du hast anscheinend richtig geraten.«

»Meine liebe Selena«, sagte ich, »der Denkprozeß, mittels dessen der gelehrte Jurist von der durch Fakten gesicherten Prämisse zur zwingenden Schlußfolgerung kommt, kann wohl kaum als Rätselraten bezeichnet werden.«

»Meine liebe Hilary«, sagte sie, »natürlich war es ein Ratespiel. Das Gemälde hätte von jedem anderen gestohlen werden können – jedenfalls von jedem, der sich an diesem Tag in Verona befand.«

»Ich will nicht bestreiten«, sagte ich, »daß eine große Zahl von Menschen sich am Dienstag letzter Woche in Verona aufhielten. Jedoch habe ich den Verdacht, daß unter ihnen nur drei Leute des Glaubens waren, in der Kirche des heiligen Nikolaus befinde sich eine Madonna von Tiepolo dem Jüngeren. Und zwei von ihnen unterhielten sich über Catull.«

Ich griff nach dem von Marylou mitgebrachten Buch und schlug die Seite auf, die ich gerade gelesen hatte, als Cantrip vom Telefonieren zurückgekommen war. »Ein solcher Irrtum unterläuft nämlich nur jemandem, der durch Verona wandert mit dem Stadtplan von Padua in der Hand.«

Einen Augenblick lang herrschte Schweigen, bis Selena die Sprache wiederfand. »Unsinn, Hilary. Julia hat sich in Verona ganz vernünftig verhalten.«

Ich las ihnen den Absatz in dem Padua-Führer vor, in dem auf die Madonna von Tiepolo in der Kirche San Niccolo hingewiesen wurde.

Dann nahm ich den Führer von Verona von Ragworts Schreibtisch und las die Beschreibung der dortselbst jenem Heiligen geweihten Kirche vor. Darin war von einem Werk des großen Meisters keine Rede. Ich breitete die Stadtpläne aus, die zusammengefaltet in den beiden Reiseführern steckten, um zu zeigen, daß auf beiden Plänen der Name der Stadt nur in der oberen rechten Ecke gedruckt und infolgedessen nicht zu sehen war, wenn man die Karte so zusammenknickte, daß man die Stadtmitte bequem vor Augen hatte. Ich zeigte ihnen, wie leicht man das blaue Band, das den halbkreisförmig um Padua herumführenden Kanal darstellt, mit dem Fluß verwechseln kann, der in ähnlicher Weise die Altstadt von Verona umrundet. Ich bewies ihnen, daß es für jede einzelne Straße, jeden Platz und jedes Gebäude, das Julia in Verona mit der Hilfe ihres Touristenführers identifiziert hatte, ein Gegenstück in Padua gab.

Selena zeigte sich aus irgendeinem Grunde etwas verstimmt. Sie fand, Julia habe ihr bestes getan; was konnte sie schon dafür, wenn die Italiener so rücksichtslos waren, sämtlichen Straßen in verschiedenen Städten die gleichen Namen zu geben; und wenn jemand anders so töricht war, eine schlichte Bemerkung von ihr als Anregung für einen Kunstdiebstahl aufzufassen, war sie erst recht nicht schuld daran.

»Außerdem«, fuhr sie fort, offenbar der Meinung, ich sei dafür irgendwie verantwortlich, »auch wenn du es leugnest, Hilary, du hast doch nur herumgeraten. Bis zu dem Moment, als du das Padua-Buch in der Hand hieltest, war das ganze doch pure Mutmaßung.«

»Keineswegs«, sagte ich. »Es bestand die ganze Zeit zum mindesten eine hohe Wahrscheinlichkeit. Liebe Selena, seien wir doch realistisch. Wenn man Julia nach Italien schickt mit vier Büchern, die alle in braunes Packpapier eingeschlagen sind, wie hoch ist dann die Chance anzusetzen, daß sie immer das richtige Buch zur richtigen Zeit am richtigen Ort hat?«

»Also wirklich«, sagte Ragwort. »Man weiß natürlich, daß Julia ein kompletter Kindskopf ist, aber selbst dann ...«

»Ich finde, so sollte man nicht über Julia reden«, mischte sich Marylou ein, bei der die Empörung über die gewohnte Bescheidenheit siegte. »Julia ist eine sehr intelligente und hochgebildete Person.«

»Ganz recht«, sagte ich. »bei einem dummen, unwissenden Kindskopf stehen die Chancen nicht höher als etwa 1:250. Bei einem hochintelligenten und gebildeten Kindskopf wie Julia klettert das Risiko in astronomische Höhen. Mir ist von Anfang an Julias Führerrolle in Verona irgendwie unnatürlich vorgekommen. Und am Montag wurde mir klar, daß sie das falsche Buch gehabt hat. Julia hat in Verona, wie ihr euch wohl erinnert, einen italienischsprachigen Stadtführer benutzt. Aber am Montag, als Marylou das Verona-Buch herbrachte, das Julia ihr geliehen hatte, hast du, Selena, daraus ganz fließend und ohne Stocken einen Abschnitt über die Verkehrsverbindungen zwischen Verona und Venedig vorgelesen. Da ich mich daran erinnerte, daß die Beherrschung des Italienischen nicht zu deinen zahlreichen Talenten gehört, wußte ich ohne Hinschauen, daß es nicht das Buch war, das Julia in Verona benutzt hatte.«

»Oh«, sagte Selena. Wieder herrschte Schweigen.

»Verzeihung, ich fürchte, ich bin ein bißchen durcheinander«, sagte Marylou. »Ihre Hypothese, Professor Tamar, besagt also, daß Major Linnaker ein Gemälde gestohlen hat, weil Julia das falsche Buch hatte?«

»Wir sind«, sagte Ragwort – die Regel ›Ehre wem Ehre gebührt‹ hat nur wenige Anhänger in Lincoln's Inn – »der Ansicht, daß Major Linnaker verantwortlich ist für den Diebstahl eines Gemäldes, das letzte Woche aus der Kirche San Niccolo in Verona verschwunden ist. Wir glauben außerdem, daß er das Bild nach England mitgebracht hat, und zwar in einer Reisetasche, die mit dem Namen des Verstorbenen versehen war.«

»Bedeutet das«, fragte Marylou, »daß der Major den Mord begangen hat?«

»Nun ...«, sagte Ragwort und sah mich an. Ich sagte nichts.

»Natürlich ja«, sagte Cantrip. »Der Steuerschnüffler hat herausgefunden, was los war, und der Major hat ihn umgelegt. Ich habe von Anfang an gesagt, es war der Major.«

»Es wird auf jeden Fall bedeuten, daß der *vicequestore* den Major nicht weiterhin als eine über jeden Verdacht erhabene Person ansehen kann. Und die Italiener haben, glaube ich, ziemlich viel gegen Leute einzuwenden, die ihre Kunstwerke an sich nehmen. Wenn Timothy dem *vicequestore* mitteilt, daß der Major eine Neigung dazu hat und man beweisen kann, daß er diesem Hang kürzlich in seinem Urlaub nachgegeben hat; dann, finde ich, ist das wahrhaftig ein Grund, noch ein bißchen von Timothys Sherry zu nehmen.«

Überzeugt davon, daß unsere Neuigkeit Timothy sehr willkommen sein würde, schlürften wir seinen Sherry mit reinem Gewissen. Wir erklärten Marylou, daß wir in Kürze den Anruf von Timothy erwarteten, in dem er uns das Ereignis der gerichtsmedizinischen Untersuchung mitteilen würde, und versicherten ihr, sie könne bis dahin gern bleiben. Es war jedoch fast eine Stunde später und die Flasche schon fast leer, als Henry, immer noch in gekränktem Ton, Bescheid gab, Mr. Shepherd habe aus Venedig angerufen und wünsche Miss Jardine zu sprechen. Wir drängten uns um das Telefon und konnten ohne Schwierigkeit mitanhören, was Timothy berichtete.

»Timothy«, sagte Selena, »wir haben eine Neuigkeit für dich.«

»Ich glaube, du solltest lieber erst mal meine anhören«, sagte Timothy. Trotz der Entfernung merkte man, daß er beunruhigt war. »Der *vicequestore* hat mir gerade das Obduktionsergebnis mitgeteilt. Es ist ziemlich besorgniserregend.«

»Gut«, sagte Selena, »gut, du zuerst.«

»Der Arzt, der die Leiche obduziert hat, meint, daß Ned Watson im Laufe des frühen Nachmittags getötet worden ist. Nicht später als drei Uhr. Eher noch früher, nimmt er an, aber drei Uhr ist das äußerste Limit.«

Ein teurer Moment des Schweigens – zehn Sekunden Auslandsferngespräch – verging, ehe Selena sagte: »Große Güte. Bedeutet das, daß weder Eleanor noch der Major als Täter in Frage kommen?«

»Ja«, sagte Timothy, »anscheinend tut es das. Und es bedeutet außerdem, daß, falls man Julias Einlassung akzeptiert, sie den größten Teil des Freitagnachmittags neben einer Leiche gelegen und geschlafen haben muß. Die Situation ist sehr unbefriedigend.«

Kapitel 17

Es war, wie Selena meinte, ein Jammer; denn die medizinische Untersuchung war in anderer Hinsicht sehr hilfreich gewesen. Sie hatte ergeben, daß der Hieb, der Ned Watson getötet hatte - ein einziger Stich mit einem langen, spitzen Instrument direkt ins Herz -, mit großer Wucht und Präzision geführt worden war. Ansonsten war, außer daß der junge Mann sich offenbar beim Rasieren geschnitten hatte, keine äußere Verletzung zu sehen.

Der *vicequestore* hatte zugegeben, daß eine Frau nicht so leicht einen solchen Stoß führen konnte; doch Frauen, meinte er, seien seltsame Wesen - im Augenblick der Leidenschaft besäßen sie erstaunlich viel Kraft. Aber sie besäßen doch nicht, hatte Timothy eingewendet, nicht einmal in der leidenschaftlichsten Erregung, urplötzlich profunde Kenntnis der menschlichen Anatomie, von der nämlich Julia nicht die geringste Ahnung habe.

Der *vicequestore* hatte wiederholt, Frauen seien seltsame Wesen. Es wäre, das gebe er zu, sehr ungewöhnlich, wenn sie den Todesstoß zuwege gebracht hätte. Aber immer noch nicht so ungewöhnlich wie das Szenario, ein geheimnisvoller Unbekannter mit einem verborgenen Groll gegen Signor Watson habe am Freitagmorgen die Hoteldependance betreten, sich dort in der vagen Hoffnung, sein Opfer werde allein zurückkehren, auf die Lauer gelegt, von seinem Versteck aus Julia und Signor Watson bei ihren Vergnügungen und Julia beim Einschlafen beobachtet, dann den tödlichen Stoß ausgeführt, ohne sie aufzuwecken, und sich anschließend fünf Stunden lang versteckt gehalten, bis die Dunkelheit ihm die Flucht übers Wasser ermöglichte. Der *vicequestore* befand, daß das doch ein sehr sonderbares Verhalten darstelle. Ganz zu schweigen von dem unüblichen Umstand - natürlich, wenn Timothy behaupten wolle, daß dies Betragen in England gang und gäbe sei, müsse er es ihm wohl glauben -, dem, wie er finde, unüblichen Umstand, daß die Dame sich von der Seite ihres Liebhabers erhoben hatte, ohne zu bemerken, daß er zwischenzeitlich verschieden war.

»Man sollte doch denken«, sagte Ragwort, »selbst Julia ...«

»Ja«, sagte Cantrip. »Ja, sollte man.«

Wir gingen freudlos zum Essen; Marylou kam mit. Wir begaben uns wieder zum ›Corkscrew‹, wo zum Lunch ein ganz akzeptabler Salat angeboten wird. Selena bestellte eine Flasche Niersteiner, aber es wollte keine rechte Stimmung aufkommen. Es war unmöglich, sich über etwas anderes zu unterhalten als über Julias Situation, und genauso unmöglich, dabei noch optimistisch zu sein.

»Immerhin«, sagte Cantrip, »bleibt uns noch dieser Bruce. Ich habe ja immer gesagt, der Kerl war es.«

»O nein«, sagte Ragwort, »du hast gesagt, es war der Major.«

»Ich habe immer gesagt«, verteidigte sich Cantrip, »wenn es nicht der Major war, war es Bruce. Und da es der Major nicht war, war es halt Bruce. Dieser Kerl«, fügte er hinzu, um Marylou aufzuklären, »hat versucht, dem Kenneth Dunfermline etwas zu klauen. Wir wissen nicht, was es war, aber jedenfalls etwas ganz schön Wertvolles. Ich sehe die Sache so: Bruce weiß, die letzte Chance ist Freitag, weil am nächsten Tag alle nach London zurückfliegen. Deshalb schleicht er sich in der Mittagszeit in Kenneth' Hotelzimmer, weil er glaubt, daß die Luft rein ist. Aber Dunfermline hat das Ding gut versteckt. Also ist Bruce noch beim Suchen, als Ned und Julia unerwartet zurückkommen. Er versteckt sich im Kleiderschrank. Als er glaubt, daß beide eingeschlafen sind, kommt er aus dem Schrank raus, um sich davonzumachen. Aber er stößt mit dem Zeh an den Bettpfosten oder so ähnlich, so daß Ned aufwacht. Und da ersticht er ihn.«

»Warum?« fragte Ragwort. »Es wäre doch sicher vernünftiger gewesen, einfach wegzulaufen.«

»Na klar, es wäre das einfachste gewesen abzuhauen. Deshalb denke ich mir, Bruce ist jemand, den Ned kannte, und er muß ihn umbringen, weil er ihn erkannt hat. Julia braucht er nicht zu erdolchen, weil die schläft. Daraufhin schleicht er die Treppe runter und sieht alle die Zimmerfrauen, die im Eingang sitzen. Klar, daß er nicht an ihnen vorbeikommt, das Risiko ist zu groß. Also verkriecht er sich irgendwo im Gebäude, bis es dunkel ist, und dann schwimmt er weg, so schnell er kann.«

»Genau betrachtet«, sagte Selena und drehte ihr Weinglas zwischen den Fingern, »ist das gar keine so abwegige Theorie. Das

Problem ist, daß wir nicht wissen, wer Bruce ist. Das heißt, ich nehme an, die Präzision des Stiches läßt auf jemanden mit medizinischer Ausbildung schließen; wenn wir die italienische Polizei dazu bringen könnten, eine Liste aller Ärzte aufzustellen, die letzte Woche in den Hotels von Venedig registriert waren ...« Aber die Wahrscheinlichkeit, man könne die Unterstützung des *vicequestore* für ein solches Unternehmen gewinnen, war derart gering, daß sogar Selena wenig Hoffnung hatte.

Da ich das Gefühl leid war, an einem Leichenschmaus teilzunehmen, begann ich, noch einmal Timothys Brief zu lesen, den ich vorher nur kurz überflogen hatte. Um mich herum ging die gemurmelte Diskussion um die Identität von Bruce weiter, aber ich nahm sie nicht weiter zur Kenntnis. Statt dessen versetzte ich mich auf die Terrasse des Cytherea, wo Timothy, wie zuvor Julia, gesessen und an Selena geschrieben hatte. Ich versuchte mir das Hin und Her der verschiedenen Personen über die Brücke zu dem Nebengebäude am Freitagmorgen vorzustellen. Ich wußte, da war irgend etwas, was ich im Unterbewußtsein als auffällig vermerkt hatte. Ich konzentrierte mich jetzt bewußt darauf herauszufinden, was es war.

Als ich mein zweites Glas Niersteiner intus hatte, war mir klar, was zu tun war.

»Marylou«, sagte ich, »könnten Sie zurück nach Venedig fliegen?«

Die Frage kam vielleicht ein bißchen zu plötzlich und verwirrte sie im ersten Moment. Ich nahm mir daher die Zeit, ein wenig ausführlicher zu erklären, daß ich sie bitten wolle, das nächste Flugzeug nach Venedig zu nehmen; es war mir klar, sagte ich, daß ich ihr damit beachtliche Mühe und Kosten aufbürdete, ohne eine Erklärung dafür anzubieten, aber die Zeit war leider für Erklärungen noch nicht reif.

»Ja, wenn Sie es für nötig halten, Professor Tamar ...«, sagte Marylou.

»Ich halte es für im allerhöchsten Grade wünschenswert«, erklärte ich.

»Dann mache ich es natürlich«, sagte die wundervolle Amerikanerin. »Ich rufe sofort die Fluggesellschaft an und frage nach der nächsten Verbindung.« Sie erhob sich und ging auf das Telefon zu. Das Grüppchen von Journalisten, das sich davor gebildet hatte und ihre Eleganz mit bewundernden Blicken quittierte, machte ihr bereitwillig Platz.

»Hilary«, sagte Selena, »ist dir eigentlich klar, was du tust? Du verlangst von dieser Frau, daß sie eine Menge Geld aufwendet . . .«

»Meine liebe Selena«, sagte ich, »wenn man Ragworts Urteil trauen darf, dann kostet der Flug nach Venedig eher weniger, als sie für ein neues Kleid ausgeben würde; und sie hat jedesmal,wenn wir sie zu Gesicht bekommen haben, ein anderes Kleid getragen.« Mit einiger Mühe gelang es mir, Selena von der absurden Vorstellung abzubringen, daß wir uns an den Kosten beteiligen sollten.

Marylou kam vom Telefon zurück und berichtete, daß sie einen Platz im Flugzeug nach Mailand um sechs Uhr abends gebucht habe. Von dort werde sie entweder noch am Abend oder am folgenden Morgen mit der Bahn nach Venedig fahren. Sie fragte mich besorgt, ob das ausreiche.

»Vollkommen«, sagte ich. »Übernachten Sie ruhig in Mailand. Sie sind früh genug dort, um noch ein Hotel zu finden. Ich hätte gern, daß Sie am anderen Morgen um elf Uhr in Venedig sind; die Italiener haben ja so gute Zugverbindungen, das dürfte also kein Problem sein. Wenn Sie in Venedig am Bahnhof ankommen, nehmen Sie nicht den *vaporetto,* sondern gehen Sie einfach über die Scalzi-Brücke und halten sich dann links bis zur Accademia. Da ist ein Cafè - kennen Sie es zufällig?«

»Ja«, sagte Marylou, »Julia und ich haben da einmal einen Campari-Soda getrunken.«

»Setzen Sie sich hin und warten Sie auf Timothy. Ich schicke ihm ein Telegramm und informiere ihn, wo er Sie findet. Ich weiß, Sie kennen Timothy nicht, aber er wird Sie nach meiner Beschreibung erkennen. Danach tun Sie einfach, was Timothy Ihnen sagt. Die Hauptsache ist, daß Sie in dem Café bei der Accademia-Brücke sitzen bleiben, bis er kommt. Wenn er bis zwei Uhr nicht aufgetaucht ist, dann hat etwas nicht geklappt; dann sollten Sie zum Britischen Konsulat gehen, es ist nur ein paar Schritte entfernt. Aber gehen Sie keinesfalls über den Canal Grande zurück; bleiben Sie im Dorsoduro, bis Timothy eintrifft.«

Bei diesen Worten sah mich die Amerikanerin ein wenig unsicher an, sagte aber nichts.

Es wurde verabredet, daß sie zu ihrem Quartier gehen, einen kleinen Koffer mit dem Nötigsten packen und dann zum New Square Nr. 62 kommen sollte, von wo Selena sie zum Flugplatz fahren würde. Das war, meinte Selena, indem sie mich streng anblickte, das mindeste, was sie tun konnte.

»Aber«, fragte Ragwort, »was werden Sie Ihrem Mann sagen?«

»Tja«, sagte Marylou, »Julia und Stanford haben keine gute Beziehung. Wenn ich Stanford sagen würde, ich fliege nach Venedig, um Julia zu helfen, fiele seine Reaktion sicher eher negativ aus. Ich habe mir gedacht, ich lege ihm einfach einen Zettel hin, daß Alice, eine Cousine meiner Mutter, schwer erkrankt ist und ich zu ihr hinfahre. Diese Alice ist ein Öko-Freak, sie wohnt in einem Bauernhaus in der Bretagne und hat kein Telefon.« Sie sah sich schüchtern um, ob jemand die Notlüge mißbilligte. Das war nicht der Fall.

»Sag mal, Hilary«, sagte Cantrip, als sie gegangen war, »du hast nicht schon wieder einen von deinen dementen Schüben, oder? Bist du sicher, daß es einen Sinn hat, das arme Mädchen zurück nach Venedig zu schicken?«

»Nein«, antwortete ich, innerlich zu beschäftigt, um an seiner Ausdrucksweise Anstoß zu nehmen. »Nein, Cantrip, absolut sicher bin ich nicht. Ich unterstelle nämlich eine Tatsache, für die ich keinen direkten Beweis habe.«

»Hilary«, sagte Ragwort, »soll das heißen, daß du diese junge Frau, die wir kaum kennen, überredet hast, ihren Mann zu belügen und durch halb Europa zu reisen lediglich aufgrund ...«

»Mein lieber Ragwort«, sagte ich, »bitte hör auf, dich aufzuregen. Ich bin mir ja leidlich sicher. Um jedoch vollkommen sicher zu sein, benötige ich noch eine zusätzliche Information, und die einzige Person, von der ich sie bekommen kann, ist Kenneth Dunfermline. Ich würde es lieber vermeiden, mit ihm zusammenzutreffen, denn es wird wahrscheinlich unter den gegebenen Umständen eine ziemlich triste Unterhaltung werden. Aber, wie du sehr richtig sagst, Ragwort, es wäre unverantwortlich ... Könntest du so freundlich sein, mich zu begleiten?«

Er murmelte etwas von Hirngespinsten und Jagd auf Schimären, sagte aber nicht nein.

»Ich bin natürlich hocherfreut, Hilary«, sagte Selena draußen auf dem Bürgersteig vor dem ›Corkscrew‹, während wir auf ein Taxi warteten, »zu hören, daß du eine Theorie hast. Existiert denn zufällig auch so etwas wie eine faktische Basis dafür, und sei sie noch so klein?«

»Aber ja doch«, sagte ich. »Ja, die Faktenlage ist nahezu zwingend. Es gibt da einen Punkt, in dem ich mit Julia übereinstimme, nämlich daß ich den Anzeichen von Nervosität, die

Ned am Morgen des Mordtages sehen ließ, große Bedeutung beimesse.«

Kentish Town ist, obgleich von meinem zeitweiligen Zuhause in Islington nicht weit entfernt, ein Stadtteil von London, der mir nicht vertraut ist. Unser Taxifahrer fand die Straße jedoch ohne Schwierigkeit. Sie bestand aus einer Reihe kleiner aneinandergebauter Häuser aus dem frühen 19. Jahrhundert - ein bißchen mitgenommen, aber doch ganz stilvoll. Vielleicht nicht stilvoll genug für den exquisiten Geschmack eines jungen Mannes wie Ned.

»Ist das wirklich die richtige Nummer?« fragte der Taxifahrer, indem er sich umdrehte und uns durch die Trennscheibe hindurch ansprach, »hier sieht's aus, als ob alles verreist ist.« Das Haus wirkte in der Tat unbewohnt; trotz des sonnigen Nachmittags waren die Fensterläden geschlossen. »Oder als ob jemand gestorben ist.«

»Doch«, sagte ich, »ich glaube, hier sind wir richtig.«

Nach dem ersten Klingeln tat sich gar nichts. Nach etwa einer Minute läutete ich noch einmal.

»Nicht zu Hause«, sagte Ragwort.

Doch da öffnete sich die Tür. Von den Türpfosten eingerahmt stand Kenneth Dunfermline vor uns, groß und kräftig genug, um beide mitsamt dem Querbalken wie ein Joch auf den Schultern davonzutragen. Wir störten ihn offenbar bei der Arbeit, denn er war bis zur Taille nackt. Ich bemerkte, daß seine massige Gestalt nicht auf Fettansatz beruhte, sondern auf dem breiten Brustkorb und den kräftigen Muskeln an Schultern und Oberarmen. Bestimmt nicht Julias Geschmack; aber mit einer weniger von Morbidität bestimmten Ästhetik als der ihren konnte man ihn sogar als eine prachtvolle Erscheinung ansehen, ausgenommen die grau-blasse Haut. Die wenigen Gelegenheiten zum Sonnenbaden in diesem Sommer hatte Kenneth Dunfermline offensichtlich nicht genutzt. Und als ich ihm ins Gesicht sah, kam mir der Gedanke - wenn ich auch weiß, daß das physiologisch unmöglich ist -, daß er in den fünf Tagen, seit wir ihn ihn Heathrow gesehen hatten, kein einziges Mal geschlafen hatte.

Er sah uns an, indem er wie betäubt unter den zu einem dicken schwarzen Strich zusammengewachsenen Augenbrauen hervor von einem zum andern blickte, so wie ein Stier, der aus der Dunkelheit plötzlich ins helle Sonnenlicht der Arena tritt.

»Mr. Dunfermline?« fragte ich.

»Ja?« antwortete er, als sei es ihm selbst zweifelhaft.

»Ich muß mich entschuldigen«, sagte ich, »daß ich Sie so ohne Vorwarnung überfalle. Ich bin nur vorübergehend in London und wollte sie unbedingt kennenlernen. Ich habe einige Ihrer Arbeiten bei Frostfield's gesehen, und Mrs. Frostfield hat mir freundlicherweise Ihre Adresse gegeben. Da bin ich denn einfach mal vorbeigekommen - eigentlich unverzeihlich, ich weiß.«

»Keine Ursache.« Die Floskel kam mechanisch heraus, als eingeschliffene Reaktion auf eine Entschuldigung. Dann fügte er kraftlos hinzu: »Das macht nichts.«

»Mein Name ist übrigens Hilary Tamar. Professor Hilary Tamar, vom St. George's College, Oxford. Dies ist mein Freund Desmond Ragwort, Anwalt in Lincoln's Inn.«

»Kommen Sie schon rein«, sagte Kenneth. Es klang weniger grob, als die Worte für sich genommen lauteten. Er wußte anscheinend, daß man auf Leute, die vor einem auf der Türschwelle stehen, in einer bestimmten Form reagiert, aber er konnte sich nicht genau erinnern, in welcher.

Wir folgten ihm durch eine kleine Eingangsdiele in sein Atelier. Es nahm die ganze Breite des Hauses ein und hatte Fenster auf beiden Seiten, die rückwärtigen Fenster waren jedoch ebenso durch Läden verdunkelt wie die nach vorne heraus. Die Beleuchtung kam von Neonröhren, die an Ketten von der Decke herabhingen. Die Wände, ohne Tapeten und auch seit Jahren nicht mehr getüncht, hatten die Farbe von Fensterkitt angenommen, die Decke und das Holzwerk waren vom gleichen Ton, aber noch eine Schattierung dunkler. Die Dielen waren ungepflegt, einen Teppich gab es nicht.

Die dünne weiße Staubschicht, die alles bedeckte, und die vielen Gegenstände, die der Raum enthielt - Haufen von Lehm, Kupferdrahtrollen, Terpentinflaschen -, verstellten beim ersten Anblick die penible Ordnung; bei näherem Hinsehen bemerkte man jedoch, daß die Werkzeuge und Materialien des Bildhauers peinlich genau nebeneinander auf den Eisenregalen, die die Wände fast ganz einrahmten, angeordnet waren; eine Unterbrechung seiner Arbeit, nur weil der richtige Meißel nicht zur Hand war, konnte ihm nicht passieren.

Nichts war Dekoration. Selbst die Fotografien, die einen Teil der Wand bedeckten - Nahaufnahmen einer Hand, eine Serie von Schnappschüssen von einem jungen Mann beim Kopfsprung ins

Wasser –, schienen hauptsächlich als Modellvorlagen für die Anatomie des menschlichen Körpers gedacht. Es gab eine Reihe von Landschaftsaufnahmen – ein Platz inmitten von Olivenbäumen, von verschiedenen Seiten aus gesehen –, die auf den ersten Blick scheinbar keinem praktischen Zweck dienten. Als ich jedoch die aufgebockte Tischplatte in der Mitte des Raumes musterte, bemerkte ich, daß dort ein plastisches Modell desselben Ortes aufgebaut war, doch zusätzlich versehen mit einem Springbrunnen, dessen Wasser aus blauem Polystyrol bestand. Ich schloß daraus, daß die Landschaftsbilder ebenfalls zur Vorbereitung eines im Entstehen begriffenen Kunstwerks gehörten.

Zum Glück gab es eine Sitzgelegenheit, ein altes Sofa in der Nähe des vorderen Fensters; wahrscheinlich stand es da für die Aktmodelle, die ein jeder Bildhauer hin und wieder beschäftigt. Über die Polster aus rotem Samt war eine alte Decke gebreitet, vielleicht als Schutz vor dem Staub; wahrscheinlicher war, dachte ich, daß Kenneth sich von der lebhaften Farbe gestört fühlte. Da ich fürchtete, es werde ziemlich lange dauern, bis er mich zum Platznehmen einlud, ließ ich mich unaufgefordert nieder. Ragwort folgte meinem Beispiel. Der Bildhauer blieb trotz seiner offensichtlichen Erschöpfung stehen.

»Wollen Sie«, fragte er, »etwas von mir?« Er suchte die Wörter so mühselig zusammen, als sei die Umgangssprache ein ihm fremdes Idiom, in dem er notdürftig ein paar Vokabeln erlernt hätte.

»Ja«, sagte ich mit einem, wie ich hoffte, entwaffnenden Lächeln. »Und da wir uns Ihnen nun einmal auf so unmögliche Art aufgedrängt haben, gebietet es das Mindestmaß an Höflichkeit, daß ich so schnell wie möglich zum Punkt komme. Die Situation ist nämlich die, daß unser College den Plan gefaßt hat, in unserem Innenhof eine Skulptur aufzustellen. Etwas, das mit unseren historischen Gebäuden harmoniert, aber doch unverwechselbar ein Kunstwerk unserer eigenen Zeit darstellt. Zwar muß ich betonen, daß der Vorschlag noch in den Kinderschuhen steckt, fast hätte ich gesagt, in der pränatalen Phase. Wir sind leider sehr schwerfällig von Entschluß. Aber man hat mich aufgefordert, schon einmal die Möglichkeiten zu sondieren.«

»Ich glaube nicht . . .«, sagte der Bildhauer und brach ab, ohne daß ich ihn unterbrochen hätte, zugleich mit einer abwehrenden Geste seiner riesigen Pranke, die anzudeuten schien, daß er mein

Ansinnen und jegliches andere, das die Welt an ihn richten könnte, ablehne.

»Bitte, Mr. Dunfermline, es ist überhaupt nicht davon die Rede, daß Sie sich zu diesem Zeitpunkt schon entscheiden sollen. Wie gesagt, auch wir selbst wären dazu noch nicht in der Lage. Wir versuchen gegenwärtig nur, herauszufinden, was alles zu einem solchen Projekt gehört; wir sind auf dem Gebiet sozusagen grün hinter den Ohren. Wir haben zum Beispiel kaum eine Vorstellung von den möglichen Kosten.«

Ein leichtes Zucken der kräftigen Schultern drückte Gleichgültigkeit und Unschlüssigkeit aus.

»Hängt davon ab, was Sie haben wollen.«

»Ja, natürlich. Vieles würde zweifellos von dem gewählten Material abhängen. Wir selbst wissen nicht, welches Material ein Künstler als geeignet ansehen würde.«

»Stein«, sagte Kenneth, als sei dies ein Credo, das er auch im Zustand ärgster Müdigkeit nicht vergesse. »Am besten Stein.«

»Eine Steinplastik würde natürlich hervorragend mit unseren Gebäuden harmonieren. Die Entscheidung über den Entwurf würden wir gern dem Künstler überlassen.« Ich sah zu seinem Arbeitstisch hin und hatte den rettenden Einfall. »Einige meiner Kollegen haben jedoch gemeint, es wäre schön, einen Brunnen aufzustellen. Ich sehe, daß Sie gerade etwas dieser Art in Arbeit haben. Es sieht so aus, wenn ich das als Laie sagen darf, als würde es ein höchst eindrucksvolles Werk werden.«

Die schweren Schultern hoben sich wieder mit derselben gleichgültigen Geste wie zuvor; offenbar war er es leid, nach Worten zu suchen. Ich warf Ragwort, der bescheiden neben mir saß wie ein wohlerzogener Schuljunge, einen hilfesuchenden Blick zu.

»Ja, höchst eindrucksvoll«, bestätigte Ragwort. »Aber ein wenig schwermütig, wenn Sie mir die Bemerkung erlauben.« Es stimmte, der Entwurf ließ an Trauer denken. Die zentrale Figur schien eine Frau darzustellen. Ihr langwallendes Haar bedeckte das Gesicht und verlor sich in den Falten des Gewandes, das sie umhüllte, so daß sich nicht sagen ließ, in welche Richtung sie blickte. Um sie herum lagen ein Dutzend kleinerer Figuren, Kinder, Jünglinge und Mädchen wie schlafend rund um die Brunnenschale ausgestreckt. Ich sah keinen besonderen Grund, die Szenerie düster zu finden, trotzdem hatte Ragwort recht mit seiner Bemerkung. »In der Ausführung«, fragte Ragwort, »werden die Figuren sicher lebensgroß?«

»Ja. Eher etwas größer.«

»Und ist das Werk für einen bestimmten Auftraggeber geplant?«

»War es, aber ich werde es nicht ausführen. Er geht weg, er verläßt den Ort, für den ich es machen sollte.« Ich hatte richtig gehandelt, Ragwort ins Gespräch zu ziehen; drei Sätze hintereinander waren ein beachtlicher Fortschritt.

»Jammerschade«, sagte Ragwort. »Hoffentlich haben Sie nicht schon allzuviel Zeit für die Vorarbeiten verschwendet.«

»Ungefähr ein Jahr«, sagte Kenneth ohne Bedauern. »Die Zeichnungen und Modelle waren alle fertig. Da auf dem Tisch, das ist es, was daraus geworden wäre. Es muß alles völig durchdacht sein, ehe man anfängt, den Stein zu behauen. Danach kann man nichts mehr ändern.«

So sehr es mir widerstrebte, das Gespräch zu unterbrechen, so konnte ich doch die Frage, die ich gern stellen wollte, nicht länger hinausschieben.

»Ich nehme an«, sagte ich beiläufig, »der Auftraggeber war Richard Tiverton?«

Ragwort ließ zwar keinen Ton hören, konnte aber einen überraschten Augenaufschlag nicht unterdrücken. Auf die Möglichkeit, daß Timothy und Kenneth einen gemeinsamen Klienten haben könnten, war er offensichtlich bisher nicht gekommen.

»Ja«, sagte der Bildhauer zögernd, indem er vor Verblüffung die buschigen Augenbrauen zusammenzog. »Woher wissen Sie das?«

»Wie ich schon sagte, waren Desmond und ich neulich in der Galerie Frostfield's. Mrs. Frostfield erwähnte die Sammlung Tiverton und die Tatsache, daß Sie geholfen hatten, sie zu sichten - daher weiß ich, daß Sie für Richard Tiverton tätig waren. Und sie sprach auch davon, glaube ich, daß er von Zypern wegziehen werde. Aus steuerlichen Gründen, soviel ich verstanden habe.«

Ragwort schaute jetzt nicht nur überrascht, sondern auch streng, zweifelsohne wegen meiner Lügengeschichte.

»Eleanor redet viel«, sagte der Bildhauer, als ob er sich darüber geärgert hätte, wenn er noch die Energie für eine solche Regung hätte aufbringen können.

»Oje«, sagte ich, »vielleicht hätte ich es nicht erwähnen sollen. Falls die Sache vertraulich ist - Sie können sich auf meine Diskretion verlassen.«

»Es spielt keine Rolle«, sagte Kenneth.

»Ich hatte ja keine Ahnung«, setzte ich fort, »daß es nicht für fremde Ohren bestimmt war. In dem Fall hätte ich mir aber eher vorgestellt, daß Mrs. Frostfield selbst das größte Interesse hätte haben müssen, es geheimzuhalten. Es muß ja recht vorteilhaft sein, im Besitz derartiger Informationen zu sein, wenn sie der Konkurrenz noch unbekannt sind, und Mrs. Frostfield scheint mir nicht jemand zu sein, der einen Vorteil so leichthin aus der Hand gibt. Eher hatte ich den Eindruck, daß sie ziemlich skrupellos ist. Man würde ihr zum Beispiel glatt den Vorschlag zutrauen, daß Sie ihr ein paar besonders wertvolle Stücke zu einem günstigen Preis verkaufen und sich den Profit mit ihr teilen.«

»Das hat sie gewollt«, sagte Kenneth. »So ein Blödsinn, ich würde doch nicht Eleanor zuliebe Richard übers Ohr hauen. Sie ist wirklich albern.« Er sprach ohne Ärger, obgleich ich aus Julias Bericht über das Gespräch auf der Terrasse wußte, daß der Vorschlag, als er zuerst gemacht wurde, ihn zu großem Zorn gereizt hatte.

»Wie töricht von ihr«, sagte Ragwort. »Sie hätte wissen können, daß es sich um einen Freundschaftsdienst handelte. Man kann doch nicht davon ausgehen, daß ein Künstler Ihres Kalibers, wenn ich das so sagen darf, eine solche Aufgabe auf einer rein geschäftlichen Basis übernehmen würde.«

»Freundschaftsdienst«, sagte Kenneth, als drehte er das Wort in den Händen herum wie einen Stein, der ihm gefiel. »Ja, das stimmt.«

»Es muß eine große Verantwortung bedeuten«, sagte ich, »eine so wertvolle Sammlung zu betreuen. Ich habe Mrs. Frostfield so verstanden, daß sich auch etliche skrupellose Leute dafür interessierten. Wie war doch der Name, der da gefallen ist? Bruce irgendwas - ich habe vergessen, wie er weiter hieß, aber Sie wissen schon, wen ich meine, Mr. Dunfermline.«

»Nein«, antwortete Kenneth gleichgültig und sichtlich nicht betroffen. »Von einem Bruce habe ich nie gehört.«

Da weder Ragwort noch ich den Mut hatten, wegen der Ursache seines Kummers in ihn zu dringen, wurde nichts Wichtiges mehr gesagt. Bevor wir uns verabschiedeten, redete ich ihm zu, falls das College ihn nach Oxford einlüde, um die Aufstellung eines Kunstwerks im Innenhof zu beraten, möge er die Bitte nicht vorschnell zurückweisen.

»Ansonsten«, fragte Ragwort in dem gütigen, aber strengen Ton, in dem er Julia manchmal daran erinnert, daß sie genug zu essen fürs Wochenende einkaufen solle, »ist alles in Ordnung?«

»Ja«, war die Antwort, »alles in Ordnung.« Dabei lächelte der Bildhauer sogar. Entweder kam ihm Ragworts Frage absurd vor, oder ihn belustigte die konventionelle Verlogenheit seiner Antwort. Wie auch immer – es war ein erstaunlich gewinnendes Lächeln.

Die Begegnung hatte mich trübe gestimmt, denn es war deutlich zu sehen gewesen, daß die Beziehung des Bildhauers zu Ned so tief und leidenschaftlich war, wie man es selten antrifft. Ein so intensives Gefühl zu erleben würde ich weder mir selbst noch meinen Freunden wünschen; es ist nicht gerade ersprießlich für ein behagliches Leben. Und dennoch hat die Leidenschaft, wenn man sie bei anderen beobachtet, etwas seltsam Bewegendes und Anziehendes, so daß man absurderweise beinahe bedauert, daß man selber nicht imstande ist, so zu lieben.

Ragwort wollte mir nicht glauben, daß unser Unternehmen Erfolg gehabt hatte. Kenneth, meinte er, sei offenkundig viel zu sehr vor den Kopf geschlagen, um sich an Dinge zu erinnern, die ihm nicht wichtig erschienen. Wir hatten ihm eine Menge Lügen aufgetischt, aber nichts dabei herausgefunden.

»Wir haben erfahren«, sagte ich, »daß Kenneth derjenige war, der letzte Woche für die Sammlung Tiverton zuständig war.«

»Ja, ein merkwürdiger Zufall«, sagte Ragwort, »aber das hat doch nichts mit dem Mord zu tun.«

»Glaubst du nicht? Du vergißt wohl, lieber Ragwort, daß die Sammlung sehr wertvoll ist und daß insbesondere Eleanor auf bestimmte Stücke ganz scharf war. Wir wissen, daß sie nicht übermäßig viele Skrupel hat. Als Kenneth sich weigerte mitzuspielen, hältst du es da für unmöglich, daß sie ihren Freund Bruce anheuerte, damit er ihr etwas auf direkterem Wege beschaffte? Wenn Ned das zufällig erfahren und gedroht hat, es seinem Freund zu verraten, wäre das nicht ein ausreichendes Motiv für einen Mord gewesen? Ein Mord durch die Hand desselben Komplizen, und sicherheitshalber zu einer Zeit, in der sie selbst sich nachweislich woanders aufhielt?«

Ragwort machte ein skeptisches Gesicht, war aber einverstanden, beim nächsten Postamt haltzumachen und Selena telefonisch zu verständigen, daß alles in Ordnung sei und Marylou die Reise antreten solle. Währenddessen nutzte ich die Gelegenheit, um die Telegramme aufzugeben, die mir nötig schienen, damit am folgenden Tag alle sich zur rechten Zeit am rechten Ort einfänden.

»Diese Theorie mit Bruce und Eleanor«, fragte Ragwort anschließend, »glaubst du wirklich daran, Hilary?«

»Ich würde meinen«, antwortete ich, »sie ist es immerhin wert, von dir in Erwägung gezogen zu werden.«

Es ist nicht die feine Art, Ragwort so auf die Schippe zu nehmen, aber manchmal kann man einfach nicht anders. Meine Leser werden keinen Moment daran gezweifelt haben, daß besagte Theorie gänzlich aus der Luft gegriffen war; ich habe schon zu Beginn von Kapitel 6 erwähnt, daß die auf die persönliche Habe der verstorbenen Miss Tiverton zielenden Absichten von Eleanor und dem Major mit dem Mord weder ursächlich noch nebensächlich etwas zu tun hatten; und meine Leser werden doch nicht glauben, daß ich sie arglistig täusche.

»Ich gehe davon aus«, sagte Ragwort, als er sich in Islington von mir trennte, »daß wir dich morgen in der Kanzlei sehen?«

»Ja«, sagte ich, »aber nicht allzu früh. Vor elf Uhr wird nichts los sein.«

Kapitel 18

Vor elf Uhr konnte nichts geschehen. Die Instruktionen in meinem Telegramm an Timothy waren eindeutig: Zu welcher Uhrzeit auch immer Marylou in dem Café bei der Accademia ankommen mochte, vor elf Uhr dreißig sollte er sie nicht ansprechen – in England war es dann halb elf. Danach würden sowohl die Beteiligten wie die Ereignisse kaum weniger als eine halbe Stunde benötigen, um sich auf den entscheidenden Punkt zuzubewegen; und wenn alles erwartungsgemäß verlief, würde sich noch eine weitere Verzögerung ergeben, bis Timothy in der Lage war, die Nachricht telefonisch durchzugeben. Leider setzt Timothy nicht immer jenes bedingungslose Vertrauen in mein Urteilsvermögen, das man bei einem ehemaligen Schüler zu finden hofft; aber ich rechnete für diesmal darauf, daß er es angesichts eines *fait accompli* für das klügste halten würde, meine Instruktionen Wort für Wort zu befolgen. Daher konnte vor elf Uhr nichts geschehen. Und doch ...

Freitag morgen befand ich mich schon um halb zehn im Haus New Square Nr. 62 auf der Steintreppe, die zum zweiten Stock hinaufführt. Die Mitglieder des »Kindergartens « waren schon im größten der drei Räume versammelt, Ragwort und Cantrip an ihren Schreibtischen, Selena in dem großen Ledersessel. Ragwort hatte ihnen gerade die Theorie vorgetragen, die ich ihm am Nachmittag zuvor erläutert hatte. Die Wirkung war nicht gerade erhebend – alle sahen mutlos drein.

»Wenn es einen Mandanten von mir beträfe«, sagte Cantrip, »würde ich sagen, wie die Dinge liegen, sollten wir einen Vergleich akzeptieren.«

»Soweit ich unterrichtet bin«, sagte Ragwort, »läßt sich ein Verbrechensvorwurf nicht durch einen Kompromiß aus der Welt schaffen. Allenfalls kann man ein Geständnis anbieten und auf Totschlag plädieren, wenn das Gericht dafür die weitergehende Anklage fallen zu lassen bereit ist.«

»Dazu würde man seinem Mandanten wohl raten müssen«, sagte Selena. »Aber dies ist ein Fall, wo wir nicht zulassen sollten, daß unser Mitgefühl durch unsere juristische Vernunft beeinträchtigt wird.«

Ich versicherte ihnen, es bestehe kein Grund zur Sorge und der Fortgang der Sache sei zufriedenstellend.

»Ist ja schön für dich, wenn du das findest, Hilary«, sagte Cantrip. »So weit ich sehen kann, ist der Fortgang total chaotisch. Selbst wenn an der Idee etwas dran ist, daß Eleanor mit diesem Bruce unter einer Decke steckt - und ich denke eher, das ist ein Schuß in den Ofen -, auch das bringt uns nicht weiter, weil wir nicht wissen, wer der Kerl ist. Und warum zum Teufel du glaubst, daß er sich noch immer in Venedig aufhält ...«

»Und selbst wenn er dort ist«, warf Ragwort ein, »warum du meinst, daß Marylou ihn erkennen würde ...«

»Das meine ich ja nicht«, sagte ich.

»Aber Hilary«, rief Selena mit etwas weniger als ihrer üblichen Gelassenheit aus, »du hast Marylou glauben gemacht ...«

»Unsinn«, sagte ich, »ich habe nichts dergleichen getan.«

»Wir haben doch diskutiert«, sagte Selena, »wie wir herausfinden könnten, wer Bruce ist, und da hast du Marylou gefragt, ob sie nach Venedig fliegen könnte.«

»Ja, richtig«, sagte ich. »Ich erinnere mich, daß ihr darüber diskutiert habt. Aber das war bloßer Zufall, ich habe nämlich kaum hingehört. Nein, ich erwarte nicht, daß sie Bruce wiedererkennt. Meine Kleinen, ihr seid euch doch darüber im klaren, daß Bruce gar nicht existiert?«

Es gab ordentlich dicke Luft, und das aufgrund zweier einander ausschließender Annahmen; zum einen, daß Bruce doch existierte und ich sie absichtlich an der Nase herumführte, und zum anderen, daß er nicht existierte und ich durch irgendeinen alchimistischen Trick seine Nichtexistenz bewirkt hätte. Formulierungen wie »nicht ernst zu nehmende Dilettantin« und »zerstreute Professorin« füllten den Raum. Schließlich beruhigten sich alle soweit, daß sie nach einer Erläuterung verlangten.

»Ich vermute«, sagte ich, »keiner von euch hat sich je mit dem Studium der historischen Textkritik befaßt, und ihr seid daher alle nicht vertraut mit dem Grundsatz *lectio difficilior?*«

»Da vermutest du richtig«, sagte Selena.

»Nun gut. Ich beginne daher mit einer kurzen Erläuterung dieses Prinzips.«

»Hör mal, Hilary«, sagte Cantrip, »muß das sein?«

»Ja. Ich muß euch zunächst daran erinnern, daß die historische Rechtswissenschaft zu einem großen Teil auf das Studium antiker oder mittelalterlicher Schriften angewiesen ist. Nur selten sind wir jedoch in der glücklichen Lage, das Originalmanuskript von der Hand des Autors vor uns zu haben. Je älter das Dokument, desto wahrscheinlicher ist es, daß wir es mit einer Abschrift zu tun haben. Oder der Abschrift einer Abschrift. Damit multiplizieren sich die möglichen Irrtümer infolge Nachlässigkeit oder Unwissenheit der Kopisten. In der Rekonstruktion des Originals, der Entdeckung der korrekten Lesart, besteht die Kunst der Textkritik.«

»Vor einem Augenblick«, sagte Ragwort, »hast du dies noch als Wissenschaft bezeichnet.«

»Es ist eine Kunst und eine Wissenschaft, beides. Es erfordert die höchste und vielseitigste Anstrengung des menschlichen Geistes. Es erfordert strikteste Logik, gewissenhafteste Anwendung von Erfahrung, und den kühnsten Höhenflug kreativer Phantasie.«

»Ja, Hilary,« sagte Selena. »Gewiß. Könnten wir jetzt wieder zur Sache kommen?«

»Gern. Meine Erläuterung wäre schon am entscheidenden Punkt angelangt, wenn Ragwort sich seiner haarspalterischen Zwischenrufe enthalten hätte. Also: Die mit der Kunst oder Wissenschaft der Textkritik befaßten Gelehrten haben gewisse methodische Prinzipien aufgestellt. Eins der wichtigsten ist das *lectio difficilior,* welches besagt, daß die schwierige Lesart bevorzugt wird. Angenommen, als ein einfaches Beispiel, ihr habt zwei abweichende Lesarten zwischen zwei Abschriften desselben Manuskripts, von denen eine ein häufig gebrauchtes Wort verwendet und die andere ein ungewöhnliches. Ihr werdet wohl ohne Zögern zu dem Schluß kommen, daß das ungebräuchlichere Wort das korrekte ist. Der Fehler in der anderen Version ist dadurch zu erklären, daß der Kopist ein ihm nicht vertrautes Wort falsch gelesen hat zugunsten eines ihm bekannten Wortes – der natürlichste Irrtum, der sich denken läßt. Der umgekehrte Vorgang ist dagegen nicht vorstellbar.«

»Hilary«, sagte Selena, »ich bitte dich ...«

»Dasselbe Phänomen tritt natürlich im Kontext der gesprochenen Sprache auf. Zum Beispiel wissen wir alle, daß Cantrip infolge seiner lückenhaften Bildung – für die er, wie ich immer sage, eher zu bemitleiden als zu kritisieren ist – mit dem Begriff ›Rokoko‹ nicht vertraut ist. Er hat den Eindruck, daß es einen Baustil gibt, der als ›Ropopo‹ bekannt ist – in Anlehnung an anscheinend in Cambridge beliebte Körperteile.«

»Was« fragte Ragwort, »hat all dies mit Julia zu tun?«

»Es hat sehr viel mit Julia zu tun. Und alles mit Bruce. Ihr erinnert euch doch, daß der einzige Beweis für die Existenz von Bruce in einer von Julia belauschten Unterhaltung zwischen Eleanor und Kenneth besteht.«

»Aber«, sagte Ragwort, »da steht keine andere Lesart zu Wahl. Es gibt keine zweite Aufzeichnung dieses Gesprächs.«

»Keine Aufzeichnung, nein. Wir haben jedoch sekundäres Beweismaterial, das Julias Zeugnis entgegensteht, indem nämlich sowohl Eleanor wie Kenneth bestreiten, jemanden namens Bruce zu kennen. Wir müssen daher die Möglichkeit eines Irrtums in Julias Bericht in Betracht ziehen. In ihrer Wiedergabe des Gesprächs in indirekter Rede erwähnt sie, daß Eleanor sagte, Bruce habe einen Sessel gestohlen, nebst einem Rokoko-Spiegel, an denen ihr gelegen war. Vermutlich lauteten die Worte, die Julia zu hören gemeint hat: »Der Sessel und der Rokoko-Spiegel sind von Bruce gestohlen.«

»Und?« fragte Selena.

»Einer der berühmtesten Möbeltischler Venedigs im 17. Jahrhundert war der neulich Abend von Benjamin – wie euch vielleicht erinnerlich ist – erwähnte Andrea di Brustolon. Julia hat wahrscheinlich nie von ihm gehört; sie kennt sich im Barock und im Rokoko nicht besonders aus.«

Man kann nicht sagen, daß sie sich auf Anhieb geschlagen gaben, aber ich überzeugte sie schließlich doch, daß die Erwähnung eines »Sessels von Brustolon« als eines Objekts aus der Tiverton-Sammlung, das Eleanor gern erworben hätte, mehr Wahrscheinlichkeit für sich hatte als die Anspielung auf einen unbekannten Dieb, und daß die Person, vor der sie Kenneth zuvor gewarnt hatte, im Lichte dessen, was wir inzwischen über ihn wußten, nur der Major sein konnte; und was unter Schloß und Riegel gehalten werden mußte, war kein mysteriöser Wertgegenstand, den Kenneth in seinem Hotelzimmer verborgen hielt, sondern die Sammlung selbst, nachdem Eleanor dem Major aus Versehen Kenneth' Verbindung damit verraten hatte.

»Aber wenn Bruce gar nicht existiert«, fragte Selena, »was macht dann Marylou in Venedig?«

»Das«, antwortete ich, »hoffe ich binnen kurzem zu erfahren. Aber vor elf Uhr kann nichts geschehen. Es ist jetzt kurz nach halb elf – Zeit genug, daß jemand Kaffee macht.«

Während wir den Kaffee tranken, herrschte eine relative Stille, wie sie in Lincoln's Inn nicht oft anzutreffen ist. Alle sahen immer wieder erwartungsvoll zum Telefon hin, als ob es jeden Augenblick ein delphisches Orakel von sich geben könne.

»Selena«, sagte Ragwort gegen viertel vor elf, »hast du unten Bescheid gesagt, daß Gespräche für dich hierher gelegt werden?«

»Ja«, sagte Selena. »Natürlich.« Aber um zehn vor elf rief sie im Büro an, um noch einmal daran zu erinnern.

Wir tranken noch einen Kaffee. Die Turmuhren rings um Lincoln's Inn fingen an, die volle Stunde zu schlagen.

»Aus deiner Aussage, Hilary«, sagte Ragwort um fünf Minuten nach, »vor elf Uhr werde nichts geschehen, haben wir einfach geschlossen, daß sich nach diesem Zeitpunkt etwas ereignen werde. Wahrscheinlich möchtest du uns jetzt unseren Denkfehler erläutern.«

»Lieber Ragwort, ich würde nicht im Traum auf solch herzlose Kasuistik verfallen. Es wird sicher etwas geschehen, aber wie lange nach elf, kann ich nicht mit Bestimmtheit sagen. Vielleicht hat Timothy Schwierigkeiten, uns zu erreichen.«

Um zwanzig nach elf summte das Telefon. Ragwort streckte die Hand nach dem Hörer aus.

In diesem Augenblick flog die Tür mit solcher Wucht auf, daß sie gegen die Fußleiste krachte, und ein junger Mann von bedrohlichem Aussehen kam hereingeschossen. Ich erkannte die aggressive Schulterhaltung und das kampflustig vorgestreckte Kinn wieder, das ich mir in Heathrow gemerkt hatte.

»Wer von Ihnen«, rief der Besucher, indem er sich wütend umsah, »ist Desmond Ragwort?« Sein Akzent ähnelte dem von Marylou, klang aber wesentlich weniger angenehm.

»Ich«, antwortet Ragwort, ohne zu zögern. Immerhin war er von Freunden umgeben und von dem Besucher durch einen massiven Eichentisch getrennt. »Darf ich fragen, wer Sie sind und was ich für Sie tun kann?«

Der Zwischenfall hatte seine Handbewegung zum Telefon unterbrochen. Selena, die neben dem Wasserkessel auf dem Fußboden saß, schaffte es in einer einzigen schwungvollen Bewegung, auf die Füße zu kommen und den Raum zu durchqueren. Höchst anmutig und graziös, falls jemand Zeit hatte, ihr zuzusehen. Sie nahm den Hörer ab.

»Mein Name«, sagte der Besucher, »ist Stanford Bredon, und ich will wissen, wo meine Frau ist. Ich will wissen, was zum Teufel hier vorgeht. Ich will wissen ...«

»Ja, Henry, natürlich bin ich hier«, sagte Selena. »Bitte stellen Sie Mr. Shepherd so schnell wie möglich durch. Nein, Henry, ich weiß, daß sie nicht wissen, worum es geht. Aber ich weiß es, und die Angelegenheit ist ziemlich dringend. Bitte, Henry.«

»Ich will wissen«, tobte Stanford weiter, »warum ich gestern beim Nachhausekommen einen Zettel von meiner Frau gefunden habe, sie müsse zur Cousine ihrer Mutter namens Alice fahren, weil Alice sehr krank sei. Und als ich meine Schwiegermutter in New York angerufen habe, weil Alice kein Telefon hat und ich dachte, wenn etwas mit ihr nicht in Ordnung ist, wird meine Schwiegermutter Bescheid wissen ...«

Seine lautstarke Empörung machte es mir unmöglich, obwohl ich jetzt neben Selena und nur dreißig Zentimeter vom Telefon entfernt stand, das andere Ende ihres Gesprächs mitzuhören.

»Sie hat gesagt, ihre Cousine Alice hält sich gerade bei ihr in New York auf und hat sich nie im Leben besser gefühlt.«

»Mr. Bredon«, sagte Ragwort, »das Wohlbefinden der Cousine Ihrer Frau wäre eher ein Anlaß zur Gratulation als zur Kondolenz. Falls es Ihnen aber nicht zusagt, sollten Sie Ihre Beschwerde an den behandelnden Arzt richten, nicht an mich.«

»Hilary«, sagte Selena, »es gibt anscheinend Probleme mit der Polizei. Timothy will dich selbst sprechen.« Sie reichte mir den Hörer und erlöste mich von der Frustration, nicht hören zu können, was Timothy berichtete; dies wiederum nur teilweise, da auch Timothy offenbar gegen eine Lärmkulisse von beträchtlicher Lautstärke anschreien mußte; insbesondere gegen eine Baritonstimme, die ich als die des *vicequestore* einschätzte, der sich grollend über die Engländer empörte.

»Um Himmels willen, Hilary«, sagte Timothy, »sag mir bitte, was ich dem *vicequestore* erklären soll!«

»Timothy«, fragte ich, »was genau ist passiert?«

»Die Engländer«, donnerte der Bariton im Hintergrund. »Immer die Engländer, die machen immer nur Ärger. Wir sind ruhige, friedliche Leute, wir Venezianer, wir haben keine Verbrechen, wir haben keine Skandale. Und dann kommen die Engländer ...«

Stanford stand jetzt quer über Ragworts Schreibtisch gebeugt, offenbar um ihn, sowie er ihn zu fassen bekam, mit bloßen Händen zu erwürgen.

»Nun«, sagte Selena in ihrer besten Beschwichtigungsmanier, »Sie sind sicher der Mann von Marylou. Wir haben schon so viel von ihnen gehört.«

»Liebe Hilary«, sagte Timothy, »passiert ist, daß ich deinen Instruktionen folgend das halbe Polizeiaufgebot von Venedig von seinen eigentlichen Aufgaben abgehalten ...«

»Wir haben keine Morde«, wetterte der Bariton immer noch, »und dann kommen die Engländer her und bringen sich gegenseitig um ...«

»Und warum«, schnaubte Stanford, »wenn ich in unser Adressenbuch schaue, das wir gemeinsam haben, weil Marylou und ich glauben, daß die Ehe eine Zweierbeziehung auf der Basis von absolutem Vertrauen ...«

»Und daß der *vicequestore«,* fuhr Timothy fort, »einen alarmierenden Anstieg der gewaltsamen Todesfälle in seinem Amtsbereich ...«

»Und verderben die Moral unserer Jugend«, dröhnte der Bariton.

»Da finde ich in diesem Notizbuch«, sagte Stanford, »einen Namen und eine Anschrift, die vorher nicht dort gestanden haben, von einem Menschen, den ich nicht kenne ...«

»Und der *vicequestore«,* sagte Timothy, »würde verständlicherweise gern erfahren, woher ich wußte, was geschehen würde. Und da ich, wie ich dem *vicequestore* erklärt habe, nur nach den Instruktionen von dir, Hilary, gehandelt habe und selbst völlig ahnungslos bin ...«

»Und essen ihre Sandwiches«, schmetterte der Bariton in tragischem Crescendo, »auf der Piazza San Marco.«

»Und dieser Name«, sagte Stanford, »ist Desmond Ragwort und die Adresse New Square Nr. 62.«

»Hören Sie mal«, sagte Cantrip, »wenn Sie nicht sofort meinen gelehrten Freund Mr. Ragwort loslassen ...«

»Und der *vicequestore* will keinem von uns gestatten, Venedig zu verlassen ...«

»Und ich verlasse diesen Raum nicht eher ...«

»Bis er eine vollständige Erklärung erhalten hat.«

»Bis ich eine vollständige Erklärung erhalten habe.«

»Huutscha!«, rief Cantrip – der Arme hatte sich ja schon seit Tagen nach einer Gelegenheit gesehnt, uns seine Karatekünste vorzuführen.

Palazzo Artemisio
Freitagnachmittag

Liebe Hilary,
da mein Telefonanruf heute morgen unter ziemlich schwierigen Bedingungen erfolgte und anscheinend zeitlich mit dem Ausbruch eines Tumultes in der Kanzlei zusammentraf, war ich nicht imstande, Dir den vollständigen Bericht von den Ereignissen des Vormittags zu geben, der Dir sicher vorgeschwebt hat. Ich denke aber, Du hast ein Anrecht darauf, und nun habe ich genug Zeit zur Verfügung. Der *vicequestore* weigert sich nämlich, auch nur einen von uns abreisen zu lassen, ehe nicht die ganze Angelegenheit zu seiner Zufriedenheit aufgeklärt ist; und das wird, meint er, nicht vor Montag der Fall sein.

Morgens kurz nach zehn schaute ich wie gewöhnlich beim Konsulat herein, um zu sehen, ob es Briefe oder Anrufe für mich gegeben hatte, und um mit Signor Vespari im Hinblick auf den ungünstigen Obduktionsbericht die weiteren Schritte zu erörtern, welche zu unternehmen waren, um einen in Strafsachen versierten italienischen Anwalt für Julia zu engagieren. Signor Vespari erwartete mich bereits mit einiger Ungeduld und gespannt darauf, den Inhalt Deines Telegramms zu erfahren, das er mir auf der Stelle aushändigte. Ich las es, muß ich gestehen, mit zunehmender Verärgerung. Es war zwar nicht besonders kurzgefaßt, enthielt aber natürlich keinerlei Hinweis auf das, was Du eigentlich zu beweisen hofftest; ich hielt es für sehr wahrscheinlich, daß Du ganz unnötige Komplikationen ins Spiel gebracht hattest, nur um Deiner dilettantischen Neigung zum Dramatischen zu frönen. Andererseits war ich, da ich ja nicht wußte, was Du sonst noch arrangiert hattest, mir nicht sicher über die möglichen Konsequenzen, falls ich mich verweigerte.

Mein erster Impuls war, Dich anzurufen und eine Erklärung zu verlangen. Ich wußte aber nicht mit Sicherheit, wo ich Dich zu dieser Tageszeit erreichen konnte, und es blieben mir ohnehin nicht einmal mehr eineinhalb Stunden, um den *vicequestore* zum Mitmachen zu überreden. Ich ergab mich also mit größtem inneren Widerstreben darein, in blindem Vertrauen auf Deine Anweisungen zu handeln. Überdies entschloß ich mich, sie wortwörtlich zu befolgen, da Du alle Einzelheiten festgelegt hattest, obwohl das einzig wirklich Wichtige offenbar darin bestand, daß Marylou und ich uns um zwölf Uhr vor der Kirche San Marco einfinden sollten und daß die venezianische Polizei uns dabei beschatten sollte.

Du machst Dir vielleicht nicht klar, Hilary, wie unüblich es für einen hochrangigen Polizeibeamten ist, samt zweien von seinen Beamten, von einem ausländischen Anwalt auf eine bestimmte Zeit an einen bestimmten Ort bestellt zu werden, und das mit nur einstündiger Vorwarnung und ohne jede nähere Erklärung. Ich weiß nicht, wie wir es eigentlich geschafft haben; oder besser, wie Signor Vespari es geschafft hat, der unser Anliegen vortrug. Er erzählte dem *vicequestore,* daß die von mir veranlaßten »Ermittlungen in London« von drei angesehenen Mitgliedern der Anwaltschaft durchgeführt würden, unter persönlicher Leitung einer juristischen Kapazität von internationalem Ansehen, also, Gott verzeih mir, von Dir; und er fügte ziemlich großspurig hinzu, er selbst müsse, im Falle, daß Deine Anweisungen nicht ausgeführt würden, jede Verantwortung ablehnen. Ob der *vicequestore* von dem Blödsinn tatsächlich beeindruckt oder nur neugierig war – jedenfalls stimmte er schließlich zu.

Um zwanzig nach elf verließ ich das Konsulat und ging hinüber zur Accademia-Brücke. Ich sah Marylou schon an einem der Tische vor dem Café sitzen. Es schien absurd, sie nicht sofort anzusprechen; aber da Du angegeben hattest, daß ich es um Punkt halb zwölf tun solle, verbrachte ich die nächsten zehn Minuten damit, mir an dem Zeitungskiosk vor der Accademia den Postkartenständer anzuschauen. Aus den Augenwinkeln konnte ich den *vicequestore* und zwei seiner Männer vor dem Eingang der Bildergalerie stehen sehen und sich recht überzeugend so geben, als hätten sie nichts zu tun.

Um Punkt halb ging ich zu Marylou hinüber und fragte, ob sie Mrs. Bredon sei. Ich erkannte sie zwar sofort wieder, da ich sie in Heathrow gesehen hatte; aber ich nahm an, daß Du dies ihr gegenüber nicht erwähnt hattest. Sie bejahte, forderte mich aber sogleich auf, sie Marylou zu nennen. Nachdem ich ihr kurz erklärt hatte, was wir Deinem Auftrag gemäß tun sollten, machten wir uns über die Accademia-Brücke auf den Weg. Sie meinte, es sei doch bequemer, mit dem *vaporetto* über den Canal Grande direkt zum Markusplatz zu fahren. Ich erwiderte aber, Du habest mir ausdrücklich vorgeschrieben, zu Fuß zu gehen, ich fände es unklug, von dem Befehl abzuweichen.

Da Du betont hattest, ich solle nach unserem Zusammentreffen unter gar keinen Umständen von ihrer Seite weichen, bis ich telefonisch mit Dir gesprochen hätte, war ich reichlich nervös. Es war mir nicht klar, ob ich sie am Davonlaufen hindern oder ob ich sie vor einem Angriff schützen sollte. Aber da sie ja aus freien Stücken nach Venedig gekommen war, konnte ich mir nicht denken, warum sie plötzlich die Flucht ergreifen sollte. Ich kam zu dem Schluß, daß meine Rolle die des Beschützers war. Auf dem gesamten Wege zur Piazza blickte ich über die Schulter zurück auf der Suche nach einem im Hinterhalt lauernden Angreifer; in einem Notfall wäre man durch die schmalen, noch dazu belebten Gassen in der Manövrierfähigkeit gefährlich eingeschränkt gewesen. Ein wenig, wenn auch nicht sehr, beruhigte mich der Gedanke an unser polizeiliches Gefolge.

Wir erreichten die Piazza gegen zehn vor zwölf. Zuerst atmete ich auf, als wir den offenen Platz betraten, aber noch ehe wir ihn halb überquert hatten, fiel mir ein, daß man in der Platzmitte besonders exponiert und einem Angriff wehrlos ausgesetzt ist, und ich wünschte, ich hätte Marylou im, wenn auch vielleicht nur eingebildeten, Schutz der seitlichen Kolonnaden gelassen. Wir gelangten jedoch ohne Zwischenfall zum Eingang der Basilika. Dort standen wir zwischen Touristen und Tauben und waren gespannt, was geschehen würde. Wir schauten uns um, Marylou auf der Suche nach einem bekannten Gesicht, ich immer noch gefaßt auf einen Angriff.

Die mechanischen Bronzefiguren oben auf dem Orologio, die zur vollen Stunde die Glocke anschlagen, kamen zum Vorschein und hoben ihre Hämmer. Die Touristen auf der Piazza blickten empor, um das Schauspiel zu verfolgen, die Straßenfotografen und Andenkenverkäufer fuhren in ihren Geschäften fort, Marylou und ich suchten immer noch die Menge nach einem bekannten Gesicht oder einer bedrohlichen Bewegung ab, zählten aber gleichzeitig die Hammerschläge an der Glocke. Der letzte Schlag ertönte und verlor sich im blauen Himmel, und noch immer geschah nichts.

»Was machen wir nun?« fragte Marylou.

»Unserer Anweisung zufolge«, antwortete ich, »gehen wir ohne Umwege nach Hause – das heißt, zum Palazzo Artemisio, wo ich wohne – und rufen Professor Tamar an, um ihr Meldung zu machen. Dabei unterdrücken wir so gut wir können unseren Ärger, daß sie uns in diese blamable Situation gebracht hat.«

Wie Du weißt, hatte ich es stets vermieden, vom Palazzo aus zu telefonieren, weil Richard Tiverton nicht merken sollte, daß ich mich in Venedig noch um eine andere Angelegenheit als die seine kümmerte. Es widerstrebte mir jedoch immer noch ein wenig, von Deinen Instruktionen abzuweichen. Außerdem war es einfacher, von dort aus anzurufen, statt zurück zum Konsulat zu gehen. Ich hoffte, das Telefon benutzen zu können, ohne daß Richard es bemerkte, da er sich noch immer nicht wohl genug fühlte, sein Zimmer für längere Zeit zu verlassen. Ich hatte vor, Dir so kurz wie möglich meine Meinung zu sagen wegen der albernen Posse, die Du mit uns veranstaltet hattest; dann wollte ich mit der unterwürfigsten Bitte um Entschuldigung den Polizeibeamten mitteilen, daß ihre Anwesenheit nicht mehr nötig sei, und Marylou zum Lunch bei Montin ausführen.

Es war mir deshalb ein wenig peinlich, beim Eintreten in die Eingangshalle meinen Klienten selbst vor mir zu sehen, der gerade in einem Telefongespräch begriffen war. Peinlich auch deshalb, weil es sich um eine schroffe Auseinandersetzung zu handeln schien – er sagte gerade in gereiztem Ton: »Das mußt du gewesen sein – wer sonst könnte es geschickt haben?« Aber als wir hereinkamen, blickte er auf und brach seine Rede plötzlich ab.

»Entschuldigen Sie, Richard«, sagte ich, »bitte lassen Sie sich nicht stören.« Er setzte jedoch das Gespräch nicht fort. Während meine Augen sich allmählich an das im Hause herrschende Halbdunkel gewöhnten, sah ich, daß er mich nicht beachtete, sondern die junge Frau neben mir anstarrte.

Ich folgte seinem Blick und sah, daß sie ihn ebenso anblickte, und zwar mit dem Ausdruck extremer Verblüffung.

»Aber Ned«, sagte Marylou, »ich dachte, Sie wären ...«, brachte aber, weil ihr die Worte im Hals stecken blieben oder aus anderen Gründen, den Satz nicht zu Ende, sondern begann zu schreien.

»Tut mir leid«, sagte der junge Mann in ruhigem Ton in das Telefon hinein, »das ist die Amerikanerin. Die hat mich wiedererkannt. Und die Polizei ist auch da.« Die Untergebenen des *vicequestore* zeigten sich gerade, alarmiert durch die Schreie, in der Türöffnung. »Das ist also das Ende. Leb wohl.«

Er ließ den Hörer fallen und rannte auf die Marmortreppe zu. Die beiden Polizisten stürmten herein und ihm nach. Ich folgte, in dem Gefühl, er sei immer noch mein Klient und ich müßte bereit sein, für ihn einzutreten.

Trotz seiner grazilen Erscheinung muß er recht sportlich gewesen sein. Bei einer Vorgabe von nur wenigen Metern war er schon auf dem vierten, obersten Stockwerk, als die Polizisten noch anderthalb Treppen unter ihm schnauften.

Auf dem Treppenabsatz ist ein Fenster. Er sprang auf die Fensterbank und stieß die Fensterläden auf. Er stand vom Sonnenlicht vergoldet da; einen Moment lang begriff ich, was Julia mit Praxiteles und Michelangelo gemeint hatte. Sogar die zwei Polizisten – vernünftige, solide Männer, ohne Zweifel gute Familienväter –, auch diese beiden hielten in ihrer Verfolgung inne.

»O nein«, sagte er und lächelte auf uns herab, »nein danke, so nicht«, drehte sich um und sprang.

»Der Kanal«, rief der eine Polizist und wollte zurücklaufen. »Er entwischt uns durch den Kanal.«

»Nein«, sagte der andere, »da ist kein Kanal.« Er hatte sich schneller orientiert als sein Kollege und begriffen, daß sich unter dem Fenster nicht der Kanal befand, sondern ein steingepflasterter Campiello – eine wirksamere Zuflucht vor dem Zugriff der Polizei als das Wasser.

Als es mir endlich gelang, dem *vicequestore* so etwas wie eine Erklärung zu geben, setzte er sich natürlich sofort mit der Londoner Polizei in Verbindung und bat sie, Kenneth Dunfermline aufzusuchen und zu verhören. Als sie dort ankamen, war es bereits zu spät – er hatte sich erstochen, mitten ins Herz.

Ich verbleibe, trotz allem,

Dein ergebener Schüler
Timothy

PS. Der *vicequestore* hat aus London per Telex den Wortlaut der drei Briefe erhalten, die man neben Dunfermlines Leiche gefunden hat; einer davon ist in seiner eigenen Handschrift abgefaßt, aber nicht abgeschickt. Er hat mir freundlicherweise Kopien zur Verfügung gestellt, die ich Dir beilege. Außerdem den Text eines Telegramms, das man hier im Palazzo auf dem Tischchen beim Telefon gefunden hat.

Kapitel 19

Villa Niobe
Paphos
Republik Zypern
den 20. August

Lieber Kenneth,
ich kann Dir nicht sagen, wie sehr es mich freut, daß Du nach Venedig kommen willst. Nicht nur, weil Du dann ein fachmännisches Auge auf Tante Prissies Sammlerstücke werfen kannst, obwohl es natürlich wunderbar ist, daß Du das für mich tun willst, wenn ich auch fast Gewissensbisse habe, Dich damit von wichtigeren Dingen fernzuhalten. Vor allem freue ich mich so sehr darauf, Dich dort bei mir zu haben. Ich kenne keine Menschenseele in Venedig; und selbst wenn ich jemanden wüßte, ich würde mit niemandem so gern wie mit Dir herumwandern und die Stadt besichtigen.

Du wirst eine Woche vor mir dort eintreffen und also ein paar Tage zur Verfügung haben, um im Palazzo Artemisio herumzuschnuppern - wenn Dir das wirklich Spaß macht - und nachzusehen, ob Du vielleicht einen verschollenen Tizian im Besenschrank findest. Wohnen solltest Du, denke ich, bis zu meiner Ankunft lieber im Hotel; es wäre ein wenig ungemütlich allein, nur mit der Haushälterin. Aber Du mußt mich natürlich für die Kosten aufkommen lassen, sowie für alle anderen Ausgaben. Ich hoffe, Du sträubst Dich nicht - ich möchte mich nämlich als Kunstmäzen etablieren und mir eine Fußnote in Deiner Biographie verdienen, also bitte keinen falschen Stolz!

Mein Schiff legt am Morgen des 9., das ist ein Freitag, in Venedig an, dann wird es ein Ende haben mit deinem friedlichen Herumstöbern. Du mußt zu mir kommen und im Palazzo bei mir wohnen, und ich werde Dich durch ganz Venedig schleppen und mir von Dir alles über Malerei und Baukunst erzählen lassen.

Das einzig Lästige, das ich vor mir habe, ist die Unterredung mit all diesen Juristen - genauer gesagt, mit zweien von der Sorte. Ich weiß zwar seit längerem, daß ich mit dem italienischen Anwalt sprechen muß, der für Tante Prissie tätig war, aber der Vermögenstreuhänder in London besteht darauf, mir auch noch einen Engländer zu schicken. Er glaubt, daß ich »die ungünstigen steuerlichen Konsequenzen der gegenwärtigen Situation« nicht richtig einschätze. Daher will er einen Barrister - das ist anscheinend ein höheres Tier von der Sorte, die noch längere Wörter gebrauchen als die einfachen Anwälte - beauftragen, mir persönlich die Lage zu erklären. Er macht so viel Aufhebens davon, daß ich mich wohl fügen muß, und ich werde den armen Mann einladen müssen, im Palazzo zu wohnen, alles andere wäre doch ein bißchen unfreundlich, oder? Er wird also wohl irgendwann auftauchen und mir mit den steuerlichen Konsequenzen in den Ohren liegen. Alles totale Zeitverschwendung, denn man schlägt mir vor, Zypern zu verlassen - in vollem Ernst, ich bitte Dich, ich soll die Villa und das Land verkaufen und auswandern! Zypern aufgeben, also wirklich - als ob ich das je könnte. Sind Juristen nicht komisch?

Jedenfalls werde ich denen mitteilen, daß mein Freund Kenneth Dunfermline, der berühmte Bildhauer, persönlich einen wunderschönen Brunnen für die Villa Niobe entwirft, weshalb ich auf keinen Fall fortgehen kann. Das wird sie so beeindrucken, daß sie verschwinden und uns in Ruhe lassen.

Ken, Du verstehst anscheinend nicht, daß es mir wirklich etwas bedeutet, mit jemandem wie Dir Freundschaft geschlossen zu haben. Du bist so ganz anders als alle Menschen, die ich kenne. Und wie leicht hätten wir einander verfehlen können, wenn Du nicht letztes Jahr beschlossen hättest, nach Zypern zu kommen; oder auch nur, wenn Du in einem anderen Dorf Mittagsrast gemacht hättest. Das größte Wunder aber ist, daß Du Dich überhaupt mit mir abgibst, obwohl ich so hoffnungslos ungebildet bin, was Malerei und Plastik und dergleichen angeht, und außer über die innenpolitische Lage in Zypern und die diesjährige Olivenernte über nichts mitreden kann; es ist einfach unbegreiflich, daß ich Dich nicht zu Tode langweile.

Aber in Venedig werde ich davon nicht sprechen – nur Gemälde betrachten und Byron lesen und Dir dumme Fragen über Kunst stellen. Werde ich Dir nicht lästig werden?

Voraussichtlich doch, aber Du wirst zu gutmütig sein, es mir zu sagen.

Also dann bis zum 9.

Dein
Richard

Palazzo Artemisio
Samstag, den 10. September

Es ist wahnsinnig gefährlich, Dir zu schreiben, aber ich muß einfach – ich muß wissen, was vor sich geht, Ken. Außer durch Dich habe ich überhaupt keine Möglichkeit, herauszufinden, was passiert ist, seit ich gestern Abend vom Balkon des Cytherea in den Kanal gesprungen bin. Ich bin in diesem Haus wie ein Gefangener; ich wage nicht auszugehen, ich könnte ja jemanden treffen, der mich erkennt. Der Haushälterin habe ich gesagt, ich sei krank – ich bin auch wirklich krank, das muß ich nicht vortäuschen.

Großer Gott, Ken, verstehst Du nicht, daß ich Deine Reden niemals ernst genommen habe? Ich dachte, das sei alles eine Art Spaß – genaugenommen vielleicht nicht gerade ein Spaß, aber eine Illusion, ein Gedankenspiel. Gut, das Spiel war ziemlich makaber, und ich habe mich daran beteiligt und mitgespielt, habe die Unterschrift geübt und so weiter, aber ich habe im Traum nicht für möglich gehalten, daß es Dir ernst war, daß Du wirklich vorhattest, ihn umzubringen.

Die meisten Dinge, die nach Deinen Worten der Vorbereitung dienen sollten, wie nach Zypern zu reisen und ihn zu suchen und ihn zum Freund zu gewinnen – die hättest Du eigentlich, dachte ich, aus normalen Vernunftgründen getan; es war ja schließlich sinnvoll, jemanden mit viel Geld zu finden, dem Deine Arbeiten gefielen und der Dir Aufträge verschaffen konnte.

An dem Morgen, als er in Venedig ankommen sollte – es war ja erst gestern, aber es erscheint mir wie eine Ewigkeit –, da erwartete ich, als ich in unser Zimmer zurückkam – ich schwöre Dir, Ken, ich erwartete Euch beide im Gespräch zu finden, mit den Brunnenentwürfen zwischen Euch, und er davon ganz begeistert. Und ich dachte, Du stellst mich vor, und wir würden einander vielleicht mögen und alle drei Freunde werden. Meine Erwartung war so definitiv, und ich habe das Bild so deutlich vor Augen, daß ich mich für Augenblicke dazu bringen kann, zu glauben, es sei so gewesen und das andere bloß ein Alptraum.

Aber immer nur kurz, denn ich weiß, der Alptraum ist das, was wirklich geschehen ist. Ich bin hereingekommen, und da hattest Du ihn schon getötet. Mir wird übel, wenn ich daran denke. Du behauptest, Du hast es für mich getan, weil Du mich liebst. Ich kann das nicht verstehen; wenn ich Dir wirklich so viel bedeuten würde, hättest Du nicht gewollt, daß ich diese Hölle durchmachen muß.

Als wir die Treppe heruntergingen, war ich dermaßen in Panik, daß ich nicht mehr wußte, was ich tat. Bei Tisch malte ich mir die ganze Zeit zwanghaft aus, was passieren würde, wenn jemand in unser Zimmer ginge und ihn fände. Du hattest ihn ja nicht einmal versteckt, Ken, nicht richtig. Denk doch nur an alle diese Zimmermädchen! Wenn eine von ihnen zum Putzen hereingekommen wäre, hätte sie doch die Betten von der Stelle gerückt, oder?

Und als Du forst warst, war ich zwar überzeugt, daß ich alles so machen mußte, wie Du gesagt hattest - zurück ins Zimmer gehen und dort bleiben, bis es dunkel wurde. Aber allein mit einem Toten und meinen Gedanken, sechs Stunden lang - das konnte ich nicht. Ich konnte es wirklich nicht Ken, ich weiß nicht, wie Du das von mir hast erwarten können.

Daher nahm ich Julia mit mir. Du wirst mir böse sein, denke ich, und es klingt weiß Gott grotesk, was ich getan habe - auf dem einen Bett mit jemandem zu schlafen, wenn unter dem anderen eine Leiche liegt! Aber ich konnte nicht anders. Ich liebte sie immer weiter, den ganzen Nachmittag hindurch, weil es die einzige Möglichkeit war, den Kopf frei zu bekommen; wenn ich angefangen hätte zu denken, wäre ich durchgedreht.

Ich ermahnte mich andauernd selbst, nicht in Schlaf zu fallen, und das Erschreckende ist, ich kann es selbst kaum glauben, daß mir genau das passierte. Als ich erwachte, war Julia nicht mehr da. Die Schatten waren länger, und einen Moment lang war ich glücklich, überglücklich, weil ich dachte, ich hätte alles geträumt und sei nun aufgewacht und alles sei wieder gut. Doch das hielt nur einen Augenblick lang vor.

Das Schlimmste war dann, ihn wieder aufs Bett zu hieven. Er war fast zu schwer für mich, daran hattest Du wohl nicht gedacht, was? Und Du warst Dir so sicher gewesen, es würde kaum bluten, weil der Stich direkt ins Herz ging. Aber Richard hatte doch Blut verloren, ziemlich viel sogar, so daß ich an der Stelle den Boden aufwischen mußte, wo er gelegen hatte. Und trotz der ausgeklügelten Planung hattest Du mir nicht gerade viel Zeit gegeben! Ich wartete immer noch darauf, daß es richtig dunkel wurde, als ich Dich draußen im Korridor hörte – ich mußte es riskieren und auf der Stelle in den Kanal springen.

Danach, wirst Du wahrscheinlich sagen, verlief alles nach Plan. Ich hatte zwar schreckliche Angst, und den Gestank des Wassers werde ich wohl nie wieder los, aber ertrunken bin ich nicht; ich habe mich an keiner scharfen Kante verletzt und mein Kleiderbündel nicht verloren. Ich kletterte an der Stelle heraus, die Du mir gezeigt hattest – obwohl Gott mein Zeuge ist, daß ich dabei nicht geglaubt habe, daß ich es je wirklich tun müßte –, trocknete mich ab und zog mich an. Ich gelangte zu dem Palazzo, ohne daß mich jemand beobachtete, und stellte mich der Haushälterin als Richard Tiverton vor. Sie hat keinen Verdacht geschöpft, sich lediglich Sorgen gemacht, weil ich so krank aussah. Mir war schrecklich übel und ich zitterte am ganzen Leibe. Und Du behauptest, Du hast es getan, weil Du mich liebst!

Jetzt werden alle diese Anwälte herkommen – ich habe schreckliche Angst, vor allem vor dem Engländer. Was wird, wenn es zufällig ein Bekannter ist? Aber dann wird er mich vielleicht nicht wiedererkennen. Ich sehe zum Fürchten aus, kann mein eigenes Spiegelbild kaum mehr ertragen. Trotzdem muß ich diese Leute wohl empfangen, es gibt keinen anderen Weg.

Danach kann ich endlich Venedig verlassen. Ich werde spätabends mit dem Wassertaxi an die Lagune fahren, wo ein Auto bereitstehen wird, mit dem ich nach Süden verschwinden kann. Der italienische Anwalt wird wohl alles für mich arrangieren; da ich nun so reich bin, wird er sich beeilen, auf jeden exzentrischen Einfall von mir einzugehen. Ich werde einfach sagen, ich folge dem Ratschlag, von Zypern wegzuziehen. Das wird als Erklärung ausreichen, warum ich nicht dorthin zurückkehre. Und da jedermann weiß, daß Richard eine Abneigung gegen England hat, wird man ebensowenig erwarten, daß ich dorthin gehe. Das bedeutet, ich kann die beiden wirklich gefährlichen Gegenden meiden, ohne daß jemand sich etwas dabei denkt.

Aber wirklich sicher werde ich trotzdem nirgendwo sein! Die Welt ist heutzutage so klein. Ich werde durch keine Straße in Paris bummeln, zu keiner Party in San Francisco gehen, in keinem Restaurant in Melbourne essen und mich dabei sicher fühlen können, daß nicht jemand vor mir auftaucht und ausruft: »Aber das ist doch Ned Watson!« Oder »Aber ich bitte Sie, Sie sind doch nicht Richard Tiverton!« Also werde ich einer jener menschenscheuen Millionäre sein, immer allein hinter verschlossenen Türen, ohne jede Gesellschaft. Der einzige Mensch, mit dem ich gefahrlos zusammensein kann, wirst Du sein, Ken, nicht wahr? Du wirst mich immer und ewig für Dich allein haben, genau wie Du es Dir stets gewünscht hast. Wie clever von Dir - machst Menschen aus Stein und Stein aus Menschen!

Ich kann Venedig natürlich nicht verlassen, ehe ich Nachricht von Dir habe. Ruf mich nicht an, ausgenommen es ist dringend; das Telefon steht unten beim Eingang und es könnte jemand lauschen. Aber schreib mir um Gottes willen, sobald Du kannst.

Ich weiß, wir haben verabredet, daß ich im Falle, daß ich Dir schreiben würde, dies als Richard tun solle. Aber unter einem Brief wie diesem macht es nicht viel Sinn, anders zu unterschreiben als

von nun an, ob gern oder ungern,
der Deine,
Ned

Im Atelier, Nacht

Ich weiß nicht, welcher Tag heute ist. Seit meiner Ankunft hier bin ich nicht mehr ausgegangen. Dein Brief ist heute gekommen. Es tut mir leid, daß du krank bist. Es ist wahr, ich hatte mir nicht ausreichend überlegt, wie schlimm es für Dich werden würde. Es tut mir leid. Ich dachte, ich hätte alles genau durchdacht, aber irgendwie habe ich es falsch angefangen, und nun ist es zu spät, etwas zu ändern.

Aber ich verstehe nicht, wieso Du glauben konntest, es sei mir nicht ernst. Es war mir immer ernst damit, Ned. Seit dem Tag, an dem Du sagtest, Du wünschtest Dich an seine Stelle, wußte ich, daß ich es für Dich tun mußte. Ich sah, daß Du nur auf diese Weise zu dem Lebensstil kommen konntest, auf den Du ein Recht hattest; und ich wußte, es war meine Pflicht, Dir dieses Leben zu verschaffen. Denn wenn ich irgend etwas auf der Welt unterlassen hätte, um es Dir zu verschaffen, hätte das bedeutet, daß ich Dich nicht genug liebte. Und ich liebte Dich, Ned, ich liebte Deine Schönheit über alles.

Am Anfang ging es scheinbar so leicht. Ich machte Richard ausfindig, und er sah Dir soweit ähnlich, daß es ausreichte. Nicht wirklich ähnlich, er war nicht so schön wie Du, aber es genügte. Und es war leicht, mit ihm Freundschaft zu schließen, weil er mich mochte. Ich mochte ihn auch, aber er besaß all den Reichtum, den Du haben solltest und den ich Dir schenken wollte. Also mußte ich nur die richtige Zeit und den richtigen Ort abwarten.

Und auch nach der Sache hatte ich das Gefühl, daß ich alles richtig gemacht hatte, und alles klappte wie geplant. Ich fühlte mich ein bißchen benommen, aber gleichzeitig völlig klar, als sähe ich mir von außen zu, wie ich die Dinge tat, die ich tun mußte. Das Gefühl hielt während der ganzen Zeit in Verona an. Ich redete mit der Amerikanerin, der Frau mit den schicken Kleidern, über byzantinische Kunst. Genau so, wie ich mit Richard zu reden pflegte; er mochte es, wenn ich ihm etwas erklärte.

Aber als ich zurückkam, begann alles schiefzugehen, weil Du dort lagst und ich mich erinnerte, daß Du tot warst, und weil ich nicht mehr wußte, was ich tun sollte. Tut mir leid, ich bin ganz durcheinander, das alles war ja nur scheinbar so. Ich habe seitdem nicht viel geschlafen, arbeite am Brunnen.

Ich wußte noch, daß ich verhindern mußte, daß jemand Dein Gesicht sah; ich wußte zwar nicht mehr warum, aber es war wichtig. So nahm ich Dich in die Arme, und dann kamen sie und wollten Dich mir wegnehmen, aber ich wollte es nicht zulassen, wollte bei Dir sein.

Du schreibst so, als wolltest Du nichts mehr von mir wissen. Es tut mir nicht besonders weh, es spielt jetzt eigentlich keine Rolle mehr. Aber Du darfst nicht sagen, ich liebte Dich nicht. Ich liebe Dich, Richard, ich liebe Dich wirklich.

RICHARD TIVERTON PALAZZO ARTEMISIO VENEDIG. ERBITTE ANRUF GENAU 12 UHR MITTAGS ITALIENISCHER ZEIT MORGEN FREITAG. DRINGEND. KENNETH

»Und das Problem für den *vicequestore*«, sagte Timothy, »ist natürlich die Sache mit dem Telegramm. Das von Kenneth, in dem er Ned auffordert, ihn anzurufen.« Timothys Blick richtete sich auf einen Punkt an der getäfelten Wand des ›Corkscrew‹ rund einen halben Meter oberhalb meines Kopfes; der Tonfall, wenn auch nicht die Syntax seiner Bemerkung ließ erkennen, daß er eigentlich eine Frage äußerte.

Es war der nächstfolgende Dienstag. Der *vicequestore* hatte den Fall als soweit aufgeklärt betrachtet, daß er Julia, Timothy und Marylou erlaubt hatte abzureisen. Julias glücklicher Wiedereinzug in Lincoln's Inn wurde allgemein als ausreichender Anlaß für einen gemeinsamen Besuch des ›Corkscrew‹ angesehen. Selena hatte Marylou angerufen und sie eingeladen, ebenfalls zu kommen.

Daher sah ich mich veranlaßt, noch einmal, und für länger als eigentlich wünschenswert, den zärtlichen Lockruf der Wissenschaft zu überhören. Gleichwohl schien es mir geboten, dieses Opfer zu bringen. Es war wohl nur recht und billig, allen Beteiligten eine vollständige Erläuterung des Denkprozesses zu geben, mittels dessen ich zur Aufdeckung der Wahrheit gelangt war. Geheimniskrämerei liegt mir ganz und gar nicht.

Ich hatte nicht gleich mit meiner Darlegung beginnen können. Zuerst hatten wir einem Bericht von Julia über ihre Erfahrungen als Beschuldigte gelauscht. Als sie das Stadium erreichte, in dem sie es aus unersichtlichen Gründen für passend hielt, Jean-Jacques Rousseau zu zitieren, erinnerte Selena sie daran, daß sie ihren Schriftsatz über Zusatzartikel Nr. 7 des Finanzgesetzes, der gerade getippt wurde und für halb zwei zugesagt war, noch unterschreiben mußte.

Julia hatte daraufhin dem Ruf der Pflicht gehorcht, sich bei uns allen für unsere Bemühungen bedankt und darauf bestanden, die nächste Flasche Niersteiner zu bezahlen. Dann war sie gegangen, nicht ohne vorher eine für diesen Zweck ausreichende Summe aus ihrer Handtasche auszugraben und Selena auszuhändigen, die dabei herausgefallenen Gegenstände vom Boden aufzusammeln und sich bei dem Herrn am Nebentisch dafür zu entschuldigen, daß sie ihn mit den Resten ihres Garnelencocktails bespritzt hatte.

Doch konnte ich noch immer nicht mit meinen Ausführungen beginnen. Timothy wurde von Ragwort aufgefordert, im einzelnen zu erzählen, was sich am Freitag zugetragen hatte. Er sprach mit einer gewissen Verbitterung davon, wie schwer es gewesen war, den *vicequestore* zu beschwichtigen und davon zu überzeugen, daß bei den notwendigen weiteren Untersuchungen weder Julia noch Marylou, noch Timothy selbst ihm von Nutzen sein konnten.

Es war in diesem Zusammenhang, daß die zwar nicht syntaktisch, sondern intonatorisch fragende Bemerkung fiel über das Kopfzerbrechen, das jenes Telegramm von Kenneth dem *vicequestore* bereitet hatte.

»Denn, seht ihr«, fuhr Timothy fort, »wenn dieses Telegramm nicht gekommen wäre, hätte Ned nicht gerade in dem Moment mit Kenneth telefoniert, als Marylou ihn erkannte, und der *vicequestore* hätte bei der Londoner Polizei die Festnahme von Kenneth veranlassen können, ehe dieser gemerkt hatte, daß etwas nicht stimmte. So wie es nun gelaufen ist, gefällt es dem *vicequestore* nicht so recht. Er hält das Ganze für einen sehr ungewöhnlichen Zufall.«

»Timothy«, sagte ich, »wenn du jetzt hören würdest, daß dies kein ganz gewöhnlicher Zufall war, würdest du dich dann verpflichtet fühlen, den *vicequestore* in Kenntnis zu setzen?«

Timothy konzentrierte seinen Blick auf einen Punkt lediglich eine Handbreit über meinem Kopf und sagte nein, das würde er nicht.

»In diesem Fall, liebster Timothy«, sagte ich, »will ich ganz aufrichtig sein. Das Telegramm war von mir.«

»Aha«, sagte Timothy, »das habe ich mir gedacht. Hast du da nicht eine schwere Verantwortung auf dich genommen, indem du Kenneth eine Wahlmöglichkeit verschafft hast?«

»Die Verantwortung hätte sicher noch schwerer gewogen, wenn ich ihm nicht die Wahl gelassen hätte. Aber jetzt wirst du zweifellos von mir hören wollen, wie ich zuerst auf den Verdacht . . .«

»Hm, nicht gerade jetzt, ehrlich gesagt«, meinte Timothy, indem er seinen Stuhl rückte und vom Tisch aufstand, »ich muß an einer ziemlich dringenden Besprechung teilnehmen, in der es um Erbfolge oder Heimfall des Tiverton-Vermögens geht; es wird ja nunmehr der Fall vorliegen, daß die Erblasserin keine Abkömmlinge hinterläßt, die am 19. Dezember dieses Jahres am Leben sind. Um zwei Uhr kommt der Familienanwalt - ich muß mich sputen.«

Ich mag Timothy sehr gern und würde niemals bestreiten, daß er in mancher Hinsicht ein sehr fähiger junger Mann ist; aber ich hatte schon oft den Eindruck, so auch in diesem Moment, daß es ihm an der intellektuellen Wißbegier gebricht, die den wahrhaft hervorragenden Geist auszeichnet.

»Mir erscheint es seltsam«, sagte Ragwort, »daß dieses Verbrechen geplant wurde, noch ehe Kenneth und Richard einander über den Weg gelaufen waren. Woher wußten die anderen beiden von seiner Existenz? Er hatte doch keine Freunde in England.«

»Der Tivertonsche Familienbesitz« antwortete ich, »wurde in England verwaltet. Wenn man die Größe des Vermögens berücksichtigt, kann man davon ausgehen, daß sich im Laufe der Jahre ein umfangreicher Austausch von Schriftsätzen zwischen den Vermögensverwaltern und den Finanzbehörden ergeben hat. Die Vermutung liegt einigermaßen nahe, daß Ned als Angestellter der Steuerverwaltung irgendwann herausgefunden hat, daß ein junger Mann, etwa so alt wie er selbst, auf Zypern lebte und der zukünftige Erbe eines riesigen Vermögens von mehr als einer Million Pfund war. Und so hat vielleicht Ned eines schönen Tages, als er sich wieder einmal irgendeinen kleinen Luxus, der ihm ins Auge stach, nicht leisten konnte, gesagt: »Ich wünschte, ich wäre Richard Tiverton.«

»Es war sehr unmoralisch von ihm«, sagte Ragwort, »den Namen überhaupt zu erwähnen. Jegliche Information, die dem Finanzamt zur Kenntnis kommt, ist mit der strengsten Vertraulichkeit zu behandeln.«

»Ja, Ragwort«, sagte ich, »sein Verhalten war in diesem Punkt sicher alles andere als untadelig. Aber du möchtest zweifellos von mir hören ...«

»Können wir das auf ein andermal verschieben?« fragte Ragwort. »Es ist natürlich sehr interessant, aber ich muß wirklich gehen, um halb drei habe ich Termin beim Appellationsgericht. Und nachdem ich die Sache so dringend gemacht habe, daß sie trotz der Gerichtsferien heute verhandelt wird, sollte ich lieber nicht zu spät kommen. Ihr müßt mich schon entschuldigen.«

Es war alles ein bißchen kränkend. Andererseits, das war das Tröstliche daran, blieb für die Zurückbleibenden mehr von dem restlichen Niersteiner.

»Hör mal, Hilary«, sagte Cantrip, nachdem er den Inhalt der Flasche gerecht unter uns verteilt hatte, »was hast du da am Donnerstag, als wir letztens hier zusammen waren, gefaselt – über Ned und seine Nervosität am Freitagvormittag? Oder hattest du wieder einen von deinen Schüben?«

»Cantrip«, sagte ich betont ruhig, »ich wäre dir dankbar, wenn du ein für alle Male zur Kenntnis nähmest, daß ich nicht zu dem neige, was du Schübe nennst, mit welchem seltsamen Ausdruck du anscheinend periodisch auftretende Anfälle von Geistesverwirrtheit meinst. Hätte ich mich nicht durch allerlei irrelevante Hypothesen ablenken lassen, dann hätte ich schon damals aus Neds auffälliger Nervosität am Freitagvormittag meine Schlüsse gezogen und gewußt, wie das Verbrechen verübt worden war und von wem.«

»Nun ja«, sagte Selena, »wie wir jetzt wissen, hatte er gerade die Mittäterschaft an einem Mord auf sich geladen. Grund genug für jeden Menschen, denke ich, nervös zu werden. Andererseits kann ich nicht nachvollziehen, wieso man einen Anfall von Nervosität ausgerechnet auf einen solchen Grund zurückführen will.«

»Aber liebe Selena«, sagte ich, »hast du vergessen, daß er sich beim Rasieren geschnitten hatte?«

»Nein«, sagte Selena, »aber daran kann ich nichts so Auffälliges finden.«

»Ich aber. Es war sogar sehr auffällig. Denk mal nach - welchen Eindruck hattest du aus Julias Briefen von der äußeren Erscheinung des jungen Mannes? Wenn du den ganzen Schwulst mal wegläßt?«

»Na ja«, sagte Selena, »er war schlank und hatte ein gutes Profil. Und eine zarte Haut. Und hellblondes Haar.«

»Genau. Und als Julia ihn am Tattag um neun Uhr morgens auf der Terrasse traf, sah er hervorragend aus und hatte sichtlich seine Morgentoilette beendet. Kannst du dir wirklich vorstellen, Selena, daß ein Jüngling von seiner Haar- und Hautfarbe es erforderlich finden würde, schon vor dem Lunch wieder zum Rasierapparat zu greifen?«

»Oh, Professor Tamar«, sagte Marylou, »das ist echt brillant.«

»Nett von Ihnen, das zu sagen; aber für jemanden, der die Methoden der Wissenschaft beherrscht, ist es nichts Besonderes. Aber was war daraus zu folgern?«

»Moment«, sagte Cantrip, »tut mir leid, daß ich unterbreche, aber was hat Ragwort gesagt, was bei ihm heute nachmittag anliegt?«

»Termin beim Appellationsgericht«, sagte Selena. »Mir war so, als hätte er heute morgen erwähnt, daß es um den Fall mit der Wäscheleine ging, in dem ihr gegeneinander antretet. Aber da du noch hier bist, nehme ich an ...«

»Zum Teufel«, rief Cantrip in die Höhe schnellend, »der Schuft, er hätte mich erinnern können.« Als die Tür des ›Corkscrew‹ hinter ihm zurückpendelte, war er schon nur noch schemenhaft als schwarz-weißer Punkt auf der anderen Straßenseite von High Holborn zu erkennen, der sich rasend schnell auf das Gerichtsgebäude zu bewegte.

»Bitte sprechen Sie doch weiter, Professor Tamar«, sagte Marylou. »Ich finde es echt faszinierend.« Sie ist wirklich reizend.

»Als ich erst einmal erkannt hatte, daß der Schnitt im Gesicht absichtlich entstanden war, kam mir sofort die Idee, daß es sich dabei um eine Art Kennzeichnung handelte. Offenbar sollte Ned später am Tage als jemand anders auftreten, jemand mit einer solchen Verletzung, oder diese Person sollte umgekehrt ihn verkörpern. Aber später an diesem Tage war Ned eine Leiche. Mir drängte sich unwiderstehlich der Verdacht auf, daß dieser Leichnam ein unfreiwilliger Betrüger war. Wie aus Ihrem Bericht, Marylou, über die Entdeckung der Tat hervorging, hatte Kenneth verhindert, daß jemand von denen, die Ned kannten, sich dem Toten näherte. Aber er wußte natürlich, daß es eine Obduktion geben würde, und daß auch die kleinste Verletzung registriert werden würde. Wenn von den Menschen, die Ned zuletzt gesehen hatten, sich keiner an eine derartige Wunde erinnerte, bestand die Möglichkeit, daß die Polizei die Identität der Leiche in Zweifel ziehen würde.«

»Wirklich brillant«, wiederholte Marylou.

»Ich hätte, wie gesagt, das alles schon viel früher erkennen können, sogar ohne Kenntnis des medizinischen Befundes. Dieser lieferte natürlich den endgültigen Beweis. Julia ist zugegebenermaßen ein wenig zerstreut ...«

»Nicht eigentlich zerstreut«, sagte Selena. »Sie nimmt nur nicht immer wahr, was um sie herum vorgeht.«

»Ich finde«, sagte Marylou, »das kommt daher, daß Julia eine hochintelligente Person ist und sich im Geiste mit anderen Dingen beschäftigt.«

»Ja, gewiß«, sagte ich. »Ich bin bereit, einzuräumen, daß Julia, im Geiste mit höheren Dingen beschäftigt, womöglich beim Aufwachen nicht bemerkt hat, daß in ihrem Zimmer eine Leiche herumlag. Aber wenn sie gegen zwei Uhr dreißig mit einem jungen Mann ins Bett gegangen wäre und der schon um drei nicht mehr gelebt hätte, dann kann ich mir nicht denken, daß die Ereignisse dieser halben Stunde sie zu solch unsittlicher Begeisterung angestachelt hätten, wie sie in ihrem letzten Brief aus Venedig zum Ausdruck kam.«

»Und wann«, fragte Selena, »stand bei dir fest, daß der Tote Richard Tiverton war?«

»Ich gebe zu, in diesem Punkt war meine Beweisführung auf Vermutungen angewiesen. Aber als Vorspiegelung lediglich von Neds Tod schien der ganze Aufwand sinnlos. Wie fast mit Sicherheit anzunehmen war, hatte das Verbrechen den Sinn, daß Ned die Identität von jemand anders annehmen sollte – die Identität des Toten. Und was für eine Identität konnte das sein? Auf jeden Fall die eines Mannes, vermutlich Engländer, ungefähr im selben Alter wie Ned. Die Hauptsache war, daß diese Identität attraktiver sein mußte als seine eigene; da lag der Gedanke an Geld nahe. Die Suche galt also einem jungen Mann von ansehnlichem Vermögen, und höchstwahrscheinlich zum ersten Mal in Venedig. Es mag, muß ich einräumen, mehrere Personen geben, auf die diese Beschreibung zutrifft; aber eine war uns bekannt, und es schien sinnvoll, die Spur zu verfolgen. Es war natürlich alles reine Spekulation, bis wir die Verbindung zwischen Kenneth und Richard Tiverton aufdeckten. Von da an war ich mir sicher.«

»Na ja«, sagte Selena und leerte ihr Glas. »Ein paar Fakten hattest du ja für deine Theorie, Hilary. Ich muß sagen, ich hätte mich damit nicht vor Gericht gewagt. Aber jetzt muß ich wirklich gehen. Ich habe Henry versprochen, daß ich mein Gutachten über testamentarische Verfügung über Grundbesitz um vier Uhr fertig habe.«

Nachdem sie und Marylou die üblichen Beteuerungen – schön, Sie kennengelernt zu haben, hoffentlich ein Wiedersehen – ausgetauscht hatten, ging sie fort.

»Professor Tamar«, sagte Marylou, »wenn es Ihnen nicht allzu aufdringlich erscheint, wäre es mir eine Ehre, wenn Sie mir erlaubten, noch eine Flasche Wein zu bestellen.«

Eine so charmant vorgebrachte Einladung kann man ja kaum zurückweisen. Ich erlaubte es ihr.

»Es gibt da noch einen einzigen Punkt«, sagte sie, ziemlich schüchtern, während wir uns daran machten, die Flasche in der kurzen Zeit, die die englischen Schankgesetze dafür vorsehen, zu leeren. »Ich meine, ich bin ja gern allein nach Venedig zurückgeflogen, und natürlich war es eine sehr wichtige und wundervolle Erfahrung. Aber gab es denn dort niemanden sonst, der Ned identifizieren konnte?«

»Graziella war verreist«, antwortete ich, »und ich wußte nicht, wie leicht und schnell sie aufzutreiben sein würde. Mir war auch nicht bekannt, wer von dem Personal des Cytherea Ned oft genug gesehen hatte, um ihn mit Sicherheit wiederzuerkennen, und die Zeit war kurz, wir konnten uns keine Fehler leisten.«

»Ja«, sagte sie, »das leuchtet mir ein. Aber Julia wohnte doch drüben auf der anderen Seite der Lagune, und sie hätte doch sicher ...«

»Liebe Marylou, ich hoffe, ich habe Ihnen nicht, nur um Julia zu schonen, zu viel zugemutet. Aber Julia hat Ned auf ihre Weise sehr gern gemocht. Wäre sie es gewesen, die ihn identifizierte, dann hätte sie auf die dadurch ausgelösten Ereignisse zweifellos mit Selbstvorwürfen reagiert. Sie hätte darunter sehr gelitten – denn Julia ist, wie Sie wohl bemerkt haben, eine sehr empfindsame Frau.«

Nachwort

Die Geschichte des Detektivromans ist reich an brillanten Schlüssen, dic großc Dctcktivc aus winzigsten Kleinigkeiten ziehen, die ihre Begleiter oder die Polizei – oder gar die Leser – schlicht übersehen oder nicht einzuordnen wissen. Eine der verblüffendsten detektorischen Leistungen vollbringt als Zufallsdetektiv, wie die Literatur zum Genre solche Gestalten nennt, der Held in Sarah Caudwells erstem Roman, der im Original »Thus was Adonis Murdered« heißt und 1981 im renommierten Verlag Charles Scribner's Sons erschien.

›Der Held‹ – ›der Zufallsdetektiv‹: Da müssen wir ehrlicherweise stocken. Hilary Tamar ist der Name der Gestalt, die in London von rätselhaften Vorgängen in Venedig erfährt und nur aufgrund der Briefe der vermeintlichen Täterin, die dem Leser und einer ganzen Schar kriminologisch geschulter junger Anwälte im Wortlaut bekannt sind, einen höchst komplizierten Mordfall löst und sogar noch mit gezielten Telegrammen den Showdown in Venedig organisiert. Nur, Hilary ist einer der extrem seltenen Vornamen, die sowohl von Männern wie von Frauen getragen werden können. Ist der geniale Detektiv und Erzähler nun ein Mann oder eine Frau? Im Text scheint es keinen weiteren Hinweis auf sein Geschlecht zu geben. Ich selbst habe keine Sekunde daran gezweifelt, daß es sich um einen Mann handelt. Der Beruf – Rechtshistoriker an einem College in Oxford – und vor allem die immense Eitelkeit, die leichte Egozentrik und der ganze Erzählstil schienen mir perfekt zu einem ältlichen Junggesellen und Gelehrten zu passen. Um so verblüffter war ich nun, daß die Übersetzerin anders entschieden hatte: Bei ihr war Hilary eine Frau, Professorin in Oxford usw. Und beide hatten wir recht: William L. DeAndrea, Praktiker und Theoretiker des Genres, nennt in seiner glänzenden »Encyclopedia Mysteriosa« von 1994 Hilary Tamar nach so vielen Varianten der Gestalt bei

Tausenden von Autoren den ersten Detektiv, dessen Geschlecht dem Leser verborgen bleibt. Nach ihren eigenen Aussagen wollte Sarah Caudwell den Urtyp des Oxford-Gelehrten, des ›Don‹, porträtieren, und der ist nach ihrer Meinung geschlechtslos. Um dieser gewollten Doppeldeutigkeit Rechnung zu tragen, die aufgrund der geschlechtsspezifischen Endungen im Deutschen nicht aufrecht erhalten werden kann, mutiert die Hilary des Romans zum Hilary des Nachworts.

Wir müssen ihm seine Eitelkeit nachsehen, ist sie doch ein Merkmal fast aller großen Detektive von Conan Doyles Sherlock Holmes über S. S. Van Dines Philo Vance zu Agatha Christies Hercule Poirot. Mehr noch, wir müssen ihm dankbar sein, denn seine Eitelkeit ist es, die ihn motiviert, seine detektivische Großtat selbst zu Papier zu bringen, weigert sich doch jeder seiner jungen Freunde, in der Tradition eines Watson sein Lob zu singen. Und so erfahren wir denn aus seiner eigenen Feder, wie er in den seltsamen Fall verwickelt wurde.

Tamar hatte in den Sommerferien Oxford verlassen, um in London Archivarbeiten aus der mittelalterlichen englischen Rechtsgeschichte nachzugehen. Wenn das Archiv nach wenigen Stunden gar zu trocken und staubig wird, ist es erfreulich, daß im Café in der Nachbarschaft auch einige junge Anwälte einer Sozietät in Lincoln's Inn ihre häufigen Kaffeepausen zu verbringen pflegen, die ihm teils noch von ihrem Studium her bekannt sind. Sie sind samt und sonders »Barristers«, keine »Solicitors«, wie im englischen Anwaltssystem streng unterschieden wird: Der Solicitor berät die Klienten, darf sie aber nicht vor Gericht vertreten – das tut für ihn der Barrister als reiner Prozeßanwalt.

Trotz Sommerpause ist das Kaffeekränzchen, das sich recht regelmäßig abends zum Stammtisch wandelt, fast komplett. Lediglich Julia Larwood, Fachanwältin für Steuerrecht in einer anderen Kanzlei, hat sich kurzfristig zu einer Gruppenreise für Kunstfreunde nach Venedig entschlossen, um ihren Steuersorgen zu entfliehen und endlich wieder einmal ihre erotischen Bedürfnisse auszuleben. Die beiden Ziele kennzeichnen sie erschöpfend: Zum einen ist sie von einer herzerfrischend emanzipierten Sexualität – von Männern will sie nur das Eine, auch wenn sie gelernt hat, daß man sie das nicht merken lassen darf, sondern erst Interesse an ihrer Person, ihrem Verstand, ihrer Seele heucheln muß. So schreckt sie auch vor der Verführung eines hübschen Zimmerkellners nicht zurück, wenn ihr ›danach‹ ist. Ansonsten hat sie nichts gegen Männer, einige ihrer besten Freunde sind Männer; sie will nur nicht, daß ihre Tochter, wenn sie eine hätte, einmal einen heiratet ... Daß eine erfolgreiche Steueranwältin extreme Probleme mit dem Finanzamt hat, beruht auf ihrer anderen kennzeichnenden Eigenschaft, für die der deutsche Ausdruck ›Fachidiot‹ noch zu milde ist. Außer der Liebe höchst konkret kennt sie nur das Steuerrecht höchst abstrakt - so abstrakt, daß sie in den ersten vier Berufsjahren nicht auf die Idee kommt, persönlich eine Steuererklärung abzugeben. Entsprechend hoch ist ihre Steuerschuld, als sie schließlich gemahnt wird. Was sie jedoch nie begreifen wird: Als sie zur Abtragung dieser Schuld besonders viel arbeitet und alle Außenstände eintreiben läßt und entsprechende Einkünfte hat, ist ihre Steuerschuld im folgenden Jahr noch höher - je mehr Steuern sie bezahlt, desto mehr Steuern muß sie zahlen.

Vor dieser Absurdität flieht sie erst einmal nach Venedig. Ihr Freundeskreis gönnt es ihr, ist aber in tiefer Sorge. Wie wird eine Frau, die sich schon in London ständig verirrt und in den einfachsten Dingen des Alltags völlig unfähig ist, im Ausland zurechtzukommen, und sei es im Rahmen einer kompetent geleiteten Gruppenreise? Nun, sie hat versprochen, ihre Freundin Selena Jardine regelmäßig in Briefen, die geeignet sein sollen, im Freundeskreis vorgelesen zu werden, über ihre erotischen und bildungsmäßigen Fortschritte zu unterrichten, so daß man auch über das Ausmaß ihrer Malheurs auf dem laufenden sein wird.

Daß ein schwerer Mordverdacht darunter sein würde, konnte allerdings keiner der Freunde ahnen. Sie erfahren davon durch die Meldung einer Presseagentur, wird doch nicht jeden Tag ein britischer Jurist in Venedig ermordet, wobei eine englische Anwältin die Hauptverdächtige ist. So kommt es zu einem höchst reizvollen Kontrast: Tamar, die Anwaltsfreunde und der Leser wissen bereits von dem Mord, während die spätere Haupt- und Alleinverdächtige noch munter und ausführlich die Umstände erzählt, die dazu geführt haben könnten. Und es kommt zu einer ebenso reizvollen Art der Detektion: Das gesamte Material, aufgrund dessen Tamar wenig später die Lösung findet, wird in einem Kreis von jungen, strafprozeßerfahrenen Anwälten zerflückt, analysiert und ebenso kompetent wie kontrovers diskutiert. Obwohl eine Freundin betroffen ist, geschieht dies doch mit lässiger Professionalität und professioneller Lässigkeit, der der Streit zwischen Oxford - der überwältigenden Mehrheit – und Cambridge – Ragwort, der bedauernswerten Minderheit – und der Getränkekonsum ebenso wichtig ist wie das Schicksal der Freundin. Denn in einem sind sich alle einig: Julia kann nicht für eine Tat wie einen gelungenen Mord verantwortlich sein, sie besitzt keine der dafür erforderlichen Fähigkeiten.

Dennoch wird die Lage desto ernster, je mehr von ihren munteren Briefen eintreffen – übrigens mit einer für italienische Postverhältnisse der frühen achtziger Jahre unglaublich kurzen Laufzeit, wie im Roman selbst angemerkt wird. Nicht nur werden die Indizien gegen sie immer erdrückender, es scheiden auch immer mehr potentielle Täter, die der eine oder der andere der Anwälte favorisierte, definitiv aus. Schließlich kehrt das Trüppchen der Kunstfreunde nach London zurück – natürlich ohne Julia –, und das Team kann mit privaten Ermittlungen beginnen. Der Zufall will es, daß Timothy Shepherd, einst Tamars Schüler in Oxford, in einem anderen Fall nach Venedig muß und Julia endlich eine Art Hilfe vor Ort hat, wenn auch niemand weiß, worin die bestehen könnte – bis Tamar endlich die Lösung findet. Schon der erste Serienroman-Detektiv der Weltliteratur, Émile Gaboriaus Monsieur Lecoq, nannte sich stolz einen ›Arrangeur von Schicksalen‹, und Holmes sah sich als ›Dramatiker der Wirklichkeit‹. Hilary Tamar tritt bewußt in ihre Fußstapfen. In einem minuziös ausgearbeiteten Szenario, das mit Briefen und Telegrammen bei Freund und Feind von London aus genau festlegt, wer wann wo mit wem in Venedig zu sein oder zu telefonieren hat, organisiert er einen Showdown, wie er dramatischer nicht sein könnte, gibt er doch zwei Tätern Gelegenheit, zur selben Zeit in Venedig und London denselben Ausweg zu wählen.

Sarah Caudwell ist das Pseudonym von Sarah Cockburn, geboren 1939. Ihr Vater war der Schriftsteller Claud Cockburn, ihre Mutter soll das Urbild der Sally Bowles aus dem Drama und dem Film »Cabaret« sein. Sie studierte Jura – natürlich in Oxford – und praktizierte mehrere Jahre als Barrister in Lincoln's Inn. Später ging sie als Anwältin in die Wirtschaft. Gleich ihr erster Roman, dem noch zwei weitere folgten und auch in »DuMont's Kriminal-Bibliothek« folgen werden, wurde von der Kritik begeistert aufgenommen als das, was er ist: Ein legitimer Spätling des Goldenen Zeitalters, der bereits den Einfluß von Spätlingen wie Michael Innes oder Edmund Crispin zeigt. So wird nicht nur die Vorschrift

›fair play‹, nach der der Detektiv nicht mehr wissen darf als der Leser, durch die Briefform extrem eingehalten - diese Form eröffnet zugleich ein intertextuelles Spiel, das in Zitaten und Allusionen zu Samuel Richardsons Briefromanen aus dem 18. Jahrhundert zurückreicht, während der Titel auf Shakespeares »Venus und Adonis« anspielt. Die klassische Gestaltung der Jagd der Frau auf den Mann, das mythische Spiel um Liebe und Tod vollzieht sich nicht zufällig im Hotel Cytherea, benannt nach der Göttin der Liebe, der die Insel Cythera geheiligt ist, die Glück verheißt und doch den Tod bringen kann.

Volker Neuhaus

DUMONT's Kriminal-Bibliothek

»Knarrende Geheimtüren, verwirrende Mordserien, schaurige Familienlegenden und, nicht zu vergessen, beherzte Helden (und bemerkenswert viele Heldinnen) sind die Zutaten, die die Lektüre der DUMONT's ›Kriminal-Bibliothek‹ zu einem Lese- und Schmökervergnügen machen. Der besondere Reiz dieser Krimi-Serie liegt in der Präsentation von hierzulande meist noch unbekannten anglo-amerikanischen Autoren, die mit repräsentativen Werken (in ausgezeichneter Übersetzung) vorgelegt werden.«

Neue Presse/Hannover

Band 1001	Charlotte MacLeod	**»Schlaf in himmlischer Ruh'«**
Band 1002	John Dickson Carr	**Tod im Hexenwinkel**
Band 1003	Phoebe Atwood Taylor	**Kraft seines Wortes**
Band 1004	Mary Roberts Rinehart	**Die Wendeltreppe**
Band 1005	Hampton Stone	**Tod am Ententeich**
Band 1006	S. S. van Dine	**Der Mordfall Bischof**
Band 1007	Charlotte MacLeod	**»... freu dich des Lebens«**
Band 1008	Ellery Queen	**Der mysteriöse Zylinder**
Band 1011	Mary Roberts Rinehart	**Der große Fehler**
Band 1012	Charlotte MacLeod	**Die Familiengruft**
Band 1013	Josephine Tey	**Der singende Sand**
Band 1014	John Dickson Carr	**Der Tote im Tower**
Band 1016	Anne Perry	**Der Würger von der Cater Street**
Band 1017	Ellery Queen	**Sherlock Holmes und Jack the Ripper**
Band 1018	John Dickson Carr	**Die schottische Selbstmord-Serie**
Band 1019	Charlotte MacLeod	**»Über Stock und Runenstein«**
Band 1020	Mary Roberts Rinehart	**Das Album**
Band 1021	Phoebe Atwood Taylor	**Wie ein Stich durchs Herz**
Band 1022	Charlotte MacLeod	**Der Rauchsalon**
Band 1023	Henry Fitzgerald Heard	**Anlage: Freiumschlag**
Band 1024	C. W. Grafton	**Das Wasser löscht das Feuer nicht**
Band 1025	Anne Perry	**Callander Square**
Band 1026	Josephine Tey	**Die verfolgte Unschuld**

Band 1027	John Dickson Carr	**Die Schädelburg**
Band 1028	Leslie Thomas	**Dangerous Davies, der letzte Detektiv**
Band 1029	S. S. van Dine	**Der Mordfall Greene**
Band 1030	Timothy Holme	**Tod in Verona**
Band 1031	Charlotte MacLeod	**»Der Kater läßt das Mausen nicht«**
Band 1033	Anne Perry	**Nachts am Paragon Walk**
Band 1034	John Dickson Carr	**Fünf tödliche Schachteln**
Band 1035	Charlotte MacLeod	**Madam Wilkins' Palazzo**
Band 1036	Josephine Tey	**Wie ein Hauch im Wind**
Band 1037	Charlotte MacLeod	**Der Spiegel aus Bilbao**
Band 1038	Patricia Moyes	**»… daß Mord nur noch ein Hirngespinst«**
Band 1039	Timothy Holme	**Satan und das Dolce Vita**
Band 1040	Ellery Queen	**Der Sarg des Griechen**
Band 1041	Charlotte MacLeod	**Kabeljau und Kaviar**
Band 1042	John Dickson Carr	**Der verschlossene Raum**
Band 1043	Robert Robinson	**Die toten Professoren**
Band 1044	Anne Perry	**Rutland Place**
Band 1045	Leslie Thomas	**Dangerous Davies … Bis über beide Ohren**
Band 1046	Charlotte MacLeod	**»Stille Teiche gründen tief«**
Band 1047	Stanley Ellin	**Der Mann aus dem Nichts**
Band 1048	Timothy Holme	**Morde in Assisi**
Band 1049	Michael Innes	**Zuviel Licht im Dunkel**
Band 1050	Anne Perry	**Tod in Devil's Acre**
Band 1051	Phoebe Atwood Taylor	**Mit dem linken Bein**
Band 1052	Charlotte MacLeod	**Ein schlichter alter Mann**
Band 1053	Lee Martin	**Ein zu normaler Mord**
Band 1054	Timothy Holme	**Der See des plötzlichen Todes**
Band 1055	Lee Martin	**Der Komplott der Unbekannten**
Band 1056	Henry Fitzgerald Heard	**Das Geheimnis der Haarnadel**
Band 1057	Sarah Caudwell	**Adonis tot in Venedig!**
Band 1058	Phoebe Atwood Taylor	**Die leere Kiste**
Band 1059	Paul Kohlhoff	**Winterfische**
Band 1060	**Mord als schöne Kunst betrachtet**	

Band 1059
Paul Kolhoff
Winterfische

Eines morgens wird der Kleinstadt-Journalist Ben Coogle mit einer ungewöhnlichen Nachricht geweckt: Im Gefängnis hat es zwei Tote gegeben, der Häftling Jeff Willer hat offenbar seinen Zellenkumpan grundlos erstochen und sich dann selbst erhängt. Ben Coogle wittert *die* Story, denn ihm sind die Tatmotive Willers suspekt, schließlich war dieser nur wegen Trunkenheit eingesperrt und Sohn des reichsten Manns am Ort. Zusammen mit der Polizistin Toni macht er sich im Sumpf der Kleinstadt auf die Suche nach der Wahrheit. Jedenfalls scheinen Coogle und Toni auf dem richtigen Weg zu sein, denn sie geraten bald selbst in tödliche Gefahr …

Band 1060

Mord als schöne Kunst betrachtet

Die raffiniertesten Kurzgeschichten der »DUMONT's Kriminal-Bibliothek«-Autoren in einem Band

Anläßlich des 10jährigen Jubiläums der »DUMONT's Kriminal-Bibliothek« stellt dieser Band klassisch-schöne Detektivgeschichten vor, deren Mehrzahl noch nie auf deutsch erhältlich war, ja von denen einige überhaupt erstmals das Licht der öffentlichen Welt erblicken. Begleiten Sie die Detektivinnen und Detektive der bewährten Autoren der »DUMONT's Kriminal-Bibliothek«! Mit Kurzgeschichten von: John Dickson Carr, Stanley Ellin, Timothy Holme, Michael Innes, Paul Kolhoff, Charlotte MacLeod, Lee Martin, Anne Perry, Ellery Queen, Mary Roberts Rinehart, Leslie Thomas und Robert Robinson.